MINGUO TONGSU XIAOSHUO
DIANCANG WENKU

民国通俗小说典藏文库·张恨水卷

满城风雨

张恨水 ◎ 著

中国文史出版社

小说大家张恨水（代序）

张赣生

民国通俗小说家中最享盛名者就是张恨水。在抗日战争前后的二十多年间，他的名字真是家喻户晓、妇孺皆知，即使不识字、没读过他的作品的人，也大都知道有位张恨水，就像从来不看戏的人也知道有位梅兰芳一样。

张恨水（1895—1967），本名心远，安徽潜山人。他的祖、父两辈均为清代武官。其父光绪年间供职江西，张恨水便是诞生于江西广信。他七岁入塾读书，十一岁时随父由南昌赴新城，在船上发现了一本《残唐演义》，感到很有趣，由此开始读小说，同时又对《千家诗》十分喜爱，读得"莫名其妙的有味"。十三岁时在江西新淦，恰逢塾师赴省城考拔贡，临行给学生们出了十个论文题，张氏后来回忆起这件事时说："我用小铜炉焚好一炉香，就做起斗方小名士来。这个毒是《聊斋》和《红楼梦》给我的。《野叟曝言》也给了我一些影响。那时，我桌上就有一本残本《聊斋》，是套色木版精印的，批注很多。我在这批注上懂了许多典故，又懂了许多形容笔法。例如形容一个很健美的女子，我知道'荷粉露垂，杏花烟润'是绝好的笔法。我那书桌上，除了这部残本《聊斋》外，还有《唐诗别裁》《袁王纲鉴》《东莱博议》。上两部是我自选的，下两部是父亲要我看的。这几部书，看起来很简单，现在我仔细一想，简直就代表了我所取的文学路径。"

宣统年间，张恨水转入学堂，接受新式教育，并从上海出版的报纸上获得了一些新知识，开阔了眼界。随后又转入甲种农业学校，除了学习英文、数、理、化之外，他在假期又读了许多林琴南译的小说，懂得了不少描写手法，特别是西方小说的那种心理描写。民国元年，张氏的父亲患急症去世，家庭经济状况随之陷入困境，转年他在亲友资助下考入陈其美主持的蒙藏垦殖学校，到苏州就读。民国二年，讨袁失败，垦殖学校解散，张恨水又返回原籍。当时一般乡间人功利心重，对这样一个无所成就的青年很看不起，甚至当面嘲讽，这对他的自尊心是很大的刺激。因之，张氏在二十岁时又离家外出投奔亲友，先到南昌，不久又到汉口投奔一位搞文明戏的族兄，并开始为一个本家办的小报义务写些小稿，就在此时他取了"恨水"为笔名。过了几个月，经他的族兄介绍加入文明进化团。初始不会演戏，帮着写写说明书之类，后随剧团到各处巡回演出，日久自通，居然也能演小生，还演过《卖油郎独占花魁》的主角。剧团的工作不足以维持生活，脱离剧团后又经几度坎坷，经朋友介绍去芜湖担任《皖江报》总编辑。那年他二十四岁，正是雄心勃勃的年纪，一面自撰长篇《南国相思谱》在《皖江报》连载，一面又为上海的《民国日报》撰中篇章回小说《小说迷魂游地府记》，后为姚民哀收入《小说之霸王》。

1919年，五四运动吸引了张恨水。他按捺不住"對马尘埃的心"，终于辞去《皖江报》的职务，变卖了行李，又借了十元钱，动身赴京。初到北京，帮一位驻京记者处理新闻稿，赚些钱维持生活，后又到《益世报》当助理编辑。待到1923年，局面渐渐打开，除担任"世界通讯社"总编辑外，还为上海的《申报》和《新闻报》写北京通讯。1924年，张氏应成舍我之邀加入《世界晚报》，并撰写长篇连载小说《春明外史》。这部小说博得了读者的欢迎，张氏也由此成名。1926年，张氏又发表了他的另一部更重要的作品《金粉世家》，从而进一步扩大了他的影响。但真正把张氏声望推至高峰的是《啼笑因缘》。1929年，上海的新闻记者团到北京访问，经钱芥尘介绍，张恨水得与严独鹤相识，严即约张撰写长篇小说。后来张氏回忆这件事的过程时说："友人钱芥尘先生，介绍我认识《新闻报》的严独鹤先生，他并在独鹤先生面前极力推许我的小说。那时，《上海画报》（三日刊）曾转载了我的《天上人间》，独鹤先生若对我有认识，也就是这篇小说而已。他倒是没有什么考虑，就约我写一篇，而且愿意带一部分稿子走。……在那几年间，上海洋场章回小说走着两条路子，一条是肉感的，一条是武侠而神怪的。《啼笑因缘》完全和这两种不同。又除了新文艺外，那些长篇运用的对话并不是纯粹白话。而《啼笑因缘》是以国语姿态出现的，这也不同。在这小说发表起初的几天，有人看了很觉眼生，也有人觉得描写过于琐碎，但并没有人主张不向下看。载过两回之后，所有读《新闻报》的人都感到了兴趣。独鹤先生特意写信告诉我，请我加油。不过报社方面根据一贯的作风，怕我这里面没有豪侠人物，会对读者减少吸引力，再三请我写两位侠客。我对于技击这类事本来也有祖传的家话（我祖父和父亲，都有极高的技击能力），但我自己不懂，而且也觉得是当时的一种滥调，我只是勉强地将关寿峰、关秀姑两人写了一些近乎传说的武侠行动……对于该书的批评，有的认为还是章回旧套，还是加以否定。有的认为章回小说到这里有些变了，还可以注意。大致地说，主张文艺革新的人，对此还认为不值一笑。温和一点的人，对该书只是就文论文，褒贬都有。至于爱好章回小说的人，自是予以同情的多。但不管怎么样，这书惹起了文坛上很大的注意，那却是事实。并有人说，如果《啼笑因缘》可以存在，那是被扬弃了的章回小说又要返魂。我真没有料到这书会引起这样大的反应……不过这些批评无论好坏，全给该书做了义务广告。《啼笑因缘》的销数，直到现在，还超过我其他作品的销数。除了国内、南洋各处私人盗印翻版的不算，我所能估计的，该书前后已超过二十版。第一版是一万部，第二版是一万五千部。以后各版有四五千部的，也有两三千部的。因为书销得这样多，所以人家说起张恨水，就联想到《啼笑因缘》。"

不论张氏本人怎样看，《啼笑因缘》是他最有影响的作品，这一点毫无疑问，可以随便举出几件事来证明。《啼笑因缘》发表后，被上海明星公司拍成六集影片，由当时最著名的电影明星胡蝶主演，同时还被改编为戏剧和曲艺，在各地广泛流传；再有《啼笑因缘》被许多人续写，迫使张氏不得不改变初衷，于1933年又续写了十回，张氏在《我的写作生涯》中说："在我结束该书的时候，主角虽都没有大团圆，也没有完全告诉戏已终场，但在文字上是看得出来的。我写着每个人都让读者有点儿有余不尽之意，这正是一个处理适当的办法，我绝没有续写下去的意思。可是上海方面，出版商人讲生意经，已经有好几种《啼笑因缘》的尾巴出现，尤其是一种《反啼笑因缘》，自始至终，将我那故事整个地翻案。执笔的又全是南方人，根本没过过黄河。写出的北平社会真是也让人又啼又笑。许多朋友看不下去，而原来出版的书社，见大批后半截买卖被别人抢了去，也分外眼红。无论如何，非让我写一篇续集不可。"这种由别人代庖的续作，出书者至少有四种：惜红馆主《续啼笑因缘》、青萍室主《啼笑因缘三集》、康尊容《新啼笑因缘》和徐哲身《反啼笑因缘》。虽然远不如《红楼梦》续作之多，但在民国通俗小说中已经是首屈一指了。张氏在《我的小说过程》一文中还说："我这次南来，上至党国名流，下至风尘少女，一见着面便问《啼笑因缘》。这不能不使我受宠若惊了。"

《啼笑因缘》使张氏名声大振，约他写稿的报刊和出版家蜂拥而至，有的小报甚至谣传张氏在十几分钟内收到几万元稿费，并用这笔钱在北平买下了一所王府，自备一部汽车。这自然不是事实，但张氏当时收到的稿酬也有六七千元，的确不能算少。这样，他就可以去搜集一些古旧木版小说，想要作一部《中国小说史》。就在此时，日寇侵华的"九一八事变"爆发，张氏的希望随之化为泡影。作为一位爱国的作家，在国难当头的状况下自不会沉默，张恨水在1931至1937的几年间，先后写了《热血之花》《弯弓集》《水浒别传》《东北四连长》《啼笑因缘续集》《风之夜》等涉及抗敌御侮内容的作品。

1934年，张恨水到陕西和甘肃走了一遭，此行使他的思想发生了很大的变化。张氏在《我的写作生涯》中说："陕甘人的苦不是华南人所能想象，也不是华北、东北人所能想象。更切实一点地说，我所经过的那条路，可说大部分的同胞还不够人类起码的生活。……人总是有人性的，这一些事实，引着我的思想起了极大的变迁。文字是生活和思想的反映，所以在西北之行以后，我不违言我的思想完全变了，文字自然也变了。"此后，他写了《燕归来》，以描写西北人民生活的惨状。

抗日战争全面爆发后，张恨水取道汉口，转赴重庆，于1938年初抵达，即应邀在《新民报》任职。抗战八年间，他除去写了一些战争题材的小说外，还有两种较重要的作品，即《八十一梦》和《魍魉世界》（原名《牛马走》），均先于《新民报》连载，后出单行本。抗战胜利，张氏重返北平，担任《新民报》经理，此后几年他写了《五子登科》等十来部小说，但均未产生重大影响。1948年底，张氏辞去《新民报》职务。1949年夏，他患脑溢血，经过几年调治，病情好转，张氏便又到江南和西北去旅行。1959年，张氏病情转重，至1967年初于北京去世，终年七十三岁。

张恨水一生写了九十多部小说，印成单行本的也在五十种左右。说到张氏作品的总特色，一般常感到不易把握，因为他总在不断地变。其实，这"变"就正是张恨水作品最鲜明的总特色。

张恨水是一个不甘心墨守成规的人，他好动不好静，敢于否定自己，这正是作为开创者必须具备的素质。读一读张氏的《我的写作生涯》，就会发现他总是在讲自己的变，那变的频繁、动因的多样，在民国通俗小说作家中实属仅见。……待到《金粉世家》《啼笑因缘》相继问世，张恨水的名声已如日中天，他在思想上的求新仍未稍解，他说："我又不能光写而不加油，因之，登床以后，我又必拥被看一两点钟书。看的书很拉杂，文艺的、哲学的、社会科学的，我都翻翻。还有几本长期订的杂志，也都看看。我所以不被时代抛得太远，就是这点儿加油的工作不错。"

　　追求入时，可说是张恨水的一贯作风，不仅小说的内容、思想随时而变，在文字风格上也不断应时变化。仅就内容、思想方面的变化而言，在民国通俗小说作家中也很常见，说不上是张氏独具的特色，但在文字风格上也不断变化，就不同于一般了。张氏在《我的写作生涯》中经常提到这方面的事例，譬如他曾提及回目格式的变化，他说："《春明外史》除了材料为人所注意而外，另有一件事为人所喜于讨论的，就是小说回目的构制。因为我自小就是个弄辞章的人，对中国许多旧小说回目的随便安顿向来就不同意。即到了我自己写小说，我一定要把它写得美善工整些。所以每回的回目都很经一番研究。我自己削足适履地定了好几个原则。一、两个回目，要能包括本回小说的最高潮。二、尽量地求其辞藻华丽。三、取的字句和典故一定要是浑成的，如以'夕阳无限好'，对'高处不胜寒'之类。四、每回的回目，字数一样多，求其一律。五、下联必定以平声落韵。这样，每个回目的写出，倒是能博得读者推敲的。可是我自己就太苦了……这完全是'包三寸金莲求好看'的念头，后来很不愿意向下做。不过创格在前，一时又收不回来。……在我放弃回目制以后，很多朋友反对，我解释我吃力不讨好的缘故，朋友也就笑而释之，谓不讨好云者，这种藻丽的回目，成为礼拜六派的口实。其实礼拜六派多是散体文言小说，堆砌的辞藻见于文内而不在回目内。礼拜六派也有作章回小说的，但他们的回目也很随便。"再譬如他在谈及《金粉世家》时说："以我的生活环境不同和我思想的变迁，加上笔路的修检，以后大概不会再写这样一部书。"诸如此类的变化不胜列举。

　　张氏的多变还体现在题材的多样化。他说："当年我写小说写得高兴的时候，哪一类的题材我都愿意试试。类似伶人反串的行为，我写过几篇侦探小说，在《世界日报》的旬刊上发表，我是一时兴到之作，现在是连题目都忘记了。其次是我写过两篇武侠小说，最先一篇叫《剑胆琴心》，在北平的《新晨报》上发表的，后来《南京晚报》转载，改名《世外群龙传》。最后上海《金刚钻小报》拿去出版，又叫《剑胆琴心》了。"第二篇叫《中原豪侠传》，是张氏自办《南京人报》时所作。此外，张氏还写过仿古的《水浒别传》和《水浒新传》，他说："《水浒别传》这书是我研究《水浒》后一时高兴之作，写的是打渔杀家那段故事。文字也学《水浒》口气。这原是试试的性质，终于这篇《水浒别传》有点儿成就，引着我在抗战期间写了一篇六七十万字的《水浒新传》。""《水浒新传》当时在上海很叫座。……书里写着水浒人物受了招安，跟随张叔夜和金人打仗。汴梁的陷落，他们一百零八人大多数是战死了。尤其是时迁这路小兄弟，我着力地去写。我的意思，是以愧士大夫阶级。汪精卫和日本人对此书都非常地不满，但说的是宋代故事，他们也无可奈何。这书里的官职地名，我都有相当的考据。文字我也极力模仿老《水浒》，以免看过《水浒》的人说是不像。"再有就是张氏还仿照《斩鬼传》写过一篇讽刺小说《新斩鬼传》。张恨水的一生都在不停地尝试，探寻着各色各样的内容及表达方式，他甚至也写过完全以实事为根据、类似报告文学的《虎贲万岁》，也写过全属虚幻的、抽象的或象征性的小说《秘密谷》，他的作风颇有些像那位既不愿重复前人也不愿重复自己的现代大画家毕加索。

张恨水写过一篇《我的小说过程》，的确，我们也只有称他的小说为"过程"才最名副其实。从一般意义上讲，任何人由始至终做的事都是一个过程，但有些始终一个模子印出来的过程是乏味的过程，而张氏的小说过程却是千变万化、丰富多彩的过程。有的评论者说张氏"鄙视自己的创作"，我认为这是误解了张氏的所为。张恨水对这一问题的态度，又和白羽、郑证因等人有所不同。张氏说："一面工作，一面也就是学习。世间什么事都是这样。"他对自己作品的批评，是为了写得越来越完善，而不是为了表示鄙视自己的创作道路。张氏对自己所从事的通俗小说创作是颇引以自豪的，并不认为自己低人一等。他说："众所周知，我一贯主张，写章回小说，向通俗路上走，绝不写人家看不懂的文字。"又说："中国的小说，还很难脱掉消闲的作用。对于此，作小说的人，如能有所领悟，他就利用这个机会，以尽他应尽的天职。"这段话不仅是对通俗小说而言，实际也是对新文艺作家们说的。读者看小说，本来就有一层消遣的意思，用一个更适当的说法，是或者要寻求审美愉悦，看通俗小说和看新文艺小说都一样。张氏的意思不是很明显吗？这便是他的态度！张氏是很清醒、很明智的，他一方面承认自己的作品有消闲作用，并不因此灰心，另一方面又不满足于仅供人消遣，而力求把消遣和更重大的社会使命统一起来，以尽其应尽的天职。他能以面对现实、实事求是的态度对待自己的工作，在局限中努力求施展，在必然中努力争自由，这正是他见识高人一筹之处，也正是最明智的选择。当然，我不是说除张氏之外别人都没有做到这一步，事实上民国最杰出的几位通俗小说名家大都能收到这样的效果，但他们往往不像张氏这样表现出鲜明的理论上的自觉。

张恨水在民国通俗小说史上是一位名副其实的大作家，他不仅留下了许多优秀的作品，他一生的探索也为后人留下了许多可贵的经验。

目　录

第一回

两岸金鼓喧龙舟竞渡
四城灯火熄风鹤疑兵

　　火轮也似的太阳高悬在半空中，一点儿云彩没有。一道济河的两岸密密排着高大的杨柳。柳树上的蝉声喳喳乱响，直响入半天去，仿佛这高树上的小虫也热得有些不耐烦了。然而小虫虽是这样怕热，两岸上的红男绿女却是挨肩叠背，编着人篱笆一般对向着河里。柳树荫里，横七竖八歇着凉粉担子、水果挑儿，以及各种卖零食的摊子，纷纷攘攘，夹着一片男女老少嬉笑之声。有些无事的少年，身上穿了绸长衫，手里摇着白纸扇，三个一群五个一党，在人丛里乱钻，分外显着忙乱。至于河里头呢，恰是没有多大的风浪，水面上滚着鱼鳞纹，在毒烈的太阳光下，一闪一闪的白光向东推轮而去。有些无篷帆的小船，如浮野鸭子一般在水里漂荡着，只是浮来浮去，分明在等着什么。

　　就在这时，东岸柳树下人声大哗，只听到说是"来了来了!"一言未了，柳树湾里先冒出三道青烟，直冲出柳树梢上去，接着咚咚咚三声高脚炮响，就在这炮响之间，咚咚呛呛一阵锣鼓齐鸣，由柳树湾里摇出五只红色龙船来。这龙船约有五六丈长，舱面上敞着并无遮盖，只一路插着上十面尖角旗子，船头上按着一个龙头，那龙须直拖到水里去。船艄一条龙尾高翘起来，有丈来高，尾上垂着两根绳，挂着一个人在水面上打秋千。船舷上齐齐摆摆坐着两排赤臂汉子，各人身上横斜系着一条红布，手里拿了一条短桨，并起并落地划上河中心。

　　东岸上的人沸水似的喝着彩，噼噼啪啪放着许多爆竹，船上划桨的人都把桨直伸起来摇撼着，表示答谢岸上人的欢迎。在东岸这样群众欢呼的时候，西岸的人倒反是鸦雀无声，静悄悄的。过了片刻，西岸一道河汊子口里也是三声大炮，一片金鼓，接上划出五只龙船来。这船上的龙鳞画的

1

是青色，划船的人也都在身上横扎着青彩。当他们划出了河汊，西岸上的观众如潮涌一般，分着南北两路一齐奔向汉口来迎接。游人里面，许多带了"平地一声雷"大爆竹的，点了引线向空中乱抛，表示他们那种欢迎的诚意。小孩子们直挤到水边，向着青龙船高提着嗓子拼命地叫好。

两岸游人对于青红龙船各叫各边好的时候，十只龙船已是划到河心，互相参差着，约莫算是一排。这两边的游人也是向着河心鼓噪个不歇。龙船上的锣鼓都停止了，静听着岸上的人去欢迎。直待这一阵欢迎的风潮过去了，两色龙船中较大的一只，都略略向前在船头上向天空放了三声高脚铳。铳声一响，两岸的人声都沉寂下去了，几万只眼睛都也像放电光似的一齐看着那十只龙船。那两只一红一青的龙船离开了船队，龙头停稳，忽听一声炮响，两只船在锣鼓和欢呼声中，箭似的冲向前，原来这是安乐县和永康县在举行端午龙舟竞渡。

这条大河的两岸是湖东省的两个县，河的东岸就是安乐县城所在地，西岸是永康县城南强洲。两岸百姓每逢端午节赛龙船，本是由来已久的活动。有一年，由于赛龙船发生了争执，变而械斗，在一场火并之后，双方伤亡惨重。官所知道了，就下令禁止两岸端午赛船。事隔多年，南强洲和安乐县人民的感情恢复了，两方就推出人来商议："赛船原来是一种乐事，不必禁止，只因为我们自己闹意见，把事情弄糟了。现在我们可以呈文地方长官，具结不闹事，把这赛船的事弛禁。"这话一说，双方同意，就由绅士出名，呈文到官厅。官厅因为有体面绅士具结，不能过拂民意，也就把赛龙船的事恢复了。

这一天正是恢复赛船的第一个端午，两岸上的人对这赛船就加倍地增着兴趣，大乐起来。这安乐县城里省立第十中学的学生，曾仿着踢球组织啦啦队的办法，他们组织了一个助威团。这团早已成立，预备临岸助威。可是南强洲有一个南强中学，学生们不甘落后，也组织了一个协进队。两岸的老年人都担着忧，怕又会闯祸，各劝各方不要出阵，学生们也就答应了。

不料到了端午这天，龙船快要比赛了，学生们血气方刚，让紧张的空气一渲染，老人们所劝的话早已丢到九霄云外，大家像一阵风一般，一齐带了锣鼓到河沿上来助威呐喊。这些学生队一出来，不但划龙船的人精神焕发，就是两岸看热闹的人也没有一个不起劲的，大家都跟着助威的锣鼓声昂着头，眼望着自己一方的龙船，只管喊叫。

那两只龙船在河面上两个来回，红龙渐渐上前，青龙渐渐落后。到了第三个来回，红龙比青龙上前十几丈路，就夺了头彩。这红龙是安乐县城里人划的，那东岸看热闹的上万人齐齐地喝了一声彩，彩声直震入半天云里去。第十中学的助威团格外起劲，便驾着三只小船迎上龙船去慰劳。这助威团里的队长，是中学四年级学生曾仲实。他年岁刚到十八，一股子高兴，穿了一身红格子运动衣，手上拿了一面旗子站在小船头上，在日光里招展着，向得了锦标的龙舟而去。这一种得意自然是不可以言语来形容的了。

西岸上南强中学的学生看见，大家便商议着说："这回赛龙船，两岸原是约好了的，大家只作为一种娱乐，输赢都不算一回事。现在看第十中学的情形，简直是丢我们西岸人的面子，我们就能甘休吗？十条船我们还只比赛过两条大的，我们可以去对划船的朋友说，拼命也要争回一点儿面子来。"大家商议了一阵，一面派人划船去通知龙船的人，叫他们努力，一面派人去召集同学，多数的加入协进队来助威。万一就是再输了，也要靠着武力去忠告第十中学不许耀武扬威。他们商议了，通知以后过了片刻，南强洲的四只青龙船划到河心，向红龙船取严阵以待之势。

他们这里比船的规矩，分单赛、同赛两种，单赛是一方一只，其余不赛的船掉头离开一箭之路。现在青龙船齐齐地摆在河心，安乐县的红龙船知道他们要总比一下，也就开了四条船来齐齐地并列。各船上都是人声喧哗，隔着水面和岸上的人声相应答。这其间东岸一声炮响，西岸也相应一声，两声号炮过去，一切的人声都停止了，八只龙船头上八面大旗临风一展，所有船上的人齐齐呐了一声喊，只见那一二百条木桨，拨开八条浪花，将船直冲了过去。

这其间，四条青龙船还是因为第一次比赛失败的关系，大家拼命地向前划了去。船上的进行鼓一片咚咚之声，催着船向前进。一道赛线未曾划完，四条青龙船已有三条上了前，其余的一条，也只在一条红船之后。南强洲的学生协进队十分得意，摇了旗子沿着岸呐喊助威。东岸第十中学的助威队隔水看到大为不服，也沿着岸大叫。他们的队长曾仲实格外性急，约了七八个同学跳到水边，见泥滩边正湾下一只渔船，不容分说大家向渔船上一跳，拿了篙桨将船划上河心，在龙船后面追着大喊前进。看看第二

3

个来回，县城的红龙有一只追上了洲上的青龙三条，只有一条青龙还在红龙的前面，只要再把这一只青龙追上，红龙又得了个二彩，无论如何是不会输的了。但是那条青龙划船的人都十分努力，看是不容易追上的。曾仲实却私下对他的队员说："若是三周还追不上，我们就可以到路线上去打搅，大家比不成！诸位肯不肯牺牲一下？"大家便问："要怎样牺牲的法子？"曾仲实道："若是转回来，那条青龙还在前面，我们就把这小船故意开了过去，挡了它的去路。它若要让我们时，我们的红龙就过去了；它若不让时，我们这只船就拼了让它一撞，大家都要落水。我们虽都会泅水，但是在河中间比不得在河边下，一口气接不上来，那是与性命有关的。不知大家敢撞不敢撞？"少年人都要的是个面子，哪个肯说不敢？都一致地说"敢"。于是把这只渔船缓缓划上河心，依计而行。

看最先两只龙船靠了河东又划回来，这便是最后的决赛了，那青龙却依然在前面。曾仲实将脚一顿，手上拿着桨，就要划船向前将龙船的去路拦断。正在这时，猛然一抬头，只见东岸上热闹的人如败风吹落叶一般纷纷散去，有些男子汉或者牵了妇女，或者牵了小孩子，慌慌张张丢开河岸，都向进城的大路跌跌撞撞而去。划龙船的人看到这种情形，不觉泄了气，都手拿了桨划动不得，一齐向岸上呆望着。曾仲实也就向岸上四周张望，看看有没有熟人，好打听。

只见柳树下钻出一个人来，一直走到水边，向这里招着手叫道："岸上的人都跑光了，你们还不赶快上岸来吗？"曾仲实遥遥认出是他同学魏子高，便问道："究竟怎么了？你说给我听听。是不是警察出来干涉？"魏子高道："你不必多问了，快些回来就是了。我来不及……"他说到这里，回头一望，也匆匆忙忙地跑走了。

曾仲实一想，这绝不光是警察禁划龙船而已，恐怕还有其他问题在内，应当上岸一看。于是搅乱敌阵的计划不必实行了，赶紧将船划靠拢岸，船缆也来不及系，大家一阵风似的跑上了岸。在柳林里高堤上一望，只见进城的大路上，三三五五的游人拉了一条很长的路线，大家都是很慌张地向城里走。再一看这柳林下时，一个人也没有，所站的地方除了满地杏子核、桃子核、香瓜皮而外，还有一条板凳、一只女人的红腿带、一把白折扇。

曾仲实想找一个人问问情由，丢了大家，跑下堤去一直追上大路。起先都是些女人和卖东西的贩子，也问不着什么。追过了好多人，遇着城里一个在县公署当差的，一把拖着他的衫袖，因问道："划船划得好好的，这是为什么？"那人对曾仲实望了一望，回头又看了一看旁边，低声道："现在还划龙船吗？刚才县里得了西平县的电报，县城十里铺已经发生战事了。我们县里已经下了戒严令，六点钟就要关城，你还不打算回去，想关在城外吗？"

曾仲实道："这话是真的吗？我以前没有听……"只说到这里，后面一个挑担子的撞上前来，将他腿上重重撞了一下，回转头来一看，挑担子的是个老人，他笑着道了歉，也就算了。再回头一看，问话的人已经跑上老远的地方去了。曾仲实心里想着：县里人活见鬼！好好的端阳，大家正快活，哪里来的战事？就是有战事，还在西平县，离我们县城有上百里，大兵也不会飞了来，何必这样惊慌？自己这样想，倒是大大方方地在游人阵里走着。看那些进城的人都是不安心的样子，像有了重大心事似的，倒为之好笑。

正这样走着，迎面有人喊着道："仲实，仲实，我哪里不把你寻到，你倒是这样自在！真不怕惹祸了。"曾仲实抬头看时，是他的长兄曾伯坚在横路上插了出来，因道："我看这些人都是庸人自扰、无事生风，这样瞎跑。"伯坚道："怎样无事生风？县里的紧急告示都贴在城门口了，河岸上的人都是县里派人叫回来的。你不看那大路上，正派着人到前面去欢迎联军司令的代表？"说着，将手向南一指，只见三顶蓝布小轿遥遥抬向远路而去，后面跟着几个短装行人，肩膀上都荷着高脚灯笼，走路时将那灯笼正摇晃得东倒西歪，因道："你不认得那是商会里的三顶轿子？他们不是连夜赶去说和为什么？"曾仲实犹豫着道："这样子倒好像是有事，但是……"曾伯坚拉住他一只手，一直就向进城的大路上拖，跌着脚道："先生！你就赶快走吧。有事没事，你回到家里再去研究，大概也不会迟吧！"曾仲实一看他哥哥惊慌的样子也不减少于其他路上的行人，这是不容再和他论讨情形急缓的了。

走到了城门口，只见城外一条街上的店房一齐都紧上着店门板，只将门开着半扇，以便出入。有些年老的商人靠了那门，直望着行走的人出神。城门也不像以前那样大开，闭着左边一扇，右边一扇虚掩着，刚刚留一个人可以进去的路。四个武装警察分列着门的两边，每个人手上扶着一杆上了刺刀的枪，一个个行人由他们面前过去，他们的眼睛里似乎都放出一道凶恶的光焰来。

兄弟二人进了城，一看城里的情形，正不亚于城外。一家家商店都紧紧地闭着店门，街上所走的全是由城外看龙船回来的人，十字街口从前摆着许多浮摊，都收得干干净净。一家当商门口一字门的土库墙上，高高地贴了一张笔写的新告示，告示下一堆人站住，都向白粉墙上昂着头。曾仲实对伯坚道："现在我们是进城了，纵然有兵来，也杀不进城。能不能够让我看一看这告示再回家？这一会子工夫，我想不会出什么乱子的。"曾伯坚道："但愿不出乱子就好，并不是我怕事。兵荒马乱，手上拿了兵权的人还生死未卜，像我们手无缚鸡之力的书生，遇到了这种风潮，怎样不要小心躲避？"

曾仲实也不等他哥哥说完，早挤到人丛中去看告示，只见那告示上写的是：

> 为布告事。顷接邻邑西平来电，该县城外十里铺已到了联合军队伍，邑城危在旦夕。除一面巩固城防外，已飞电省城告急，并电本县各界，加以注意等语。本知事守土有责，爱民爱国，未敢后人。业已与本县商会、教育会及在城各绅商开紧急会议，共商防务，议决妥当办法，以求和平解决。仰阖邑商民各安所业，无得惊扰。如有造谣生事者，一经查出，即严惩不贷，勿谓言之不预也。
>
> 此布　安乐县知事唐履本

曾仲实望着告示道："已得妥当办法。不知道有了什么办法，何不说出来大家听听呢？"曾伯坚走上前拉了他的手道："回去吧，母亲正在家里望得急杀，你有这闲工夫在这里咬文嚼字！"不容分说，拖了就走。兄弟走进住家的那条安仁巷时，一望同巷的人家一齐将大门紧闭。站在巷这头望到巷那头，空空荡荡的不见一个人影子，一直到自己家门口，邻居的门户全是关闭的。

曾伯坚将自家大门重重拍了几下，才有老仆李发出来，在门里连问了几声："是哪个？"曾伯坚先答应了一声："是我！"后又说，"我的声音你都听不出来吗？"李发才慢慢地开门，先伸着头在门缝里张了一下，见他兄弟二人身后并没有别人，这才将门开了，让他二人进去。曾仲实道："只为了县里一张布告，就吓得你们这副形象。军队虽然在打仗，离着我们这里还有一二百里，总不成他们的炮弹会飞？就打到安乐县来！"李发道："二先生，你不想想，现在打仗有什么便衣队。军队没来，他们先来了。我听说，便衣队是不管那些利害的，哪里可以扰乱人心就在哪里下手。城里的便衣队已经到有五千多，这一闹起来，还是玩的呀！"曾仲实道："你是越老越糊涂。事情也不想一想，我们县城里统共有多少住家的？若是有五千多便衣队混进城来，他们在哪里安身？"这一句话问得李发无言可答，把一张瘪嘴咕嘟着几下，一把苍白的胡子都翘了起来，背转身自去关大门去了。

伯坚兄弟走进上房，他们的母亲曾太太直迎到天井里来，望了仲实道："孩子，你的胆子也太大了。这样兵荒马乱，你还有心在外头玩。你哥哥去找你，大半天又没有回来，我念了几千篇佛，在观音菩萨面前敬了两次香，请她老人家保佑你。现在外面怎么样？"说了这句，颤巍巍地向伯坚望着。伯坚答道："没事，你老人家放心。倘然市面真不大平静，我就保护你老人家到省城里去。省城里有租界，兵是过不去的。"曾太太道："街上现在没有大兵吗？"伯坚道："不但没有兵，而且有些铺子还在照常做生意。我们城里已经推了代表去请愿，请军队不要来，我们这里情愿送些钱过去。本来由陆路进兵，这里是不相干的地方。"曾太太抬着头，由天井里望着天道："大慈大悲观世音菩萨，阿弥陀佛，我们争什么天下，投降了就好。"说着，一伸手扶了伯坚进堂屋去。

堂屋正中有两个神龛子，上层供着五路财神、送子娘娘、伏魔大帝关老爷，下层是曾氏祖先。右面另有一张香案，壁上悬了一幅观世音站在莲花宝座上的佛像，像下面另有一尊瓷的弥勒佛。曾太太直奔这座佛案，一手扶了桌子犄角，望着观音像道："你老人家救苦救难，转劫回生，安乐县全县的百姓都沾菩萨的恩典。"仲实在一边看到，气得只是顿脚。伯坚站在母亲身后向着仲实以目示意，不住地摇手。曾太太祷告了神佛，才转回房去。

仲实道："我看妈大开其倒车，只管念佛。大哥你还是个大学生，自己不劝倒罢了，还要帮着她阻止人家过问，这是什么意思？"伯坚道："你有所不知，妈她老人家这么大年纪了，什么嗜好都没有，就是念佛。谈到念佛这件事，说起来虽是迷信，但是迷信的归结，总是学好，不是学坏。既不花钱，也不误人家的事。她自己并没有什么事消遣，借了这个消磨她垂暮的年月，而我们只当她是一种娱乐也未尝不可，又何必……"伯坚只管向他兄弟拉长着说，仲实早已掉转身去走到老远去了。伯坚望了仲实后身一耸肩膀，叹了一口气，也只得算了。今天是个端午节，既不能出门，家里又是关门闭户，萧条万分，很觉得无聊，便慢慢踱到自己书房里去，拿了一本书，还只看了两三页，忽听到隔壁人家一片男女喧闹之声，当说话时，却有两个邻县人在中间说话。伯坚知道这隔壁是张婆婆家，她是一个六十岁的孀居，膝下只有两个孙子、一个寡媳，并没有多少人，何以今天反这样的热闹？心里想着，便侧了耳朵听。

李发提了一壶开水来和他泡茶，见他这样静听的神气，就对他道："大先生，你不知道，隔壁张婆婆家来了一批西平县的亲戚了。这些人都是家在火线上的，跑到这里来投亲了。我们的袁家大舅家听说也逃难逃来了。"伯坚不住笑道："你胡说。"李发将开水壶放在地下，用手摸着胡子，将一双老眼笑得皱起许多纹来，望着他道："怎么是胡说？连他们家里大姑娘也来了。"伯坚原是坐着的，突然站了起来，望了李发道："真的吗？你怎么会知道？"李发笑道："当真的，大先生可以去看看，那大姑娘益发长得标致了。"伯坚笑道："又胡说。我是问袁家大舅来了没有来，哪个提到了大姑娘、二姑娘？"

李发笑道："大先生，你当真把李发就当作那种蠢材，连这一点儿事都不知道？你若是要去看看袁家大舅的话，我悄悄地给你开大门，包你神不知鬼不觉的，你就可以去一趟回来。"伯坚道："若是袁家大舅果然来了，照情理说，我是应当去看他的。但是你怎样知道？太太倒不知道？"李发道："下午我在街上遇到二老爷，他告诉我舅老爷一家人来了，我就回到二老爷家去了一趟。我想告诉太太，怕她一听说逃难的人都来了更要着慌，所以一直到现在我还是瞒住的。"伯坚用手扶了一个桌子的角，头昂望窗子外的天只是出神。

李发笑道："你就不用想了，这样兵荒马乱的时候，我绝不敢骗你去空跑一趟的。"伯坚道："好吧，我去看看。"说时，一面戴着帽子，一面就向外走。李发也就跟了出来，轻轻地拔了门闩，手扶了两边门，随着人后退时向怀里拉，拉出了一尺多宽的门缝时闪到一边，就向伯坚道："大先生，现在你可以走了，家里要问起来时，我就说是你睡觉了。"伯坚也不作声，侧着身子就溜出大门来。

这个时候虽和到家的时候相距只几点钟，然而情形已经大变了。所有街上的铺户一律都关门闭户，不见一个人影子。远远地看那十字街头，倒也站着几个背了枪刀的警察，很自在的样子，互相顾盼着在那里说闲话。这时伯坚所走的一条东大街，本来是极热闹的所在，今天却一看是空荡荡的，倒有些怕走起来，心里也说不上有一种什么奇怪的感觉，只是慌乱不安。这样一来，大街丢了不走，弯曲穿着小巷向他的二叔曾子约家来。到了那门口，依然也是双扉紧闭。

伯坚将门环拍了几次，才听到他二叔在大门里咳嗽着亲自出来开门，在门里问了声："哪个？"伯坚答应了。子约道："是伯坚吗？外面不大平静，你还向外面乱跑。"伯坚道："原是为了不大平静才来看看二叔的。"说着话门已开了一条缝，曾子约嘴里衔住一管长可一尺五六寸的旱烟袋，长袖子里将左手五个指头只伸出来半截，扶着了烟袋下梢，口里剥剥有声，将烟杆嘴子吸着，人闪在门后，似乎脸上有一重很重的忧愁罩住了一般。伯坚先笑道："你老人家没有受惊吗？我在家里挂念得很，特意来看看。听说二舅来了，亲戚逃难……"子约听说他来探望的，脸上倒有点儿喜色，及至他一谈到二舅，脸色又板下来，含着烟袋，立刻叹了一声长气。伯坚已是挤了进来，就关上了门，和他一路进去。

子约在这城里经营了一家杂货店、一家染坊，是个城里很殷实的商人。他的家里自己也收拾出一间书房来，这间书房紧邻着客厅。他这书房里却是除了一本当生的《商民快览》而外，并没有别的书，只是账簿而已。横了窗户摆了一张二屉桌子，上面放有笔砚算盘。坐的不是椅子，是个长方形的大钱柜。桌子外也有茶几木椅，比较看得重一点儿的人，就可以到这屋子里来坐。伯坚随着他走，一直走到这书房里来。

子约坐在钱柜上，向着桌子上一伏，口里不住地吸着那烟袋嘴，但是下面烟斗子里并不曾冒出一丝烟来。许久的，他叹了一口气道："你二舅终究是个书呆子，一点儿划算没有，带了一大家子人就向我这里一跑。俗言道得好，'任添一斗，不添一口'，添上五六口子，我怎样受得了？"伯坚道："遇到这种离乱年间，骨肉至亲也就说不得了。"子约道："虽然是

9

骨肉至亲，但是也要看看各人的能力。就以我而论，现在……"正说到这里，只见窗子外一个人影一闪就走开了。子约便叫道："淑珍，这不是外人，你大表兄在这里。"

淑珍听说，绕转身进来。伯坚一见，她改了半年前相逢时的样子了，头发剪了，梳了一个童花式的头，把她一张可喜的圆脸益发现着笑眯眯的了。她也改了乡县的样子，换了一件浅绿色的长衫，这是最近由省城里传来的样子。这种装束在省城里看到不算什么，在县里看到便觉分外的美丽。在伯坚心里，原是急于要看淑珍一看的，可是这一见面之后，也不知因何缘故只管难为情起来。因为难为情，也就不能正式对了人家望着，只叫了一声"表妹"，脸就偏过来了。

淑珍道："我原是要去看看伯母的，不料到了这里，市面上照常紧起来，姑爷不要我出门去。"说着就眼望了子约。伯坚道："家母在家里烦闷得很，若是表妹愿意过去玩玩，就可以暂住在舍下。"说时也望了子约。子约道："你们那边有空房吗?"伯坚道："有好几间，若是两位表妹和舅母一路去，舍下总还可以住得下。"子约沉吟着道："她们倒也是愿意去看看大嫂的。不过现在妇女们出门不容易，去了不能就回来的。我的亲戚是不便去打搅你们家里的。"伯坚笑道："大家都是亲戚，在我那里住个一月半月，总也不敢怎样怠慢。"

伯坚来了这久，子约总是哭丧着脸，等到伯坚说是可以留三位亲戚在那里住下，他脸上立刻现出一道笑痕来，望着淑珍道："那边伯母倒是常念你，照理你们也应该去看一看。今天是晚了，究竟也不知道外面的情形如何，明天我可以陪你母女过去大家谈谈。"淑珍道："若是我妈不去，我带了妹妹也要去。"说毕，无端地脸一红，又嫣然一笑。

这时又听得大门外咚咚一阵响声，子约口里衔着烟袋偏了头听着，自言自语地道："哪个叫门这样的凶!"一面说着，一面起身去开门。走到天井里，家里用的女仆王妈是已过了屏门，他就连说："慢着，慢着。"王妈退回来了。自己走到大门下，由门缝里向外面张了一番，见是杂货店里的伙计萧有才和小徒弟四儿，便问道："你们来做什么?"萧有才听了是东家的声音，便道："请你们开门，外面不便说。"子约听到有人叫门，心里先就要慌乱，而今听到门外"不便说"这三个字，心里更慌乱得厉害。开门放他们进来，将门关抵妥了，身子靠了门框，睁了眼望着伙计道："怎么样？有什么新消息？"

萧有才道："消息是没有的确。都说西平县已经让联军占领了，又说这边的同盟军打败了他们，这都没什么关系。只是县里派人家家传谕，说为了城防之用，要借一些铺捐。"子约道："那有什么法子，答应他就是了。"萧有才道："不是平常的铺捐，而且这个月的铺捐早就拿去了。现在县里是要借半年，这捐款限今天下午六点钟以前就要直接送到县里去。我们不敢做主，来请问二老爹怎么办。但是看那情形，款子不交也不行的。"

子约两手一张，一拍大腿道："那还了得！"只这一声，把嘴里衔的旱烟袋突的一声落在地上。他连忙捡起来，将那烧料烟嘴仔细看了一看，见并没有什么破绽，这才接着道："杂货店捐，每月是四块钱，四六二十四。那边染坊，当然也照样，一月两块，二六一十二。平白地拿出三十六块钱去，利钱半年，要耽误多少！"萧有才微微一笑，一看东家那气愤的样子又忍回去了，正着脸色道："你老人家那样算，未免太老实了。现在借去半年，以后我们还打算按月扣还吗？那也只好算是今年加半年地捐了。"

子约将那旱烟袋衔在嘴里，也不管烟斗里有烟无烟，只管毕剥毕剥吸了一阵，低了眼皮只管想心事。伙计和徒弟看了东家发愁，自也无话可说，都呆立在一边。子约想了许久才问道："你没有打听商会里对这件事怎样反对吗？"萧有才道："商会两个会长都走了，几个会董也没有主意。刚才县里派人来劝捐，就有商会里的人同了来的，他们也是劝我们照出。"子约右手取了旱烟袋，左手掌平伸着，将烟袋杆连在左手心里拍了几下，口里连道："什么鬼商会！年年出会费，倒要他们帮着人家来要钱。既是这样，你们可以看看合街情形怎么样。若是大家都出钱，我们也少不了，只好认个晦气照出就是了。"

萧有才见东家说了这话，这问题算是解决了，抽身就要回去照应商店里的事。子约口里仍然抽着旱烟袋，闭着眼睛只管出神，手却对他摆了两摆。他虽没有听到子约说什么，知道是留住不要走的意思，便站在一边静等东家的命令。不料子约这一句话，比什么话也难说，口里衔着烟袋嘴儿，不知不觉之间口水竟顺着烟袋杆儿一直地向下流。还是萧有才咳嗽了一声，他才醒悟过来，就叹了一口气道："我现在是内外夹攻，家里有事店里也有事。"回转身背了手在身后，自回书房里去了。

萧有才也不便跟着东家进内，又不便走开，当时为难起来，一时急中生智，就对子约道："我想这钱有几家抗过去了，也许就不用拿出来。我回店去，和街坊商量商量看。"子约虽然是向里走，浑身像拖了几十斤铁球一样，哪里走得动？及至听到萧有才说还有点儿挽救的办法，立刻转过身来向他道："那就好极了！你赶快回店去办这件事，多下三四十块钱我们又可以……"这句话不曾说完，他忽然转了一个念头，正着脸向萧有才道："这主意是你出的，还是人家商号里有这话？"萧有才道："人家商号里也有这意思。"子约道："那就好！我们只让别家商店里出头，我们只装不知道。真是他们拉我们出面，我们只说他们尽管办，我们决不反对。要不然宁可出几个钱……但是总以不出钱为妙。你对于这事，我知道有法子的。"说时，手扶着烟袋杆微微点了点头，那意思就是说萧有才很不错。萧有才知道东家痛财，然而还加倍地怕事，自有主意去了。

子约再走回书房时，见自己坐的钱柜上放着一把白折扇，又一条花边的绸手绢。折扇认得是伯坚的，花边绸手绢却是他向来不用的。将手绢拿起来闻了一闻，有股香味，一只手绢角上还沾了一点儿淡淡的胭脂渍。这大概是淑珍丢在这里的，这也不去管他，将手绢和扇子一齐放在桌子一边，自己去清理账目。清理完了账目已是黄昏时候，这扇子伯坚还没有拿去，心想，难道他还没有回去吗？

走出书房，隔着短的屏墙，正听到伯坚在上房有一阵哈哈的笑声。子约便喊道："伯坚，你还没有回去吗？"伯坚听说，这就一头由里面钻了出来。子约正着脸色道："不是我连一餐晚饭都不让你吃，今天市面上紧得很，你要早些回去。而且我也怕你母亲在家里盼望。"伯坚哪里能驳叔叔的话？自到账房里去将折扇手绢一齐拿了，手绢揣在身上，折扇就在手上摇了出去。子约想问他这条手绢是不是拿错了，但是他已很匆忙地从大门走出去，已经来不及问他了。

伯坚走上了街，又想看看城里的情形如何，就绕道走着，且不一直回家去。冷巷子里固然是不见一个人影子，走上大街时，这是一个没有电灯的县城，警察既不亮上街灯，各商店里的檐灯也没有人点，这样阴历的月头，一条大街只是漆黑黑的。路黑不要紧，恰是不见一个人，也听不到一点儿声息。虽是常常经过的街道，仿佛今天各街巷都加宽了一倍，越显得空洞寂寞，走起来只感到心里不安，于是三脚两步赶快地跑回家。白天街上还有几个警察守着街口，现在连警察也没有了，所走的地方都是一条空街巷，由着他跑或走。

他走进了巷口，脚步的声音踏在石板上比较响些，只听巷边矮屋子里有人乱叫道："不好，来了，来了!"接上就是一阵乱跑的脚步声。伯坚也不知道什么来了，跑得更快。好容易跑到家，将门乱捶。半天，李发在墙头上对外看了一看，问道："大先生吗?"伯坚在门外听李发在里面又说道，"大门用东西塞上了，不容易开，我用绳子把你吊进来吧。"说时，他由墙上抛下一根麻绳出来。伯坚本来想不肯爬进去，又怕开大门惊动了母亲，也不妥当，只得抓了绳子，让他拖进墙去，进得屋去，问道："这为什么? 你们坐在家里又听到了什么消息了?"李发将脚向地下一顿，似乎是极用力，望着他道："你怎么还不知道? 兵杀到西城来了。巷子里的街邻都是这样说，我亲耳听到放了一排枪。你听，枪声又起了。"

伯坚偏着头静静一听，哪里有什么枪声? 正待说时，一阵哗啦啦的声音随着一阵晚风由天空吹来，好像是无数的人在旷野地方喊着"杀呀杀呀"一样，又像无数人马拥挤在一堆，乱打乱杀一般。伯坚虽然是大学生，从来未经过战事，并不知道战场上是怎样一个情形，听了这种声音，心想，这仿佛是所说战场上短兵相接的情形了。在城里都可以听到喊杀之声，那么离战场一定不远，怪不得城里空气这样惨淡。李发望了天上的星光，抖颤着道："这是怎么好! 我这条老命不知道可挨到明日天亮否?"伯坚静静地站在这里，也就不断地一阵一阵听到喊杀之声，回头看那李发，靠了窗壁站着，连鼻息都没有了，只管发抖。伯坚道："你为什么怕成这样子? 又不是大门口打仗，赶快进去吧。"

李发摸了墙壁走进去，伯坚也跟着进来。只见仲实手里拿了个手电筒，向周围照了出来，见伯坚就握了他的手道："这军队来得真快，在城外就打起来了。我打算到街上看看情形，你去不去?"伯坚道："这可不要胡闹! 若是攻城的话，我们还要挖地窖躲避才好。满街上乱跑不怕中流弹吗?"言未了，只听隔壁屋子里黄大嫂子突然放声哭了起来，她丈夫黄老大喝道："兵来了，躲还来不及，你哭什么! 你怕他们不来，要引祸上身吗?"

仲实道："你听听，大家都弄成心神不定的样子了，不知道街上弄成了一种什么情形，我们不能不去看看。"伯坚道："街上也漆漆黑黑一点儿声音都没有，全城的人都像死过去了一样。这般夜深，你跑到街上去看些什么? 你又不当报馆里访员，你把消息打听来又怎么样?"李发呆了半天，才道："这真吓人！二先生不要出去吧。你听听，这喊声又听见了。"果然风过一阵，那哗啦哗啦的声响在半空中又吹了过来。伯坚道："我们也看看母亲去，这种响声她老人家听了，恐怕也是心里不安。"仲实一想，这话不错，母亲那样阿弥陀佛的人，怎样听得这个？他兄弟二人便悄悄地走进上房来。

这曾太太除了祖先堂上供着佛爷不算，自己的卧室另外有个小堂屋，也是当中摆了佛案，佛案上只点了一盏香油灯。不点煤油灯，说是免得煤烟子熏了佛菩萨的眼睛，因之，这屋子只靠那豆子大的灯光，放出一些淡黄色的光焰来，便是佛案上点的那三根香，犹自在这淡黄色的灯光中现出三粒红灿灿的香头来。曾太太就在佛案边一张太师椅上盘腿坐了，口里念念有词，很是舒适。她两只手平胸合了掌直抵着下巴，看那情形已是有十二分的睡意了。走近前看时，她果然是闭着一双眼，这一会子像泰山一般稳重，外面有什么变化完全在所不计了。

伯坚道："妈，城外有喊杀之声了，你没有听见吗？"曾太太这才抬起头来问道："有什么声音？怎样我一些些也不听见？"伯坚向着屋门外一指道："这风吹过来的声音不就是？"曾太太由椅子上放下腿来，从从容容走到堂屋门边，对天空上看了一看，就微笑道："你们说这也不怕，那也不怕，真说起来比你老娘的胆子还小得多哩。这是什么声音你们都不会知道？太可笑了，这是南门外那条河滩里，水流在石头上的声音，有什么喊杀之声！"

伯坚偏着头静听了一听，果然有些像，便道："若是滩上的水声，那应该天天听见，为什么今日我才第一次听见哩？"曾太太道："平常城里闹攘攘的，日里也是听不见，只有晚上人静了，我念过了经，可以偶然听到一两阵。若是河水不大不小的时候，有南风吹过来，更听得清楚。今天一早，城里人就一点儿声音都没有了，所以大家都听见。我们晚上睡了觉，桌上放了表，都可以听到机器摆动响声，那不是这样一个道理吗？这就是兵来了？那不是瞎闹嘛！"伯坚一想这话，果然向着仲实一同笑了起来。

曾太太道："你们都说我胆小，而今应该我说你们胆小了。我们这样的老太太，兵荒马乱的时候，看家最好不过。你看兵来了，我会逃难不逃？"伯坚道："提起这事，我要报告你老人家一个消息，西平县的袁大舅一家，他们逃难来了。明天若是平静的话，我想把大舅母、二舅母都接到我们家里来住两天。"曾太太道："哟，他们来了？我是在菩萨面前天天给他们多上一炷香呀。那么，他们那个淑珍大姑娘也应该跟着来了。这孩子和和气气的，我很喜欢她。你要是请两位舅母的话，可以把她请了来。上个学期，她到省里去进学堂，你们应该是常会面的了，我想她也不会避什么嫌吧？"

仲实听他母亲如此说，只管嘻嘻地笑了起来。曾太太道："我这话有什么可笑的？你笑成这副样子。"仲实道："哥哥说接两位舅母，若是真的呢，你就让他接两位舅母好了；若是假的呢，那就把大姑娘算说在内了。"曾太太一时还没有理会到他的言外之意，便道："你不要胡说了，亲戚逃难来了，我们接他哪里有假意？只要街上明天有人走路，你就去把他们接来。"伯坚一句话虽没说，却也忍不住心里那一阵愉快，扑哧一声由嗓子里直笑出来。曾太太道："你们这样大年岁，都还是小孩子一样，一会儿吓成那样子，一会儿倒又笑得起来。我的经文还没有念完，你们不要在这里闹了，去睡吧。"

伯坚见母亲竟是坦然无事地念经，心里倒放下一块石头。走出堂屋来，便默然念着哪里空得三间房可以让袁家舅母、表妹住下，屋子里应该布置些什么东西，才算不怠慢客人。心里这样想着，自己点了一支洋蜡烛，就先到空屋子里来照了一照，看看里面是否还干净。将洋蜡在屋子里遍照了一番，自己倒望着空屋子里出了一会儿神。出过了神，自己又点头笑了，心想，正屋两间两位舅母好睡，西方那边一间厢房，可以收拾出来做淑珍的书房，明天一早就办妥当，淑珍来了一定是十分满意的了。

手上拿了蜡烛走出正屋，正待向西边厢房里去。只一出正屋门，又听到一阵轰隆轰隆的声音，而且这声音一起之后就不曾间断，一直响了下去。这声音既急促又显明，再不能说是河滩里的流水了。若照着那轰隆不断的情形猜度，便是一种枪炮对轰的声音，不过声音不大，似乎很远吧。但是仔细一听，这声音似乎就在本巷。本巷若有枪炮对轰，决计不能这样地太平住在家里。那么，这种声音究竟是什么东西发出来的呢？正是：

风声鹤唳休还起，蛇影杯弓幻也真。

第二回

爆竹喧天壶浆迎战士
斯文扫地鱼贯缚书生

却说伯坚正拟收拾屋子下榻迎宾，忽然听到一种奇怪的声音，又很像交斗的样子，心里不免又添了一种疑阵，及至仔细听来，自己又为之失笑，原来是这巷子里的米坊在连夜用砻子磨稻，这种声音正是磨稻磨出来的声音。自己向来也不怕事，为什么今天处处疑神疑鬼？未免太胆小了。这样想着，就把晚上所听到的一切声音都当作幻想，不再去惊疑了，空屋子也不去再照耀，就坦然地睡觉了。

到了次日起来，刚一起床，只见李发笑了进来，拍手道："没事了！街上已经照常有人走路，铺子也依旧做生意，这样看来我们昨日是虚惊了一场。"仲实也在窗外喊道："怎么样？不是一点儿没有事吗？昨天看龙船看得好好的，那样把人拖回来，现在让我们好笑了。"伯坚对于他们这些话都不曾听到耳里，匆匆忙忙地洗过脸，连茶也不曾喝就走出大门，一直奔二叔子约的家来。一走到天井里，就听到子约在骂人，他道："明知道大兵是不经过这穷州苦县的，我们自己着什么惊？好好地送三十六块钱给县太爷。我昨天该死！该大着胆子说让县里派人来抓我，我也不出钱。抗到今日，这钱不就守住了嘛！"

伯坚一听这话又是叔叔在痛财，便在天井里先咳嗽了两声。子约伸着头由窗子上冒出来望了望道："伯坚吗？昨天晚上回去对你母亲说了没有？我已经告诉你二位舅母，说是你母亲要接她们过去做客，她们都预备了。你打算接她们去过多少时候？"伯坚笑道："只要二位舅母不嫌简慢，就多住些时；若是住不惯，当然也不敢强留。"子约听他如此说，就对他招了招手，让他到屋子里去，因低着声音道："你千万不要说这种客气的话，在外面逃难的人保得住性命，就是千万之幸，有什么住不惯。再说你袁大

16

舅家向来也就过着苦日子，到我们这里来做客，至少也胜过他们家里生活。所以我就依照着你大舅的意思，饮食是家常的，不肯铺张。我就对你袁大舅说，亲戚就应该这样诚实招待，像家里人一样。就是将来我们有一天逃到你府上去的时候，我也只要你府上给我粗茶淡饭吃。袁大舅连点头说不错，你就照着我的话办，若是不然，你只管肥鸡大肉招待亲戚，这一笔账可不要写在我身上，我是不记你的情的。"伯坚笑道："你老人家放心，我既是自来接客去，只要客过得下去，粗茶淡饭也罢，肥鸡大肉也罢，我就老老实实说是请客完了，也不记袁大舅的账，也不记二叔的账。不怕二叔讲生意经，请客总是蚀本的事，因为请了客，客绝不能照钱还给你，至多双倍三倍回礼而已。可吃的吃了，可玩的玩了，总是消耗的。若要不蚀本，最好不请客。"子约红了脸道："你误会了我的意思了，我不过怕浪费了，逃难的亲戚过意不去。若是我不愿请客来，为什么你袁大舅一家人不走东不走西，老老实实就到我家来呢？"

伯坚本想再说两句，又怕二叔的脾气发了躁，真会不让二位舅母和表妹去，那就全盘计划都失败了，便笑道："我也是说笑话，谁不知道二叔这番体恤亲戚的意思。我就是把二位舅母接去了，总也望宾主两方都过得去。因为总想二位舅母多住一些时候，若是待她们太好了，我怕她们不肯长住，倒反为不美了。"最后这一句话，子约听了倒很是适意，禁不住笑了起来道："你这一句话我倒是极端赞成。只要二位舅母愿意在你那里住，我也决不勉强去接了她们回来的，这个你放心吧。"伯坚笑道："这一层我倒是放心的。"于是跑进上房，在天井里就喊道："两位舅母，我母亲打发我来接你们过去住几天。"只说了一句，淑珍手上拿了一把带柄的长梳子梳着她的头发，一掀房门帘子伸出半截身子来。伯坚道："表妹，请你也去，我母亲最想念你呢。"大舅母田氏在房里答道："我们是刚刚起床。大先生来得真早，请在外面坐吧。淑珍，好在你不怕人，就陪表哥坐一会儿吧。"淑珍笑着出来道："自从我到省里进了几个学校而后，大家就说我不怕人。其实这是他们自画供状，说自己怕人。女子也是一个人，为什么就应该怕人呢？我真有些不懂了。"伯坚笑道："像表妹这样，在女学生里面已经是道学先生了，再要怕人，那恐怕要成了落伍的村学究了。"

淑珍抿嘴一笑，回头又看了看内房，才道："你以为我的思想不落伍吗？"伯坚笑道："我觉得你这种态度倒为适中。"淑珍笑道："适中是骑墙的变名，有什么好？你看我这衣服料子是时兴的，样子还脱不了家乡风味，这也不能不算是骑墙了。你看我穿这衣服到府上去，令慈喜欢不喜欢？"伯坚道："穿衣服是自己的事，为什么问人家喜欢不喜欢？而且家母纵然爱管闲事，也不会管到客人的衣服上去。"淑珍道："虽然如此，但是我们做客的人总要得主人喜欢为是。况且……"这且字接不下去了，说着先笑了一笑，然后才接着道，"我在这边穿着，姑母就说了我好几回，说我是时髦姑娘了。那边伯母恐怕比我姑母还要守旧些。"只说到这里，淑珍又微笑了一笑。伯坚道："你放心。我母亲虽然学佛，是很慈祥的，对于我们，就是有什么话教训也慢慢地说。"淑珍笑道："表兄这话有点儿不合逻辑，伯母对于你们弟兄们的态度，怎能拿来对于亲戚作比？"

伯坚一想，这话也是。顿了一顿，一想这话又默认不得，怕她又会起什么误会，便道："怎么不合逻辑？这话很合逻辑的。你想，我母亲对于自己的儿子都很好的，对于别人更是会好了。你若不信，可以去问我二婶，一定可以证实我这话。"淑珍笑道："论逻辑，我是没有错的。因为儿子是自己生的，当然可以待他好些。至于亲戚，就疏一层了。"

说到这里，淑珍的父亲袁学海嘴里衔了一支雪茄由后面出来了，那一股子冲人的烟臭，比他人还要先走过好几尺。原来学海是西平县一位讲维新的绅士，一切习惯都模仿省城中上等社会的样子。他看到省城里人不少抽雪茄的，因之也抽雪茄。但是这西平县交通比较地阻塞，物质文明可万万赶不上省城，他要抽雪茄只能买到十二个铜板一支的粗烟。不要提气味不好闻，那颜色也就漆黑，远望去，倒好像他嘴里衔了一截圆墨。西平县抽雪茄的人不多，就有抽的也是这一路货色，所以并没有人说他抽烟不好。他到了亲戚家里，要表示他时髦，这雪茄更是刻不去口。

他倒很喜欢伯坚，因为他是大学生，是个崭新人物。伯坚又不高谈学理，只是将就着他的程度说话，他极为合口胃。一听他在和淑珍说话，把他那件旧蓝纺绸长衫套在身上，背了两手慢慢踱了出来。一见伯坚，便笑道："你们高谈逻辑，这个我也知道。中国古人早就说过，辞达而已矣。"伯坚知道他的主张，凡是西洋过来的东西，总是中国古来就有的，便笑了一笑。学海道："你二叔除了做生意、存多少货、能赚多少利而外，别的是一切不管，这样时局严重的时候，连报也不订一份看看。我日前在报上看到省里要办航空邮政，若是飞机由我们那里经过的话，当天可以看省里的日报了。西洋人的机器之学真是厉害，其实吾华固自有之。"说着将身子微微摆了一摆。伯坚一想，别的中国有罢了，找遍了四库各书，也没有"飞机"两个字的出典，这就不敢附和了。袁学海看他那种犹豫的情形，知道他是不相信的，便道："墨子造木鸢，这个典我想你是知道的。这木鸢与飞机有什么分别？我想比飞机还活动些也未可定哩！"

伯坚不料他找出飞机的典竟在二千年上，有凭有理，还有什么可驳的？含笑点头称是也就算了，便将话扯开道："大舅，我今天一早来是奉有一点儿使命的，家母让我来请两位舅母到舍下去住几天。"说着眼光转向了淑珍，然后又回转头来，对袁学海道，"大舅，表妹也可以去玩几天，家母很惦记她的。"淑珍听了这话，便低了头坐着，只管把脚悬起来前后摇撼着。那样子似乎甚是闲适，一点儿什么事都没有放在心里一样，但是眼光却斜着向她父亲射来，看她父亲是怎样的回答。袁学海道："她当然是跟她两个母亲去。就是你不请她，她也未必在这里坐得住。"淑珍听了这话，倒扑哧的一声笑了。伯坚见大舅已经都答应了，这事就不成问题，因笑道："我就先回去一步，好吩咐家里筹备欢迎的盛典。"说着，高声向屋子里叫着两声舅母务必要来，然后笑嘻嘻地出门去。

刚走到大门口，却听到身后有脚步响，回头看时，淑珍来了，因笑着轻轻地问道："你还有什么话吩咐吗？"淑珍笑道："你太客气了，我怎么敢吩咐你呢。我不过有件事要求你罢了。"伯坚道："你太客气了，你对我怎么说上要求二字呢。"淑珍笑道："这倒好，我和你客气一句，马上就回我一句。"说着，站住了脚，用手理着头上的短发，向着伯坚微笑。伯坚道："你'要求'什么？就是要求我在门口站上一会了吗？"淑珍笑道："不相干的一句话，我不说也罢。"伯坚道："既是程度够用'要求'两个字，这事一定不小，我希望你不客气说出来。"淑珍笑道："这事是……总而言之是用不上'客气'二字来形容的。"伯坚道："那更好了，你说吧，什么事呢？"淑珍望着微笑，停了一停，才道："我是说，到了府上以后希望你不要像在我姑丈家里一样。"伯坚道："当然我是主人了，自然要客气一点儿的。"淑珍道："错了，错了，我不是这样说。我是说我到府上去了，你不要无事找着我说话。"这个"话"字一出口，马上一抽身就跑回上房去了。伯坚望着她的后影痛快已极，不由得哈哈大笑。走上大街，见各家铺子都开了门，已是照常做生意。昨日县知事唐履本酷爱和平的布告已经撕掉了一只角，旁边另贴了一张新布告。布告上说：

照得联合军兴，意在伐罪吊民。义旗高处一举，旬日连克数城。业于本月念日，大军行抵西平。本邑通省要道，原为水陆必经。义军前后过境，自当一律欢迎。所有攻克各处，义声早有所闻，都道秋毫无犯，所至鸡犬不惊。现接前方来电，大军不日抵城。统告绅商各界，准备盛大欢迎。切勿造谣生事，商务照常经营。特此预先布告，商民其各凛遵。

×年×月×日安乐县知事唐履本

伯坚一看，心里也笑起来，昨日还说守土有责，今日就欢迎大军进城了。不过这样也好，县里不必打仗，大家只欢迎一阵就把这场虚惊揭了过去。我这也就可以安心去办我的事，不必一心牵两头了。一路想着到了家里，脸上兀自还有笑容。曾太太问道："什么事你这样好笑？我知道你到二叔家里去过，又是笑二叔守财奴了。"伯坚倒不料母亲会看出脸上的笑容来，就随便说了一句县知事的布告贴得颠倒可怪，含糊着答应过去了。于是马上告诉李发，找了本巷里面两个帮闲工的将三间空屋打扫干净，一面又拿出钱来，叫李发上街采办食物。自己还怕想得不周到，又去问他母亲还有些什么事要筹备。曾太太笑道："你向来不愿管这些琐碎事情，不料你和两个舅母这样有缘。你自己舅父也来过，我不曾看过你这样殷勤招待。"伯坚笑道："自己母舅住在本城，常常可以见面，当然用不着怎样客气。袁家母舅是老远避难来的，自然要招待得不同一点儿。"曾太太道："你既是这样说，怎么把袁家大舅倒去了不请过来哩？"这一句话真把伯坚问倒了，便笑道："大舅是个新书呆子，又带些官气，我怕请了来你老人家不大对劲，所以我没有请过来住。其实他倒不客气的，不请也会来啊。"曾太太觉得他说的话也有理，就不问了。

伯坚忙了一上午，一切的事情都办清楚了，这就只静等着客来。自己本来想去催请，又怕太着了痕迹，装着散步的样子，曾溜到大门外去了两次，向巷子口上两边望望看看来没有来。然而整整等到吃过午饭，何曾见三位客来？自己究竟按捺不住，又缓缓踱到巷子口来。刚刚走上大街，忽然一阵噼噼啪啪之声响了起来。在这样草木皆兵的时候，忽然听到这种声音，当然足够大吃一惊，但是虽有这种声音，街上的人都是行所无事地照样做生意。这不能算是有军事了。正在这里犹豫，却见附近的店铺里都用竹竿子挑着一挂爆竹站在门口，有人手上拿了香火只等着燃放。那远处的爆竹声正也接连不断由远而近缓缓传来。伯坚身边是家小豆腐店，豆腐店的老板约莫有六七十岁，一嘴苍白的短胡茬子，现出那萎靡不振的样子来，手上也提了一挂短短的二百数的小爆竹，燃了一根香，站在店门台阶上。伯坚认得他的，便问道："王老板，街上家家放爆竹，这是什么意思？"王老板四方看了一看，叹了一口气道："这个年月，不用讲理了。这是县警察局传下来的谕，说是联合军的第一师长进城，经过的大街上都要挂旗放爆竹。而且吩咐每家不许放短爆竹，越长越好。因为由军队过来起到军队过完了止，爆竹的声音不许断，哪个地方爆竹声音断了，回头就和哪家店铺算账。我是左右前后有几家大字号抬住了，和他们讲了一份人情，我点一挂双百子应应景儿也就算了。"

伯坚心里有事，一点儿都未曾注意。这时才抬头一看，果然一条街上家家都高挂了国旗，有两家商店还另外用大红纸写着欢迎联合军的大标语，临时贴在墙上。在这个当儿，街的那头爆竹响起来了，爆竹越响越紧，跟着军鼓军号之声也由那头送了过来。伯坚要看看这一份热闹，就不曾走，只站在巷口上看。一会儿左右前后的爆竹一齐响了过来，那军队已随着军鼓军号走了过来。伯坚看时，那些兵士都是四个一排，便步走着。这个热天，那身上的灰色布制服白的是汗霜，黑的是黏土，不白不黑带着黄色的却是浮尘。兵士们的帽子也和衣服的颜色一样，在头上歪戴着，在歪的一边，还在帽子里夹着一块灰色布巾垂下挡住了半边脸，大概那是遮太阳的作用。前头的兵士身上都背了一杆枪，也绕着两排子弹，枪是歪背着，连身上的制服也一齐歪了过来。中间些的兵也有制服，可是没有枪，各人身上背着一把大砍刀，最末一段的，有的灰色褂子便服裤子，有的灰色裤子便服褂子；有的灰色褂子、裤子都没有，只戴着一顶帽子。穿便服的倒舒服，将胸前的纽扣一齐敞了开来，枪自然是没有，刀也没有，这三种人一组，踢踢踏踏走了过去。后面又是三种人一组，在每组的前头，有人挺着一面大旗子，上书某团某营，知道这是一营人了。一营过去又继续着一营，人数大概也真是不少，不过驮着枪的兵士仅仅只有三分之一，真打起仗来倒不知道这不拿枪的兵却是怎样去应付。看那些兵时，他们倒很高兴，一面说笑，一面向前走。好在这一条街上的爆竹堆起来燃放，除爆竹声音以外别的声音一点儿也没有，他们在马路上走着，敞开来说话，并没有哪个听见。

伯坚先是看那些兵士的全身，这时好奇心重，不觉看到他们的脚上去。在他们的脚上一看，又发现奇观了，有的穿了布鞋子，有的赤脚着了草鞋。走的时候，你上我下，那一路参差不齐的脚，看着也很有个意思。一直让这些兵士走完了，最后倒也有几匹马，一步一点头缓缓在后面跟着。有匹高大的马上坐着一个黑胖的军官，却也雄赳赳地左顾右盼。等着这军官过去了，最后面就是些长袍马褂，本县县城里各法团领袖。

看到这里已是无可再看了，正待抽身要走，人丛中走出一个人来一把将伯坚拖着，笑道："好极了，我们这里面正差着一个学界的代表。"伯坚看时，乃是本县县农会会长何士干，因道："哪里差着一个学界代表？说的是欢迎团体里面吗？我还有许多私事，恕我不能奉陪。"何士干道："这个你谈什么奉陪不奉陪！又不是哪个人的私事，你若不陪，这话传出去了，人家可要说你对公益的事太不热心。你在本城也有财产，也有家族，就能说那句话吗？"说着，也不容他再分说拉了就跑。伯坚笑道："我去就是了，大街上这么些个人，拉拉扯扯像什么样子。"何士干笑道："只要你肯去，我又何必拉？"说着，向伯坚浑身上下打量了一番，笑道："不过就是少穿一件马褂，好在要走舍下经过的，我可以和家里通知一声，叫他们拿一件马褂送到师长行馆里去，然后穿着我们一齐进去。"他们在一处走路的，也有本县商会长在内，他本是昨日到西平去劳军，在路上遇到这支吊民伐罪的军队的。

这商会会长夏体仁，是个大肉胖子，他穿了一件白夏布长衫，外套着黑芝麻纱的大马褂，头上的汗珠子真有豌豆大小，一颗赶着一颗由头上乱流下来。他左手拿了一条大手巾，不住地在脸上扑汗，右手拿了自己的帽子当作扇子，只管在胸前乱扇。他一回头看见伯坚来了，就向他点着头道："欢迎，欢迎。昨天我在屈狗桥遇到这位霍仁敏师长，把我们这番慰劳的意思一说，他就欢喜极了，当时就留着我在一处吃饭，他再三地说他的军队纪律很好的，这次到了我们县里，不过是经过而已，只要我们对于差事敷衍得过去，保可平安无事。我想只要能平安无事，我们在招待上就客气一点儿这也无所谓，你看怎么样?"伯坚哪有工夫驳他们这些话，也就唯唯点头答应。

　　一路说着话不知不觉到了师长外馆，这安乐县是个平常的县份，哪有大地方给师长做外馆? 只有县里的文庙和庙旁附设的小学随时可以借用。本来这里唐知事一接到师长必来的消息，已经派人告诉这里的小学校校长立刻停课，把学校各处房屋一齐腾出来。这个小学校校长是一个科举出身的人才，抱着那鸟兽不可与同群的态度，早就先躲开，自己只吩咐了办事人腾房子，他已不知所之了。这时霍仁敏到了小学里下马，立刻派了四名卫兵在大门口站着守卫。县里十几名代表原是附骥尾一同进去的，霍师长传下命令，他要换衣服，请各位在外面稍候，不必先进去。于是大家也就只好在大门口走檐下立着等候。原来大家想着，换一换衣服要不了多少时候，不料等了又等，那位霍师长还不曾传见。这些法团的代表费了一番力量把人欢迎进来，总应该说几句话才可以回家，若是不辞而别，到外面去说起来，既是没有面子，而且也怕霍师长要见怪。因此大家依然在走檐下静等。

　　别人还罢了，唯有伯坚是加倍地焦急:"今天把两个舅母和表妹好容易请动了，偏是客到门自己又不在家，不知道家里怎样安顿这三位客。若是把表妹安顿在母亲一处住，那阿弥陀佛的声音一定会把表妹腻死，甚至为了这事引起表妹的疑问，也在不可知之列，真就铸成大错了。"心里想着，自己背了两只手就只管在走檐下来回地走着。夏体仁手上捏着揩汗的那条手绢，已经成为水洗的一样了，他还是不住地揩着，望了伯坚苦笑道:"曾先生，你不要急，不多大一会儿师长就会传见的。"伯坚道:"对不住，我要先走一步了。我本不是代表，而且我也没有什么话可说，我何必跟在一处做陪客?"夏体仁连摇着手说不行，何士干更走上前两手一伸，拦住了他的去路，笑道:"不久霍师长就会见我们的，你和他谈两句也不坏。你当过代表，见过一个带上万军队的师长，这很有面子，将来你就是在学生会说话也比较地有力量些。"伯坚听了这话，恨不得手起一拳将他打倒在地。转身一想，原是自己不好，明知道这班东西做不出好事来的，为什么随便地来当代表? 于是也不去驳何士干的话，只当是迎着风吹过，特意走到天井中间去。一看大门外，站着几个凶焰逼人的卫队，也不敢一人乱闯，怕引出是非来。其他的人为了是见师长来的，自然也不敢走。

由日中一直等到太阳落山，大门外又是震天动地的一阵爆竹响，接上就有许多民夫一人一挑两人一抬，搬着许多东西向里面而去。伯坚看那挑抬的东西，有的是酒，有的是肉，约莫二三十挑抬。夏体仁用帽子当了扇子在胸前连连扇了几扇，身子一摆，表现出他那种得意的样子来，因笑着向伯坚道："现在你可以放心了，这是我们各法团办的一点儿酒肉，慰劳霍师长卫队的，也无非箪食壶浆，以迎王师之意。我想霍师长念着交情的话，必定要把我们叫进去多谢两句。那么，我们有了这个机会，就可以说几句话了。"何士干道："其实霍师长本人倒很谦逊，和我们见过一回面，居然就像很熟的朋友样，就是不送礼、不劳军，我们这样爆竹喧天欢迎他，他也很应当谢我们的。"伯坚正想着，他们也不过和姓霍的见了一面，何以交情就深到这样？既是成了朋友了，霍师长就该让这些代表见面了。

这时，有一个马弁雄赳赳地由里面出来问道："哪些人是当代表见师长的？"夏体仁两手捧了帽子向着那马弁拱了拱手道："兄弟是这县里的商会会长。师长在哪里接见我们？"那马弁且不答应他的话，对他浑身上下打量一番，微笑道："哦，你是商会会长？"夏体仁又抱着帽子拱了手，笑嘻嘻地道："是兄弟，是兄弟。"那马弁突然将脸一变，喝道："你是商会会长，你办的好事！你挑来的肉一大半是臭的，酒也不大好，好像掺了水的。师长说，你们简直胡闹！不念你们是这县里的绅士，还有差事交给你们办，那就要把你们押起来。师长在洗脚，没有工夫见你们，有什么要对你们说时，自然会传见。滚吧！"这一下子，不但夏体仁下不了台，就是跟着他来当代表的人都羞得无地自容，面面相觑，作声不得。那县知事唐履本这时也长衫马褂由里面走出来，向夏体仁微微点了一点头道："这件事你交给哪个承手办的？实在不大高明。幸而师长是个宽怀大量的人，要不然……"说着摆了几摆头，好像说出来就骇人听闻似的。伯坚虽然觉得他们可恶，然而自己是急于要回家的人，趁了这个机会正好还家，也不待夏体仁再说什么，便道："这很好，我们也急于要回家去呢。"掉转身子一个人先走了。

一路走回家的时候，街上又变了一个样子，三三两两满街都是兵，家家铺子里也都是兵。看看那些店里的伙计，一个个满脸堆笑来，口里不绝声地叫老总。再看店门前悬的欢迎旗子，门口柱上贴的欢迎标语，一茬茬都在那里，这也就不容商人有什么可说的了。而且这些兵脸上都带着一层蛮横的样子，碰了他就是祸，因此远远地就离开着他们，一路都不敢正眼看他们一眼。一直到了自己巷子口方才向前望着，只见那王老板豆腐店里也站着三个兵在那里纠缠。王老板又发了那老毛病，只管将左手在右手背上擦痒，一个兵骂道："你换不换？你若不换，把你这老杂种的豆腐架子给你拆了，你妈的！"王老板比着两只光拳头连作了两个揖道："三位老总，你要吃豆腐干随便就拿了去，我们这小店哪里能做换银钱的生意？"一个兵砰的一声，跟着一条矮凳向旁边一滚，那个兵骂道："我不看你上几岁年纪，我一脚踢你妈的回老家去！哪个管你开银钱店不开银钱店？老子身上的军用票用不开来，要你兑换两张，也不算什么。你说你家里没有现钱，你能让老子搜一搜吗？"两个兵都骂了王老板一阵了，旁边还有一个兵伸手一摸豆腐榨上的一根长梁，向着王老板瞪了大眼睛，那样子似乎就要动手。

伯坚在一边看到，一想王老头子若再强顶，马上就要吃亏，只得连忙跑上前叫道："王老板，你这人也太执拗，几位老总和你换点儿零钱用，你就换给他好了。"一面说着向前走，一面在那三个大兵后面挤眼睛，又道："你若是店里没有零钱，我这里给你先垫上也不要紧。"那几个兵翻了眼睛向他望着，本有些不满意，然而他说是来垫钱的，也就不便怎样为难他，都等着看他怎样发落。伯坚道："哪位老总要换钱呢？"一个兵道："我们都换！"于是一人拿出一张一元的军用票来，伯坚接过一看，这种军用票不但没有经手用过，而且也没有听见说过。原来就是一张白纸，很简单的四周印了些花纹，花纹正中两面旗子交叉掩护着一尊大炮，炮两边印着两个圈圈，各套着一元两个大字，炮头上一条横格，框着联合军军用票六个字，就凭这个，军队到哪里就用到哪里。人家怎敢花？伯坚正自看着，一个兵道："你看什么！这票子还有假吗？我们都是拿性命换来的钱，我们在满街大铺子里都买了东西，哪个敢说不要？你这小豆腐店，我们没有什么可买的，一个人只要你换一块零钱用你还有什么不愿意？"伯坚道："我这里有三块现洋，和三位老总调一调，行不行？零钱可没有。"三个兵听了这话，彼此望着一笑，虽然眼锋之中还露着凶焰，然而那两腮上已不是先前那样铁板制的一般了。一个兵道："他奶奶的，有现洋还怕换不出零钱来吗？你拿来我们就走。"伯坚见街上的兵正不断地走来走去，连忙掏了三块钱交给三个兵，他们笑嘻嘻地走了。伯坚道："王老板，你今天还打算做什么生意，赶快上店门吧！横竖太阳是落山了，你也不在乎多做一两个钟头的生意。"王老板听了，还自犹豫，早见附近店家已有几处上门了，于是也跟着上了门。伯坚也没有提那三块钱，揣着军用票回家了。

一进大门就连叫几声李发，李发一出来，便问道："客都来了吗？屋子都安排好了没有？"李发道："你不问的袁家舅太太吗？二老爷那边现在闹得一塌糊涂了，她们哪有闲工夫来做客？"伯坚道："那边闹什么？我二叔和二婶又吵闹起来了吗？"李发道："那倒不是，我听说今天满街都是大兵买东西，二老爷杂货铺里今天下午这大半天没有断过人，卖出去了七八百块钱东西。"伯坚微笑道："好生意。"李发道："好生意？要了命了！这些大兵买东西一律都是军用票，买了东西不算，拿一张五块的给你，买一块钱货，还要你找四块现钱给他。起初店里伙计们不敢不找，后来大兵来得多了，这样钱物两蚀的事如何受得起？同街商店一商量宁可把东西相送也不找钱。店里总算热闹了一下午，可不算做生意，只是办了一下午的兵差。"

伯坚不等他说完，连忙将他衣服一扯，早听见大门口有人叫着"老板"。李发回头看时，是两个穿了灰色褂子没有穿灰色裤子的兵。伯坚怕李发不会说话，就迎上前赔笑道："二位老总，我们是住家的，不是店。"一个兵沉吟着道："哦，这不是店。"又一个兵却横着眼道："管他是店不是店，难道说米也没有吗？你是这里什么人？"说时向他瞪着黄色的眼睛，右手里拿了一根破烂的断皮带，叠成了一个长卷，在左手心里打着消遣。伯坚心想：要说没有米，无此情理，要说有米，他一定有一种要求。正自犹豫着，另一个兵就在身上掏出一张一元的军用票来，微笑道："不管多少钱一升，请你通融两三升米给我，钱有多，你找一些铜板给我。"伯坚心里倒吃了一颗定心丸，充其量也不过是三升米而已，便拱了一拱手，笑道："老总，你太客气，二三升米还要什么钱？四海之内都是朋友，这不算什么。李发，你把我们米缸里的米打三升来。"说着，回头向李发丢了一个眼色让他快去，于是又向兵笑着道，"二位用什么装米？"那个黄眼睛的兵道："你为什么不要钱？你以为八大爷不讲理，白吃百姓的吗？"这一个兵也笑道："不要钱那可不好，我们又没有交情。"伯坚道："我刚才说了，四海之内皆是朋友。我已经说了奉送，决不能反悔，若要反悔，我这人太不够朋友了。二位没有什么公事，请到家里喝一杯茶去。"两个兵原只有一个兵板着脸，伯坚既这样客气，那个板着脸的兵也就不好意思再板脸，只在手心上打着皮带。一会儿李发用木盆盛了三升米放在地上，那个黄眼睛的兵道："好吧，既是相送，这个木盆索性送给我们，要不然我们不能把三升米用手捧了回去。"伯坚心想，这两位瘟神早早送出去的好，那一只木盆也用不着爱惜了，便道："小事小事，老总随便拿去就是了。"这两个兵无限可挑，一个捧着木盆，一个唱了小调子，就同着走了。

李发这一会子乖觉了，连忙关上了大门，因道："就是这一台戏。你想我们二老爹的店里，今天闹一下午，那要吃多大的亏！二老爹听了这个信，先跑到店里看了一阵，既是心痛又没有法子，一生气就跑了回家去躺在账房里发哼。但是在家里哼着又不放心，二次又跑到店里去。在这店里看着，还是那种兵来兵去的情形，心痛不过，就晕过去了。在店里好容易把他救醒过来，那买卖又十分热闹，再让他看见不得了，大家就用一张藤椅子把二老爹抬了回去。我也是得了这信，跑去看的。你想，这个时候舅太太好意思过来吗？"伯坚想了一肚子的心事，以为进门就要开始来搬演，不料完全属于幻想，懊丧极了。这一天当了半天的代表，浑身是汗气，因之在家里洗了个澡，匆匆忙忙换了干净衣服，就打算到子约家里去。

这时仲实由外面回来，特意到伯坚书房里来笑道："代表当得痛快吗？我早就得着商会送来的消息了。这个样子，你还要到二叔那里去吗？淑珍表姐有一封信交我带来，大概是请你不要去了。"他说着便在衣服袋里取出一封信来，含笑交给了伯坚。伯坚只看那信封上的笔迹秀润，就知道是淑珍写的，便道："不用看了，大概是说她今天不得来的意思。"仲实道："我只知道替她带来而已，内容她是说些什么我是不过问的。"说毕一笑而去。伯坚先掩上了门，然后才拆开信来看，那信道：

伯坚：

　　听说你今天被人拉着当代表去了。你今天原是要当代表，不过是打算招待一个极不平凡的人，可不是要招待那声威赫赫的要人哪。当你做代表的时候，一定是想到贵客临门，不知如何招待，怕怠慢了来宾。及至回得家来，不见有客，一定是大失所望的了。其实我们本打算来，后来听说满街是兵，接上姑丈又为钱急病了，我们不能不在这里侍候着，等他身体恢复。写信的时候，他已经能走路，能说话了，大概与健康无甚关系。我猜你是要来看令叔的，现在既然很平安，兵荒马乱，天色已晚，你可以不必出来。据商家说，这生意到了明天更不能做了，一定罢市不下店门，风潮恐怕更要闹大。我们并不拘什么形式，希望你明天也不要来，风雨如晦鸡鸣不已，伏维珍重。

淑珍

　　伯坚看了这封信就犹豫起来，这是去呢还是不去呢？不过今天晚上，街上的兵纵然停止了，秩序上也会发生问题，好在自己并没有什么要紧的事去和淑珍说，这就恭敬不如从命，今天晚上不要去吧。仲实一人在窗子外，忽然自言自语道："天下人都是高脚烛台，照见别人照不见自己。今天晚上明明街上有问题的，还有人要打算出去。"伯坚从屋子里笑了出来道："哪个要出去？你在这里说我吗？"仲实望了他微笑道："我看你那样子就很想出去，我要拦阻你又怕你不高兴，所以自说一声。我以为侄子对于叔叔，倒不在乎这种形式上的恭敬，不去二叔也能原谅你。至于表姐呢，好在有信给你了，当然不在乎你去不去的。"伯坚只笑着说一声"你胡说"，也就无可再说的了。既是仲实都这样解释清楚了，自己还要装着糊涂，也不好意思。

　　在这晚依旧忍耐着一晚，到了次日一早起来，李发便道："大先生，你今天不要上街了，满街的商家都关了门罢市，兵在街上抓夫。"伯坚道："罢市我早知道了，在街上抓夫还不至于吧？"李发道："怎么不是！隔壁的张裁缝就被抓去了。他父亲看见要上去讲情，索性把他父亲也抓去了，张裁缝的老婆正在家里哭哩。"伯坚听了这话，心上又加了一层烦闷。

　　挨到吃了早饭，曾子约家里一个跛脚伙夫满头是汗揎着门跑了进来，敞着纽扣掀起一片衣襟在头上不住地揩着，一进门便问道："大先生，二先生哩？这事情可弄坏了！"伯坚一听这口音，心里就是一跳，由书房里跑出来道："什么事？二老爷病不好吗？"伙夫道："不是，我们隔壁那幢空房子让兵占了，有些兵简直从墙头上跳过来要柴要米，家里一些女眷都躲在柴房里不敢出头。我是一个残疾，走出来也不怕拉夫，所以特意叫我来报个信。大先生不是当了代表吗？请大先生和他们官长去交涉一下，叫

28

他们的大兵不要爬墙。"仲实在屋子里答道："哪个人长了两个头，敢叫这些兵守规矩？这只有去找那个唐知事，叫他把兵差派好了，他们自然不用得爬墙。"伯坚背了两手，把一只脚在地上乱点着默然地低头想了许久，便道："交涉虽然是无益，我总得去看一回，至少也要把女眷换一个安全的地方。"便问伙夫，"街上情形怎样？"伙夫道："街上像过年一样，没有一家开门的，也没有人走路。我只走了一小截街，都是从小巷子里转过来的。"伯坚一顿脚道："我决计去看看。仲实你在家里不要出去，母亲问起来；你就说我睡了。"他于是穿了一件夏布长衫，更换上一双白帆布皮鞋，故意装出一个读书学生样子来，纵然是让大兵碰得了，知道是个文弱书生，也绝不会为难，因此放着胆子就跟了跛脚伙夫走出门来。

伙夫因为刚才由小巷里走来，并未曾遇到什么人，现在由这里回去自然是不要紧的。伯坚不以为意，伙夫也不以为意，两个人放开了脚步走。刚刚是转过自己家门口一截小巷，要进一个大巷街，对面来了七八个大兵，后面有穿长衣的，有穿短衣的，还有打赤膊的，有一大批人跟着他们走。伯坚一见，便知道这事不妙，连忙向后一缩。但是伯坚看见他们，他们也看到了伯坚，早跑过来了两个兵，当头一个麻子喝道："他奶奶的，往哪里跑？"伯坚看他们背上都背了枪，腰上都挂了刺刀，若要逃走反为不妙，便停住了脚。麻子道："走！跟我们当夫子去！你妈的，倒舒服，穿了这样白的皮鞋。"伯坚听他出口便伤人父母，恨不得伸手就给他一个巴掌，无如后面又跟上来四个兵，每人都托着枪在肩上，他拿下来就能放，如何敢和他抵抗？只得赔着笑道："老总，我是个学生，一点儿力气没有，怎么能挑动？"麻子后面一个黑矮子兵，反过枪就用枪托在伯坚肩上横扫过来，伯坚将身子一闪，那一枪托便扫在跛子伙夫腰上，跛子哎哟一声，人就向地上一蹲。伯坚摇着手道："不要打，不要打，我陪你去就是了。"那矮兵眼睛一斜，放出一阵狞笑来，骂道："你奶奶的！我怕你不去！不去，我一下就送你归天。王老三，这小子他说是学生，把他绑在先生们一起吧。"

那个王老三过来了，是个瘦而长的人，穿了一套宽大的军衣，人像一个木头衣架子一样，走起来浑身晃荡晃荡。他背上背了一把大砍刀，左手拿了一根鞭子，右手牵了一根粗索头，他一走过来，后面有七八个穿长衣的人跟着上，原来都是在这一根索子上犹如穿鱼鳃一般拴了右胳膊。王老三走过来，将那鞭子向脑后衣领里横插了去，然后照样将伯坚右臂绑了。麻子用脚连踢了伙夫屁股两下，骂道："你跟我站起来！你妈的不中用，一枪托就躺下了。"伙夫见那矮兵倒拿着枪，大有再打二下之意，两手扶了墙慢慢地站了起来。矮兵骂道："你装死吗？那容易，老子赏你一刺刀。"麻子一摇手笑道："不要把他弄死，我们还差人呢，回头到家里去交不了数。"矮兵听他这样说，横瞪了伙夫一眼，道："便宜了你这小子。"伙夫哪里还敢俄延？死命地挣扎着站立定了，于是又有一个兵上前，将伙夫拴在另一串人上。麻子喝一声"走"，大家穿了巷子走去。

原来这天满城的人都知道兵士在闯祸，都不敢出来，走了几条巷子只遇到一个上野茅厕的人，就在厕所门外拴了。及至走到大街上，家家商店关得铁紧，不见一个人影子，碰到了人，便是大兵和拉的夫。走了两条街，麻子喝道："老子在街上放一把火，看你们这些杂种出来不出来！"矮子笑道："怪不怪？我昨天到今天，满城找遍了，不看见一个女的，难道说都跑了？"王老三道："班长，今天晚上我们交了差，出来找找花姑娘吧。他妈的，两个月了没有捞着女人一根毛。"麻子笑道："捞着一根毛又怎么样？给你妈的剔牙齿。我倒是饿得厉害，想肉吃，回头同找去。"王老三道："不要提吃肉了，我昨天亲眼见的，这县商会里挑了好几挑子肉送到师部里去，那是给卫队吃的，我们连骨头也没有。他祖奶奶的，我要遇见了那个商会会长，我要他交出老婆陪老子玩。"麻子笑道："你这个色鬼，三句离不开娘们。"王老三道："班长，你忘了在十里亭那件事吗？一个五十岁的，你还当了美人一样留着哩。"于是一群兵都哈哈大笑起来。他们旁若无人地在街上走着，把那些粗鄙又猥亵的言语充量地说着。伯坚听在耳里，心想：这就是吊民伐罪的军队，救国救民的男儿？未免有点儿笑话了。可是全县城的商家，曾放了爆竹欢迎他们进城的，纵然受了他们的侮辱，又去怪谁？

心里正自这样想着，由冷巷里穿过去经过一道矮墙，墙里有一片操场，七八个穿学生制服的人围在一架秋千下谈话。麻子一见，便喊道："你们看，这里不是人？一齐都绑上！有了这一批，我们就可以交差了。"只这一句话，早有三个兵背了枪就跳过墙去。操场上的学生见大兵来了，不知道什么事，就向屋里跑。三个兵早端了枪做出瞄准的样子，喝道："不许动！哪个打算逃走，我就是一枪了！"那几个学生一看形势不妙，只得站住。那矮子又拿了一根绳子，向墙里一跳，连话也不和人说，就用索子绑起他们的手臂来。学生见前面三个端枪的兵，枪还不曾放下，已是吓呆了。有两个胆大些的，等到矮子兵上来绑手才问道："我们在自己学堂操场上，犯了什么事？"矮子兵一伸手拍拍两下，一个人脸上打了一个耳刮子，骂道："你妈的！老子要绑你，管你在什么地方！你不是瞎子，不看见墙外绑了那些人？我们是拉夫嘛！儿子们，你跟着我来，你要多一句嘴，老子舍不得花枪子不打你，用刺刀扎你！"说着，牵了一个索头在前面走，一大串学生都只好忍着气跟着爬了墙出来。麻子一伸大拇指笑道："你是好的，把这些狗养的打得比小羊还驯。"矮子道："他们敢不驯吗？老子能要他的命！"

伯坚自己被绑都还罢了，见他们爬过墙去拉夫，欺人太甚，不由得心里心血沸腾。这些学生都是本城中学的青年，没有过十八岁的，文弱极了，让他们去当夫子，如何担任得起？一面随着几个兵走，一面就默想着要怎样脱他们于难。一路行来，已经到了县城隍庙，大兵将他们几串人一齐拴在戏台下柱子上，有二十几匹马和他同等待遇，也拴在柱子上。地上除了马的草料而外，马屎成堆，马尿像沟水一般地四面流着。那一串学生恰是拴着站在马尿里，伯坚所站所幸还是干地。然而大毒烈的太阳正在当头猛晒，受是受不了，躲又躲不开，只好将没有被绑的左手打开手上的扇子在头上遮住。看这庙里时，由大殿以至十八间地狱都躺满了兵士，院子中间太阳里面，却是些拉来的百姓，约莫有一二百人，阴凉地方站了拿枪的兵，在那里监视着。靠西边廊厅下，用砖砌了一路地灶，连乱柴和稻草向灶里乱塞，烟熏了半边天。那些碎草和碎柴遍地皆是，加上烧饭的冷热水就地浇泼，好好的石板地糟得像阴沟一般。东边廊庑下乱哄哄的，全是起行坐卧的兵，伯坚看到心想：凭这些东西，就能横行一时鱼肉人民，中国人民除了当兵的而外，真是一群驯羊了。

当他这样想着，不觉冷笑了一声。他这一笑不打紧，却听得有人喊道："这个杂种，进来以后就是四处乱望，大概是间谍，拿去砍了！"伯坚一听，心里猛然一惊，也不免自危起来。正是：

　　青天白日群魔舞，虎日孤身怎不惊。

31

第三回

夕照起悲笳攀门惨别
西风飞野火微服逃生

　　却说伯坚被缚在戏台柱子底下，正在四方张望，忽然有人大喊："拿去砍了！"这一惊非同小可，急得心里乱跳。说话时，果然有两个兵走了过来，向着伯坚浑身上下打量一番。伯坚只当不知道，依然举起那柄扇子呆呆地站在太阳地里。一个兵一伸手将扇子抢了过去，骂道："到了这个地方，还他妈的装出这样文绉绉的样子来！自从盘古开天地，哪个看见过当夫子的人摇着白折扇的？"伯坚见那兵抢了扇子去，虽然不敢说什么，但是气势汹汹，那样子也过于难堪，少不得望他一眼。那兵大喝一声道："你望什么？老子挖下你两只眼珠来！"伯坚一腔怒气实在按捺不住，心想：大不了不过是一死，我就和你拼上一拼！何必一再地忍受着？这样想着，就要挣脱绑着的绳索和那个兵动手。只见那边廊庑下面有一个军官站着，向着这里叫道："刚才是哪个大声开玩笑？什么话也说！你们也不顾军纪了。"这两个气势如虎的大兵，一头高兴，正想吓一吓伯坚，找些开心，忽然听到长官大喝，只得向旁边一闪。

　　那个军官慢慢地走了上前，到了伯坚身边仔细看了看，很惊异地道："你不是当代表欢迎过我们师长的吗？"伯坚到了这时。气到了一百二十度，转把生死置之度外，正昂了头望着天上的白云，不曾理会他们。现在这个军官问了他的话，他不能不答应了，便冷笑一声道："可不就是我欢迎的吗？欢迎的结果是把我拴在这戏台下面当畜生，若是不欢迎的话，那就不知道要怎样子对付我们了。"说着，又冷笑了一声。那军官笑道："你还对着我说俏皮话，难道你不怕死吗？"伯坚道："士可杀而不可辱，若是这样受你们侮辱的话，我倒情愿死！"那两个兵见他说出这样的硬话来，倒都替他捏了一把汗，以为这小子准是死定了。不料那军官听了他这话，不但不生气，反而伸了一个大拇指向他笑道："你是个好汉，难道真不怕死吗？"伯坚道："不怕死，是你们军人的本分。父母好容易养得我这样大，而且又是受了许多年教育的大学生，糊里糊涂地死去也太不值。不过若是像这样子受你们的侮辱，那就不如死了干净。我的话说完了，你们要怎样地处置听你的便！"

那军官站在伯坚对面，两只脚尖比齐脚后跟连悬起了几下，耸着肩膀笑道："你这样子的硬汉，我从军以来算是今天第一次遇见。好，我倒要和你谈谈。"说毕，亲自给伯坚解了绳子，笑道，"请跟着我来。"伯坚一看这样子，竟是一番好意，难道强硬还强硬出好处来了？好在自己是生死置之度外了，便跟他去看怎么样。他将伯坚引到大殿后一间僧房里，请他坐下，先拿出一盒烟卷敬了他一支，自己也抽了一根，先吸了两口烟，喷出一股烟来，却向他微微笑道："你不要说当兵的都是浑蛋，但是也有好的。我叫向威，是这里一个团副，刚才看你受委屈还是那种毫不在乎的样子，我很赞成。你既是个大学生，当然文笔很通，我们团部里就缺少这样一个人，你若肯在我们一处混混，我和团长说，留在我们团部里随便给你一个名义，你看行不行？你若是够朋友的话，你就不能推诿。"伯坚道："阁下若是救我的好意，何不把我放了？"向威道："老实说，我就看你胆子不错，足可以在军队里混混，所以把你救了。我先介绍你去看看我们团长，看他怎么样子说。"

伯坚见他尚无释放之意，这就不能不随着他们混，只得一点头道："好，就见一见你们团长吧。好在我已经是你们拉来的夫子了。"向威听他这话便笑道："拉夫这也不是我们军队兴的例子，大家都有。拉来的人，不但是像你这样的学生，教员也拉了，这也难怪这些拉夫的弟兄，上头发下命令来了，或者叫他们拉一百夫子，或者叫他们拉五十名夫子，他们又不会变人，若是找不着穿短衣服的，那就没有法子，穿长衣服的也只好拉了。要是不拉夫，司务长以上，哪个也有几件行李，这应该让哪个去搬呢？"伯坚心想：拉夫罢了，他们倒还有他们一番极充足的理由，小百姓却是该死的？对于向威这篇话也不去驳回，也不再诉苦，只微微笑了一笑。向威道："你既是同意，我们就一块儿见团长去。你先等一等，我去给你先容两句。"说着他先就走了。

伯坚看一看配殿外有两个武装兵士在那里站着，不用提，这是逃走不了的，只好等着。过了一会子，有一个传令兵由外面进来，对伯坚一拍脚后跟立正行了个军礼，正着脸色道："我们团长请。"伯坚一想，这又高升了一级了，不但不绑，兵士们还行着礼下个请字了，于是起了身就跟着这传令兵而去。到了后殿上，只见一个大黑胖子下面虽然穿着灰色裤子，上身却只穿了一件短袖子汗衫，将半边胸脯和两只粗手臂完全露了出来。他歪躺在一张藤榻上，实行那军人夏不挥扇的军礼，满身冒着黑汗，只提起汗衫一部分在身上搓挪着，以便将汗擦了去。只见向威站在藤椅子一边，倒装出很恭敬的样子来。伯坚走过去，那黑胖子就一跃在藤椅子上站起来，因问向威道："你说的就是这个人吗?"向威道："就是他，他是一个大学生。"便对伯坚道，"这是我们于团长。"伯坚以为他既介绍了不能不理，便和于团长恭恭敬敬二点头，自以为这很客气了，不料那于团长反嫌他没有鞠躬，只瞪了他一眼算是回礼。

在于团长心里，不满意伯坚这一点头却还在其次，而最不满意的，乃是向威所说他是一个大学生，便笑道："什么大学生，他们知道什么! 认不了三个大字，就看着什么事也不在他眼里，真要他干事，就丢他妈眼了。要不信，我就交十个兵士让他带上一天，他要带得了，他拉屎我吃。我没念过书，现在就当了团长，我们总司令也没有进过洋学堂土学堂，他也干了那么大事，读书算什么屁本领。"伯坚心想:是叫来做事呢，还是依然让我去当夫子呢，或者放我回去? 怎么都不谈到，指着秃子骂和尚，将大学生糟蹋一阵，用意何在? 他心里想着，便静听于团长说些什么。此外站的一个团副和三个随从兵，更是连鼻吸也不曾透出一点儿。于团长骂得高兴了，就一笑道："要说和女人到一处，是他妈这些狗种占便宜。他们也就仗着漂亮，丢了书不念成天出去吊膀子，我就恨透了这种人。"

那向威一听不好，慢慢地要惹出他肚子里一腔怒火出来了，便道:"团长看怎么样? 他这个人能用不能用?"团长这才将骂锋收敛，对伯坚浑身望了一望，笑道:"我团部里短个书记;你干得了吗?"伯坚一想，释放是万万不可能的，与其当夫子自然莫如当书记了，便道:"这种事，我想勉强总可以担任，我还不是于团长说的那种学生。"于团长对向威道:"这小子倒真不怯场，大概还干得了。"又对伯坚道，"你不懂军纪，我也不怪你。以后对我说话，可不要硬着喉咙说，须得恭敬一点儿。这不是我摆什么架子，从军就是这么一回事，我见了旅长、师长，也和你见了我一样，不敢乱说话的。你一个拉夫拉来的当上了团部书记，你真有造化。可是我要先说明，到了前线那是不许跑的，若是跑了，你知道逃兵怎样治罪吗？那可要你的七斤半。"说时望了伯坚等着他的回话。伯坚道："我做了什么事我自然负什么事的责任。"于团长笑道："好！只要你这一句话那就够了，我们明天一早就开拔，你有什么衣服行李，你回家去就收拾收拾，晚上归团部来办事。可是知人知面不知心，我要派两个兵押着你去，你若是要面子的话，你就可以告诉人说，这是你的侍从兵。大街上一路走，人家都要远远地躲着你，你多么威风！只要你不打算逃走，我自然吩咐他们对你恭敬一点儿。"回头向着两个侍从兵道，"张朝望、李春秋，你二人跟了曾书记去，只要他不逃走，你不能难为他，他就了职比你们大。但是你们也不能放了他跑掉，走了人，你们就得拿小八字交给我，去吧。"说毕将手一挥，向威于是领着这三人一齐出来到了殿外。

伯坚一看那些被拉来的人依然还在那里拴着，看他们向这里望着，大有不胜羡慕之意，尤其是九个年轻的学生，眼睛都望呆了。伯坚心里虽然很难过，可又不敢说什么，自己低着头避去人家的目光。向威却将他的衣襟轻轻一扯，低声道："这些穿长衣的人你都认识吗？"伯坚看他脸上含着一层笑意，倒是一个说话的机会，便道："这些人我虽不认识，但是同在一城的人，只是一问姓名彼此都知道的。"向威笑道："这些人里头，哪个最有钱？"伯坚顿了一顿，答道："我说了还不认识，怎么知道有钱没有？不过这些人也不会十分穷，设若放了他来叫他出钱，让你们另募夫子，我想他们总还出得起。"向威一伸手拍了一拍伯坚的肩膀笑道："你真行，我不过露一点儿口音，你就猜到我心眼里去了。放一个人让他出一名夫子的钱，我们何必放他？留着他就是了。我想放一人，至少也要换得能募十名夫子的钱才合算，若是出得起的，就不能算夫子钱，老实不客气要他助一笔军饷。这件事你好好地办一办，办好了大大地给你记上一笔功劳。"他说时左手连在伯坚肩上拍着，右手便伸出来握住了他的手乱抖。伯坚见得这种神气，是十二分热烈希望着，自己虽不屑于和他做说票的人，但是让那些被拉的出几个钱逃生，未尝不是一件好事，便道："蒙你的情救了我，只要我有可以效劳之处，我一定尽力而为。但不知出钱赎身……"

向威笑道："你真是个书呆子，怎么直说出'赎身'两个字来？我们看他是念书人，将他放了，也应当感激我们助一点儿军饷。"伯坚道："就是助军饷吧，一个人要他出多少钱呢？"向威想了一想，用手摸了小胡子笑道："这也不能一律，多的要他们出五百，中等的三百，最少的也要他出二百元。一个人上了火线那是生死莫卜的，难道花两百块钱买一条命还没有人干吗？若是连两百块钱都不肯出，这人就该死。"伯坚一听心想：这是什么话？人家并不是犯了法、害了病，拿钱来买命。这是你们把人家拉了来的，自当放人回去的。因道："我去问问他们看，若是都愿意出钱的话……"向威又道："不对，不对，你只能先问他们的姓名住址，看看他们有多少家产，也好按着他们的家产要钱。若是先说明了要钱，他们会哭穷的。"伯坚笑道："团副虽然人很爽直，但是做起事来也很有计划的。"向威不知道是俏皮他的话，又用手指摸起胡茬子来。

伯坚料着这一班人的眼眶子都是看了人家的钱便冒火的，所说至少二百块钱的限度当然不能够减少，便走到戏台下面，拣着两个外貌通达些的告诉了来意。果然都说若是能出去可以尽量地出钱。那几个中学生自然是愿意多出钱的人，就是穿短衣服里头的，听说有拿钱赎身的希望，也插了嘴说道："请你和我讲个情吧，若是能放我们的话，几十块钱一个人我们也拼命去凑。"伯坚听他们这话，心想：向威说的，至少是二百元，若是几十元，他未必看在眼里。不过越是这些愿出几十元赎命的人，越是拼了命出的钱已经尽力而为了，对于他们这一番意思，也不能不去转达一声。因之走过来和向威说明就是那些穷短衣的，他们也愿意出几十块钱军饷一个，可不可以将他们放了？向威道："有了钱到哪里去也可以找出夫子来，只要他们肯照着力量出钱，我也就乐得做个好人。这件事我可以负责任，不必先去告诉团长，就算答应了。但是每个人至少也要出三五十元，再少就不值一顾了。"这真出于伯坚意料以外，就是三五十块钱他也要了，便道："那真感激你的大德，让我去问问他们……"向威抢着道："不必问了，他们愿意，我同意，这事就完了。"

说着在身上掏出一个日记本子，走到拉的夫子面前。向威对着拉来的夫子说道："经这位曾先生去一说，我也知道你们各有事干，只要助一点儿军饷，我就放你们了。你们各把姓名、住址和助军饷的数目说出来，我记好了，给你们家里通一个信，他们送了钱来，就放你们，绝不为难。"说着，在本子缝里拔出铅笔，打开本子就问一个写一个。写的时候，将大马靴硌在地上奏作军乐，表示他那番得意的情形来。大家都是愿出去的，哪个肯说少出钱？向威将戏台下一部分夫子的赎身费记完了，啪的一声将日记本子关上，向空中一抛拿手接着，然后再向袋里一揣，笑道："这件事办得痛快之至。"回转头轻轻对伯坚道，"那几个出钱多些的自然是体面人，我们不便到他家里去通知，请你回家以后一家一家去送个信。不能让你白送。"说着，向伯坚一笑。伯坚道："那是笑话了，我也和他们一样是个被拉的夫子，绝不敢有什么希望。"向威笑道："其实不必客气，若是你不受什么，将来……再说吧。"他又笑了，一面说着话一面将伯坚送出来了庙门，两个随从兵紧紧地跟着。

伯坚到街上一看时，比上午更是萧条，简直不看到有开了门的人家。到了家里，仲实正在大门外探望，见伯坚大模大样地走回，后面还跟着两个兵，倒奇怪起来，就迎了上前问道："怎么样？有什么意外之遇吗？"说着这话，一直向他身后两个兵看了去。伯坚笑道："有意外，有意外，我从了军了，而且混得也不算坏，是团部里一个书记。"仲实正要盘问一个底细，伯坚向他丢一眼色道："回家去说。"于是大家进了门，伯坚吩咐李发招待那两个兵，将仲实拉到书房里，把缘由告诉了他。仲实捏着拳头咚的一声在书桌子上拍了一下，叫起来道："我们既不抵抗他，而且老远地去欢迎，为什么还要受他们的侮辱？"伯坚按了他的手低着声音道："你这样叫一阵子算些什么？有你出头我就算不受侮辱了吗？现在我有两件事托你：一件事要你多在家陪着母亲，这样兵荒马乱不必读书了。还有一件事……"他说到这里不觉微笑一笑，仲实笑道："我明白，不是让我照应淑珍表姐吗？这很好办，有了你在军营里，你派几名兵士保护着她搬到我们家来住，自然比在二叔那里放心得多。不过你从军这件事不能让母亲知道，你只好撒一个谎：是当代表调停军事去了。这个热天，不用什么东西，你行李也可以少带，这行李带了去了能不能够带回头那是不可知的。"伯坚道："我现在去见母亲，我马上还要走几个人家替团长说票呢。"

只说到这里，曾老太太已经走了来在窗子外颤巍巍地问道："伯坚，我们家怎么来了两个兵？"伯坚连忙走出来，定了一定神笑道："这不是兵，是县里的卫队。这里的县知事请我当代表，派两名兵伺候着我。我本不想问这些闲事，你老人家是吃斋念佛的人，现在当和平代表劝大家不要打仗，正是你老人家赞成的，所以我就答应了。我今天下午就住到县衙里去，家里有仲实照应，你老人家放心。"一面说着，一面看着母亲的瘦脸和那苍白的头发。曾太太也望了伯坚的脸，见他眼睛里含着有惊慌之色，伸出老人的瘦手代理着伯坚耳上纷乱的头发，很柔和地道："孩子，当代表虽是好事，但是仗都打成功了，怕调停不下来吧？若是可以辞掉，你就不去也罢。你兄弟脾气太毛杂，这几天家里不断地有兵来，有是来抽捐的，有是来借东西的，他一人在家怕他会惹祸。阿弥陀佛，你们多咳嗽一声，我心里就着慌，不要说是在这……"曾太太说到这里，眼望了天上，她似乎觉得天是公道的，天能相信她不是假话。

伯坚看了母亲那种情形，心里不觉连跳两跳。这还是说去当代表，若是母亲知道是被拉当了夫子，由夫子逼着在团部升了书记，是要上前线的，岂不要把她急坏？便咳嗽了两声，回转头，抽出手绢当着揩鼻涕将眼泪擦了，便道："不要紧的，我随时都会保重。天下也绝没有难为和事佬的，我去当和事佬，和不成，白跑一趟罢了。"说着笑了一笑道，"若是借这个机会能和政界接近，也许可以谋一点儿差事。你老人家总说我反对做官是不对的，现在我真个着手做官去了，你老人家倒又舍不得吗？"曾太太道："不是舍不得，无奈这局面实在不太平。好，你去吧，你有这样好心，菩萨也会保佑你。"伯坚扶着他母亲一只手臂，笑道："你老人家不要在廊檐下站着，太阳刚下去，地上还有热气，仔细中了暑。"说着把曾太太挽送到屋子里去，说道，"我已经叫仲实和我拣一点儿出门应用的东西，说不定明后天就要到邻县去。东西拣好了也不必送，我自会派人来拿去的。"曾太太道："什么！还要出远门吗？"伯坚望着母亲的脸，顿了一顿笑道："虽然出门，无非附近这两三县的地方，不能算是远。"回头一见仲实跟来了，便和他丢了一个眼色笑道："你说这种出门是有趣没有趣？"仲实乱点着头，连说有趣。伯坚道："我听说是明天一早就要动身，若是不走的话，我还回来一趟。"曾太太道："就是明天一早走，今天也可以在家里住。这种公事，你倒比别人忙。"伯坚笑道："常言说，救兵如救火，那自然是忙事呀。母亲，我去了。"

他说到这里，突然地又顿住抽身便走。一直走出了内院的屏风，才回头过去在板缝里张望，只见曾太太点了头，自言自语地道："我这个大孩子心事不坏，菩萨保佑，兵灾是不怕的。"伯坚叹了一口无声的长气，转身出来到了外面，又叮嘱李发一番，叫他千万不要将从戎的事让老太太知道，于是同着张李两个随从兵出门而去。仲实和李发都送到大门外，伯坚道："你们回去，若是让母亲知道了，这件事岂不糟了？"仲实对李发道："你进去，我送大先生到巷口。"李发送也不好，不送也不好，急得直将两只手在胸前的衣襟上擦了几擦。仲实也不顾他，默然无语地随在伯坚身后，伯坚回头望了好几次，强笑道："这又算什么？出入枪林弹雨里头的人多着呢。而且我是军佐，又不必上前线的，你何必替我担忧？"仲实两手插在他的西式裤袋里，原是望了自己的脚步一步一步向前走着，这时伯坚这样说着，他才抬头勉强笑道："我并不是说你有什么危险，但是……"于是他又笑了，二人走到了巷口，伯坚转身来一伸手拦住了去路道："大街上想没有恢复原状，前车之鉴。"说着，眼望两个兵。仲实踌躇着道："那么，我不送。"于是和伯坚对着立半晌，说不出一句话来。伯坚道："仲实，你回去吧。我明天不走，一定回来。若是走了，家里事你就照着我的话做吧。你回去吧，不要在街上遇到了什么事。"说着握了仲实的手。仲实道："我回去了，你保重。"伯坚一松手，掉转身就走了。

当时带着两个随从兵，分向各被拉夫的家里一报信，大家听到说有命可救，都一口承认了照数缴款。但是当日为时已晚，都约了次日再办。伯坚回得营去时，家中的行旅已经送来了，于是跟着两个兵一路去见于团长。于团长由大殿上走下台阶来，拍着伯坚的肩膀道："有你这样给我办事，我就很赞成。你就这样向下干着去吧，将来我们占着了地盘，我准给你弄个县知事干干。老实说这一仗打下去，天下不就是咱们的吗？"他说着"咱们"两个字语音格外加重，表示虽是个南省人，却很带有北方健儿的意味。伯坚心想：你不要做梦，这样乌合之众，恐怕有一次炮火，就会扫一个干净。你倒夸下海口想坐天下。当时便一笑。于团长笑道："说到做官你也就笑了，你也知道我提拔你并不是什么恶意了？今天没事，你可以和向威住到一块儿去。他很认识几个字，你倒可以和他倒倒墨水。"伯坚初见这于团长，觉得他有一种杀气扑人，现在看他也是有说有笑很随便的，倒觉得不怎样坏。当时到了向威住的那个配殿里，向威也是一阵客气道："明天上午不开拔了，我得请请你，在捐饷上面我很可以揩些油。"伯坚道："请是不用请，明天不走我还要回家去一趟，若是不放心的话，还派两个人跟我去好了。"向威沉思了一会儿道："明天不定什么时候开拔，团长恐怕不会要你走。我担点儿责任，派两个人跟你去吧，若是听了集队的号，你千万赶回来。"伯坚只要他肯放走，都答应了。

不料到了次日，向威见师长去了，整天不见他回来，等他回到城隍庙时，太阳已经偏西了。伯坚一见，连忙拉住他的手道："我现在能走了吗？能走了吗？"向威正要去见团长，一面走着一面点点头。伯坚大喜，这时他已换了一套旧军衣，戴上帽子，向庙外便走。刚要出庙门时，昨天那两个随从兵张朝望、李春秋飞跑过来，说是向威叫他们来陪着去的。伯坚倒也不理会，且不回家，一直就向叔叔子约家来。曾子约新得了一个消息，说是自己铺子要摊临时特别捐二十块钱，又急又气，拿了旱烟袋正背了手在天井里走来走去。回头见三个穿军衣的进来，丢了旱烟袋哇了一声就向里面跑，伯坚道："二叔，是我，是我。"子约跑进了屋子，在窗户纸眼里向外张望了一下，果然是侄儿，这才干咳嗽了两声，然后走出来。子约在地上捡起了旱烟袋，且不问有烟无烟，衔在嘴里先吸了两口，板着脸色道："这两天让拉夫闹得断绝了来往，你怎么突然投起军来了？"伯坚道："我也是拉去的，因为于团长知道我认得字，让我当了他的书记。"子约笑道："那就好极了，有了团长的朋友，店里这二十块钱的特别捐你和团长去疏通一下，免了吧。"伯坚道："这不是团长的力量办得到的，我没法疏通。我知道军队今晚一定开拔，城里没有兵了，明天可以把袁舅舅一家人搬到我那边去，也好和叔叔轻一点儿累。"子约点了一点头道："还算你知道我一点儿的，昨天那样子闹，我店里半年也恢复不了元气，我就怕……"说着，偷眼看跟来的两个兵站得还远就低声道，"我就怕他们自己动手。我已经得了信，西平县抢得个精光了。老天爷，他们早些开走了也罢。"伯坚听他又是一套穷经，却不愿听，便道："我和舅父辞行去。"于是向内院里走。

刚一转过屏风，只见淑珍背过了脸站着，拿一条手绢在擦眼睛。伯坚连喊了两句"淑珍"，她也不曾答应。赶着走到她前面，回转脸去问道："你哭什么呢？"淑珍仍旧将手绢揉着眼睛，笑起来道："我哭什么？刚才有一阵尘土飞落到我眼睛里去了，我把它揉擦出来。"伯坚道："我从了军了，你知道吗？这岂不是笑话？"淑珍道："刚才我在窗户外面听到你和姑丈说了，那也好。"伯坚道："我这次跟他们去，是要上前线的。他们的意思是要占据中原大干一番，是很危险的。"淑珍笑道："你说小孩子话了，你跟着团长走，有团长就保了你的险。"伯坚本想说她这话说得幼稚，一见她那两只眼睛里水汪汪的有两泡眼泪，不能再让她伤心了，便笑道：

"我也是这样想，大概没有什么问题的。我若得着有寄信的机会，我自然随时寄信给你。我想你在我二叔这里住着毕竟不大适意，明天就搬到我那里去住吧。"淑珍道："不是这两天乱，我也早搬过去了。我还不知道你的性子很急吗？"

淑珍等说完这句这才觉得有些不妥，便顿住了。不过她嘴里虽不说出来，眼睛可就望了伯坚，似乎有满腔的心事急要说出来一样。伯坚道："你有什么话你就说吧。我今天出来是再三求得的，恐怕没有多少时候耽搁。"淑珍靠着门窗抬起一只手来，却用牙去咬着袖角，眼光斜射着望在远的地上，袖子不住地抖着，摇了一摇头。伯坚道："怎么样？你没有话说吗？"淑珍又摇了一摇头道："不是……不是……我有点儿……害怕呀。"她说到这里就放下手扯了伯坚的袖子，伯坚和她虽爱情极浓，只是自己过于老实胆小，在形式上从来没有一点儿表示。淑珍是学生，又是半道出家的，更不能怎样表示，所以两个人都只好在心里。这时淑珍情不自禁地揪住了他的袖角，他忽然感到机会不可失，马上就握住了淑珍的手，摇了几摇道："我很高兴有了今天这个机会，让我证实了你对我的感情不错。你如此待我，我为你……"

一句话不曾说得完，只听见那两个随从兵在前面叫着："曾书记官呀，曾书记官呢？"伯坚听到这种惊吓的呼声，连忙跑了出来，问是什么事。李春秋道："快回团部吧，街上已经在吹号了。"伯坚道："也不能一吹号就走，我还有两个亲戚要去看看。"李春秋向白粉墙上一指道："你看墙上的太阳都成了红色了，快没有了，这是什么时候？你还打算打着灯笼回去吗？先生，我们可负不起这个大责任啦。"伯坚还不曾说话，淑珍也跟了出来了，问道："怎么样？你马上就要走吗？"伯坚偏着头一听，果然有一阵军号声顺着风送了过来，自己并没有从过军，不知道这号吹着是什么节奏，然而那号声缓一声急一声，绝不是平常的号。抬头看看屋顶上的太阳，果然已经西坠，在淡黄的阳光里，有零乱不成行列的乌鸦叫着过去，似乎是让这悲哀的号声催着由外面回巢了。伯坚眼里望看着斜阳，耳朵听着军号，心里想着：人之自由，可还不如一只鸟。

正是这样地发了呆，淑珍叫几声他都不曾听见。淑珍急了叫起来道："伯坚，伯坚，怎么样了？你没有听见吗？"伯坚一回头，看见淑珍追了出来，才道："淑珍，对不住，我有点儿神经乱了。你说什么我都没有听见。"他原是一句谦逊自掩的话，不料更引起了淑珍的注意，马上抓住了伯坚的手道："你不必慌张，先定一定神。"两个随从兵站在一边直跺脚道："快走吧，快走吧！再要不走我们要误事了。"伯坚知道军令是不能违犯的，看看淑珍竟不管有人在一边拉住了自己的手，决然而去，又有点儿不忍，又呆呆地站住。张朝望、李春秋看看伯坚并无走开之意，拖了他一只空着的手就向前拉。伯坚借着他这个势子跟着到了大门口。淑珍握住他手的那一只手也不曾放下，也跟着走来到了过堂子里。军号声在近处也吹起来了，只见三三两两的兵士不断地由门外跑了过去，这正是向附近驻扎的一个所在去归队。张朝望道："请你看看，人家都归队了，我们还等什么！"伯坚便将淑珍的手摇撼着两下，笑道："我现在从军了，你应该鼓励我，以壮我的行色，为什么……"淑珍听他所说，不等他将最后一句说完，立刻摔开了手，将胸一挺，眉毛一扬，提高嗓子道："好，我祝你马到成功！"

只这一句，曾子约已经把曾、袁两家的人一齐引到门口来送别。张、李二人趁着伯坚和淑珍离开了，一丢眼色，一个人拖了他一只手转身就走。子约喊道："伯坚，你不回去看看你母亲吗？"伯坚身子向前回转头来道："仲实他自会安排，我瞒着我妈的呢！"在这一回头，只见淑珍一只手扶着门，身子斜靠着，一只手抽了胁下掖着的手绢，正待向脸上擦去。她一见伯坚回转头来，索性把手绢举高一点儿在空中摇了两摇。张、李二人一不提防，伯坚猛地一缩手摔脱二人，复跑了回来对淑珍道："请你记着我的话……"张、李二人也追了过来又待拖他，伯坚连忙将两手抓住了门一跺脚道："我又不逃走，和家里人多说两句话要什么紧？"张朝望却对子约道："老先生，你们进去吧！你们送着，他不肯走。若是点名的时候不到，那可不是玩的！"淑珍将手绢一挥，对伯坚道："我先走了。"说着，她忙掉转身向屋子里跑了进去，伯坚只得放了手，向着大家一鞠躬，向张、李二人道："走！你以为我还怕死吗？"说着，在他二人前面走了。

伯坚走得极快，头也不肯回了转来。走到城隍庙时，见满庙人声嘈嘈，检东西的、打包裹的、捆扎车辆的，大殿下那一个大院落全是些人在乱动。伯坚走到配殿里，向威看见先嘿了一个字道："你再迟一个钟头不来呢，要在东门外去找我们了，我们奉了命令，在东门外集合呢。"伯坚随便答应了一声，也去收拾他的东西。他心里可就想着：我真是做梦也不会想到，跟了这种土匪式的军队一处跑。不过看着军队里这些人那种忙乱，却也是有趣。好在自己是事外之人，看看他们的行动，长长见识也是好的。向威见他在出神，一手拧了小胡子笑道："到了这时候你还想什么家，你快收拾起行李来吧。"向威本也有一个随从兵，就叫他给伯坚把东西收拾好。伯坚因为前途不可测，而且又是夏天，并没有多带东西，只有一个小网篮和小提箱，一理就好。向威道："你为什么只带这一点儿东西？横竖有夫子挑，你还怕夫子挑不动吗？"伯坚道："家里只给我预备这些，我也就算了。"心里想着：原来你们不怕夫子受累的！设若我也是个夫子，大概不只挑这些了。

这时，殿外面吹着哨子，大概已经站队了，接着有一个兵手上拿了一根竹鞭子，带了两名夫子进来，一个年纪三十上下，倒是一个出力气的汉子，一个有五十岁上下，虽没有胡子，只看他那尖削的两腮簇着鱼尾纹，又在鱼尾纹之中丛集着斑白色的胡茬子，那老相也就十足了。那夫子伸出两手，抱了拳头和伯坚连拱几下，只看他手臂上暴出来的筋纹如青绳结着络子套在手上一般，这就可以看出他的精力是十分不济了。伯坚猛然醒悟，自己的东西少，可以让这老头子担着，便指着提箱网篮道："这两件东西。我交给你了。"那老头子一看东西是这样的少，用手提了一提也不过二三十斤重，心下大喜，又对伯坚拱着拳头道："曾先生，难得你也在这里。我就伺候着你，请你多照顾我一点儿。"伯坚道："很奇怪，你怎么知道我姓曾？"老头子道："我怎么不认识你先生！我是城里捡破布字纸的阮小老，我家里还有老伴，带着三岁的小孩子，我这趟……"那随从兵拿起鞭子，唰的一声在网篮上抽了一声响，骂道："你搬你的东西，多说些什么！"这一下子，不但吓得阮小老身子向上一纵，就是伯坚出于不料，心里也连跳了两下。那个年壮的夫子已经拿了东西出去，用绳索扁担挑着，阮小老不敢多说，也给伯坚将行李拿出去了。

向威站在配殿当中，四周看了一看，看看还有什么东西遗失下来没有，他的随从兵比他的目光还要快，便将观音像面前的一个净水瓶子拿了过来，将水瓶子里的水向地下一洒，翻着瓶底看了一看笑道："嘿，真不错，这是康熙瓷。"向威接过来看了，又用一个食指擦磨着瓶上的青花，笑道："不见得是真的，管它是不是，你塞在篮子里吧。"随从兵将瓶子接过，见佛案上一个小铜鼎，顺手倒出香灰来也拿着走。向威道："放下吧，

43

那个重匐匐的东西要它做什么？"随从兵笑道："我听见人说，这庙里有两个香炉是明朝的，看这香炉颜色很古，说不定就是这个，带去也好。"向威笑着点了一点头，于是大家跟着行李走了出来。他们这是到城外去集合，辎重就跟着军队一块儿走，不分着两班。伯坚走到大殿里，见队伍已经出去了，于团长骑着一匹马在队伍后面，伯坚、向威和其他几个军佐都紧随着马走。这时太阳已经没有了光，西边天一片红霞，直烧到天顶心里来，那惨淡的红光由上而下，映着那到处关门的街巷，越是凄凉。

走出了城时，天越发黑了，远望见一片空阔的洲地，大队兵士分着好几路向那里去集合。伯坚心想：有什么急事？白天不慌不忙，倒是天色都昏黑了，偏要赶着出发，莫不是这里面有什么军事秘密？既是军事秘密，自然是不许探问的，且自由他。大家到了空场上，已经得着十分钟休息时间。他们这一团人，集合在一丛柳树林子边，比较上是一块偏僻的地方。伯坚得着时间，抬头一看，只见一钩月亮带着四五点亮星，在东方昏黄的天上，渐渐发现着光辉，把这夜色就格外形容着深沉了。顺着脚步踏到柳树丛子边，却见两个人站在那里说话，一个人道："今天我们连夜走，大概是怕飞机吧？"又一个答道："我想也是这样。不过这回我们经过了两三县，都没有遇到飞机，怎么会突然地来了？再说，我们是好好地退走，要开到哪里，在城里下道命令开到哪里就是了，何必还要先到城外来集合？"伯坚听着，心想：连他们老人都不知命意所在，我一个新来的人到哪里捉摸去？那也只好跟着他们胡闯了。

当时在这空场上，约停了半小时，天已完全昏黑，满天的星斗和一钩月亮照着夜色沉沉的。四周一看，全是黑影子围绕着，高的影子是树林，低的影子是稻田，分不出郊野情形如何，只有远远的地方，在高影子里露出一两点小火星，约莫是村庄。暑气自然退去了，郊外的晚风由稻田上吹过来，带着一丝稻花香，却也令人气神一爽。伯坚心里本来二十四分抑郁，但是到了这种环境之下，心里尽管发牢骚也是无用，倒不如想开一点儿，混一时是一时。因为这样想着，所以伯坚就畅怀来赏玩夜景。当正在这时，自己这一部分的军队已经得了命令整队进行，进行的目的地乃是茶香镇。

原来这茶香镇是湖东省一个大商埠。本省出产大宗是茶叶和丝，这茶香镇就是本省南部由陆地转水道的一道转运口子，因之丝行、茶行以及因茶丝而开的银号都很有资本。不过这里一片平原，却不是军事家所需要的地方。而且这里的河道通邻省曲江，由曲江过去便是海，这也不是逐鹿中原的人所宜过问的。这次联合军到了西平，茶香镇的商会也怕要出事，会派代表迎了上去，许送给霍仁敏师长十万块钱，请他们的兵不要来。当时霍仁敏见他们一口气就出十万元，这人情不算小，便也答应下来，及至到了安乐县一打听，原来这茶香镇每年要做上千万块钱的买卖，当地商人的富有可想而知。他们这些富商太占便宜，出十万元便想把这事了结？也曾找人去再行要索，那边商会说是现在因军事关系，就是十万元也是勉强筹备。既是霍师长军饷困难，再凑两万以答雅意，在霍仁敏到安乐县的第二天，款子就解来了。霍仁敏因茶香镇不肯出钱，也不便再逼，表面也就没有再提，大家都以为事情过去了。

这时伯坚听到，自己这一团军队要向那镇上开拔，心里便惊讶起来，难道为了钱得得不够，特意派人去筹饷不成？心里如此想着，在行路的途中就私问向威："若是省城进行，现在到茶香镇去，不是更绕了路吗？"向威说："是军事计划，你哪里会知道？也不必多问。"伯坚纳闷在心里，就跟着军队走，心想：看你们又怎样。走了二十里路，夜色更深了，天上一钩月亮已经不见，大小的星却更是繁密。环顾身外所看见的地方更是狭小，一路只有大众的步履声和队伍后面的车辆声，此外一点儿声息没有。路上经过几个小乡镇并不停留，偶然休息都在荒野，而且于团长下了命令，夜间行军兵士们一律不许交谈，猜那情形似乎也怕惊动了老百姓。所幸并不是急行军，伯坚又是喜欢运动的人，走了半夜，倒不觉累。

约莫是两点钟的时候，忽然走上一道很高的大道，由大道一边树林子里望去，只见天和星斗倒在地下千百丈深，而且光闪闪的，原来是一道河，这是在河堤上了。到了这里，于团长下了马，下令露营，于是兵士们分班架着枪在堤上，大家在草地里坐着休息，于团长又派两连兵士望前面放出步哨去。伯坚是紧随着团长的，生平是第一次行军，看他们这种情形似乎是作战，又不十分紧张，也许不是作战。口里既不敢问出来，心里却是扑突扑突乱跳不住，伯坚勉强挣扎着站立在一边，只是看他们如何安排。就在这时，兵士们进餐，每个人分着三个干馒头，伙夫就用洋铅桶在河里舀起凉水来，分着放在各班兵士面前。用带了的洋瓷杯子各人就舀了凉水和馒头。伯坚也得了三个干馒头，走了这一晚肚子实在也有些饿，明知道不是吃法，也不能不试上一试。勉强咬了一口到嘴里，先觉得是干渣渣的，及至在嘴里咀嚼了一番，倒咀嚼一些味来。只管吃着，不知不觉之间就吃下去一个，在吃下去一个之后，肚子里并不觉得饱，于是又咀嚼了一个，见大家都开怀畅饮凉水，跟着一试也就喝了一大半杯。平常不曾知道凉水有什么味，在吃了两个馒头之后，喝上一口凉水，便觉得凉阴阴的、甜津津的，喝下去以后嘴里如吃橄榄一般，余味犹在。这才知道"饥者甘食、渴者甘饮"不是一句理想的话。

在这餐吃喝过去以后，东边的天已经有些放着鱼肚色的亮光。因为东边天有亮了，天上的小星渐渐地暗下去以至于不看见，地上的树木也有点儿影子可以分辨出来。伯坚原是站在一边，怕到于团长近身去，这时却听到他大声说话道："虽然那些警察不相干，也不能让他碍手，这事交给刘营长了，就照我话办。"伯坚听着心想：难道和警察开仗不成？当时只听到一声军号，兵士站起队来，三营人成四行走。约走了二三里路，天色渐明，远远望见大堤之下一丛屋脊涌出二三角小楼，已是到了茶香镇了。前面两营人便先下了堤，由小道抄向镇的前后两方，最后这一营却顿了一顿。望见两支兵都到了镇边，啪啪一阵，向河街这边的先对天上放了一排枪，那后面的一支兵也应了一排枪。这两排枪放过，面前的这位营长喊着口令："上刺刀冲锋！走！"这一营兵开了跑步，顺着大堤如涌水一般也直冲入茶香镇的道口里而去。于团长带着一连卫兵和几个亲近些的人，就都在大堤上等着，看看情形如何。到此，伯坚总算明白了：原来于团长奉了使命来偷袭茶香镇。

这茶香镇上除了百十名警察而外，并没有什么武装的人，这次漫说是暗袭，就是明攻也绝对没有人来抵抗。于团长现在分三路将镇市包围，难道还要和老百姓为难不成？只在这时向威却轻轻牵了他一下衣襟，将他拉到一边，低声对他道："我们弟兄们太苦了，这茶香镇的商家都是些为富不仁的，还让他发财靠天不成？今天这情形，弟兄们恐怕要打启发，你若是有机会尽管放手去做。不要跟了团长，团长是不好出面子的。"伯坚知道"打启发"三个字是帮会里一种打家劫舍的代名词，连向威都有了这种话，那简直是要明抢茶香镇了，听了这话呆了一呆。向威又道："这几个卫兵他们少不得也有两股出去，你就跟了他们去也好。"说毕，他先走开了。伯坚心想：我并不是没有饭吃来投军，为什么要做强盗？然而就是不

46

做强盗，合了俗语一句话："搭上强盗船了。"心里跳个不定，不知如何是好。

这时有两个兵回来报告，已经平安占领茶香镇。于团长立刻下令前进，也顺着大堤走。这一连卫兵真个有视死如归的勇气，喜洋洋地走去。还不曾进入市口，早见两股浓烟在屋脊丛中冲天而起，晓风吹来，带着一股很浓厚的焦烟气味。于团长坐在马上回转头来对向威道："我不是告诉了他们找两个破庙破房子，先放把火助助威也就行了吗？这样干，是烧着了粮食行了。这是哪个傻种干的？真是打破自己的饭锅！我非枪毙他妈的不可！"

说着话已经进了市口，只在这里便有一群兵武装把守着，兵士的脸都向着市里，显是禁止人民向外跑。于团长带了一连人如入无人之境地冲进街上，迎面一幢小洋楼，外面墙上嵌着华国银行的匾额，双扉紧闭。于团长道："我们还向哪里走？有这大的房子，不会就在这里住下吗？把门给我撞开来吧！"他手下的卫兵听说是到银行里面去住，这比吃了任何兴奋剂还要高兴，大家一拥而上就来推门。银行里面的门较之平常店户的门总要坚固些的，大家用手推不动，这也不用什么人再出主意，看见旁边小巷里放了一截大木料，大家抬了那根木料，向着银行大门只三下两下就把门撞将开来。大家扑了进去，各人的眼光如闪电一样，就看钱在哪里。于团长也由马上跳下来，跑到里面大叫道："这里面的钱是充军饷的，无论什么人都不能动，哪个要动一个铜板，一定让他吃一颗子弹！"于团长如此一说，大家自然停止了动手，可是刚才脸上那一番得意之色，改作了失望之色，面面相觑。于团长也明白了他们一番意思，便道："你们不要发呆，等一会儿我放你们半天假就是了。"说毕带了两个亲信卫兵走向里面而去。

伯坚跟了他们进来以后，见大家乱哄哄地乱窜，自己也不知如何是好，只在一个过道里找了一条凳坐着。这过道前面是行里的柜台，后面便是职员的办公室，可是除了自己这些兵而外并不见行里一个人，大概都藏躲起来了。大兵们谁也不肯放下枪，交头接耳只在柜房里和天井里徘徊。一会子工夫于团长传令下来，叫了八个兵进去说话，这八个兵出来，就在大门外站着四个，过道后面站着四个，才算是有了守卫的。大家稍微镇静了一点儿，但是那些没有守卫的兵，依然背枪站着不肯休息。这时于团长自己却出来了，叫了这里的连长过去说了几句话，虽然听不到他说什么，然而看见他最后却露牙一笑。连长行了个军礼，背转身来就对大家道："我们查街去，走！"他既然什么口令没有叫，这些兵也不用长官再叫什么口令，大家一拥而出。在他们这一拥而出之后，便噼噼啪啪不断地有枪声发出。

伯坚呆坐在那过堂里还是不知所措，这时于团长两个随从兵张朝望、李春秋走上前一拉伯坚道："你还在这里做什么？不趁这个机会找个安身之法吗？"伯坚听到"安身"两个字，误会了他的意思，以为是找一个地方休息，便道："这样乱哄哄的，我不知道到哪里去好。"李春秋对他一招手答道："你跟了我走总不错。"张朝望站在他身后，也就伸手一托把他拉了起来。张、李二人虽是初来，偏是这里的门径打听得很熟，在屋子里两转三转忽然由一个后门转了出来。张、李二人各背着一支步枪，见伯坚并没有掌着武器，李春秋复又跑进后门去，很快取出一把大砍刀来就交给伯坚笑道："给你壮壮威风，你先背着。"伯坚问道："你们带我哪里去？不在银行里住着，还有比这好的地方吗？"张朝望笑道："你不用问，自然有你的好处。"二人不容分说，拖了伯坚便跑。后门是个巷口，出了巷口便是大街，还不曾走过十家店面，就见七八个兵如狼似虎对着一个大店面子将门一阵乱撞。店家的门都是木板拼成的，有了这些人不要命地撞着，哪有不坏之理？早是扑通一声，一排倒了好几块板，这些人不分好歹，一齐挤进去。张朝望笑道："团部边下，他们还动手，我们还走什么？进去吧，伙计们！见财有份啦！"说着，两个哈哈一笑，也跳了进去。

伯坚一人站在街上，待要转身回去，一人又怕路上遇到游兵，不知怎么答复，待要不回去，站在这里又不是个办法。正是发呆，只见远远地有些三五成群的兵正分向各店铺子去砸门，一片敲打之声。面前有一只狗在店门下狗洞里钻出来，对着街头只汪汪叫了两声，接上唰的一声，也不知道哪里飞来一颗子弹，狗马上就倒下了。伯坚忽然觉得危险，赶紧就跑进那家破门的店里去。伯坚一进门，才看出是一家布店，只见那架柜里的布匹抖乱着满柜台，桌子上、地板上，都展布遍了。柜台外三个玻璃柜子都装着洋货化妆品的，五面玻璃，没有一面不捣成几道裂痕的，里面东西有的抛在地板上，有的乱堆在柜子里，分明都是匆忙中经过一道挑拨。地上零乱的东西里面，还杂有许多大小玻璃片，脚踩着还吱咯作响。柜房内的大钱柜已是开了盖子，而且那盖子抛在地下，包洋钱铜板的纸片到处都是，纸片里面还夹着剩余铜板和洋钱。柜房后一扇通内室的门已将门帘撤掉，只挂着半截，门上有个供关公、财神的神龛斜在一边，财神偶像倒栽在烛台上。

伯坚一看这情形，料定这个人家是遭了小劫。看见地下铺着半截门帘盖了许多旧布，心想：这些东西倒没有人要。于是用脚把旧布堆踢了一踢，不料一踢踢出怪事来。布堆里有人哼了一声，掀起门帘一看，并不是布，原来是个老年人，缩成一团，躺在地下。伯坚踢了人家一脚，心里真过意不去，便将这老人扶起来，靠了墙坐在地下。他已是须发苍白的一个人，满脸的皱纹上挂了两道血迹，虽然还是轻伤，然而受惊过甚，已经晕过去了。当伯坚扶起他的时候，他头靠了墙，目光却望着伯坚，似乎知觉还未全失。伯坚老大不忍，见桌上有一只碗，便拿着向屋后来，要倒杯热水给老人家喝。他进了这后进，首先看到的便是地上放了四五张被单，衣服、绸缎以及细软零件的东西完全放在被单上，张、李二人和几个兵忙着在那里捆扎。那几个不认识的兵看见伯坚一人空手进来，都睁眼望了他，张朝望笑道："这是我们团部的新书记，不相干，随便分他一些就是了。"那几个兵听说是团部的书记，这才不惊奇，便道："喂，你们有的是大路子，找到一个茶客就可以绑他三万两万，到这里来分得多少油水？"伯坚道："我不是分你们油水的，前面那个老头子要水喝，我给他找碗水。"

一个兵走过来，一手将碗夺了过去，当啷一声向天井里一抛，笑道："你没事不会在家里躺着！"又一个兵将嘴向屋里一努，笑道："我们光顾一家了，现在不行。里面有个三十来岁的，老刘，你去不去？"老刘就是先说话的那个兵，他道："我跑进来就注意这件事，只有一个老婆子、一个五六岁的孩子，都不行。老王，你这话真吗？"他手里已绑好了一个大包袱，右腿跪在包袱上，两手拼命地紧捆着包袱的麻绳，他说着这话，将麻绳拴了一个死疙瘩，偏着头看了老王等他的回话。老王道："你怎么这样呆？你想，有了五六岁的自然有个三十来岁的，要不是，五六岁的由哪里来？她们躲在房后头一个柴堆里，我早看见了。"老刘跳了起来道："我要去看看，究竟是怎样一块料。"说着，便要向屋子里去。

伯坚听他们说话的口音就知道是找女人，见老刘要走，横身向前两手伸着一拦道："何必呢……"老刘不等他说到第二句，拿起靠着壁上的枪瞪了眼睛，一面喝道："你怎么样！打算你一个人独得？"张朝望一跳上前将伯坚拉到一边来，笑道："你爱要什么你就拿什么，只是人家拿了的东西你就不要去管。"伯坚道："我并不抢东西。"张朝望笑道："女人也是一样，你若是不嫌弃，可以去割二道韭菜。哈哈！"那老刘更不说话，手上拿了枪就向屋里去了。不到五分钟的工夫，就听到那屋后有个女子声音，哇的一声哭将出来。只听见老刘喝道："你妈的，哭什么！我们总算前世里有缘，你躲些什么。"那女子的声音哭得更凄惨了，只管哇哇地叫。那老刘先唠叨了一阵，接着当的一声他放了一枪。伯坚在外面听到，倒不由得不替那女子吓了一身汗，望了张朝望，意思是问他这枪打死人没有。张朝望笑道："你不要替她们担忧，这些女人都是贱骨头，你不先吓她，她不能舒舒服服伺候你的。"一言未了，只见老李也跳进屋子里面去，顷刻工夫，呜咽求饶声、吆喝声、笑骂声，很热闹。只听到老刘喝道："你以为老于的枪子儿真舍不得钻你吗？你再躲一躲我就是这一刺刀！""哎呀，老总，你就饶……了我……怀着九个月的……""哈哈，若要有路，得找大肚，最好不过。""老刘，上，她没有地方躲了。""你再动一动，我就是这一刀，把你九个月的孩子挖了出来。""哈哈，行了，老刘，她躺下了。"这一种残酷的谑浪声，却间着一种哽咽不断的啜泣声，伯坚听了，要避开不得，要劝阻也不得，只觉心如火烧。

外面这几个兵只当没有听到，继续地将细软东西一齐捆扎着。他们还要赶第二家，捆扎得很快，一阵风似的将包裹捆扎完了，都跳起来道："老刘，怎么还没有出来，你打算在这里住下吗？"老刘拖着枪，将那含着凶焰的眼睛笑得合成了一条缝。老李拍着手道："她还躺在那里，你们哪个去？"李春秋道："一晚跑了半条命，又去干这出力的事，犯不上。现在还有几家没有开门的，再去赶第二家吧，你们只顾爱女人，就不要发财了吗？"大家说了一声"不错"，向外一拥。伯坚眼见这家布店财产被人抢去，人格被人蹂躏，眼睁睁地看到这群仇人欢笑而去，有几个不曾被蹂躏的都不知藏到什么地方去了。

他正这样想着，老刘忽然站住脚，也有同感。他道："这样一家大布店，不能只是柜房里那个老狗，还有人哪里去了？我猜他们一定躲在屋顶上，等我来吓他们一下子。"啪！啪！老刘向屋顶上放了两枪，他端着枪斜了身子，头微偏着，并不看标尺去瞄准，那样极自在的神气，似乎这子弹打了出去，极无关系。可是就在这啪啪两声，哗啦一阵瓦响，接着屋后又扑通一声。老刘笑道："哈哈，活该你倒霉！"老李一把拖住他向外跑，口里道："你不看看街！好油水都让人家闹完了。"于是乱窜出去。伯坚若不跟着他们，这当地的百姓都会当了仇人来看待，不走怎么办？因此并不说是非，只是在后走。这时到了大街上，变了一个情形了。只看到三三两两的兵都肩上扛着枪，枪上挂了一个大包袱，似乎他们这种搬赃物都有个训练，所用的包袱，十之九是被单，用枪挑着，也是一个形式。不过有些带着两个包袱的，枪不能挂，就把枪挑在肩上一头一个，俨然挑担的小贩一般。所有的店门，没有一家不被人砸破了的，自然都让这救国救民的联合军光顾了。

老刘骂道："他妈的！为了一个女人，耽搁了老子几笔财喜，女人真不是好东西！"这里一阵八个人在路上走着，眼睛就不住地四处去找油水。但是那些大铺子，不但门是开了，而且正有弟兄们在里面工作未走，如何能进去？走了二三十家店面，才遇到有一家开门无兵的，大家不问好歹，就向里一拥，真个如入无人之境。走进来之后，老李首先打了一个哈哈，骂道："晦气，晦气，他妈的是生药铺！"李春秋道："伙计，你不要傻！人参、鹿茸，这都不值钱吗？"这药店里倒不像那布店里，店里一个老板四个伙友，一齐满面春风地老远地躬身作揖。那老板也是个斑白胡子的老者，虽是穿短衣，袖子极长，两袖高举比齐了鼻尖，口里乱叫老总，旁边一个伶俐些的小伙计，作揖笑道："老总辛苦了，小号的东西，凡是合用的请随便拿。"老刘骂道："你妈的！东西是你收起来，叫我随便拿，我到哪里拿去！有人参、鹿茸没有？有就给我拿出来。"说时，大家一齐拥进了药店柜房，有两个人已经动手。药房里的木架、抽屉是比任何店铺为多，这些八大爷都不认得字，更不认得药，你打开一个抽屉，我关上一个抽屉，轰隆轰隆响成一片。李春秋笑道："这倒有个意思，我也来吧。"于是他也走上前扯开一个抽屉，看了一看便关上，关上之后又开那一个，一路抽关着却也顺手。老刘倒拿着枪，咚的一下响，将枪托在柜桌上捣了一个窟窿，因道："你们不要闹，不趁工夫捞几文没有时候了。大家正开着抽屉寻开心，听到扑通一声都停止了。老李笑道："我们自己走错了门，有什么说的。"老刘瞪着眼问老板道："你说，有人参……"老板躬身答道："小店是小本买卖，办不起多少贵重药品。就是有一点，也让刚才几位老总拿去了。"老李跳起来道："要拿就自己动手，斯斯文文地说些什

51

么。"于是大家直撞进后面去。

伯坚见这店里老板倒是个知大体的，见身后没有人，便上前一步对他低声道："你们这里有女眷没有？"老板道："小店地方不大，不带家眷。若是有我就叫她们出来奉陪。"伯坚不觉笑起来道："你误会了我的意思了。你不要看我身上穿了灰布衣，我并不是大兵，是他们提来的夫子，你若有家眷，赶快躲起。"一言未了，这些人从里面又拥出来，虽然也拿了些细软零碎，脸上却不大得意。老刘骂道："他妈的！这里真光了，隔壁去看看。"老李道："嘿，慢来，你看那天花板上怎么会裂开一条大缝？"说着便跳上桌子，举着枪头上的刺刀要向天花板上戳了去。他手只刚刚一抬，伙友中忽有人哎哟了一声，老李且不去戳天花板，反过枪口来对着那伙友喝道："你说，那上面藏着什么？快取下来！要不，我就打死你这杂种！"他这一喝不打紧，其余的兵都举了枪对店里人喝道："快说，快说！"那伙友脸都吓白了，浑身如筛糠般地抖着，只管望了店老板道："老板……我……说不说？"店老板吓呆了，微微抬起手指着道："那……那……里是两个人。"老李道："不用说，是两个女人了。你快快叫她下来，我看看是怎样的人。"伙计们一看他们满脸带着杀气，哪里敢道半个不字，便向天花板喊道："你们快下来吧，这要开枪了。"天花板上的人哇的一声怪叫，连板子带灰尘一齐裂开滚将下来，扑通一声，地下躺着两个女子。这些兵都不要拿枪打人了，一齐抢着上前将那两个女子围着，见一个有三十以外，是个妇人模样，一个不过十六七岁，还梳着一条辫子。

大家看了，不问好歹，将枪放过，都伸了手想上前抱着。张朝望抬起右手伸过了他的头，喊道："慢来，这个不是抢的事情，我有一个公平的办法，大家来抓阄，哪个抓了头阄，哪个得这小姑娘。"大家哈哈一笑，就抢着问道："二阄呢？"张朝望手指着那妇人道："就是这个老板奶奶。"老刘摇着头笑道："那不好，依我说，我们有福同享，得了第一的，第一去；第二的，第二去。有不愿的，再要那位。"说着，斜了眼睛向妇人一努嘴。那个姑娘和妇人由地上爬起来，战战兢兢地面无人色，靠了柜台都只管垂泣。那些伙计们上前来救，既不敢，看了又不好意思，都溜走了。只有那个老板呆站在那里，左手扭衣角，右手擦胡子，直望了那两个女子。这两个女子挤到柜台的角落里，都垂着手低着头，好像吓晕过去的小羊一般，只待屠夫拿刀来杀。

张朝望早在药架上的纸煤筒里抽了两根纸煤，连连几下撅成几断，背过身去，忽然掉转来，左手捏了纸煤露出一截头在手外，手一扬道："来啊，这个头彩不错啊。"老刘一伸拳头笑道："我先抽，你们看看，我还能大破天门阵。哈哈，他妈的，走桃运，准是我中头彩！"他说着就伸手在张朝望手中抢了一撅纸煤去。张望朝将手向怀里一缩道："不能那样抽，抽断了不好办。我有言在先，最短的是头彩，最长的是末彩，哪个抽？上！"说着，把手伸出来。这些兵笑嘻嘻地一个人抽了一撅纸煤去，到了最后只剩两截在他手里，他笑道："见财有份，见色也有份，曾书记，你也抽一根，年轻轻儿的不要做菩萨。"伯坚正色道："这个我不行，我看她们那样子很可怜的。"张朝望道："来不来在乎你，你不抓阄不行，难道让我一个得两根不成？我是愿意，但是他们能答应吗？你总要抽一根，不抽不行。"说时那手伸到面前来，伯坚一想，抓到手再说。于是也抽了一根。大家拿来一比，老刘的阄最长，伯坚的阄最短。老刘啪的一声响脚后跟比齐行个立正式，一抬手比着右眉尖向伯坚行了个军礼，笑道："曾书记，恭喜恭喜，你上去旗开得胜吧。"那妇人看到这时，稍微清楚一点儿，就跪在地上向大家磕了一个头，哀告着道："诸位老总你饶了我们吧，有你们的好处。"那姑娘也跟着跪了下来，不过说不出话来，只是哭。伯坚对她一挥手道："你只管起来，我们不害你。"老刘抓住伯坚的手道："怎样？你不来吗？"伯坚摇摇头道："我不忍心。"老刘跳起来笑道："抓头阄不干，倒过来是我抓末阄的事了。"说毕，如饿鹰抓小鸡一般，走上前两手把那小姑娘抱在怀里，就向柜房里跑。那姑娘手脚乱动，大叫救命。但是大家听了哪个管她？张朝望对那妇人道："你也起来，我要二阄，要了你吧。"那妇人听着向地下打着滚，两脚乱划，口里乱叫，老李在一边喝道："哒！你好好站起来，不要惹我们火起。"那妇人突然坐起来披了满脸的头发，哭着张口骂道："你家就没有女人吗？你这些挨枪子的，不怕报应吗？"老李走上前对那妇人就是一脚尖，那妇人向后一倒，他顺手拿了枪倒转过来，带着刺刀向她胸口插了下去，插了下去不算，两手还拿着枪按了一按，口里骂道："婊子养的泼妇，你敢骂老子！"伯坚从来没有看过这种惨状，哎呀了一声背转了身去。

李春秋喊道："大家不要闹，闻闻看哪里来的这种焦煳味，不要是走了水吧？"只这一声大家抢着跑了出来，在大街上看，只见那大街西头三四处黑烟冲天而起，恰是天气有了变动，突然刮起正面的西风，将那起的火焰向东边直卷将来。先时远远看去，这火焰还在屋脊上，接着西风一起火焰在大街上就拉长了滚滚而来。那些在屋子里藏着的老百姓，为火势所逼，哭着喊着在街上乱窜。这火既不是在一处发生，百姓们也有由东跑到西的，也有由西跑到东的，两方对跑的人彼此见着，以为对方有了事，不少的人又转身跑回去。在这种情形之下，这些用枪挑着包袱的大兵也有些着慌，不知如何是好。恰好一阵集合的军号声在东头响起，他们就都向东跑去。

伯坚心里一想：现在正是士卒不受命令的时候，偶然少一两个人回去，他们也来不及追问，我不趁着这个时候逃走，还等何时？如此一想，故意将脚步走慢些，自然不到多时就落后了。那些大兵手上得了东西，也急于要回去卸赃，伯坚赶上不赶上与他们并不相干，所以他们也就绝不来理会。伯坚见他们走远了，然后自己向小巷里一趱，走了几家，看到有一家小裁缝案子，心中大喜。那店门虽是关的，窗子却没关着，伯坚爬上窗子就向里面跳了进去。

这店里的伙计们早已跑光了，只有一个年老的老板在这里守着店，一见窗子里跳进一个大兵来，连忙向地下一跪，抱了两只拳头高拱过头道："老总，老总，饶命，饶命。"伯坚站定了，先放出笑容来，然后用很和悦的声音对他道："老人家，你不要害怕，你不要看我穿了一身军装，我和你一样是个老百姓，并不是兵。我是让他们拉去当书记逃跑出来的。"老板战战兢兢地站了起来，口里仍旧叫着老总道："你老人家到小店里来要什么？请你挑的吧。"伯坚在身上摸出两块钱，还有一双铁壳表，因托在手掌上对那老人道："我身上的东西都在这里了，我想凭我这点儿东西和你换一套衣服穿，不拘长、短、破旧都行，让我把这军衣脱下，我就可以逃走了。"老人看了看伯坚的脸色，觉得他的话不见是作伪，因道："别的东西没有，破衣服倒找得出两件来。但是老总你真要吗？"伯坚道："你不要叫我老总，我不是告诉了你我不是大兵吗？衣服既然是有，就请你拿出来，不过我就只有两块钱和这一只表送你。"老人道："破衣服也不值两块钱，老……不是老总，你先生要穿就拿去吧。"伯坚道："我也不能白要你的，你既是……哎呀！哪里来的这一声大炮响？"说话时，那老人已经不见了，轰通一声，震动了空气。伯坚知道这茶香镇的百姓是不会向联合军取对抗行动的，这一大炮是对谁而发？

正站了定呆想着，这炮声又来了，这一炮响得更厉害，这窗子上的玻璃都震得咯咯作响，头上的芦席棚底下沙沙地落下一片灰尘来。听这炮声，并不是由镇上打出去，恰是由外面打到镇上来，莫不是敌方的同盟军打到这里来了？低头一看，自己还穿了一身联合军制服，岂不是危险？连忙喊道："老板，老板你快拿衣服来啊！"叫了几声，并不见人，只听到脚底下有哼声，一看脚下，原来老板躲在裁缝板下一个破布篓子里，上半截钻进去了，屁股和双脚都在外面。因笑着把他拖了出来，他手攀了架案板的凳子腿死也不放，喘着气道："这……这……这不是玩的，打……起仗来了。"伯坚道："你想，一层案板抗得住炮弹吗？你要躲，也该在墙脚下，躲在屋中间，炮弹从屋顶上砸下来……"老人不等说完，大叫了一声哎呀就由地上滚到墙脚下去。伯坚顿脚道："你快一点儿给我去拿衣服，你家里藏了一个大兵，敌人来了，你也有些不便吧。"老人倒在地上呻吟着道："我不能动了，屋里那篾箱子刚让他们抢了，破衣服倒在地上，你自己去捡吧。"

伯坚听说，便要过去，接连又是两炮从屋顶上过去，身不由己地也就向地上一伏，接着军号声枪声也在这街上响起来了。伸头向后面窗子外看看，西风仍兀自吹着，那烧房子的黑烟好几个烟头在半空里乱卷，因为黑烟弥漫不见晴空白日，在黑烟中反映出飘飘荡荡的红火星来。看那最近一个黑烟头，到这里也不过隔两三幢房子，在这大风助虐又没人救的时候，虽不马上就烧到此地，这里如何可以躲避？只得壮着自己的胆子在地上匍伏爬行。到了屋后，果然另有一个住房，所有东西都翻乱了，地上倒了一只篾箱子，没有盖，衣服全拖在外面。现在也顾不得许多了，就在地上把军衣脱了，找了一套男子破衣赶忙穿上，将刀和军衣一齐捆成个小卷，见屋外有个阴沟眼，爬了出去，就向里面一塞。进屋来，定了一定神，靠了一堵后墙坐了听着。只听到街的前方，噼里啪啦嗵、噼里啪啦嗵，天空上更是呜呜……唰唰，枪声、炮声、近处子弹穿过声、风卷火势声，还有倒房屋声，闹成一片。耳朵里听着不打紧，一颗心咚咚乱跳乱蹦跳得凶了，索性连呼吸也紧促起来，手掌心里汗如水地流着，但是只觉得发冷，并不觉得发热。

这样紧张的时候，忽然一阵怪叫突入耳内，再一听却是人的哭声，这哭声发在摆案子的屋子里，莫不是老裁缝受了伤了？于是爬到前面来只见他伏在地上，两手抓着土，头枕在地上，泪流满面，口水流了一大摊，竟是哽咽着接不上气来了。伯坚道："老板，这不是哭的事啊，我看你屋后这一丛火，慢慢地快要烧过来，你在家里躲着，就是躲得了枪炮，也会让火活活地烧死呀！你怕死，我未尝不怕死，你是当地人，路径比我熟，你看要走哪里逃跑？你和我一路走，你引着我，我壮壮你的胆。"说着，爬上前摇动那老人的身体，叫他不要哭。老人道："先生，我吓得魂都不在身上了。"说着话，只见一股黑烟随着风势由后面天井里向屋这里一扑，立刻满屋子烟沉沉的。伯坚拖了他一只手道："你走不走？你若是不走，我一个人要先走了。"于是走到门边就来开门，老人在地上连连招着手道："先生，先生，救命，救命！"伯坚道："你这个人，叫你走不走，我要走你又叫救命！你快来吧，你看屋子里这一股热气蒸人，火烧到隔壁了。"老人回头看时，果然一阵阵的浓烟直在墙外冲了上来，万分耽误不得了。自己爬了起来，腰还不曾伸直，向前一栽又扑了下去。伯坚看了不忍，只好走将过来，两手将他挽着走，先开了半扇门，探头向巷子里看了看。隔壁人家也是被灭逼着，老少四口人一齐蹿了出来，伯坚道："你看人家也逃命了，你还不走！"于是勉强拖着他抢到了巷内。但是一出了屋听到那枪声接连地响着，头上没有了遮盖，又是心里害怕起来。

大家正犹豫间，轰的一声，身后的高屋中了一颗炮弹，坍下一大片瓦来，这两家逃难的人低了头就向后巷拼命地跑。伯坚一时不知所以，也跟着他们跑。跑出了巷口，是一条冷静的街，远远望着河堤，高出人家屋脊。那河堤上树荫内正有一群人影闪动，伯坚哎呀一声，一句话不曾说出，早是啪啪啪一阵机关枪响声，由大堤上直扫了来。这一下，正成了人家的目标了。要知有无危险，下回交代。

第四回

荡产倾家劫余纳重赋
轰雷掣电夜半迫孤城

却说伯坚和逃难的人正要走出巷口，看见对面大堤上树影子里藏着军队，赶紧向后一缩，那里的机关枪就啪啪向着这里射来。所幸这里到大堤上在三千米以外，而且又有高低的房屋掩护，枪子不容易打到身边。同伴的人虽是魂飞魄散，但是伏在地上这种经验已有点儿新成绩，大家已是不约而同的了，都在地上卧倒。那大堤上的机关枪猛射了一阵并不曾有目的物，也就自然停止。伯坚伏在地上对大家道："这个样子，巷口里是走不出去的。不但这巷口走不出去，大概由镇上走出去的路都让军队包围了。我们老百姓只要不挡住阵头，无论哪面的军队都不会开枪打我们的。你们几位知道这附近有什么地方可躲的没有？这条巷子又是枪炮又是火，万万停不住的。"内中有个人答道："若是要找个可靠些的所在，只有天主堂。我在教，神甫事先告诉我，若是有什么急难可以躲到他那里去。军队虽厉害，他们是不敢欺侮洋人的。"伯坚一面说着话，一面蹲了在地上用手带爬着走，爬到那人身边，对他道："有这个地方那就很好，走哪里过去？"那人道："这里是一条横巷，若不出这边巷口，就要走大街上。大街上不断地过兵，怎么可以去？"伯坚道："这就没有法子了，只有冒着险由大街上冲出去，或者可以得到。"那裁缝老板摇着头道："大街上兵荒马乱，我不敢去。我情愿死在这巷里。"这同伴之中还有两个女人，也是哭着说去不得。伯坚这就为难了，大家不愿走，一个人也不敢单独地走。

大家踌躇着在这里无法可想的时候，忽然哗啦一声身边的人家坍了一堵墙，那个教徒忽然叫道："我有了法子了，只要打通人家一堵墙，就可以通到隔壁巷里，那里是有路通到天主堂的。"伯坚道："有了这一条路子，何不早说，我们去吧。"于是大家爬进了人家一座大门，然后一直通到人家的内室，遇到了一堵大墙。大家找了铁器家伙，不管轻重一齐动手，不多时，便在墙上打了一个大洞。好在这人家经过了两次抢掠，东西没有了，人也跑了，所以墙上虽打了一个洞，也没有人过问。大家钻出墙洞来，是一条曲折的小巷，都蹲着身子挨了墙走，所幸离着火势渐远，枪声炮声也慢慢地稀少了，大家捏着一把汗，走到天主堂。进门一看，只见到处都是人，神堂上不用说，连屋外太阳地里，男男女女都胡乱地挤着，这些人里面，大概有十停之七八不是教徒，也有十停之五六是反对天主教的，但是到了这时，恨不得《圣经》上所说的话句句都是真的，望上帝在天上大显着慈灵，保护着这些难民。神甫出来了，平常在后面骂"洋鬼子挖人眼睛和心肝"的，这时两只眼睛都也望着神甫，只觉他是最可靠的人了。神甫是个意大利人，倒说得一口中国好北京话，不但如此，还能操茶香镇这地方的土腔。当时他也挤在人群里面，分别着慰问。他看到伯坚这一群人新进来，都是神色未定，便一个一个地慰问着。

伯坚见他穿了长大的黑衣服，胸前簇拥着一部卷云头子似的苍白胡须，觉得也慈祥可亲，因之他上前来的时候就和他点了一个头。这神甫为了他很有礼，也对他笑道："你受了惊了，到了我们这里来就不要紧，有上帝保护你。"说着，抬起一只右掌向上竖着。伯坚虽然是不信宗教的，但是看了神甫那种诚恳的样子，又点了点头。神甫的眼光注视着他脸上和身上，倒有些惊异的样子，便问道："小兄弟，你是做什么的？"这一句话却把伯坚问倒，张口结舌地说不出来，口里哦了一阵才说是"做买卖"。神甫听他的口音不对，情形也不对，就握着伯坚的手道："你来，我有话对你说。"伯坚猜着，也许神甫误会了自己是不稳分子，自问于心无愧，也就跟了他走。走到一间内室里，神甫回手将房门一关，神甫用手拍着伯坚的肩膀道："小兄弟，你有话实说，我依然保护你。我看你不像是个做买卖的呀。"伯坚心想：自己是个脱逃的军人，正用得着神甫帮忙，不妨对他说了实话。因将自己是个大学生，被军人拉来的话从头说了一遍。神甫就改操着英语道："你既是一个大学生，英文程度总不坏。我所说的，你懂吗？"伯坚也操着英语道："我懂的，而且普通一点儿的英语我也能说。"神甫依然操着华语笑道："这算我没有看错人，你这人心事很好。昨夜既是跑了许多路，又不曾睡觉，你就可以暂在我屋子里休息休息。等你休息好了，我再来想法子送你回家去。"伯坚道："那我真感谢神甫不尽。"神甫一摇头道："你不要谢我，另外有个人，你可以感谢他。"说着，那只右手又向上一举，闭了眼睛，只颤动着他那一部苍白的虬髯。他出了一会儿神，然后才笑着问道："小兄弟，你知道吗？"伯坚道："我明白，我应当感谢上帝。"神甫听了这话，心下大喜，拍着伯坚的肩膀道："你大概也饿了，我让人给你送点儿吃的来。"说毕，他笑着去了。

不多大一会儿的工夫，有一个中国人和他送了一壶红茶、一碟子饼干来。伯坚果然也是饿了，也不问是不是送给他的，接到手马上就吃将起来。伯坚把一碟子饼干完全都吃下去了，一壶红茶也喝光了，自己觉得有点儿舒服，坐在一张藤椅上就靠着休息。不料头是刚枕着椅靠人就糊涂过去，觉得随着大兵抢掠，随难民逃难，东飘西荡，自身不知何在。慢慢地连这些幻影一齐都取消了，一场好睡。及至醒过来时，那个虬髯神甫已经站在面前，只见他笑道："你这一觉睡得舒适吗？现在已经没有事了。"伯坚揉着眼睛站了起来，问道："神甫说是没有事了，是停了战了吗？"神甫道："不是停战，是联合军打败了。其实也没有打，他们不过是抢了东西逃走罢了。同盟军进了街之后，首先救灭了火，现在已经贴出布告来安民，总算没有事了。我很想和地方上的绅士办个地方善后会，你先生暂时不能回家去，能不能帮我一点儿忙？"伯坚道："我极愿意。不过我现在成了逃难的人了，衣食住三个字都要神甫帮我。"神甫笑道："都不成问题，由我来办。今天我就可以带你出去走走。"神甫说着，马上去找了两套干净衣服来，除了短衣服而外，还有一件洋纱长衫、一副墨色眼镜，他说："这样穿着起来，人家就认不出你是跟着乱兵抢掠过的了。"伯坚对于他这种美意心里着实地感谢，伸着手和他握了一握道："若传教的教士都像神甫这样待人，中国人就不知道什么叫作仇教了。"那神甫听他如此说，摸着虬髯微笑，因道："我对人都是这样，尽着力量去帮助。但是像你这种人，无论是不是教友，我们用良心去对待人类都是一样的，我更要交你做个朋友的。现在请你去洗个澡，换好了衣服，我带你一路到商会里去，可以先去见见他们。"于是引着伯坚到僻静的地方，叫教堂里的工人和他打好了水，预备好鞋袜，才走开去。伯坚洗了澡，一身通通换过，由短衣服又变成长衣服了。神甫告诉他说："只说是省城来的朋友住在教堂里的，地方上也就没有人疑心了。上天看着我们为了救人，叫你撒个谎上帝也是会饶恕我们的。"伯坚虽觉得他迷信过分，然而不是他迷信过分，也不能这样行道之笃，当时也不置可否，跟了神甫一路出门。

这时藏在教堂里的难民已分别回家了，一切枪炮声固然是不听到，就是屋脊上的火焰也没有了。小巷子里，虽然多数人家还关了门，开着门的也有，偶然也碰到一两人走路，但是望去，都是垂头丧气的。走出了小巷，首先遇到一片烧过了的店面，地上的砖瓦压了烧残的东西，高低堆着，在瓦砾堆的漏缝里兀自向外冒着黑烟。不曾倒坍下来的墙壁，多半是三方面直立起来，围着中间一片瓦砾，墙头上架着一根两根烧得漆黑焦煳的椽子和横梁，配上那墙中间的窗户烧成一个窟窿，房间楼屋在墙上印上几条焦痕，真觉是满目凄凉。火场的对面，有些老年人坐在阶沿的石上望着煳烟拭眼泪，伯坚叹了一口气道："老百姓有什么事对不住老总，糟蹋得人家这种样子！昨天这时候，人家还不是一家团聚好好地做着生意吗！"神甫道："你看到这几家店面就觉可怜，你不知比这更凄惨的还有好几处呢。"

二人说着话在一条大街上走，这样的人家，过了就有四五处。最是不堪的一家架着木牌坊的店面，牌坊是好的，门面也是好的，门上还有一副红漆黑字的对联，乃是"国安家庆，人寿年丰"。然而在门的旁边，石柜台上的铺板卸了两块，向里看去，通天彻地只是地上有一堆砖瓦和烧料。这还罢了，就是那瓦砾堆旁用大芭蕉叶盖着一个小堆，几个男女围着那芭蕉叶哭。伯坚见街上有探望的，便问道是什么缘故。那人叹口气道："不要谈了，这家人家七十岁的祖父、四十岁的母亲、三岁的孩子都烧死了。三具尸首都只找出来一小段，哪个是老的、哪个是小的都分不出来。你说惨不惨呢！"伯坚心里难过了一阵，因为跟着神甫走路来不及细问，不住地走着叹气。到了商会门口，这却又有一件事，令伯坚加倍惊异起来的便是门庭无恙之外，却交叉着悬了两面国旗，心想：这茶香镇的商会倒真能镇静的，镇上几乎是完全洗劫了，他们还能不忘悬国旗。他正这样忖度，只见旗的旁边柱子上却贴了窄条子的大字标语，大书欢迎同盟军。伯坚这才明白了这国旗的意思。

随着神甫到了商会里，这里面办事的人早就有三位笑着迎出来。神甫替伯坚介绍，说是省城里来的，可以帮同他办理善后。大家听说是神甫的朋友，自然也就表示欢迎，一齐到客厅里坐着。伯坚问明了正是本地商家三个有名的人物：一个是茶行董事温寄生，他是个横闪胖子，脸子却还白净，无须，前面垂着双下巴，后脑颈脖子上也打着一叠多肉皱，说起话来，却有些结舌。一个是商会长，约莫五十上下年纪，倒留着两撇菱角胡子，鼻子上架了一副大框眼镜，手指上夹着一根雪茄，只在这两点上可以知道他是一个有政客臭味的人。他身上穿着白纱长衫，在扣上垂下一块小徽章，更可以证明他是能做官的人了。他叫胡揖唐，提起来本镇上没有人不知道。还有一位，却是个苍白胡子的老头子，穿一件八成旧的蓝纺绸长衫，袖子比手长好几寸。他并不把袖口卷着，只将袖子从根向上提，折了许多叠纹。在左手的手腕上挂一串佛珠，干干净净的，那一串佛珠的绳子还垂出一小子儿黄穗来。他是本镇的丝商首领陈守章，有三十年的商董资格了。当时这位商会会长胡揖唐先叹了一口气道："今天这一场闹，本镇的精华一空，没有十年八载是不能再恢复元气的，这便如何是好？"神甫道："这是治本的一层话，现在还提不到。我们是先商量救这镇上一些灾民要紧。"陈守章道："灾民那还是小而又小的事情，现在同盟军来了，要本镇上商家先预备一些给养。神甫，你看我们镇上遭了这种浩劫，还能够担任这种重大的款项吗？我想这件事托神甫和同盟军的夏云峰师长去说一说，免自然是免不了，可不可以少出一点儿？"

伯坚听了这话，就不大以为然，心想：我们中国人的事，中国人自然会办理，为什么要去找外国人出来转圜？便道："我想这个夏师长若也是个我们一样的人，看看茶香镇闹得这样天翻地覆，未必他还要在这干石头上榨油。托外国人去说，恐怕不大妥吧？"胡揖唐见伯坚那种不高兴的神情，就知道了他的命意所在，因道："兄弟也知道请神甫去有点儿不妥，但是我听着思清县来人说，是师长在那里，曾请过一次酒，把全县的大绅士几乎都请到了。在酒席筵前，他就指定全县要多少饷，请各位绅士，照着各人的能力公认。公认以后，把这些绅士就留在师部里，哪个人应缴的钱缴清楚了，就放哪个人出去。曾先生，你想，我们这些人都可以代表一行买卖的。我们去了，设若把我们扣留起来，我们的同行是凑钱赎人好哩，是看着人关起来呢？但是敝镇这时要找钱，是不容易的了。"伯坚道："胡会长这话自然是以为有前事证明，不知道他在思清县对全县绅士要作一网打尽之计，所以用那种手段。现在到贵镇，不能用这条计，扣留一个两个人那就无多大用处。而况他真是问你要钱的话，他派兵来抓你，还愁你不去不成？你想脱危险，除非是躲开茶香镇，要不然是躲不了的。兄弟

61

这话过于冒昧，我也知道。但是我不是谈空话的，若是派到兄弟去一趟，兄弟也肯奉陪。"

那胡揖唐先听了他那番话，也是有些不高兴，及至伯坚挺身而出，这就无可说的了。胡揖唐将手上一截雪茄也不管是点着没有，两指夹着，放在嘴里扑咕扑咕连连乱吸了一阵，看那样子他一定是在想什么主意了。神甫笑道："胡会长去见这夏师长一面也好，他若是有和地方上为难之处，也绝不能抓住你一个人说话。这地方上善后的事，无论我们怎样着手去办，总也要先得军人的同意。我想候胡会长见过夏师长之后，我用个人的名义也要去一趟。"胡揖唐吸着烟喷噎来一口，刚有一句什么话想说，他自己又忍回去了，还是吸着那半根雪茄。陈守章忍不住了，将手一摸长胡子道："我这一把白胡子，死也可以死得，我就去一趟。他们已经来了大半天，我们挂两面国旗就敷衍得了他吗？"温寄生道："不不不吧，我看连神甫大大大家一块儿去吧。"神甫道："一块儿去也好。我虽是一个外国人，但是可以做本地许多教民的代表，陪着诸位去也不算不对。"伯坚心想：自己不是本镇的人，也就不必多管闲事。因之就不再拦阻，胡揖唐见有了一个外国保镖，这才放了心，便将雪茄在桌沿上敲了一敲灰道："事不宜迟，我们就去。"他站起来，首先加了马褂，戴上帽子，其余陈、温二位也是照样。五人一同出了商会，向同盟军的师部里来。

这同盟军攻进茶香镇之时，知道联合军的团部驻在华国银行，因之他们也就一客不烦二主，径直就住在银行里。伯坚和他们到了这银行边，倒不免有一番感触。远远地就见银行门口站着五个卫兵，一个挂着手枪站在一边，其余四个都是背着手提机关枪的。他们身上穿的灰布制服虽然也是一样变成了黑色的，倒还整齐，皮带裹腿布，不缺少哪一样，这一点比联合军就强些。在他们站的地方有一面蓝布红字旗斜插在门框上，大门两边平台阶上，分左右向摆着两架机关枪。只看那枪口一个圆洞向着人，也不知什么缘故令人一看之下，心里就含着三分恐怖的滋味。那个胡商会长一路都和神甫并排走着，只管说话，这时一步一步地放慢了走。及至走到银行门口，他已走到最后了，那门口守卫的卫兵见最前面是个外国人，把天生的一种暴戾的气就低下去了四五分，向着神甫笑问道："你有什么事要见我们师长吗？"神甫道："不错，我这五个人都是要见师长的。"那卫兵听说都是要见师长的，就由第二个人注视着起一直注视着到第五个人，又问了一句道："都要见我们师长吗?"神甫道："是的,都要见你们的师长。"卫兵道："你们跟我来。"于是他在前走,引着五人到了行里面。伯坚一看,他们联合军更进一步,柜房里已经铺下铺盖行李,许多大兵住下了。柜房边一间小客厅,在洋式的门上贴了一张红字条,上面写着三个字:"传道处",这个"道"字大概是"达"之误,而且传字右角处多上一点,那字写得东倒西歪,仅仅有个模型而已。

卫兵走到门口,叫了一声道:"有人要见师长。"他就是交代如此一句,就走开了。那屋内走出来一个兵,正待大喝一声,睁眼便见一位身体魁梧的外国人站在当面,于是顿了一顿,笑着和神甫一点头道:"是你先生要见师长?请你拿出名片来,我给你去回一声。"于是大家都拿出名片来,伯坚没有,神甫就用身上的自来水笔将他的名字添写在自己名片上。那兵见就是伯坚没有拿名片,这神甫名片上添写的,当然就是他的名字。真看不出来,他还有和洋人并排列名字的资格,又向伯坚浑身上下看了一眼,这才让他们站着,拿了名片进去回禀去了。过了一会儿,这位夏云峰师长竟全副武装迎了出来,他首先就抢着和神甫握手,笑道:"我正想请各位来谈谈,居然先来了,好极,好极!"然后一一握着手,将大家向里请。一间屋子门口,有块"行长室"的牌子尚未取消,他就将大家向里请。到了里面,三个商绅都不知有所措地站到屋子一边,各人手里拿了草帽没个放下的地方。夏师长说了一声:"请坐。"先对着神甫点了点头,神甫和伯坚就在他对面椅子上坐下,这胡、温、陈三个人就在靠壁的一排椅子上坐着,帽子盖了膝盖,只好让屁股坐着一点儿椅子沿,其实两条腿还半支着在地上,比不坐下来还难受。

神甫本想等中国人先说话,见大家都不开口,只得先对夏师长道:"茶香镇不幸遭这样的浩劫,幸是贵军来了,要不然镇上的财产自然空了,人民的生命还说不定会牺牲多少。师长大概已经在街上巡查过了,全镇的精华已经损失了十之七八,要恢复起来很不容易呀!现在地方上的人正想办善后,将来有请师长帮忙的时候,还得请师长协助。"夏师长笑道:"难民自然要替他们想法子的。但是我想虽然地方上受了敌军一番蹂躏,损失的也不过几家商店的浮财,论到大资本家的腰包,不见得有什么伤害。"

三位商董听了这话,彼此看了一眼,心想:他这种话分明是不承认茶香镇遭难,还大有地皮可刮了。胡揖唐大着胆子只得站了起来,向夏师长拱了一拱手道："地方上实在糟蹋得很厉害，敝镇商民有亲友可投的自然都走了，还有些找不着帮助的，只好地方上先办急赈，分一点钱和米给难民。我们想就在商会里办，也不敢烦扰师长办什么，只要派两位弟兄去弹压地方就行了。"夏云峰笑道："百姓没得吃，各位地方上的绅士就会出来办急赈，但是我的弟兄们现在也没得吃，诸位也要给他想想法子呀。我派两个人到贵会去找人，可没有找着。"胡揖唐道："不瞒师长说，我们三人家眷都在隔河村庄上，昨晚都回家去了。其余在镇上的各家商董，大概家都遭了难，他们家事都不知道怎样好，哪会管商会里的事？所以上午会里没人。我们三人也是知道这边事平了，冒着大危险过河来的。"夏云峰笑道："原来如此，你们三位可侥幸之至了。那么，可以帮我一个人的了。"

温寄生急了，站起来道："师长，这这这样大事，怎怎怎让让……"他结舌了一阵，面红耳赤，始终没有说出来，手上带了帽子抓了几下耳朵。还是胡揖唐道："大军来了，地方上当然是尽力去尽地主之谊的。不过……"夏云峰道："三位不必推诿，茶香镇是很殷实的商埠，谁都知道。联合军虽抢了两个钟头，抢得了什么去？若不是有这件事，我一定要这镇上筹五十万。现在说不得了，我少要一大半，你们给我筹二十万吧。你们只当我们来迟了一步，让联合军多抢了一些去，就不至于舍不得了。"胡揖唐真不料夏师长还会开这样大的口，本来站着，心里一软坐将下去。但是温寄生、陈守章都有话想说，同站起来，胡揖唐又跟了站着。

伯坚一看他们想说又不敢说的样子委实可怜，便道："师长，我是为了教会学校来镇上的一个人，在客观的地位一看，这镇上确是损失不小。贵军到了这里，地方上自然要办给养，不过究竟地方上还有多大的经济力量现在不能知道。可不可以让他们地方上人先开一个会，然后照力量自己去酌定数目？若是没有多大损失，师长说的这个数目当然可以筹得出来。他们现在先说定了数目，将来办不到，徒然失信。"神甫摸着胡子，连点了几点头。

夏师长见伯坚慷慨而谈，疑心他在教会里很有地位，而且话也有理，便道："这话也可行，不过敝军取攻势，不是取守势，休息一两天就要开走的。地方上既肯帮助我们，就望越快越好。"神甫就望着胡揖唐三人道："三位看看这时间上要怎样决定呢？"胡揖唐道："好在我已发出通知去请各行商量，今天晚上开善后会，我们就一块儿讨论，得了结果，晚上就回信。"夏师长道:"也无须再回什么信,我所说的数目已是最低的限度了。你们今天开会也不过商议这数目怎样去分摊,难道还等今晚开了会再来还我的价钱不成?设若开会的时候大家要说抢光了、烧光了,那就不用拿钱出来了!"他说着这话,脸上慢慢地变了色,挺着胸脯子,两手扶了他的膝盖,将那目光对三个商董如闪电般地看了一遍。

三个商董要答应吧,谁也不敢负这个责任,不答应吧,又觉得夏师长凶焰逼人。还是神甫出来转圜道:"依我看来夏师长不能不通融一点儿,总要等他们先有个商量。要不然他三人答应了,那些商家以为他三人负责,倒推个干净。"夏师长默然了一会儿,便道:"就让他们今天晚上先开一个会,好在我是拿定了主意的,其余的话诸位不必谈,先把这件事解决了再说。"说着他也不管客人走不走,已经站了起来,做成一个要送客的样子。大家一看客气不得了,只好告辞。胡、温、陈三人如逃出牢狱一般,抢先便走,神甫在后和夏云峰握手的时候,他却对神甫笑着说:"兄弟为了自己弟兄们的缘故,不得不和他们正颜厉色地交涉,明天兄弟一定亲自去奉看神甫。"伯坚在一边听到,心想:究竟是个银样镴枪头。其实一个传教的外国人,就是对他稍微失点儿礼貌,也不必去登门道歉。可见商会里人要神甫出头,正也不为无故呀。如此想着,低了头一路走回天主堂。

当天晚上,商会里开着善后会,伯坚也随着神甫到了。这时已经离着镇上的浩劫有十余小时,大家的心事安定一点儿,因之到会的各行商董却是不少。大家正待宣布开会,有人由外面进来,脸变成白纸一般,说是:"外面有好些大兵,看到人来,只许进,不许出,这是什么意思?"在会场上的人听了这个消息,都是三魂去二,七魄留一,大家望了作声不得。有几个机灵些的,悄悄地就偷着向后门走出去。不料大兵不会蠢似商人,后门口也是整大群地把守了。这里人还没有到门边,门外的兵已经两手握了枪,向着门里,枪上都上了刺刀,雪片儿似的尖锋,要对人作那就刺之势,喝着道:"你们打算向哪里溜?"几个在前面走的人来不及转身,倒着身躯向后退,一踹踹着后面人的脚,后面人抽腿一跑,跌个仰面朝天,门口那些大兵一阵哄堂大笑。这样一来,会场里人都知道逃走是没有希望的了,交头接耳议论起来。

就在这时,一个武装挂指挥刀的军官,后面随着两个挂手枪的卫兵,昂着头，手提了指挥刀的柄，直挺着大腿，一步一步走进会场来。会场两边排着长椅，中间闪出一条人行路，当军官由这里经过的时候，椅子上靠着人行路的，都缩着脖子把身子偏了向里歪，生怕让那军官的衣襟角带着了。他昂然直入，一直走到演说台边，头一昂道："我叫卫尚志，是夏师长的参谋。夏师长因为这些弟兄现在到贵会来请愿，请贵会帮点儿忙，这也是不得已的举动，但是总怕他们性急不会客气，所以派兄弟来和贵会接洽。会长在哪里？请出来和兄弟谈话。"胡揖唐在人丛坐着低了头不愿作声，卫尚志将他手上的指挥刀提上提下连连在地板上蹾了几下，咚咚直响，脸左右向，口里连问道："会长在哪里？会长在哪里？若是会长不肯见面，就请大家公推两位代表出来，要不然门外的兄弟们万一不客气起来，那时兄弟不负什么责任。"坐在胡揖唐左右的人再也隐忍不住，叫起来说："胡会长在这里！"说着四只手扶着他的手膀向上一举，胡揖唐没法，只得站起来拱了拱手道："兄弟在这里，有什么话请卫参谋发表。商会的董事都在这里，大家好商量。"卫尚志道："好商量坏商量，都是你们的事。兄弟奉了命令来这里，只知道问茶香镇要二十万军饷，其余我不管。"说毕，斜着一只脚来站着，表示他充分的逍遥自在，只等钱来。

胡揖唐站在他原来的座位边，用手摸了一摸短胡子尖角，主意也就来了。胡揖唐当时走上演说台目光向大家一扫，再看到卫尚志身上，才对大家道："刚才这位卫参谋说的话，我想大家已经是听到了，现在人家静等着我们的回信，非二十万不可。大家都得想想，这个钱若是不拿出来，说不定是哪人吃亏的。"他说时，脸色极力地板着，提高着嗓子喊了出来。他在那里急，在场的这些会员正处在反面，谁也都不哼一个蚊子大的声音，都望着胡揖唐那紧绷了的面孔。胡揖唐道："诸位怎么样？若是再不作声，我就不负责任了。"卫尚志斜站在讲台的一边，原是默然无语的，这时将头一偏，向着胡揖唐道："那不行！你不负责任，就请你去见我们师长。你是会长，我只知道找你，你看哪个能出钱你就和哪个要。若是他不出，我有弟兄们可以帮你的忙。你问问他们，是愿意我同盟军这样客客气气呢，还是愿意联合军那样鸡犬不留呢？"胡揖唐道："事到于今，我还有什么不负责任？只是要人出钱的事，总得慢慢商量，恐怕不能立刻决定。"卫尚志道："有什么不能立刻决定？你把几个商家头儿找出来，我和他谈一谈。我还告诉你一句话，兄弟奉命到这里来只有两小时的工夫，过了两小时我就要走开，外面这些弟兄若是对诸位不客气，那时不要怪我没有先说明。"卫尚志说毕，他也不再站在讲台上，看见第一排椅子上还有一个座位，就手提了指挥刀走到那里去坐着，两腿夹了刀将双手一扶，偏了头坐着只管发着冷笑。这副神情，他不必说什么恐吓，恐吓的意味也自然在里面了。胡揖唐又对大家望了一望道："诸位听到了没有？只差两个钟头了，两个钟头以外，谁来保诸位的险？我既是会长，推诿不了的，我现在先认款三千，哪个第二名认款？"

卫尚志见已到了认款的程度，这件事就办得差不多了，站起来向胡揖唐摇着手道："不是那样办。你可以找着纸笔摆在这里，哪个愿意认款的都写上一笔，将来我们收钱省许多事。哪个短了钱没有交，我们按着名字就可以去找他。"胡揖唐也落得让他做后台，于是取了一副笔墨来，就烦他写一写。卫尚志向站在一边的两个兵一招，叫他过来，将自己身上挂的手枪取下，让他一个人捧着砚台，一个人拿着手枪，自己拿了纸笔在手，将笔头对胡揖唐点着道："你认了三千，这三千是你私人出，还是你代表哪一行出？"胡揖唐道："我是商会会长，不能代表哪一行。我来做个领导的人，这三千算我一人的。"卫尚志听了这话，立刻将右手的笔交到左手，笑嘻嘻地老远伸着手，一直走上前来和胡揖唐握了一握，然后一伸大拇指道："你不愧是个会长，做事很有决断力。"于是将笔交给胡揖唐，让他亲笔写了，这才掉转身去，挨着座位一个一个地写去。遇到一个人，先问他是哪一行，是不是商董，人家说了不算，还问身后跟着的胡揖唐对是不对。被问的人见他身后的卫兵拿着一把去了皮套子的手枪，人虽对卫尚志说话，眼睛总得瞟着那管手枪。是私人自写捐款的，至少也要写五百元；代表一行写的，至少也要写三千。商会这个议事会场，也不过写了三分之二的人，已经将认款的数目超过二十万了。

伯坚和神甫坐在最后的一排椅子上，卫尚志写到了他面前，他摇摇头笑道："对不住，我不是这茶香镇上的人，而且也不是商家，我似乎用不着出钱吧？"卫尚志对他脸上望了许久，问道："贵姓是曾吗？从前在省城自强中学读过书没有？"伯坚道："我是在那中学毕业的，阁下何以知道我？"卫尚志伸着手和他握了几握笑道："你不应该忘了我，我原叫卫贯忠，在学堂里是个有名的捣乱虫。你怎么会把我忘了？"他如此一说，伯坚算是明白了，因笑道："你几时从军的呢？你自小就有尚武精神，果然现在如愿以偿了。"卫尚志也问他如何到这里来的。他还是照旧撒谎，说是为了教会学校一件事来的。卫尚志见他和神甫坐在一处，这句话很是可信，便道："我们老同学难得在这里相会，今晚把公事办完了，明天我就到天主堂去看你。"接着握了一握手，他又挨着座位去要别人写钱去了。他这一番应酬不要紧，所有在会场的人看见了他和这个参谋是同学，都不胜羡慕之至。心里都想着：若是他早就和卫参谋相见了，大家可以托他讲个情，不至于大家都被迫写上这多捐了。

卫尚志这时将捐写完，就对大家道："诸位捐是写了，钱是什么时候拿出来呢？我的意思，诸位分一半出去，留一半在会里，出去的人我都派两名弟兄保护，除了他们把自己的款子交到师部里而外，会里不走的人，所有应交的款子，也要他们在外面去筹。至于哪个愿意走、哪个愿意留，可以由诸位彼此推定。"他这样说毕，依然又在那个老地方坐下了。伯坚心想：军队就地筹饷这也是司空见惯，但是像他们这样筹款，立刻捐立刻要，却也没有听到说过。胡揖唐首先就不能忍了，走到卫尚志面前拱了一拱手，两道眉毛都皱着拥起了个大疙瘩，勉强笑道："今天夜深了……"卫尚志不等他说完，便道："夜深了也不要紧，并不决定今天要钱，但是今晚诸位可不能回家。"他说了这话，依然挺了胸脯子坐着。大家一看这事推诿不了，商量一阵，就共推了二十位会董出去，其余的人在商会里过夜，等着家里交钱赎人。

这里人一推定了，卫尚志就把外面率领包围军队的营长请了进来，告诉他预备六十名弟兄，每三个弟兄保护一位出门的会董，那营长笑着答应了。许多被推出去的会董陆陆续续地向外走，最后有个六十上下的老人，望了伯坚笑笑，低头走了。及至走过去几步，又回转头来向伯坚笑笑。伯坚看他很想招呼似乎又现着冒昧的神情，便迎了上去道："你这位老先生认识我吗？"他拱了拱手笑道："我不认识阁下，不过今晚在这里会到之后我很仰慕，我想去拜访拜访。"伯坚一听他的话音就知道他的命意所在，因点点头道："我很欢迎，明天上午会吧。"那老者拱了拱手，笑着连连点头走了。

伯坚和神甫在这会场里是两个自由之神，可以随便行动，见会董们走了，也就跟着走出来。伯坚回到了天主堂里，因和神甫表示本是要帮他的忙办一些事的，现在商会根本不能谈地方上的善后，希望神甫给他一点儿工作，免得吃闲饭。神甫道："我想同盟军和联合军既然都纠缠到这里来了，恐怕要正式打几仗。我的意思想组织个红十字会救护队，正用得着你帮忙呢。"伯坚听他说有这个机会，心里倒是一喜，既可以实行到前线去，又不冒着什么危险，是最合适的事了，于是又坦然地住下来。

就是这天晚上，神甫请去谈话，走到神甫的会客室里，却见商会里那个打招呼的老人已经先行在座了。他一见伯坚进来，连忙站了起来和他作了两个揖，笑道："连夜吵闹先生，真对不住。但是兄弟也实在是不得已，请先生原谅。"伯坚道："这不要紧，我也是在这里客居吵闹着神甫呢。你有什么事找我，请你直说。"那老人道："兄弟叫申春甫，是这茶香镇的旅店行商董，自己也开了一家平安旅店，在往常本镇丝茶买卖好，自然也有些生意。现在这样兵荒马乱的年月，哪里有什么旅客？不但是兄弟，就是我这一行没有一家可以能混的。现在卫参谋要我和同行捐一千，又要我自己捐五百，同行有十几家，凑凑也许够了，我一个人要叫我捐五百块钱，哪有这种力量？我想曾先生和卫参谋既然是老朋友，大小总可讲个情，求求他把兄弟这笔捐款免了，不知道行不行？"说着苦笑出嘿嘿两声，望着伯坚道："就是不能全免，总也望他减掉一半。"说毕露出苦脸子，只是抱了拳头举上举下地作揖。伯坚道："申老板这样重托我，我说是可以说的，恐怕不能生效力。今晚你在商会里认了捐没有呢？"申春甫踌躇，将袖子揩着头上的汗强笑道："当时我原不愿写，但是我看全场的人没有一个敢推诿的，派了多少就写多少。我看见那个卫兵只管拿手枪对了我，我不敢不写。"伯坚道："这就不好说话了。你想，你自己都愿意出钱写了亲笔字据，我们事外人去说情那岂不是笑话吗？我看申老板还是回家去预备钱，明天我去见卫参谋，探探他的口气怎样。你可千万不要做指望，我能尽一份力就尽一份力。"

申春甫揣情度理，也知道这事是不好办的。伯坚既是说明了，也就不敢强求，自起身告辞，约了明天来听回信。他出得天主堂来，两个在门外监视着的兵士都不愿意，一个喝道："呔！老头子，这样夜深你还累我们跑什么？赶快回家让我们睡觉吧，你再乱跑莫怪老子不讲理！"申春甫拱着手道："老总，我也不愿意跑，但是你们贵上催饷催得厉害，地方上找钱又不易，我不跑怎么办？"一个兵道："我管你怎样办！我们白天打仗，晚上还来伺候你这老狗，我们当兵吃了你的？你跟我滚回去！"他说着话时，已是把手上拿的枪在地上蹾了两蹾，蹾得笃笃响。申春甫拱了拱手道："老总，老总，我回去，我回去。"大兵喝道："要走就快走！我面前容不得你做大老板！"申春甫本来也是要回去，被两个兵催不过，把要回家的路走错了，越走越远。他一时走不到家，那两个兵催得更厉害，一路走着一路骂着。先还叫起老总来哀告，后来接着骂也不敢言语，只是低了头走。

好容易走到了家，一拍门里面来开门的人就骂上了，他道："老子早就要睡觉，等你不回来，等到现在。"原来监视申春甫的兵，两名跟了他走，一名在他家里守着。这个守家的兵听了同营一路骂着来了，所以他就迎上前来开门。申春甫一进门就连作了两个揖道："老总，真是对不住。明天早上请你喝两盅。"那个兵听到说请他喝酒，才压下去了一点儿怒气，便笑道："他妈的，我们不贪你这两盅，只要你早一点儿拿钱出来，让我们早一点儿销差就行了。"申春甫连说："是，是。"申春甫先忙着将三位老总安顿好了，然后才到铺房后去和他妻陈氏商量着钱。好在他家是开旅馆的，这三个兵士却也睡得舒服，不来惊扰了。

陈氏先问申春甫托人的事怎么样了。他说是并无多大希望。陈氏才皱了眉道："我刚才仔细算了一算，除了家里还有三四十块钱存款而外，拿着我们的房契可以去押个二三百块钱。无论怎样，五百块钱的数目总是凑不上。"申春甫道："你还有百十块钱的首饰……"陈氏原是捧了一管水烟袋坐在一张椅子上呼噜呼噜地抽着，听了这句话将纸煤半悬空半搭在桌沿上，咚的一声将烟袋压住了纸煤，突然站起来挺着胸脯子问道："我还有什么值钱的没有？还有个十三岁的儿子，也把他卖了吧！"申春甫现出一种难为情的样子，皱了眉道："并不是我看中了你那一点首饰，实在因为人家催捐催得厉害。设若不拿出钱来，把我老命送了，恐怕大家都活不成，不但是这一点首饰保不住吧？"陈氏气得没有话说，又拿起水烟袋来吸着。申春甫将两手背在身后在屋子里蹾来蹾去。家里一切的声音都停止了，倒是前面客房里三个大兵哈噜哈噜的鼾呼声，穿过许多屋子直送到耳里来。申春甫左手托了右手的拳头颤了几颤，一人自言自语地道："幸而这同盟军多少讲点面子，若是像昨天那班强盗一样，我们家里睡了三个大兵不让人担心吗？说不得了，只有把乡下茶田的契纸拿去押一押，出到加一的利，总能借几百块钱。"陈氏道："那倒好！街上的房契押了，乡下的地契也押了，这一次捐把产业都捐空了，以后还过日子不过日子？"申春甫道："不拿出钱来怎么？家里这三个债主怎样打发他们走哩？"夫妻二人生了一顿子闷气。他一个十六岁的女儿月英，由堆干柴的屋子里悄悄走了出来，问道："还没有……"申春甫抢了上前，将她乱推着到屋子里去，连连低声道："你胡闹！你胡闹！怎么走出来了？"月英一句话不能说，就轰走了。陈氏面前吹了满地的烟灰，却也愁起眉来道："家里这几个瘟神实在也要把他们送走才好。"她说话的时候是刚放下烟袋，说完了话又抽起烟来了。夫妻二人商量了一晚，依然未得什么办法。

次日天色一亮，三个大兵就起来了，要这样要那样，毫不客气。申春甫家里用的两个店伙早已辞退了，只剩一个打杂带做厨子的老工人照应门面。那工人做事慢一点儿，昨天已经让大兵打了好几回，今天他缩在厨房里再也不肯出来。申春甫只好自己出来，打洗脸水，泡茶，最后就忙了做饭给他们吃。三个大兵也不等饭做好，一齐拥到厨房里来，一个兵拿了切菜刀，啪的一声向砧板上砍进去一寸多深，手捏了刀柄向申春甫瞪着眼道："你说给我们酒喝的，怎样荤菜也不预备一样？我看这桌上摆的碗全是素菜！"申春甫赔着笑道："街上买不到荤菜，家里两只鸡昨天已经做给老总吃了。"那兵在砧板上拔出刀来指着窗子外一只小猪道："那个就不能让老子下酒吗？"申春甫道："那只小乳猪不过八九斤重，刚刚上食料，怎样能宰？"那兵道："怎么不能宰？弄出来比一只鸡总大些吧！呔，我们来！"他提了刀走出厨房，左手猛向地下一抓将小猪的身子抓住，那小乳猪猛然一惊四脚乱划地怪叫，那兵右手拿起刀不管三七二十一向着猪的脖子一阵乱砍，砍了七八刀才砍下一条深口子，小猪呜呜呀呀发出那惨厉的声音。那兵骂道："他妈的！邪气，我非把你的头砍下来不可！"接上又砍了上十刀，砍得血花四溅，才把一颗小猪头活活割了下来。那兵提了一只猪脚，向厨房里一丢，向申春甫道："先割两个腿子做出来，我们下早饭。他妈的溅我这一裤脚的血点！"其余两个兵在一边看着哈哈大笑起来。

申春甫当他杀猪的时候，吓得肌肉乱跳，哪敢作声？现在猪已杀了，只得把老工人从灶下拖出，先洗刷两只猪腿割了做起来。三个大兵在客房等着，得意之至。菜好了，申春甫烫了一大壶酒，供着他们吃喝。三个兵正在痛快，大门外却当当一阵锣声敲着过去，锣敲过了，就听见有人喊着道："各家纳捐的商民听着，夏师长有命令：捐的款子今天点灯以前一律

71

交齐，若有差误的，军法从事！"说完这一套，当当又响下一遍锣。申春甫听一句心里跳一下，今天这一下子哪里去找几百块钱？眼见得是要让人家军法从事的了。手里拿了酒壶给三个兵斟酒，酒壶由手上脱落下来打碎了桌上一只碗，把三个兵都吓了一大跳。一个兵道："你斟酒的人会落了酒壶，你心到哪里去了？"申春甫道："老总，并不是我故意这样。我听到说今天不缴款就要军法从事，我吓慌了。"那三个兵看看壶里也没有了酒就不再想喝，各人用菜碗盛着饭，连汤带菜一齐倾在碗里，唏里呼噜自吃起来。申春甫心里如火烧一般，哪里吃得下东西去？眼望着这班人如狼似虎地吃过，便拱拱手道："哪两位老总跟我出去哩？我要去找钱了。"三个兵都怕累不肯去，申春甫道："只有大半天的工夫了，三位老总若是不陪我去，我就一个人要出去了。"一个兵道："那不行，你跑掉了，我们掏腰和你垫出捐款来不成？"申春甫不能不走，又走不了，十分着急。还是昨晚那个守家的兵答应跟他出去一趟。申春甫得了这个应允，如遇着皇恩大赦一般，立刻搜罗了两张田房契揣在身上，当后同着这个兵一块儿走。但是这镇上大劫之后，又遇着大抽军饷的事，无钱的人抢光了，有钱的人也不敢说是有钱。申春甫拿着两张房契东撞西撞，在这个时候哪敢把现洋拿出去换两张字纸进来？因之他跑了一个下半天还是没有钱。

回家之后，见了他妻，将契纸向桌上一抛，两手一拍，坐在一张靠背椅上昂了头道："事到于今，也只好不了了之，大不了是丢这条老命！我今天把契纸带在身上，到夏师长那里去把实话说了，听凭他办。"陈氏半响作声不得，软了声音问道："一个钱没有借到吗？"申春甫头放在椅靠上摇了两摇。陈氏道："我那些首饰留着也是没有用，你也拿去抵抵数吧。只要大家平安东西算什么？设若有个好歹……"她不曾说完呜呜咽咽地哭起来了。申春甫想到今天一去，万一军法从事，真不料做一辈子好人倒会落这样一个结果。他数说了一阵，也哭起来了。只在这个时候，外面又是一阵锣响，催着各纳捐的人马上到师部军需处去缴款。申春甫听了这话，脸上先变了色。那三个监视的兵跌跌撞撞抢了进来，拉着就走，申春甫道："你不用拉，我也愿意早去早了事，你也等我和家里人说几句分别的话。"一个兵笑起来道："你不要献丑，这不过是要你几个钱又不要你的命，你为什么做出这种样子来？我们在你家里等了两天两夜，也就够了。"打他们说着话，军装已是齐备了，手上拿了枪在地上先蹾了一蹾。申春甫已经领教过枪把多次，总怕一不顺心又要挨上两下，只得忍着心跟了三个大兵一路走出门去。当他走出门的时候，已是听到家里妇人哇的一声哭了。

跟着兵到了师部里军需处，许多人手捧着大包的洋钱向公事桌上放，拿不出钱来的倒也有几个，立刻解到军法处。申春甫问明了谁是军需处长，先放着苦脸子，走上前待说一说苦情。那处长是个肉胖子，脸腮上两块肥肉突然向下一落，自然地就凶狠起来，他抖颤着那肥嘴唇皮子道："不行，那不行！你到军法处去说，我这里只收钱不讲理。我知道你是交不出钱来要和我讲情，我是个恶人，不会讲理的。"申春甫见开口的机会都没有了，心一横想着：既是拼了死来的，这也就不必惧怕。退着到缴款的人后面去，看他们怎样办。不多大一会儿的工夫，有两个挂了手枪的兵将他的袖子一牵，瞪着眼道："你是没有钱缴款的吗？跟我到军法处去。"

这军法处跟着师长转移，也设在银行楼上，究竟占了一个"法"字，场面森严得多。在一座大楼厅内，正中摆下一张大餐桌，处长穿了军服端端正正地坐着，由桌子边一直排到楼窗边，有十几个挂了手枪的兵站着，靠了桌子腿直搁着两根大军棍。在楼窗下一个屋角上，堆了许多脚镣手铐。不用多看，只凭这两点已觉毛骨悚然。当申春甫向里走的时候，正有一个未曾缴款的人钉了脚镣手铐，由两个挂盒子炮的人押着走了出来，接着便有兵向申春甫喝道："你是欠款的吗？过去说话！"说着拉了他一只手，就向楼面中间一扯。申春甫本已心慌意乱了，不留意人家这样一拉，向前一蹿便趴伏在楼板上，两只膝盖被这硬地板一碰，简直砸麻木过去了，两手撑着楼板勉强站立起来，腰还不曾伸直，又有一人大喝道："你装糊涂！朝着哪里说话呢？"申春甫这才明白过来，脸是误朝着楼窗将背对了军法处长了，赶快掉转身。那处长将警木在桌上啪啪敲了几下，喝道："你姓什么？差多少款没有缴？"申春甫朝上先鞠了一个躬，又作了一个揖，才慢慢地把情形说明了。

那军法处长是一张雷公脸，白中透青，养了两撇尖角胡子，两只吊角眼青光闪闪，一张口露出左右嘴角两粒金牙，他冷笑一声道："你倒是个硬汉，一毛也不拔！我要把你毙了，我看你是要钱还是要命？"申春甫听了他的话看了他的颜色，早是一般寒风入骨，气向下一落。那军法处长见他不作声，威风稍微减少一点儿，就平着声音道："你不作声，这事就算过去了吗？"申春甫道："处长，我并不是狡赖，实在这个日子有产业也变动不出钱来。我拿了自己房田两张契纸到处借钱，都没有借到。无奈这限期太急了，若是限期宽一点儿，我下乡去也许可以把田典五六百块钱来缴捐的。处长若以为我是说假话，我契纸带在身上，请处长收下，我等得了款子再来取回去。"说着把一包契纸由身上掏了出来，颤颤巍巍地呈到桌子上让处长去看。

那处长望了契纸，用手拧着胡子尖角只管出神，过了一会儿便问道："你说你的田可以押五六百块钱，那么你的房屋、茶田一齐合计起来，能值多少钱呢？"申春甫道："若在太平时候，单是我的茶田就可以值两千多块钱，连房屋一齐算总在三千以上。现在就不能这样说，只要能押出五百块钱我也就心满意足了。"军法处长将田契纸翻了一翻，又用手拧了一扤胡子尖角，点了点头道："既是这样，那就有办法。契纸算是我收了，暂不难为你，你可以回去。两天之内，我可以通知你哪个是受主，以后你有钱，就到那人手上去还债赎契。"申春甫听了这句话，算干了一身汗，才转身告谢，退出了这临时的阎罗宝殿。

只一出这楼门，就遇到了伯坚便拱拱手说："曾先生，你也赶来了？"伯坚道："我为了阁下的事一早就找了卫参谋，偏是他有事，直到现在才找着了。他已经写了一封信给军需处了。"申春甫作揖道："多谢曾先生和我帮忙，不过现在用不着了。"说了这话，他的双眉毛已经皱成了一条直线，也不再说什么，叹了一口长气，低了头径自走了。伯坚看他那情形，虽不见怪，却也不怎样欢喜。这是自己没有帮忙的缘故，心里很过不去，大概这老头子已经将五百块钱捐款都交出来了。自己无精打采地下楼就去告诉卫尚志，了结这一重公案。

倒是卫尚志知道得更清楚，笑道："你的人情算是落空了，他自己已经把田、房契交到军法处做了押品。"伯坚道："你们要这东西做什么用？"卫尚志笑道："我们自然还是靠了这个到本镇上去借钱。"伯坚摇了一摇头道："你们自负是仁义之师都还如此，足见打仗总不是一件好事。"卫尚志笑道："你不要说打仗不是好事，你还非加入我们的团体不可。你不是想回家吗？我告诉你一个消息，一两天之内我们就要去攻西平，攻下西平之后抄上了安乐的后路，敌人不攻自退，你可以太太平平回家了。"伯坚本坐着的，突然站起来道："你这话是真的？设若联合军不退呢？"卫尚志微笑道："那有什么疑问？我们自然是和他打上一仗。"伯坚道："那糟了！别的罢了，我的老母六十多岁了，若在炮火围城中过起日子来，岂不把她吓坏了？"卫尚志道："但是在军事方面观测，设若我们的军队占了西平，联合军绝不能守安乐。你不放心，你何妨跟着我们军队一路去看看？我们师长还差两名秘书，我一引荐准保成功。你跟着师长，在前线最后的地方，那是很安全的。"伯坚笑道："我现在只有一条性命，什么东西都没有，跟你到星球里也可以。不过，不能不让我看老母。"卫尚志笑道："这年头还有谈孝道的，很难得。但不知道府上除了令堂而外，还有别人可挂念的没有？"伯坚道："有个叔叔，老实说我不十分惦记，有个兄弟，也足以自立。"卫尚志道："还有爱妻呢？"伯坚道："我还没有结婚。"卫尚志笑道："没有结婚，至少还有个爱人。若不是有个爱人，你不会如此挂念家里的。"

伯坚微微地一笑，看到桌上放有卷烟，取了一根在手，四周乱寻了一阵火柴。好容易在窗子缝里找着一根，在桌面上擦着点了烟，也只抽得一口，又将烟头在桌上涂熄了。卫尚志斜坐着，用右手一个食指擦摩着上嘴唇的短胡子，扑哧一声笑道："这次到西平去，我二十四分赞成，我也有个爱人在那里呢。"伯坚道："你的爱人怎么会在西平？"卫尚志道："我在省城念书的时候就认得她，她是师范学校的高才生呢！后来我投了军，她也毕业回家了。我们在前几个月还通着信，到了西平我引着你见一见，你一定也会赞成的。"伯坚看了他只管嘻嘻地笑将起来。卫尚志依然用个指头擦着胡茬子，笑道："谈到了爱人两个字你就笑了。"伯坚道："你误会了，我不是笑这个，我想你前晚在商会里和人家勒捐的时候，就是那样强硬，真个一笑比黄河清。现在你谈到女人，就是乐不可支的样子，岂不是和平常人一样？"卫尚志笑道："谈到女人不笑的，那恐怕是个大傻瓜。我真欢迎你加入我们这个团体，无论谈什么，甚至于谈女人，都可以找一个同调了。现在师长正问着，我和你先进去介绍介绍。"说着，他留了伯坚在屋子里，先走开了。过了一会儿，他笑着走了来，一伸手拍着伯坚的肩膀道："我知道一说就成，师长就请你进去谈谈。"

伯坚做梦不会想到当了师长的秘书。多少人富贵起来，都是走军队求出身的，自己有了这个机会，不求富贵则已，若要求富贵，当然比平常的人乱钻乱碰好得多。听说师长请，自是一喜，而况这位夏师长已经见过一回，究竟认识几个字，和那些目不识丁的武夫总好一点儿，当时很高兴地由卫尚志引去见了夏云峰。夏云峰也说了几句冠冕话，什么为国家出力、为人民奋斗，都是很受听的字眼。自这日起，伯坚就留在这师部里供职。因为得了神甫的保护，不能不辞而别，就特意去谢谢他。神甫听说他做了师长的秘书，学着中国人连连作揖，恭喜了一阵。伯坚想起前两天和他所说厌恶战事的话，倒有些难为情，自己也无甚可说，约了后会而别。

又过了一天，夏师长在本镇搜罗的二十万款子已得有十八九万，这里也不必留恋了，当日就下了命令准备开拔。他们沿途拉的民夫已经不少，在茶香镇大劫之后又搜刮了这些银钱，也就不再拉夫了，少了一道拉夫的手续，开拔起来比较爽快。次日天色未明伯坚让军号声催醒，屋子里也并没有灯，只是隔了窗户看见屋角上一丛黑树影子，露出灰色的天幕。伯坚就住在夏云峰的隔壁屋子里，同屋子有个秘书舒伟成，他先起床了，笑道："曾秘书，我们马上就要开拔了，你有什么东西，应当收拾收拾。"伯坚笑道："我一床军毯和一身制服还是卫参谋代办的，有什么可收拾的！"舒伟成笑道："老兄是个新从军的，我所知道的不能不告诉你。我们这回去攻西平，有一百二十里路旱道，而且要穿过安乐县境的一角，是很危险的。夏师长刚才已接得总司令的命令，限今天下午九点钟以前赶到西平城外，立刻施行包围。这一开拔，路上连大小解的工夫都没有，最好是动身以前把自身上的事都办完了。"伯坚道："紧急行军也不过日走八十里，现在走一百二十里还要打仗，弟兄们消受得了吗？"舒伟成笑道："你这是军事教科书上的话，哪里能算事？这次我们打到茶香镇来，不就是突然跑过百多里，出于联盟军意料之外的吗？设若按着军事教科书向前打，恐怕我们还没有到这里，他们已迎上前去打我们了。"伯坚道："若是走一百二十里，那会要了我半条命。"舒伟成道："这个你倒不必发愁，我们都有马可骑。只是骑一百多里路的马也不容易，下得地来，恐怕你会走不动路。"

正说到这里，又听到吹第二遍号，已经是吃早饭的军号了。伯坚和舒伟成马上一同下楼，就和师长左右的人同在一处吃饭。他们所用的碗筷甚至于厨子都是银行里原来的，饭菜自然是好。这时天色还没有十分大亮，鱼肚色的天幕发出模糊的光亮由纸窗里穿进来，桌上的碗碟也不过刚看清楚。举起筷子，同桌的人已是如雨点一般向碗里落将下去，自己也不过扒了三四口饭，同桌的人已是抢着盛饭，吃完了一碗时，满桌子人都放下碗筷了。伯坚先跟着联盟军走两天，逐次吃着咸菜黑馒首行军的时候，一面走还可以一面吃，倒也无所谓。现在到了同盟军，吃起饭来每餐是跟不上，不曾吃过一餐饱饭，只得饭后另找补一些的充饥。今天这一餐饭尤其是快，伯坚虽也是赶着吃，但是满桌的人前后只有一分钟之差，将筷子一放，齐齐地比着放在面前，大家突然向上一站。伯坚连筷子也不曾比齐，就站起来了。后来听舒伟成说，师长若在面前，吃饭只许十分钟的工夫，到了前线就更紧。筷子不比齐站起来，就要打五十军棍，伯坚听了这话倒捏了一把汗。

当时大家吃完了饭，接着便听到了召集的号令。这军号也是一种神秘的东西，不懂的人不觉什么，军人一听这种号自己会催促自己把动作赶快做完。伯坚听了这号，自也有点儿心慌，好在有个舒伟成同路，随时随地可以请他做指导。大家忙乱了一阵，师部附近的卫队业已出发。这个时候，伯坚已不能再和夏云峰讲平等了，早早地随着舒伟成同了干部人员在楼梯下一所过道间两旁分班站立。位置高一点儿的，比较自由，还可以伸出一只右脚斜站着，其余的人都直着脖子，挺着胸脯，两手下垂，连咳嗽一声都得极力忍耐着，万一忍耐不住才回转头去偷着咳一下。位置高的人也是不大说话，偶然有事也同在病人房里一般轻轻地说着。一会儿工夫，夏师长下楼了，大家一齐立正，伯坚一人未便独异，也是立正。但是他心里想着：出世以来，除了被人拉夫去受了压迫而外，自动地低首下决心要以当秘书开始了。做官，对了老百姓是一种得意，对了上司可就是一种侮辱。因之每次见了夏云峰，就有一种说不出的差惭，这一次又是更甚的了。

夏师长在巷里走出了大门，做人巷的人也就立刻活动随着出来，走路的走路，骑马的骑马，向前进发。伯坚也骑了一匹马随在师长之后，在马上听到远远的军鼓军号声，一条大直街上，一条蠕蠕而动的人影与面前的队伍连成一气。那步伐声哗喳哗喳地响着，反映着街两边的老百姓鸦雀无声地呆着站在那里看。有些胆小的，好像军队经过，他们带有杀气触人，不知不觉各退上几步，伯坚坐在马上，虽不至于顾盼自雄，可是感到一种威严的趣味，怪不得带过了兵的人，无论如何也抛不开兵权了。他坐在马上随着大军向前进发，每走十里休息五分钟，走二十里休息十分钟。在这个十分钟，大小解、水壶上水、整理背囊，都抢着去做。伯坚是骑在马上的，这还不感到什么痛苦。却是走到六十里打过中尖之后，忽然天上乌云四合，望着西南角，在乌云团结的下面露出一线青天，在那里放出向西微偏的日光来，日光反映着，只见天上一片青黑色的烟雾向下直垂，又仿佛是万道黑线织成微细的丝幕在那里挂着一般。这是行旷野的人所常看到的景致，乃是远处的雨脚，不是那地方下着大雨，不会有这种现象的。心里便想着：这若是下起雨来怎样办？要走，没有雨伞；要住下，平常的小村庄里，也绝不能立刻招待六七千来宾。如此一想，心里就不住地踌躇着，不知道夏师长对于此事是怎样办。随在他的马后，偷看他的神气，似乎毫不介意，不时地见他抬起一只手来去拧胡子，这更表示着他是欢喜至极了。

看看军队，犹如一条极大的长蛇，在莽莽平芜的旷野之中蜿蜒着前进，并不知道前面在下大雨。大家一步一步地向前走着，天色也越走越黑，那黑云缝里露出的日光已失所在，大家仿佛走入黑云罩下了，不多一会儿，迎面呼噜噜一片响声，由远而近迎将上来，所有面前的田禾、树木一齐纷纷摇倒，人行道上的尘土冒着黑雾飞上半天，天空里来不及飞回巢的燕子都倒飞了去，原来是一阵很大的西南风刮将来了。伯坚坐在马上，让迎面的大风一刮，已是支持不了，加之那风刮起的灰尘向人身上脸上乱扑，眼睛都睁不开来，如何能向前走？但是一行队伍，大家都依然走着，不动声色，自己一个人又能有什么表示？只得闭一会儿眼，睁一会儿眼，极力地镇定着。坐在马上这样挣死命地走着，人都有些昏迷了，也不知经过了多少路，只觉哗啦啦一阵响声由远而近，睁眼看时，乃是如垂穗子还密的雨突然地逼到了面前，最前线的队伍已经走进雨林里了。心里想着：原来是冒着雨走的，这苦可吃大了。也只刚刚转了这个念头，雨林子已迎上前来将人马完全罩住。看看夏师长，坐在马上动也不曾一动，也只好像天晴的一般走，由雨去打。不到五分钟的工夫，由头至脚连一根纱干的也没有，外面的军服湿透了，里面的衫衣将身体裹得铁紧，帽子上水积多了只管向脸上流，先还用手到脸上去摸摸，后来摸不胜摸，也就随它去了，在大雨里面足足走有两小时，雨是大一阵小一阵地向下落，身上湿着已不管它了，只是那一阵冷气只管由脊梁胸脯两方面向着身子里夹攻，不必说什么痛苦，便觉吸呼不痛快，喘起气来。

好容易过了这两小时，雨已住了，身上虽不见得好受，心里仿佛安静一点儿。然而下面又发生起问题来，所经过的道路全成了泥沟，人一脚踹下去泥总盖过脚背，有些地方还留着大一片小一洼的水，走到里面水过膝盖。伯坚在马上看着走路的人如此，骑在马上的人虽不吃这个苦，当那马蹄子拔着泥浆唧喳作响的时候更是担心，一个不稳，自然连人和马一齐滚到泥浆里去。这时夏云峰好像想到一件什么心事，在马上告诉了马前的传令兵几句话，那传令兵在马上加了一鞭踏着泥浆乱飞，跑到前面去对两个旅长传话。不多大的工夫两个旅长骑着马到夏师长面前来了，他们三人三匹马，川字形儿走着，一路商量着什么事情似的。约有十分钟的工夫，这两个旅长飞马上前，立刻便见这些军士走得更起劲，原来走十里路的一段休息现在也免了，只是拖泥带水向前挨着走。

伯坚在学校里向来是个喜欢运动的人，出门也爱骑牲口，所以初骑在马上还不觉怎样累人，这时可不然了，脚不敢松镫，手不敢松缰，瞻前顾后，总怕摔下来。摔下马来，跌一身泥浆那都是小事，让大家看到那岂不是一件笑话？因之心里受累比身上受累又加进一层。在大雨之后，只走十几里路，人已周身无力，骑的马也不住点着头拔它的腿，疲倦也就可想而知了。

约莫走了五六里路，经过一个市镇，这才得着一点儿休息的时间。原来他们早派了一队骑兵抢先跑到了这镇上，通知这里的商民：军队经过，并不驻扎，限两小时以内预备下一百桶开水、三万个馒头，此外随便预备些咸菜白糖。这里的商民听说军队经过不驻扎，这一点小小的破费哪敢怠慢？只一条大街上就抢着办了，免得分头知会来不及。大批队伍到了时已是三小时以后，因之商民为讨好起见，将街上所有的猪肉、鸡蛋、豆腐干都做好了，用大木盆盛着等候。军队到了这镇上，虽然休息并不散队，架了枪，就在沿街人家屋檐下或坐或站，商民也就沿着屋檐放下吃喝东西，军士们自有领袖督率着取食。伯坚跟了师长总算特别有好处，下得马来同走进一家饭店店堂里来。这两只大腿，真合了舒伟成的话，又疲又痛，似乎这两条腿分开着竟有些合不拢来了。先前见同事们站着，自己也只好站着，后来夏云峰点了头吩咐大家可以随便休息，这才远远地找了一副座位坐下。

究竟这师长的地位与旁人不同，那些商民知道这里休息，另外预备了几碗鱼肉送了过来，还有几个人穿了长袍马褂到饭店里来请见。夏云峰见着他们也敷衍了几句，但是跟着师长的人，为了观瞻所系，大家不能不站起来排班，伯坚在许多人里头当然是一样。他不坐倒也罢了，他坐着休息了这一会儿，两条腿简直站立不起来，勉强地用手撑了桌子靠住站定，所幸那几个人民代表真有点儿怕师长，说了几句就走了。伯坚重坐下来，已经有随从兵将馒头、开水一齐搬来桌上，大家吃起来。伯坚受了教训，拿着馒头连嚼带咽，一秒钟不敢停留。也不知是何缘故，一连吃了五个馒头还像不曾进了食物一般，比平常的日子已经是过分了。只吃了一个八成饱，夏师长已经站起身来，大家虽不同一张桌子，远远见他站起也都站起来了。伯坚这时候心里什么名利都不想，倘若给他换上一套干衣，再给他一个高枕头、一床被褥让他去睡觉，就是明天要处分他的死刑，他都愿意。考量一下何去何从，万不得已，就是让他在这饭店店堂里再坐个一二小时，任什么不做，也觉比做了大官快活，然而已是不能了。

外面归队的号吹将起来，大家纷纷地走出店去，伯坚顿了一顿，咬着牙拔了腿走出门来。一看这大街上，黑泥淘洗得更深更烂，兵士们都如醉人一般在泥里走了过去，各人的马也都由马夫上了饱食，牵来在店门口等候着了。夏师长首先上马踏进泥浆来，大家也就跟着出了这个镇市。军队有点儿变动：有一旅人抄着小路分出去，没有分出去的，有一部分继续地赶着走，一部分走一程休息一程，也分成了两队。听说是离西平城只五十里，这是要充分警戒，预备随时发生战事了。伯坚心想：这时正成了鼓词儿上的那句话，已是人困马乏，哪里还有一点儿力气？别人不知道，就以自己而论，跳下马来，有敌人追杀，那只好受死。心里如此想着，只觉倦得厉害，糊里糊涂地只管跟着大众的军伍向前走。

这天色忽然又变了，满天的乌云一齐拥到东北角，西南角上现出一大块蔚蓝色的天，在中间泛着一些青色和白色的云彩。太阳向下沉到一层如堆棉絮的云层上去，阳光射到大地上，更作金黄色，而同时映着东北角的天气也就格外沉郁了。这种的景致，看去固然是很好，但是在伯坚心里却有这样一个感想：明天还看得到看不到这太阳呢？这太阳的颜色多么惨淡可怕呀。在这样凄凉惶恐的情景里，不多一会儿天色便黑了，越走越黑，最后仅仅只可以看到身前一点树丛土堆的黑影，以外便毫无所见。在刚黑的时候，官佐以至兵士们，大家都在帽子上加了一个白布罩，队伍里面也挑出许多小白旗。伯坚原先不知是何用意，现在于黑洞洞的空中隐约可以看到白点，知道自己队伍在前面，或左或右，这才明白了，原是自己人的标帜。不过这晚上走这生疏的道路，愈现着困难了，白点摇摇动动走得极慢，黑暗中也不知道走有多少路，也不知经过有多少时候。

　　在一片犬吠声中，走到了一个大村庄上，夏云峰下令露营。大家如得着了皇恩大赦一般，下马的下马，架枪的架枪，都在黑暗中摸索地方去休息。所有队伍依然不准亮火，只有夏云峰身边护兵带了几个手电灯，四周一照，大树林下有一所破小庙，夏云峰带着随从一路进破庙去。进了庙才点上两个灯笼，一照，庙里只正中一个破神龛，此外并无所有。他坐在石香炉上，大家却在石阶上坐着。这时他手下的孔旅长进来报告，这里到西平城下只有七里了，先开的一团也在前村露营，早将这里平安占据。

　　夏云峰在身上掏出一卷地图，放在土堆的佛案上，护兵伸着灯笼过来，他看了一阵便问孔旅长道："一路得的报告，城里敌人有没有动作？"孔旅长道："据侦探刚刚报告，东门外驻有敌人一团，他们有相当的戒备，我们地理不熟，就是这一点可注意，得先把他扑灭。"正说着护兵引了一个满身泥浆的兵士进来，他立正一举手道："报告，我第二旅先头部队已平安占据西门外十里平头村！"夏云峰听说，又在身上掏出了地图在灯笼下照了一照，笑对孔旅长道："现在是时候了，派第七团去冲散东门外那一团敌人，第八团攻城。现在天上阴云满布，一会儿还有雨来，趁着风暴攻了上去，准可以成功。敌人做梦不料到我们会抄到西平来，若是有风暴，他们也绝不会像在前线那样警戒的，我们正可以得手。"孔旅长举着手退出去了。

　　果然合了夏云峰的话，立刻希沙希沙落下一阵大雨，这庙前后本有一片树林，雨点打在上面，加之大风将枝叶卷着一吹，那声音犹如江海里面波涛汹涌。天上的电光一下闪过来，一下闪过去，雷声哗啦哗啦直在前后震动。当那一片紫色电光向眼前一闪的时候，可以看到屋檐下的檐溜如牵绳子一般成排地向下落，这雨自然是大极了。同时这电光照着破庙墙上左右许多窟窿，上面一个半歪的神龛坐着一个断手脚的蓝脸神像，神龛下的蛛丝网抖颤不已。在这种风雨雷电之下，真有些毛骨悚然。但是夏云峰坐在石香炉上吸着烟，只是静静地出神，好像听什么。

　　也不过半小时之久，突然一阵机关枪声和排枪声，夹在雨声里发现，夏云峰跳了起来，就向庙外走。所有随从他的人见他向外走，自然也跟了出去。夏云峰回头喝了一声："熄灯！"已是跑入了雨林子里站在一个土堆上去瞭望，这里灯笼一灭，大家全跑出庙来。朝前面远望正是平原，火光就地成团地开着火，向黑暗的空中飞了去，有的射出极长的流星，射到半天，忽然散成许多火光，向下再落。在这洞黑的夜色里，若不知道这是战场，那就极是好看。这些火光一个一个继续着向上冒，只有当是天空里许多星爆炸了还可相拟得像一点儿。若向地上看，便是许多火团连成了一道光带，这光带在大雨里头罩着一层漾漾的水雾，真是奇观。那种靠地的火光，正是枪口里打出去的子弹。那战事的紧迫自是可想而知。同时这种枪炮声也就夹着雷声、雨声乱轰，比茶香镇所听的战声却又不同，这就只有奇诡，可不见得上次那样的恐怖。只是人站立在雨里头，被冷水淋得无处不到，又洗了个冷水澡，重复难过起来。这时虽然还是夏天，大雨只管淋着，没有一个擦干的机会，冷气就不住地向身体里面打了进去。也不知是何缘故，两只腿仿佛有些抖颤，接着这抖颤由下向上直逼到嘴唇上来，连自己的牙齿也一齐抖颤着。止自这样苦恼不知如何是好，突然之间觉得面前一种异常的震动，一个很大的响声打得地上的泥点溅人一身，伯坚站在这雨中间，几乎完全失去了知觉，好在这种时间是非常的短促，一下就过去了。待伯坚清醒过来睁眼一看，见在场的人除了自己都是由泥浆里站将起来，这才醒悟了刚才是身边落了一个炮弹，他们都卧倒的，自己不知道，几乎成了肉酱了。这一知道，虽然已是事后，也让自己身上出了一阵痛快的热汗。

夏云峰站在雨中，先骂了一声"妈的！"接着道："这样的浑蛋也出来打仗！敌人快冲到身边了还朝着这样远的地方开炮。哈哈，行了，你们来看，这一支火光冲上来，岂不是我们二旅已冲到了西门放火了？我们上！"说着话，卫队长在黑雨里奉着命令督率了有百名卫队前进，大家都不骑马了，紧随在卫队之后，拖泥带水地向前走。伯坚虽然在雨里走了一天，可是都骑在马上并不知道泥地里是什么情形。现在到泥地里一走，快了怕滑，缓了又拔不动脚，实在难受。天上的雷声仍然跟着电光一声一响，直在人头上来去，那前面的火光，这时也更为光耀，一片都是扑扑唰唰的枪声，差不多到短兵相接着的时候，用不着各种大小炮了。夏云峰一声不响，依然一步一步在黑暗里向前走着，他手下的卫兵已是派出去好几批通知孔旅长，师长已经亲自前来督战。

大家也不过走了二里路，大路边有几户人家，有两处大门大开，门里亮着灯火，却是一点儿人声没有，大概屋主人逃难走了。门既是开的，夏云峰站在门外，让几个兵士先进去搜索了一遍，里面果然无人，大家就向屋里一拥。伯坚看这人家一切都如平常，只是没有主人，堂屋里一个小摇篮，里面有一个小孩睡得正甜。这逃难的真是去得慌迫，连小孩都不曾带去。夏云峰见正中桌上有盏煤油灯，展开地图便伏在桌上看，他将一个食指在地图上乱画了一阵。随从都在堂屋子里站着，他突然向上一站，在衣袋里掏出一叠纸条和铅笔，用铅笔连书带草地写了几行字，写完了对一个卫队排长一望道："带四个弟兄，把这道命令传给孔旅长。"排长行个军礼，接着命令去了。伯坚看那神气也知道这命令的重要，这战事一定是更为激烈的。这道命令传出去以后，夏云峰似乎也感到一种不安宁，在堂屋里踱来踱去。恰好摇篮里那个小婴孩让天上一个大雷炸醒了，哇的一声哭起来，夏云峰不耐听，便走出屋来。他一走大家自然也跟着走，伯坚虽想到那个小孩可怜，也不敢过去看看。

走出屋来，远些地方又是轰然枪炮声同起，和这近处的枪声互相呼应，在那黑雨中，只见一片火光由下向上，大半边天都是红的，仿佛是城上的守军也和攻城的军队开上了火了。伯坚这时已不知道害怕，倒想看一看前面阵线究竟是怎么个样子。突然间前方一阵呐喊的人声："杀呀杀呀！"近处那紧密激烈的枪声也随着杀声不松，在这种凶恶凄惨的声音里，四面八方都是那急促的号声，催着军队冲锋。这种喊声、号声也不过闹到半小时，突然一齐停止，这显然是表示着这一战已是告了结束了，至于是胜是败却还不得而知。夏云峰本人已紧张起来，爬上人家的一堵矮墙向前面望着呆立不动。

不过多久的时候，早有一个骑兵飞跑过来一跳下马，听说师长站在墙上，就大声报告："已占领东门外敌人阵地，敌人全部溃退，我军正在追击！"夏云峰听了这个报告，由墙上向地下一跳，笑起来道："好了，西平拿到手了，明天我们在西平城里吃早饭吧。"正这样说着，第二报告又到，都是获胜的消息，夏云峰如释重负一般，带着笑容又回了那敞开大门的民家。接连着下了好几道命令，这命令下去不久，那围攻西平的枪炮又如潮涌放起。

要知同盟军能攻下西平也无，下回交代。

第五回

喋血城壕骸骼易名将
停骖门巷瓜蔓认英雌

　　话说夏云峰的军队占领了东门外的敌阵，西平城便是合围成功。夏云峰一想：不趁这个时候把西平城夺下，到了明天，自己的军队固然是锐气已失，敌军也就更容易布置防御。那时再要攻城就更为困难。因之他就下了几道命令，把占领东门外的一团人留作预备队，暂时休息，其余的军队一律攻城，限在天色未亮以前要把城攻下。

　　这道命令下了之后，接上又是第二次紧张。夏师长查看地图，前去二里路有一道小河，河上有一排树林的高坡，带着随从立刻向那里走。伯坚明知道原来到城根只有七八里路，再向前走这危险性就更大了。不过师长本人既是亲自向前，全军的主脑在这里，当然是不十分要紧，只能把死亡丢在一边，跟了向前走。暗中摸索着的时候，已走到了自己炮兵的阵地，不能再向前了。这里是一排高的河岸，炮车就架在这河岸树丛里，向前放去，黑暗中火光一涌，一种强烈的响声竟把地皮都震动了。这边的炮放出去，那边城墙上的炮也回射过来，那炮弹若是落在附近，地皮更震动得厉害。在这种声浪震荡中，真个合了那句俗语心惊肉跳。

　　夏云峰到了河岸下，紧紧地贴河岸站着，让卫兵射着手电灯，他不断地用铅笔写着字条，交给兵士送给两个旅长。这前面攻城的枪声，因为这里督战的命令非常急迫，也就一秒钟也不间断。夏云峰站在那里蹲也不蹲一下，有时爬上河岸去看看，有时又站下来看看。伯坚将身上的表拿出来就着手电筒一看，已经两点三刻了，离着攻下这城的限期不过是一小时。这个时节，到了四点钟天也就大亮了，既是有了攻城时刻，在这一小时以内就不能不努力把城攻下。因之这边攻城的枪声格外激烈，约莫又相持了半小时，便发生了一片喊杀声，很是凄惨。大概是这边的军队扒城冲锋

84

了。然而这种喊杀声随起随落，不多一会儿就没有了。看看天色渐渐变着鱼白色慢慢地天亮，由面前的人物以至远处的村庄，次第看得清楚，城依然未曾攻下。夏云峰只得下命令停止攻击，把所有攻城的军队一齐调到离城较远的地方来休息，不过还取包围之势。因为这东门外的河岸是一道天然的高大战壕，所以这一方面的军队都渡过河来，各藏在河岸下。

夏云峰未曾把城攻下，心里很有些懊丧，依然不肯放松，自己也在这里驻节，不向后走。这时雨已住了多时，东边虽还不曾出太阳，乌云已慢慢地开展放着白光。看这边河岸，微微地向前突出，岸上高大的杨柳下面长着丛密的水竹，两头一看，一条绿岗子简直是绿到天尽头。这河原是一条干沙河，现在都看到黄色的水卷着鱼斑浪头流去，大概这是昨日一场暴雨下的水，不过水只一二尺深，还不是怎样汹涌。随着两河岸也不断地架着石桥和板桥，由对面的绿叶梢头可以看到这西平城里的高塔尖。以上的情形，都是伯坚随着师长偷上河岸观察得来的。

由这河岸向东，原来的大路边有一丛树林，露出一带红墙，是一所龙王庙。夏师长带了随从同进庙去，里面有个老和尚迎接到佛堂里去，也有些茶水敬奉，比昨晚上躲雨的那个破庙就好得多了。夏师长坐下之后，立刻下令召集团长以上的军官开军事会议。他见伯坚形容憔悴，念他是个书生新来投军的，不能太苦了，给了他三小时的假让他去休息。伯坚有生以来不曾吃过这样的苦，师长开了大恩让他去休息，这倒不要辜负了。因之缓步走到庙后找着老和尚，要了几个蒲团，放到配殿的小石坛上，放下身来睡觉。因为不过是给了三小时的假，纵然睡也不可超过这三小时。睡是睡，可不能把胆太放大了，所以他闭上了眼睛睡，心里不肯坦然睡过去，似乎半醒着，其实也不是醒着，却是在做梦。一会儿在大雨里，一会儿在大炮边下，一会儿在茶香镇火堆里，那种种幻象，犹如演电影一般一幕一幕在面前演过去。猛然觉得有一颗子弹射到脸上，全身抖颤着吓得跳起来，睁眼一看，身上有一根枯树枝儿，石坛后面有棵大松树，上面有只鸦鹊正在蹦跳。掏出身上的表看看，已经睡了一小时有半了，心想：纵然是睡也睡不安稳的，不要因此误了事，不必睡了。

站了起来，揉了一揉眼睛，却又有一样奇怪的事引起了他的注意。就是这庙墙外，左一股青烟右一股青烟只管向半空里飘荡，此外却也不听到有什么声息，这是什么玩意儿？倒不能不看看。于是悄悄地由庙门后走出去，只见那树林子里左一堆火右一堆火，好些兵围在地下坐着，这倒是不易猜想的一件事。小说上有什么纵火生烟、布下疑兵之计的那一套，莫非这是疑阵？慢慢地走到林子里，只见那些火都是树枝枯叶烧着的，兵士们还不住地在四周搜罗枝叶向上堆。火头上横架一根树干，两端用树株撑起来，在树干正中一连串地挂了七八个小饭盒，这原是兵士们装了饭带在火线上去用的，现在就用这个在火上烤，大概是煮饭了。果然另见有兵士将饭盒打开，把饭倒在盖上便吃。这种烧饭的法子，在树林子外沿着河岸下，一堆一堆地向前连贯着，一直到很远的地方，虽不看到火，依然还有烟冒出。

伯坚看这些兵士都是很从容的样子，预料目前也不会开火，顺步走出树林就顺着河沿下面走了去。大概走有一二里路，忽然河岸上有一个大缺口，并无树木挡住。由缺口向对过望去，这西平县的城墙竟是整个地露在外面，估量远近还不到五里地。伯坚吓得连忙向回一缩，这若是让守城的兵看到了，赏将一粒子弹，也许就没有命了。掏出身上的表一看只有半点钟的假了，小心一点儿，还是先回去吧。他如此想着，回转身来便待要走，不料不先不后就在这个时候，轰的一声这边向城墙上打过去一炮。这炮一响，接着陆陆续续地不断地有炮向城上打去，那城墙上先是寂然，随后也回击过来。伯坚回头一看，这边的军队已布了散兵线，向河岸上压迫过去，自己若是向本阵走，在人家枪口，问起口号来，怕说得不对。要向前走，又是敌人的目标，这真为难极了，见附近有一丛芦苇，不问好歹就向里一钻。不料这芦苇外边乃是虚的，就在这一钻身子向下一滚，觉得身上一凉眼前一黑，定神细看，原来是个岸上向河里放水的暗沟。沟有一丈多深，两面陡立却不容易爬上去，心想：这倒是个极好的战壕，不如暂在这里躲避一下。

伯坚把身子缩在暗处朝上望，洞上面已经有军队走了过去，接着那枪声、炮声也就繁密起来了。伯坚为了安全起见，索性顺着洞走，洞口上离着河水约还有二三尺远，伏着身子向外一看，望得对面清清楚楚。自己这面的步兵已经过河去有一里多路，前面的已是看不见，后面的全趴在地上蛇行，直向稻田里面钻。那城墙上一阵阵的白烟和黑烟都向着稻田里射，还有稻田里的烟也向上冒着。就在这个时候，正对面一堵城墙上不住地有尘土突然向半空里冒起，下面很大，越上越尖，上得不能上了，突然又落下来。原来这正是炮弹射到了那地方，将尘土激起。这尘土不住地受着炮弹轰起，那里就去了好些垛子，同时那里的守兵受着炮火的威胁，也都散开，不曾在那里远击。这边看到是机会，一声冲锋的军号响着，立刻有一大群兵士成了密集队，向城墙边冲了过去，当着这里兵士冲锋的正面，那里的城墙为大炮所轰击坍下来了一片，坍倒的地方砖土由上至下成了一个斜坡。远望那斜坡头上架着两挺机关枪，噗噗噗只管朝着进攻的军队扫射。冲锋的兵士半蹲半站，端了枪对了那机关枪走。

离着那城缺口不远，有一个小土堆，在土堆这边，兵士一个跟着一个，也有在半路上倒下的，也有在土堆上倒下的，始终就没有人再冲过那土堆。同时那城的缺口处，有许多兵士背着土袋石块在那里补城，冲锋的军队里忽然一阵震天的呐喊声："杀呀杀呀！"那冲锋的军号吹出去那残酷猛烈的声来。只见一大群黑点如云腾雨走一般向着那缺口拥了过去，在那土堆边，虽也看见那人影散乱倒下，但是这回去的人太多了，机关枪已来不及射击，已有一部分跑过了土堆。尘头和青烟乱冒，料着已是拿了榴弹向城墙上抛了去，机关枪声忽然止住，又是一大批人冲过了那土堆，由斜坡直上。伯坚在沟眼里看到替这些冲锋的兵士先干了一身汗，以为他们算逃过了一个死关了。不料那守城的军队依然是不弱，见这边军队冲上了斜坡，调了一大批兵来，用人向前，在那缺口里堵上。这里冲上去的军队脚还不曾站定，守城军又一个迎头痛击，抵抗不住，纷纷地又向斜坡下退。所幸攻城的援军已跟踪拥到了坡下，连跳带跑，后面的人把前面的人逼着拥上了城墙。前面的人几次冲锋，已是筋疲力尽，被守城兵一抵，远远看到如滚圆球一样由城上滚了下来。滚了一阵，后面的兵到底是拥将上去了，这才不见那缺口上有什么冲突，所有后面的攻城军队都纷纷地由那里上去了。

伯坚看得清楚，西平城总算是占领了，慢慢地由沟眼里钻出，一看这河岸附近已经不见自己的军队，自然都是攻城去了。不知道夏云峰是不是也上了前面？若是单单把自己一个人留在后面，就不算是临阵脱逃也是擅离职守，恐怕是要治罪的。一人顺着河岸赶紧向龙王庙一跑，所幸到了庙外看到树林子里依然站着卫兵，拴着马匹，不像是师长走开了的样子，绕着弯子由庙后进去。所幸夏云峰刚才全副精神都注在占领西平这一件事上，身边短少一二个军佐自是值不得注意的一件事，所以没有工夫过问伯坚的休息时候满了没有。伯坚悄悄地走到前面正殿上，只见他一手插在裤兜内，一手拧了胡子尖不住地在廊下踱来踱去，脸上同时也就一阵阵地露着微笑，只见他的眉毛那样不住地掀动，也可以知道他是得意至极了。这时接二连三的兵士回来报捷，说是完全占领了西平，城里的敌军不到两团，都已缴械了。夏云峰得了许多报告之后，证实到城里去已经是十分平安无事的了，就下令干部全体进城。在一处的人都欢喜若狂，忙着捆起随身东西预备进城。伯坚虽不像他们有什么贪功的意思，然而进城之后可以痛痛快快地休息起来也是一大乐，至少还有几天不愁有什么危险的了。

在这大家满脸喜气的时候，骑马的骑马，步行的步行，簇拥着师长进城。夏云峰挺直腰坐在马背上，将腰边悬的那个望远镜不时地举了起来向城里望着。过了河岸，那田垄上和人行路上已陆续发现兵士的死尸，有的仰卧着，有的伏着，还有半截身子插进田泥里半截身子倒伏在田垄上的，也有抱了一支枪抓在树蔸上一个血头嵌入树皮上的，看那样子都觉很凄惨。但是夏师长坐在马上只管举了望远镜注意城上的动静，这些死尸似乎是路上站着的活人一样，他一点儿也不动心。这进城的人越向前，遇到死尸越多。到了距城达一千米上下，正是一片平原，树木也不曾有一棵，这死尸随地摊着，几步路就是一个人，走到这里，可以说前后左右全是死人。死尸身边多半有一摊血迹，或者是紫色或者是黑色。

伯坚骑在马上，仔细留意，好容易不踏着死尸，但是不住地踏着血迹，在别人虽然不算什么，伯坚却是初见这样残忍，心里总是难受。走过了这一片平原，便是枪子来不及射着的地点，地下摊着的死尸便少得多。偶然发现两个，却是半截的尸体，尸边有一丛荆棘，上面倒挂着一只人手，手上的衣袖没脱去，挂在刺上让风吹着，还有些摆动。由情形上揣测这当然是地雷或炸弹炸的，因为离死尸不远，地上炸有个大窟窿呢。这一条人行路正在这荆棘外绕着走，看了这断手在树上摆动，说不出来是怕也说不出来是不忍，眼睛真不能对那上面望着。过了这里，快到城墙边，自己占领西平的军队已是大开着城门，由城门口布着警卫的兵士过来，这才开始不见死尸了。夏师长前面的卫队，上着刺刀荷着枪，最前面军号吹着，军鼓打着，大家踏着那嘚嘚作响的脚步，那一股子劲也不知道是哪里来的，好像刚才所见的那些死尸都不是自己弟兄们了。在这样军乐大作的当儿，大家进了城门。一到城边，先进城的孔、阮两旅长早迎着向前，然后和夏师长并马而行，一路说着话向预备的行辕而去。

这城里的大街，经昨晚这一宿的战事，都是家家紧闭着两扇大门，路上也不见一个百姓的影子。伯坚对于这事倒有了一些经验，大概军队所驻的地方就是见不着百姓的地方，这西平城里没有见着百姓，也就不足为怪了。孔旅长还没有打听得城里什么地方好让师长驻节，为种种便利起见，引导着夏师长一直向县公署来。这县里的知事是联合军的一个团部军需兼任的，联合军一打了败仗，他也就逃到一个民家去藏着，县公署里所有的东西都不曾带走一件。夏云峰来此，算是睡的床褥也早已预备，用不着张罗了。到了县公署里，由师长以至卫队，都各得其所地分占了现成的屋子，伯坚自己住得舒服。

第一二天，忙着和师长起报捷通电、出安民告示，以至于和各团体来往的信札，虽不整日地工作，但不知何时有事何时无事，并没有离开师部。到了第四日，在毒烈的太阳下面，几阵东南风吹来，只觉空气里面有一种恶劣的气味，既不是大粪臭，也不是烂泥臭，闻到这种气味便觉心中一阵作恶，要吐出来。待仔细观看屋里屋外，又并没有不洁净的东西，而且那气味随着也没有了。起初以为是什么心理作用，但是不过多久，第二阵的怪味又吹了过来其臭更甚。后来看到行辕中人交头接耳，说是要赶快组织掩埋队，不然过一两天埋也不好埋了，听说城墙上死人就不少。伯坚听了这话恍然大悟，原来这是死尸臭。本来这样六月炎天，死尸暴露四五天没有不腐烂的。县公署离着冲锋的城口路不算近，这里都闻到臭味，想必已是腐烂得很厉害了，心想：这一种惨状，不必亲自去看，只是揣想着也就很可知了。

不料他如此想着，恰是事有凑巧，当天夏云峰就下令抽调一营人组织掩埋队，而且派伯坚和卫尚志当师长的代表，亲自去监督。伯坚接着这个命令，就将卫尚志找到一边去商量，这地方当然是有毒的，要带些什么东西防疫？卫尚志道："战场上哪里能讲究许多卫生，你受不过气味带两根葱去塞了鼻子眼就行了。当掩埋队的，都要戴着消毒口罩和花露水手巾，你想，军队行军的时候能预备许多吗？"说着他倒笑了。伯坚一想，在这种衣食住行都是随时凑合的时候还要谈卫生，自己真有些不识时务，便笑道："我也看破了，炮子里面都钻过来了的人，还怕什么传染？好吧，我们去吧！"卫尚志这就叫卫兵备了两匹马，和伯坚一路骑了出城去。

当他二人到城外的时候，那一营掩埋队也是刚刚动手。二人不能不把战场前后死人最多的地方都走一周，因之眼看着那死尸堆远远地绕着弯走，好在两人都有两根细葱塞了鼻子眼，臭气都给这葱味冲散了。卫尚志又用水壶装了一壶高粱酒，一路在马背上递着，喝了含在口里，也不至于作恶心。远看那掩埋队三五个一群在死尸边挖着土，将土坑挖好了，他们也并不把死尸抬了进去，只用手上的锹、锄连钩带拖，将死尸滚进坑去。尸首多的地方七八个人埋一个坑，尸首少的地方也两三个人埋一个坑。伯坚在马上看到，不免摇了两摇头叹一口气道："谁不是父母怀胎十月慢慢抚养大的？好容易长大成人，可以混饭吃了，就跑到这里来填土坑。"卫尚志笑道："你这话是在这里说，若是在师部里说着让师长听去了，你想你是什么罪呢？"伯坚道："纵然他不爱听这话……哎呀，天哪！"他说着立刻伸了两手把脸掩着。卫尚志看时，草堆里露出两个死尸，淌了满地的黑血，肚子破开肠肚流了出来，都成了紫色。几只老鸦站在死尸肚皮上啄着人肠子吃，看见人来并不怕，依然向人肚子里啄去，直待马到得几丈远才轰的一声飞上天空去。

卫尚志道："这是战场上常有的事，你怕什么？"伯坚将马带着向一边走，回转头来道："虽然是战场上常见的事，但是我们活人看到，总不能不说是一件残酷的事。"卫尚志道："人总是要死的，死了以后，骨头皮肉都是要烂的，被禽兽吃了又要什么紧？蒙古人死了用天葬，把死尸抛在山头上让禽兽去吃。若是不吃掉，他们还说是不吉利呢！那么，好男儿马革裹尸，扬名千古，不也是很值得吗？"伯坚道："刚才让老鸦啄肠子的两个死尸姓什么？"卫尚志道："我不认识他，我知道他姓甚名谁？"伯坚道："却又来！连你也不知道他姓甚名谁，现在西平的百姓自然也找不出一个知道他姓甚名谁的了。以现在论，大家就不知道他是姓百家姓上哪姓，这扬名千古的第一步从何做起？而且这一仗恐怕也死了上千人，若是都扬名千古，作史书的人倒有点儿费事了。"卫尚志笑道："我和你说着玩罢了。其实一个人死了，连自己的身子都变成泥化成灰，要这些空名做什么？"伯坚道："这还是我对了，人出世一场，很不容易，跑到战场上来让子弹打死，那究竟为的什么？"卫尚志叹了一口气道："你提到这一件事，倒引起我一肚子心事来。我在中学毕业以后，本想到教育界去混混的，但是无论如何也钻不进去，干别的我又不行，无可奈何，就混到军界里来。当起初投军的时候，也想到这是危险一点儿的事，但是看到许多人当军界混出了头。家财千万的固不必谈，至低限度，这一生的生活问题总算解决了。至于生死问题，只好用那句迷信话来自解'死生有命'了。当军官的人是这样想，当兵的人也未尝不是这样想。因为当兵的百分之九十九是没有职业的出身，第一固然是为了走别条路没有这样容易，第二也就是想在冲锋肉搏上找出一套富贵来。所以死了也算活该，哪个叫他想来发横财呢？"伯坚道："话虽如此，有了兵就要打仗，打过仗的地方，失业的人更多，他们又来当兵，又来打仗，这样一层一层推下岂不会弄得全国皆兵，无时不战？"卫尚志撅着小胡子微笑道："我想中国总有那样一天吧，闹得兵找不到饭吃，找不到衣穿，这才不干了。"伯坚兜住马缰，笑道："我们只顾说话顺了路走，走上岔道了。"卫尚志用马鞍子指着青草里一条小路道："我们打这里过去。"说着，将马头一勒，先插上小道，伯坚拍了马也紧紧在后面跟着。

他们还不曾走到十几步路，卫尚志的那匹马蹄子踏进青草里，只向后一弹，骨碌碌一个人头向伯坚的马蹄前一滚，正如拍网球一般，让马蹄把人头碰了回去。马碰着人头没有什么感觉，伯坚坐在马上倒浑身麻醉一下，犹如触了电一般。一看那人头正仰着朝天，面色紫黑，鼻子眼睛只有些痕迹在那里，一律都看不清楚，更是怕人，连忙用腿将马一夹，一拉缰绳抢上前去几步。马蹄在路下一响，惊动了草棵里的几只野狗向外一冲，有一只尖嘴黄毛长腿的瘦狗，口里衔着一条人手臂，在地上拖着一大半，横了马前跑将过去。伯坚看那草丛里时，原来横七竖八躺着好几个死尸，因为草丛上有两棵大树，绿荫把地面盖得密密的，所以这几位无名英雄没有经过烈日蒸晒，还不十分烂腐，就引起了这一群饿狗来光顾。大概这几条狗还不是始作俑者，所以草内躺的几位多是四肢不全，军衣军帽撕成许多的小布片，撒了满地。伯坚道："尚志，我们积一点儿德吧，叫几个人来先把这里的埋上，省得狗拖了别处去，显着残忍。"卫尚志道："你还是让他们一顺埋过来吧，摊在这战场上的死尸，哪一具看到又不是残忍的呢？"

二人说着话马已走到那冲锋的斜坡下，便是死人最多的所在，掩埋队也就在这里工作。就是这斜坡的下面，挖了一个周围上丈的大坑，近处的死尸只用锹、锄几拨就滚下坑了。远处的死尸若也是这样办，就会抖得粉碎，因之掩埋队的兵士只将锄子钩住死人身上的衣服，就地缓缓地平拖，一直拖到坑边去，然后再用锄向下一推，就自然下去了。这样的工作倒是快当，不多大一会儿工夫，就堆了大半坑死人，然后一班后死者的弟兄们，锹锄锤子一阵乱下，将土坑四周的沙土向中间乱拥。

一个拿锄子的兵，一锄子向浮土里掘下去向上一钩，却带出一个人头来，恰好是由左耳朵门下挖进去，右耳朵门下挖出来，人头整个地让一把尖锄穿上了。他笑着点点头道："朋友，对不住，我不知道土里躲着有人，你的尸身呢？"他一面说话，一面倒摇着锄子将人头要摇下来，在这个时候，他两只眼睛向着人头注意起来，一注意之后，太阳晒成黄黑色的面孔慢慢地变成了苍白，拿着锄柄的手慢慢抖颤着，忽然将锄子向地下一抛，两手蒙了脸哎哟一声哭了起来。许多同伴的兵士围着他问道："你这是做什么？发了疯吗？"那人两手抱着头，只管哭着跳着，口里喊道："惨哪惨哪！"卫尚志看到这种样子，未便不过问，就和伯坚一路跳下马来走向前去，连喝道："你这是做什么？故意搅乱大家的工作吗？"大家见官长来了就向两边一分，远远地站定，不敢再作声了。那人虽不乱蹦乱跳，但是他依然捧着头哭。伯坚看他这样子绝不是无故搅乱工作，便走向前将手扯住他道："你不要再哭，究竟有什么事，可以说出来。"那人才指着那人头道："这是我哥哥，这这这是我哥哥呀！"说着又哭了起来。伯坚也是富于手足之情的。听了这句话，又看他那种情形，也觉心里受了一种新感触，人向后退了一步，望着那人头沉吟着道："他是你的哥哥？你现在才知道他阵亡了吗？"那人道："是的，我们兄弟分别了两年多，我只听说他当了兵，可不知道在什么地方。我们军队里并没有他，这一定他在西平守城，肉搏的时候冲到这里，让人砍了。要不然我也不认识他，因为他两个耳朵都缺了一个小角，这是最容易认的，他不是我的哥哥是谁呢？"说毕，抱了头东西乱跳。伯坚道："既是你的哥哥，你就在土里把尸身挖出来连着头一块儿埋上吧。这还总算他死得有灵，到底和你见了一面，让你知道他死了。要不然你一辈子也不知道你哥哥在哪里。"那人跳着道："这样子看见哥哥，我不如不看见他了！打仗，打仗！全打死人家的儿子，坐汽车、住洋楼，可没有别人的份！"说着，两手向天上一撑道，"他妈的！我不干了！我……"走过来一个排长，伸着手迎面打去，啪啪打了他两个耳刮子，喝道："畜生！你发了疯了吗？你这样说话简直可以枪毙！"那排长一面打着那兵，一面可就不住地偷眼看两位官长的颜色。卫尚志虽也觉得那人语言失态，但是他受了很大的刺激，也是其情可悯，便对排长道："这人大概有点儿疯病，也不必睬他。把他的哥哥另外挖个小坑，单独埋上就是了。"那排长说了两声"是"，就叫了几位弟兄过来，在浮土里把尸身掏出，在大坑边另外挖了一个小坑，把尸身和人头一齐埋上。那人挨了打已是不敢哭出声，也杂在弟兄们中掩埋，但是他的眼泪却无论如何也止不住，只是横着那黄黝的粗手臂向眼睛上一揩又一揩，有时揩不及，那眼泪滴入坑内让土来和尸身一齐掩埋上了。

伯坚呆呆站着，不但忘记了这里有臭气，连这里左右前后都是死尸也不知道了。卫尚志拍了他一下肩膀道："怎么样？你有什么感触吗？"伯坚点一点头道："当然，人心都是肉做的，我们看到这种样子有个不受着感触的吗？我们都有兄弟……"卫尚志听他的嗓音已经哽着，把他拉到一边来，背转身就对他微笑道："傻子，你以为这是礼拜堂、感化院吗？军营里都像你这样见不得死尸，那就偃旗息鼓各自收兵，用不着打仗了。"说毕拉着伯坚上马，就离开了这个大坑，顺着城墙远远地绕了战场，走去了大半圈子。伯坚觉得有些头晕，常是举起手来摸着额头。卫尚志在身后看到便问道："伯坚兄，你有些头发昏吗？"伯坚道："你怎么样知道？我怕我有点儿中了疫了。"卫尚志道："我也是坐在马上极不自然，心里很难过，我们不如回去吧。"伯坚道："公事怎样交代？"卫尚志道："掩埋死尸，这并不是正当公事，马马虎虎就行了。譬如我们打败了还能回来做这项工作吗？"伯坚道："虽然打败了的军队不敢回来掩埋他们的同志，但是打胜了的人占据了城池，得了好处了，能把那换城池的弟兄抛在地上去臭去烂吗？就是不谈那些百姓，土地都是胜利品了，胜利品上让死尸去腐烂发生瘟疫起来，也是对不住自己的事。"卫尚志笑道："不要谈公理了，谈公理最好是回去做老百姓。谈句私话，我们要不回去，也要做换城池的代价了。我们这样子回去，我想师长也不会说我们什么话的。"伯坚在大毒烈的太阳底下实在也支持不住了，便笑道："好在我是你的随员，你敢回去，我落得回去休息。"卫尚志笑道："你也不用推诿，我负责就是了。"说着他便勒转马头向进城的路上走，伯坚跟着后面，也没有注意是不是原来的路。

及至到了城门才觉得不对。出城的是东门，这是南门了。进城以后，二人的路途都不熟，只管拣着一条热闹的街道走，越走越不对，伯坚在马上道："我们下马问一问路吧，你这样只管向前地走去有点儿冒充内行吧。"卫尚志听了这话，只回头笑了一笑更是向前走。街道渐渐地冷落，迎面却看到了一堵城墙，伯坚笑道："大路不一定是由东走西，也不一定由南到北，没有方向走是不行的，我下马来问一问吧。"卫尚志还不曾答话，正有几个女学生装束的人也由这里经过，其中有一个便插嘴道："这两位老总是到县衙门去的吧？你们错了，在前面第一道横街就该向左转了，现在已经走过来了好几条街，要到县衙门你还得转回去呢。"伯坚看那个说话的女子约莫有二十岁左右，短短的黑裙子，窄小而短袖的白褂子，露着溜圆坚实的大腿和手臂。她头上戴了一顶荷叶盖白帽子，露出一绺螺旋形的黑发在耳朵边，虽然不及仔细看她的面孔，然而白中带红的两圆腮看去是很丰秀的。这种女子最富于现代美，而且她那样落落大方，是个可钦仰的人儿。伯坚正这样想，但是她已很快地走上了前面去，只见她的后影而已。卫尚志笑道："这女学生很不错，她不怕丘八。"伯坚笑道："这大概因为我们是丘九出身，和她还有些渊源，所以她不怕。"卫尚志道："怎么谈上了渊源两个字？那也未免把渊源两个字看得太空泛了。"说着话，二人带转马头走，依了那女学生的指示，果然很容易地到了县衙门里。

一到大门口下马就有一种新鲜的东西射入眼帘，到里面看时就在大堂外面阶沿上一列摆了十个支脚木头架子，两个木头架子上插着两把红绸伞，其余八个架子插着红黄蓝白的八面旗子，伞上旗下都有些救国、救民的恭维字样。那大堂屋檐下横悬着一幅红绸幔子，上面大书特书四个黑绒裁的字，乃是："中原名将。"上款是恭颂夏师长印云峰德政，下款西平合邑万民敬献。伯坚笑道："这西平县的百姓倒有个玩意儿，还把前清恭颂大老爷的那一套拿了出来。"卫尚志笑道："这一下子，他们……"低着声道，"正是投其所好了。我们师长好的是个虚名，只要你说他是个将才，在物质上减色一点儿，倒也罢了。"

正说着，只见一队长衫马褂的人由大堂后走了出来，夏云峰穿了中将服在后面紧紧地跟着送出，这个样子看来，就是送万民旗、万民伞的老百姓代表了。只见夏师长满脸春风地送到大堂阶沿下，然后才回转身来。他一眼看到卫、曾二人，就和他们一点头，二人走了过去，夏云峰先笑道：

"怎么样？城外那气味不太好受吧？"二人怎敢照直答应，只低着声音答应了一声"是"。夏云峰道："卫参谋还罢了，曾秘书大概还是初见这情形，这苦算吃得不小了。我接到了大帅的电报，很是嘉奖。一两天之内，我们或者还有别的地方去。曾秘书，我给你一天假，好好地休息，以后又要忙了。"

伯坚答应着，走回自己的屋子去，先叫随从兵送了茶水来，擦了一个澡，端了一杯茶坐着喝。那秘书舒伟成却笑着进来，点点头道："你倒舒服，今天可把我累死了。师长一高兴今天打出去了许多电报，另外还有一个呈大帅的密电，说的是以后作战和筹款的计划。那一通电报，文绉绉的做得像前后出师表一样。"伯坚道："我们师长不是中原名将吗？一个名将做出来的文章，自然与平常不同。"伟成道："这个我都不谈了，累就累一天吧。我有一件事要和你商量商量，不知道你同意不同意。而且这件事是完全于你有利的。"伯坚笑道："这就不必商量了，算我同意了。你想，完全于我有利的事，我有个不愿干的吗？"伟成笑道："虽然完全于你有利，我也想从中分润一点儿，所以有个商量二字。要不然，我何必来和你说呢？我问你，你想不想做县太爷？"伯坚道："做县太爷？"说着放了茶碗，站起来望着舒伟成，对这个问题很觉不解似的。

伟成笑道："突然之间要找一个平民来做县太爷，这是很奇怪的事情，若是论到在军营里面，随便来找个人来做县知事，那就平常而又平常。你是师长的秘书，要你当西平县知事，那有什么不可以呢？"伯坚道："你不要说笑话了，我和师长渊源很浅，就算他特别栽培，也不能因随军几天马上就放我当个县知事。"舒伟成笑道："这自然有个道理在内。因为我们师长总是向名誉上做功夫，他不愿把外省人来做本地知事，只有在本地方找个亲信人出来担任。若以西平县而论，你是邻县的人，师长属下既没有西平人，自然是你的资格最好。现在所欠缺的就是你和师长的关系还不深，所以师长还迟疑着，不知道你是否胜任。"伯坚笑道："一个大学不曾毕业的青年，什么叫法律政治……"伟成连连摇手道："不不不，不在乎此。我说的是否可以胜任，是不是能筹军饷，是不是能宣传师长的德政，只要这两样办妥，其余的事情师长是在所不问的。"

伯坚道："那我还是不干吧！叫我颂扬师长的德政自问还可以对付。要叫我像在茶香镇上那样勒捐，我不但不能，而且也不忍。"伟成道："据

95

老于做知县的人说，除非那一县是不毛之地，榨不出油来，若是仅仅受些小兵灾的地方，军队索饷索得越厉害，县太爷越是发财。譬如军队要五万款子，你就找着全县的绅士要六万，反正一切罪恶你都可以推到军人身上去，自己并不负什么责任的。你既变了脸和绅士筹款，少要一万八千他不会感激你，多要一万八千和不多要是一样挨骂，又何必不多要呢？人没有不怕死的，那些绅士不给钱，你就说武人要动手，他自然会把钱交出来的，更无所谓能不能。"伯坚笑道："你虽说得很有道理，良心上未免说不过去。"伟成将手点着他唉了一声道："书呆子，书呆子！这个年代谈什么良心？况是你不干，并不见得有西天如来佛下降，依然是让别人干。我们知道良心两个字，多少还做点儿好事，若换别人恐怕良心两个字都不知道呢！你干吧，我帮你的忙。你只把这县里征收总局交给我的兄弟去办我就很感激了。"

伯坚被他这一番话鼓动了，答复不出所以然来，拿了那茶杯又坐着喝起来。伟成笑道："你不要太傻，这样离乱的年头，今日不知明日。有事干，为什么不干？"伯坚慢慢地将那杯茶喝完笑道："我究竟没有这种勇气。但是夏师长果然提到了我，'蜀中无大将，廖化做先锋'，那个征收总局我一定可以给你。"伟成走上前一步拍着他的肩膀，笑道："果然是这样，我就可以到师长面前去鼓动，现在县知事还没有放出来，县的公事都办不动。他实在是急于要放人的。你不答应，事就错过了。"说毕又拍了伯坚两个肩膀，笑道，"不必多言，免得师长知道了。"他不等伯坚再说什么就走了。伯坚心想：突然就可以做个县知事，这真是梦想不到的妙事。不过一者怕是舒伟成寻开心，二来也怕自己干不下来，所以关于这一层自己也不必那样高兴。军人要起饷来，真有拿了县知事去枪毙的。想到这里，面前当啷一声，倒好像有人真是放了一枪，突然一惊倒出了一身冷汗。定睛一看，原来是自己手上拿的那个茶杯落在地下打了一个粉碎，心想：这个兆应不大好，不要胡来吧。这一声茶杯，打断了他的妄想之后，他就不再想到做县长上去。

次日他还有大半天假，不愿白过了，西平县虽然邻邑却还不曾来过，闲着无事，且仔细在城里城外看看。于是拉了一匹马骑着在街上慢慢地走着，无意地走到一条整整齐齐的大巷口，看到一堵高墙上钉了一块木牌上写着"升官巷"三个字。看了这三字，忽然灵机一动，记得袁大舅家是住着这样一个巷名，这样就是他家了。他一家人搬到安乐去的时候，丢了一所房子，找了两个老年的人看守，现在不知道糟蹋到了什么地步。自己既然到了西平来了，也应该看看，若有破坏之处也可以和他们整理整理。如此想着，就下了马手里牵着缰绳挨家地看去。看到第三家门楼子，只见大门外新用红纸标写了一张字条，乃是"卧雪堂袁"。心想就是这里了。大舅一家都走了，何以还贴了这红纸条？难道看守的人还有这样多事？且不管他，将手拍了一拍门先试试看。里面有人答应一声，出来开门的果然是个老人。他看见一个骑马穿制服的人脸上先变了色，瞪了眼睛说不出话来。伯坚道："你不要害怕，我是夏师长的秘书，有人托我来看看，这里是姓袁吗？"老人连忙道："是是是的。贵姓？他家没有人，这里借给红十字会的人住了。他家有位小姐住在这里。"伯坚听了倒吃了一惊道："小姐？什么时候回来的？"老人道："回来有好多天了。"伯坚道："你赶快去说，我叫曾伯坚，由茶香镇来的，请她出来见我。好极了，好极了，不料在这里会到了她。"一面说着一面将马拴在电线杆上，笑着就向里走。那老人也知道袁家和曾姓是亲戚，连忙到里面去报信。

伯坚走到里面，见第一进堂屋里放有两面红十字会的旗，也简单地陈设了桌椅，倒不像是空房。正犹豫着，隔了花屏门见有一个女子的影子在窗外一闪，便先叫起来道："淑珍！想不到哇，我们会在这里会着了。"一面说一面迎了上去，那女子由花屏门向外转了出来，顶头相遇。伯坚看着向后一退，并不是淑珍，不过是面熟，也不知道在哪里会过。那女子见他有很惊讶的神气，便笑道："曾家表兄，你没有听到淑珍妹说过还有一个大一岁的叔伯姊妹吗？"伯坚道："哦，是了，你是淑芬女士。不是在省城里读书吗？这样兵荒马乱，何以回西平来了呢？"淑芬微笑道："那要什么紧！西平城里的人多得很呢，别人可以在这里，我也就可以来得。哎呀，看表兄这样子是从戎了？旗开得胜地就到了西平，正是少年得意之秋了，请里面坐吧。"说着她就在前面引路。伯坚一想：彼此总是亲戚，虽然是初次见面，却也不必怎样客气，她既引着就老实地跟了她向里面走。

走进了一重院落，只见两旁玻璃窗上都贴着花绸手绢，一根撑窗户的木棍子上面搭了有花边的短汗衫，几个窗户台上又晾着高跟皮鞋，他不由得向后退了一步，似乎这里四围都是女子了。淑芬回转头见他不走，笑问道："表兄为什么不走呢？不要紧的，这里住的是我们红十字会的同事。"

只这一句话，那几个玻璃窗里同时地露出好几张粉脸出来。伯坚觉得若不上前倒更是难为情了，因之低了头跟着她走。糊里糊涂地走进一间房，屋子里只一桌一椅、一个行军床，陈设十分简单，不过墙上倒用铜钉子钉了三张电影明星的相片，两男一女，都是武装。淑芬笑道："这成了那句话：大兵之后，必有荒年了。我们这里都是女性，大家不愿到外面去找东西，就是把家里那些木器大家分着用一用，所以分不着什么。这虽是我家里，恕我不能尽地主之谊了。"

她嘴里说了这一大套，已是将桌上的茶壶斟了一杯茶，两手捧着放到桌外边，她自己在椅子上坐着。伯坚只好挤着坐到行军床上来，隐隐之中似乎有一阵微微的粉香袭到鼻子里来。伯坚不觉心中颤动了一下，再看淑芬的身体，筋肉强健，轮廓圆润，那漆黑微鬈的短发配着那白脸黑眼珠，实在有一种天然的妩媚。她笑道："表兄，你看什么？我有些像淑珍妹吗？"伯坚道："究竟是叔伯姊妹，不能十分相像。不过我们好像以前会过一次。"淑芬笑道："表兄是贵人多忘事了，昨天你和贵同事走错了路，不是我告诉你怎样走回去的吗？"伯坚拍掌一笑道："对了，我只是向远处想没有向近处想，所以没想起来。袁女士是跟随红十字会来的吗？"淑芬笑道："不敢当，表兄怎么这样子称呼呢？老实一点儿就叫我一句淑芬，客气一点儿也不过叫我一声表妹罢了，何以把女士两个字都抬了出来？"说时她只管笑，露出她那雪白的牙齿，笑得也极其好看。伯坚笑道："叫名字那太老实一点儿了。"淑芬道："好，表兄，你就叫表妹吧。"伯坚对她这样特别的亲热自然是愉快，但是说明了倒更不好意思直接叫出表妹来，只得含混你我二字随便叫着。

伯坚原不敢直接就问她的行踪，不过初次见面也无别话可谈，说来说去就说到这个问题上来。淑芬是无父亲的，只有一个母亲在乡下。这次在省城里听说西平闹得很厉害，伤兵很是不少，于是红十字会组织了一个战地救护队并后方临时医院，开到西平来了。淑芬因为要回家来看母亲，就加入了救护队当一个女看护，和同伴十几个人一同工作。好在她们有了红十字旗做保护，西平又是渐渐恢复了秩序的，所以她们倒也平安，并无什么意外的事。夏云峰的军队进了城，大家都说是有纪律的军队，更放了心出来游玩，所以伯坚在街上就遇到了淑芬。

把这一段缘由说完了，伯坚少不得把自己的行踪也告诉了她。最后笑着说:"敝上现在正要让我当西平县的县太爷,我可是在这里踌躇着呢。"淑芬笑着站起来道:"表兄,这话真吗?"伯坚道:"自然是真的,我初次相会岂能就乱说假话。"淑芬坐了下去,偏着头向他眼珠一转,微笑道:"不要说这种话,我们应该一见如故。唯其是一见如故,所以表兄不会说假话的。若是做了西平的县长,我们多荣耀呀!我在本县学生会里是一个干事,在女看护队里又是队长,这里的绅士和我起了一个外号叫作'英雌',英雌就英雌,要什么紧!以后表兄做了县长,我倒真要借表兄的力量做些社会事业呢!表兄,你不要踌躇,就答应了师长吧。"伯坚笑起来道:"表妹倒是赞成人家做官?"突然之间,说出了"表妹"两个字,自己倒有点儿难为情,偷眼看淑芬时她却毫不在乎。只见淑芬笑道:"不是我赞成人做官,我是赞成表兄和国家做事,和桑梓尽力。平常的人总把做官当作两种看法:一种认为是荣宗耀祖的事情,一种以为做官的不过是逢迎上司,剥削小民,官就是小人的代名词。其实官也是一种职业,一样地做事,逢迎不逢迎,剥削不剥削,乃是人的问题,不是官制的问题。若是大家都不做官,国家许多事情让哪个来办呢?"伯坚笑道:"你真会说,不愧是英雌了。"淑芬听了,也不觉嫣然一笑,伯坚看着她笑,也就嘻嘻地笑了。两人你一句、我一句谈得很是投机,言谈之中,淑芬倒是赞成伯坚就了县知事一职。

不知不觉就到了正午,淑芬忽然笑道:"表兄,你看我尽顾了说话,你饿了吧?就在这里吃饭,可是没有好东西。"伯坚道:"不吧,又要劳累你了。"淑芬笑道:"劳累什么,都是现成的东西。"伯坚也很愿和她多聊一会儿,就笑着答应了。淑芬一听,高高兴兴地走出屋去,不大工夫,搬了两个火酒炉子放在外面屋子里桌上,将桌子下面一个网篮提出来,找出了些洋铁罐子和纸包,后又在别个屋子里借了些东西来。伯坚看她很忙,笑道:"我来帮一点儿忙吧?"淑芬将一件女看护的白衣服穿上了,笑道:"不用,不用,我一手做出来,你吃了定管有味。"说着向他转着眼珠一笑,伯坚因她如此说着,便站着不动手。她拿了一罐子咖啡末,先倒在一个珐琅壶煮上,然后另在一个炉子上放着平底锅来煎鸡蛋,煎蛋的时候打开纸包取出一块火腿,切了同煎,煎好了,将两个盘子盛着放在桌上。又取出一块冷面包用刀来切,但是这面包过了一点时候,实在切不动,于是改着用刀来锯,锯得她两片丰秀的玉腮上泛出两片红云来。伯坚见她一手倒按着面包，一手拖着刀来去，十分吃力，笑道："我是个军人，这事让我来吧。"按着她的手，一同拿着刀柄将面包锯下了五块。伯坚道："够了，那一大盘子火腿鸡蛋，也就再不需要别的什么了。"淑芬看着石头似的面包，也不愿再锯，就用了一个托茶杯的大铜盘子摆下放到桌上。那咖啡也开了，壶嘴子里热气腾腾的倒有些咖啡气味。于是将两个茶杯倒上两杯，没有小茶匙就用两个舀汤的汤匙放在杯子里。她在网篮里又翻了一阵，翻出一个烟卷筒子，拿了过来打开盖子一看，里面却是一筒子的白糖。她笑道："这西平县可买不到古力糖块……"伯坚连忙点头道："这就好，放到咖啡里去也容易化。"淑芬于是拿着汤匙反过头来用长柄拨着白糖到两个咖啡杯子里去，然后拿了两双骨头筷子放在桌子上，面对面和伯坚对吃起自做的西餐来。

淑芬将筷子夹着一块大面包先咬了一口，笑道："吃西餐用筷子，大概表兄还是第一次。"伯坚笑道："我们用研究人类进化史的眼光看起来，这用手抓东西吃的人自然是比用器具吃东西的人要差上一步。非洲土人、美洲土人，他们吃东西还有用手抓的，欧美人吃东西半用手半用刀叉，中国人完全用筷子，不用……"她拿筷子夹了一块大面包，未免有些尾大不掉，于是将左手拿着面包，右手拿着筷子挑了一些碎糖在面包上搽抹着。伯坚道："其实吃西餐里的面包却非用手不可。"于是自己也学着淑芬的样拿起面包来吃。淑芬用筷子夹着鸡蛋，笑道："西餐里的鸡蛋，大概是牛油煎的，我却没有牛油……"伯坚夹着尝了一筷子，笑道："猪油的也就不坏，中国人煎鸡蛋总是用猪油的。"淑芬道："不，我这是花生油。"伯坚笑了，自己不好怎样连续说下去，端着茶杯用大汤匙舀着一匙咖啡喝，笑道："自己做的咖啡系用末子熬出来，是比较的香。我想表妹是常做西餐吃的，很内行。"淑芬笑道："笑话！煮咖啡是不成问题的，谁都能够做。谈到菜里面我就只会做火腿鸡蛋。"伯坚笑道："这譬如戏子的拿手戏，本也不在乎多。"他自觉这一句话说得很有道理，便向着淑芬微笑。

淑芬笑道："表兄做了知县大老爷的话当然少不了请客，那个时候可以把我找去做西餐。我不敢夸大话，到那个时候一定努力做出三四十样极好的菜来。"伯坚道："我没有那样阔，吃西餐请客吃三四十样。"淑芬道："那是当然。但是你也绝不能就请一次客，这三四十样菜可以分作五六七八回请客。"伯坚笑道："好的，但不知预备的是些什么？能先告诉我吗？"

淑芬笑道："可以的，都是火腿鸡蛋。"她说毕，咯咯地笑着将手臂伏在桌上，额头枕着手臂把脸藏起来。伯坚看到这位表妹真是忘忧之草、解语之花，实在令人欢喜，便笑道："表妹果然做得出三四十样火腿鸡蛋，那也是一桩趣闻呀！"淑芬抬起头来眼珠向伯坚一转道："表兄这顿西餐没有吃到什么，但是笑料不少，也许可笑饱的。"伯坚道："这也不坏呀！假使有人问我：'你愿意笑呢愿意吃饱呢？'那么老实不客气，我愿意笑，我不愿意饱。"淑芬道："不能吧？如果这话是真的，面包不成为问题，大家每日笑上两阵就完了。"伯坚道："这不能这样笼统地说，要看对手方如何。若是一个……"伯坚不能明说了，只好向淑芬一笑。

淑芬见伯坚快乐，也是得意之至，含着笑把这份西餐吃完了。然而这份西餐所吃的也就是那盘火腿鸡蛋，至于面包，牙齿实在不能胜任，咖啡是喝，不是吃。西餐吃完了，淑芬一阵风似的把盘子筷子收去了，于是就拿了一脸盆在手，向伯坚问道："表兄，你是要洗凉水呢还是要热水？"伯坚道："我们当军人的不必过什么讲究，随便怎样都成。"淑芬笑道："虽然如此，你到我这里来了是客，我不能让你随便。我若让你随便，我就太不会做主人了。"她说着话就舀了一盆水来放在桌上，当着伯坚的面拿了一瓶花露水拔掉塞子向盆里倒了大半瓶，然后把床铺后墙边衣钩上的一条雪白毛巾取了下来，平平整整地铺在水面上，再取了一个胰子盒放在脸盆边。伯坚笑道："表妹，你太客气，在这戎马仓皇的地方想不到会受你这样周到的招待。"淑芬听了这话，由心里乐出来，只看她那很长的睫毛簇拥到一处在眼睛上，是表现她欢喜过分了。她笑道："表兄到了这里，总算是到了我家里了，我闹了半天，有什么东西拿出来吃喝呢？"伯坚笑道："说到亲戚来往，第一是要气味相投，第二是礼貌。至于物质方面，像我们这样的人总算受了一点儿新教育的，'吃喝'二字似乎更不应该谈到了。"他口里如此说着，却不曾站起身来。淑芬就也不再客气，两只白手向盆里一插，捞起手巾来就拧干了一把，打开来香喷喷地送到伯坚面前来。伯坚站起身来两手接着，笑着一欠身子道："要表妹这样费神，如何敢当！"淑芬笑道："表兄既是军人，军人要讲究爽快，以后免除这一套无谓的应酬话好不好？我虽是个女子，我很赞成军人的气概的。"

伯坚见她将两只袖子高高卷起，露出那一双雪白肥嫩的手臂，胸面前微微挺起两个小包，她那强壮的身体的轮廓，在紧窄的衣服里很丰满地显露出来，两手捧着手巾擦脸不知道止住，对她简直是看呆了。淑芬笑道："表兄什么事出了神，只管看着我？"伯坚脸一红，笑道："我看表妹一表人才，实在是个新女性，不愧人家称你'英雌'这两个字。"淑芬笑道："表兄是当面给我高帽子戴吧？看一个英雌不会看得这样出神，一定是给我看相，看我这相可长得有什么毛病？"伯坚只放下手来略停了一停，淑芬便接了他手上的毛巾拿到脸盆里去搓洗。先用香胰子抹过了一道，洗着拧干了一把，再洒上香水然后又送到伯坚手上来。伯坚笑道："不敢当，我自己来吧。"淑芬却不问他敢当不敢当，硬把这手巾送到伯坚手上去，笑道："又是一个不敢当了。"伯坚笑道："无论照着朋友说或者是照着亲戚说，我都感觉到是不敢当的，我不这样说应当怎样说？难道我还自认受之而不愧吗？"他口里虽如此说着，但是他手上拿着手巾，竟不能不向脸上擦去，因笑道："不敢当尽管是不敢当，消受也还是一样的消受。"说毕将手巾交还淑芬。淑芬伸着手向手巾下面来接，两个人彼此都不曾提防，重重地碰了一下。淑芬碰着伯坚倒无所谓，伯坚碰着了淑芬，只觉她的手软而且滑，皮肤之佳可想而知。恰好淑芬望了他微微一笑，在伯坚看去好像很有意思似的，更让他心里荡漾起来，说不出来是有一种什么愉快。淑芬倒丝毫不以为意，她将袖子向上卷了一卷，然后拿了手巾就在洗脸盆子里搓洗着，自己竟低下了头洗将起来。

伯坚在一边看到心想：不知这位表妹是胸无成竹随便地洗了脸呢，也不知表妹表示特别好感，以为有共水洗脸的资格呢？因之坐在行军床上，斜了眼睛看着，禁不住要笑出来。淑芬洗完了脸，在身上掏出粉镜子，微微地侧着身子取出粉扑来扑了一阵，然后拿了一把小梳子，从从容容地将头发拢着。拢到半中间，侧转身将眼对伯坚斜看了一眼，见他在微笑着，便笑道："表兄，你笑什么？笑我擦粉吗？"说着她依然回转头去拢头发，一只手却把小镜子举着偏过来一点儿，却在镜子里去看伯坚的情形。伯坚似乎也知道这种情形，就向淑芬背后笑道："据说表妹是个英雌，就不会注意到化妆上去。其实爱美是人的天性，男女一样，并无分别。譬如男子有了胡子一定要刮掉，面上有毫毛也一定要剃掉，这不是和女子擦粉一样吗？我根本就不反对人类化妆，男女分别处不必谈了。"淑芬正拟了一篇腹稿，要说明自己所以修饰的原因，不料伯坚更是干脆，连"修饰"两个字都不提，只说是"化妆"，而且扩大范围说人类都如此。便回转身来，向伯坚对面坐着，点头道："这话对极了。而且我们黄种人都带有一种病色，擦些粉、擦些胭脂把病色涂去了，也可以给别人一个好印象。"伯坚笑道："既然如此，为什么表妹只用粉不用胭脂呢？"这一句话倒把淑芬问倒了，她笑了一笑，没有答复。伯坚道："表妹因为在红十字会里服务的关系，大家都没有用胭脂，所以也不能独立。"淑芬笑着说声："对了。"谈话谈到这里，自然有趣，然而在实际上说也感到无聊。亲戚见面，何以只管谈到这些问题？

伯坚站起身来微微伸了一个懒腰，笑道："我要告辞了。"淑芬道："难得来的，何不多坐一会儿？"伯坚牵了一牵自己穿的制服笑道："实不相瞒，我今天只有半天假，原打算在西平游历游历的。因为遇到了表妹，谈话谈得忘了一切，现在应该回营去销假了。"淑芬正色道："军纪不是玩的，既是表兄假期快满，那我就不敢以私废公，表兄就请便吧。"伯坚笑着，道了谢向外面走，淑芬也就一步一步紧紧地在后面跟随着，送了出来。伯坚笑道："以后可以常来，何必送。"淑芬道："不送，难道我坐在屋里望了表兄出去不成？"说着话已到了大门口。伯坚自去解下马缰绳，将绳子拿在手上。正待上马，只一回头，却看到淑芬还在门框边站着，因笑道："现在到了大门外了，可以不送了。"淑芬笑道："我要在大门口望望，表兄只管上马去，我目送你一程。"说着，那眼珠一转微笑着。伯坚听到她说出"目送"两个字，已是心里一动，加上她这种挑引的姿态，想起"怎当她临去秋波那一转"的妙词，也不觉飘然神往，把上马这件事都忘记了。二人彼此忙忙地对立了一会儿，还是淑芬先醒悟过来，笑道："表兄不骑马吗？"伯坚哦了一声，才点头道："我们再见了。"于是跨上了马骑着回县衙门来。

在衙门口下马的时候，抬头一看，只见八字式的照墙大大地敞开。两扇高大的大门，下面罩着一个长方形的廊子，左右两边竖着栏杆，各围着一角墙，张贴告示。那告示上署着前任县知事的姓名，却有碗口大一个字，心里便想着：不要看是一个县知事的位分并不多高，然而看起这排场来也就足够人羡慕的。设若我答应做西平县知事，这就是我家的大门，在这一县之内也就是个行政首领。虽然不必自豪，接了母亲在这里过几天，母亲也要欢喜一阵吧？而况那位活泼泼的表妹，又极是盼望我做县太爷的，我若一上任，天天让她在这门里进出，她应该是多高兴呢！他如此想着很自在地下了马进了大门，将马交给了卫兵，背了手低了头，缓缓地踱到里面去。

忽听到有人笑道："文人究竟是文人，就是让他穿上一套军衣，他那种文绉绉的态度无论如何也是改不了的。"伯坚一抬头，正是夏云峰和卫尚志站在阶檐下向外面闲眺，脸上还带有一部分笑容呢。伯坚看见，马上站住了。夏云峰向他招了招手让他过去，然后问道："你把本县的风土人情问得怎样了？"伯坚心想：若说自己曾游历了，他一盘问起来自己将什么去对答？是说实话的好，便答道："无意在街上碰到了一个亲戚被拉去款待一阵，并不曾游览。"夏云峰微笑道："哦，你没有考察考察？你在表面上看看，这西平县好不好呢？"伯坚已得了舒伟成事先的通知，料得这句话是有意思含在其中的，便道："在本省总算是个上中等的县份了，若是好好地治理起来，未尝不可以赶上一等县。"夏云峰听说，用手拧着他的胡子尖角目视卫尚志而笑。卫尚志虽然知道师长肚子里另有春秋，这话闷在心里却是不敢说出来，也只是微笑。夏云峰问伯坚道："你说这西平治理一番就可以赶上一等县份，我问你，你要怎么个样子去治理呢？"伯坚听他如此问，心里更是明白，便笑道："伯坚没有做过亲民之官，不敢在师长当面乱说。不过我想第一招办法，就是理财。只要财政上有办法，事情就好办。本县的钱粮，原是预征三年，但是有缴足了的，有缴二年的，有只缴一年的，先当划一起来。这欠款未缴的，并不是交不出钱来，多半是土豪劣绅和那不学好的百姓，观望风色拖延下来了。至于小百姓，越穷的越是纳粮不多，绝不敢拖欠，也犯不上拖欠。所以催缴欠粮，这和穷百姓没有多大关系，不催倒好了这班土豪劣绅。欠粮划清了以后，其次便是把那些苛捐杂税整理一下。收钱不多的，大可以取消几样，只是挑那可以找富户出钱的税，斟酌情形努力进行。这就收了税，老百姓们也不会怎样反对。"

夏云峰听到这里不等他再向下说，便向卫尚志道："他果然去得，我的眼力还算不差。"他那拧着胡子的手刚刚放下来复又抬将上去，那头微微点了两点，似乎表示许可的意思。伯坚听得夏云峰说明白，究竟也不知道是否允许，站在他面前自己也不愿走开，怕是把这位现成的县官给弄丢了。于是他向后退了两步，望了夏云峰静等着他的回话。夏云峰把两只胡子尖角都拧得够了，才笑道："曾秘书，我放你做一任西平县知事，你有这种胆量干一下吗?"伯坚原是静等他这一句话的，等他说了出来心里倒跳上了一跳。望了他，只轻轻答应了一个"唯"字，却没有说什么。夏云峰笑道："你若能干，我就放你做一下试试。不过我还有几个条件，你得遵守。"伯坚又道了一个"唯"字。要知道夏云峰提出什么条件，下回交代。

第六回

治国如斯一隅三反法
救民到底十室九空天

却说夏云峰劝伯坚去做县知事，却向他提出三个条件，他想到事情已有八九分成就的希望，姑且问一问他，看他是些什么条件，便答道："师长的命令，当然是努力遵从去办，请师长吩咐吧。"夏云峰道："这不是命令上打官话的事，要你办得到才行。我的意思，第一个条件是，无论我要你筹多少款，在限期以内一定要交出来；第二个条件是，筹款尽管是不出地方现拿，但是不许骚扰到穷百姓上去，免得人家骂我们的军队；第三个条件是，筹款虽有一定的数目，自然是越多越好，你纵然筹出了定额，这钱也不许吞下一文，都得缴呈。这三个条件你可有胆量答应下来？"伯坚心想：所谓三个条件，一言以蔽之无非是要钱。不过这第一个条件却太厉害了，设若他在三天内要筹出一百万款子来，那除非是财神下凡帮助才有把握，不然这一个小县份不曾产生金子，岂能无限制地筹款？如此一想，就不敢作声了。夏云峰站在那里微笑了一笑，然后向他道："我想你或者有点儿胆怯，不敢承认，等我考量考量再说吧。"他说毕和卫尚志转身走了。

伯坚也走回他私人的屋子来，这热天，第一项就是这顶军帽罩在头上说不出来有一种什么痛苦，伯坚首先将帽子一揭，便觉得沿着额头有一阵汗珠要涌流下来。伯坚解下了腰上的皮带，将衣服牵了一牵，军衣里面的衬衫早是贴着肉黏成了一块。不解皮带，不牵衣襟倒也罢了，无非是闷热一点儿，现在牵开衣襟透入凉气，那如同水洗的衬衫，肉触着便冰凉一阵，极是不好受。自己弯着腰两手扯着胸前的衣襟，只管抖汗，口里就情不自禁地长叹了一声道："军人生活实在是不能干。"

一言未了，身后有人答道："可不是嘛！为什么有机会还不抽身呢？"

伯坚一回头，却是舒伟成走进来了，因笑答道："幸是我不曾说什么犯法的话，要不然让你听了去，我倒要提防一二。"伟成笑道："不要说笑话，我正来打听一件事。刚才师长和你提的县太爷一件事，怎么样了？"伯坚手扶了窗子向外张望了一下，然后低声道："留着性命还吃两年饭吧！我不做那个升官发财之梦了。"于是将夏云峰提的条件对伟成说了一遍。伟成笑道："你究竟是个书呆子！他说无论要你筹多少款都得筹，这是一句空话，怕什么！像茶香镇那样出钱的地方，他也只是要二十万，西平县他又会要多少呢？"伯坚道："不能那样说，茶香镇虽然是个出钱的地方，不过一镇而已，西平县是有土地人民的县区……"伟成皱了眉道："不要谈，不要谈！你外行透了。你想，从来军事家只有注意名城巨镇的，没有注意县区的，那是为什么？第一为的是钱，第二才谈上政治。小小一个县区，我们师长经过大局面的，他难道会不知道筹不出大款？你想，若是怕筹款的话，我会让我兄弟来当征收局长吗？我想师长和西平要钱也不过三五万而已，难道一县之大，百十万人，会筹不出几万款子？县太爷也就太外行了，一个老百姓抽他一角钱的税，也就可观啦。为什么怕干？"

伯坚心里原是有些怕款难筹，现在让舒伟成三言两语一说，觉得事实俱在，并不是凿空之谈。仰头想了一想笑道："虽然你说得那样简单明了，不过我是没有做过官的，一点儿经验没有。假如事实不能像理论那样容易，那怎么办？"伟成道："我且不说那些，设若你不干的话，你看别个干不干？我想你的聪明才力不会比一般人差，人家能干你也就能干。中国哪一年不打仗？没有听到哪个怕筹军饷不去做县知事。一俗言道得好：'掏浑了水，才有鱼摸。'你不明白这个意思吗？要不然为什么军队打胜仗军需官会发财？铁路局借债，材料科长家里盖大洋楼？中国就是这么回事，不做贪官，天理不容。"伯坚笑道："这就是你的中国人做官哲学？充其量而为之，中国岂不要亡国？"伟成笑道："以前我也这样想，但是我仔细一想，也许不要紧。前清不要去管他，民国一二十年来，你想想天字第一号的贪官有多少？可是到现在中国还没有亡的象征。我想中国是一只大象，身上长个些小疙瘩那是不要紧的。叫花子们常说：'虱多不痒，债多不愁。'中国也是贪官太多了，所以不亡。大家都认为做官要钱是天理人情中的事，倒不在乎。若是法治国家，有了个贪官，舆论既要攻击，政府又要惩办，倒反把事情弄糟，那时，国家对世界认为是耻辱，政府对百姓要负责任。你看中国把贪官司空见惯了，又有什么耻辱和责任呢？伯坚，干吧！"这一顿演说，不由得伯坚不哈哈大笑起来。伟成笑道："事实归事实，笑话归笑话，你只要不做伤天害理的事，在捐款上吞几个钱倒没有什么。你若良心上说不过去，在本县办点儿公益事就行了。好在也不会要你掏腰包，有了公正的名目，自然可以筹钱。"

伯坚听他谈笑一阵子，又正经讨论一阵子，无论如何说来说去，这官还是可做。便坐在一张藤椅上，左腿架着右腿颠簸了一阵，眼睛望了伟成，只管微笑。伟成正想说出你还有什么疑问吗？却有一个随从兵叫了进来报告道："师长请。"这三个字是比什么事都有力量的，于是大家不约而同地走到师长办公室来。夏云峰正坐在办公室椅上观看一张地图，看到他们来了，突然站起来向着伯坚道："你觉得这具城里很安全吗？"伯坚怎敢说不安全？答应了一个"是"。夏云峰道："你觉得安全就好。"于是取了一根雪茄在手，伟成擦了一根火柴替他点着，他吸了一口烟，微笑道："我今天晚上趁着霍仁敏不留意，要一鼓而下安乐。这西平县是我军进退必由之路，很是重要。我除了留一营人在这里防守而外，已经电呈大帅，飞调一旅人来策应，安乐到手，我们就要整个地和联合军见个高低了。"伯坚听到说今晚上就要去暗袭安乐，想到城里头有兄弟和老母在那里，万一暗袭不成，城里城外开起仗来，不知道自己家里怎么样。如此一想，站着倒呆住了。

夏云峰以为他是怕新军到了不能应付，便用手撅着胡子笑起来道："怕什么！就怕那一旅人不开来，开来了就归我节制。我到了安乐，多少总要把霍仁敏的叫花子军队俘虏一些来，然后和自己的军队一齐编成四旅，我至少要升个总指挥。"他一面说着，一面拧胡子尖，那一份得意就无法形容了。伯坚在师长这样喜怒莫测之下也不知道说什么好，只用很柔和的声音半弯着腰道："师长还有什么吩咐的吗？"夏云峰站立起来，取下嘴里的雪茄，放在桌沿上敲了敲灰，那一只手依然拧着胡子，微笑道："我想，官应该怎样做，你在书本子上早已领教过了。我是一个扛枪杆的，哪还用得我说？我所要说的就是便于军事的地方，你要二十四分努力，我们成功了，你不见得做个知县就算了事，这一点你要明白。"伯坚站直了腰连答应几声"是是"。夏云峰用手一挥道："你出去，我已经吩咐舒秘书和你办委任状了。"

伯坚不知不觉地向他鞠了一个躬退了出来。一出门就见舒伟成手捧一封公事进去。不多一会儿，他捧了公事到屋里来找伯坚，一路作揖作了进来，笑道："县太爷，恭喜贺喜！"说着把公事递了过来。伯坚接着公事，也和他作揖，可是皱了眉轻轻搭了一下嘴皮，表示那惋惜的样子，因道："我本来有许多下情要和师长商量，不料我一见着了他，我一句话也说不出。你看这事怎好？"伟成伸着手拍了他的肩膀，笑道："无论什么事都有困难，吹灯还要费一口气呢！可是虽有困难，只要努力也自然可以排除。我舍弟的事就重托了，你不必再说了。"又握住伯坚一只手，紧紧地摇撼了几下道，"师长面前，我自然尽力和你维持，你放心。"伯坚接着公事，这时倒反没有了主意，也不知道应当说什么是好。伟成问了他这些话，他只知道笑着答应"是"。伟成回头望了一望门外，见没有人便道："现在你是当地主人了，回头师长动身你得送出城去。我的事忙，彼此心照，就不多说了。"说毕已匆匆而去。

舒伟成不说出这话倒还罢了，他有了此一番吩咐伯坚却有些儿为难，心想:这师长大人应该怎样地欢送呢？这样想着，他又是那个毛病，只管在屋子里来去徘徊。这欢送师长要说什么话、要行什么礼节，完全不知道，若是失仪了，县知事做的第一件事便错了，师长如何能信任？他心里如此踌躇着，一时又找不着一个人来当顾问，很是焦急。

这时门外发现了脚步声，接着又轻轻咳嗽了一下，似乎有个人在门外窥探。因问了一声："哪个？"便有人答道："县长，是县里的衙役们请示来了。"伯坚陡然听到人家叫出县长来，心里倒怦然一跳。那个说话的人，身上穿了长衣，手上拿着帽子，已是走了进来。他远远地便向着伯坚一个很深度的鞠躬，然后直起腰来又叫了一声"县长"。伯坚到了此时心里已经明白，这便是如戏台上所谓三班六房迎接太爷上任了，因道："你在衙门里当什么职务？"那人听问，又是一鞠躬，将一张履历片子双手呈了上来。原来他是本衙一个传达，便点点头道："我知道了。"传达一鞠躬道："特来请示县长，定了哪个吉时就职？传达好去通知衙门这些同事。"伯坚是第一次做官，什么也不懂得，自作聪明又怕错了，因之脸色沉了一沉，做出那郑重的样子，传达看见，蚊子般的声音道了句"是"，向后退了一步。伯坚对于这个话已经明了了，这些人都是来见县长要维持饭碗的，便点头道："好吧，你叫他们进来见见我吧。"传达答应"是"，退了出去，只在这时，七长八短地进来一屋子人。先进来的，让后进来的挤着上前，先进来的就两边一分，将后进来的让出来，似乎这县长患了一种极猛的传染病，近身不得。大家站定了，早是向伯坚齐齐地一鞠躬，伯坚究竟没有这样受过人家大礼参拜，不能安然受之，也向着人家深深地一点头。其中算警佐位分高些，他才直着腰杆子低声说道："卑职们听说县长就职，特意前来侍候。"伯坚听着大不高兴，怎么连前清老官僚这一套话都用出来了？但是人家说谦逊的话，总不能转去责备人家的不是，便道："兄弟本来不想做官，无奈师长再三地要我担任，我只好勉为其难。我们不必用那些恶官僚的习气，办完了事，我们都是好朋友，一律平等。你们做得不对，我自然要指导你们，就是兄弟有什么做得不对，你们也可以随便对我说。办公事总要和衷共济。"

伯坚这一番话，还是看了从前校长就职的演说和现在师、旅长的训话，神而明之变个样儿，自己以为总很算得体，不料这些人一听，就猜透了这县长是个雏儿，从来没听说县长和科长科员谈平等的。这个人容易对付，要在他手下好好捣两个大窟窿，足搂一阵，管你谈平等不平等！各人心里如此想着，外表可是直了脖子只管哼着"是"，而且脸上露有笑容，表示感激县长不高傲的意思。伯坚看了心里也是很欢喜，又道："你们今晚来了也很好，我正有一件事要和大家商量。夏师长马上就要动身了，我们要筹备欢送。时间短促，怎么去欢送呢？"大家听了，都很为奇怪：这位县太爷还能做什么事？连欢送长官的办法都想不出！还是警佐先答道："若是时间从容呢，衙里备酒饯行，城门口搭起欢送彩牌楼，联合全县士绅，县长带领卑职们一齐随在马后送出城去。现在是来不及了，只有一个法子可用：先定下师长出城的路线，立刻通告百姓们，当师长经过的地方家家要摆香案，放长爆竹。挑城里贵重些的食物，买几样送到师长那里去，然后县长和卑职们随在师长马后，一块儿送到城门外去，这也就完了。似乎也没有什么更重大的仪式了。"伯坚想了一想道："就是这样办一办就行了吗？"警佐道："匆促之间，也只能办到这样了。"伯坚对于这事本来一点儿也不知道，警佐如此说了，自己也再不能添出什么花样了，便道："好吧，你们快一点儿去办来就是了。"大家略顿了一顿，似乎是等着县长二次的吩咐，见他并没有什么吩咐，然后大家鞠着一个躬退了出去。

伯坚到了此时，把以前怕做县长的心事完全都打退了，心想：只一点儿事，这些手下属吏就来请示，县长也不过坐着吩咐吩咐而已。这样看起来，做县官实在是一件容易事了。如此一想，心里是加倍地宽敞，大可以放着胆子做下去。就是筹款的难题，也不妨叫这些人想办法的，如此一来更是把以往为难的情形置之度外。自己虽是不跟着夏师长开拔，看到夏师长左右忙碌着整理行装，也就不便独在屋子里住着，这屋子走走，那屋子走走，算是帮人家一点儿忙。约莫混了一个多钟头，一个传令兵就走进来对他说："有本县署的职员要回话。"伯坚想到欢送的事，正还摸不着高低，巴不得他们来伺候，于是自迎出来。刚一出房门，便见天井屋檐下黑压压站着一大排人，伯坚一出来就有一个人抢了上前，和他深深一鞠躬，在星光下隐约看得出来正是那个警佐。他由丹田里发出声音，用低嗓子道："禀县长的话，东西都预备好了，请县长去看一看。"伯坚道："东西办来了，拿进来就是了。"警佐道："是。但是请县长先看一看才好。"伯坚一听他这口音，心想，这是什么话？一会子工夫竟会说出两样的话来。也不知他们究竟弄了些什么玩意儿，且跟了去看看，于是让警佐引路跟了他去。这两边屋檐下的人，就像铁屑遇到吸铁石一般，随在后面悄悄跟了出来。

伯坚跟着警佐走到会议室里，只见灯光明亮，满地摆着是东西，一连六架抬箱，箱盖开着了，乃是：一抬箱丸、药、膏、散，一抬箱手巾胰子，一抬箱茶叶，两抬箱烟卷，还带着火柴，一抬箱线袜。另外大小几篓子摆在四周，有干点心、水果、火腿各类东西。伯坚看了心下一喜，这正是行军的人缺少而又需要的，不料他们没有上过前线却很知道前线的事。因点点头笑道："这些东西办得都不错，我倒不料这西平县很有些出品，这里哪几样是土产呢？"警佐道："本县没有什么土产，这都是看到行军可以用得着的东西，大家分头去收来的。"伯坚道："什么？收来的？不曾花钱买吗？"警佐道："是卑职们到县商会里去了一趟，说是县长要欢送夏师长，筹办不及东西，因之他们就自己出头把东西马上在各处店铺里收齐了送到这里来的。"

伯坚一想，这县知事威风真不小，要办事，有人替着办要送礼，有人代送，原来并不是像自己揣想的那样难。便笑道："东西是不错，只是没有专送师长的什么贵重物品。"警佐低声道："请县长借一步说话。"伯坚点点头，便走出屋子来。警佐跟了来轻轻地道："不知道夏师长玩不玩福寿膏的?"伯坚道:"他不抽烟,你问这个做什么?"警佐道:"这县城里别的没有,若要烟土要收买是不大难的。从前联合军到这里也曾要过,所以问问。"伯坚道:"师长虽不抽烟,烟土倒是肯收。在茶香镇收了几大担,都派人送到大帅那里去了。"警佐笑道:"若是肯收烟土,找十个八个西瓜大土来专送给师长,不也很好看吗?"伯坚道:"这东西太贵重了,恐怕不能随便收来吧。"警佐道:"都有法子收的,这件事让卑职效力就是了。"说毕,他和另外两三个人在一边交头接耳一阵,然后警佐对伯坚说:"一个钟头之内准回来,请县长等一等,暂莫将东西送进去。"

伯坚已是很信任这些属吏了,他说了一个钟头内准回来,果然就在会议室里候着。好在这里还有许多人,就和这些人谈谈县中的政情也是很有益。每个人问些话,不觉得就消磨了不少时间。只听外面一阵脚步响,那警佐果然督牵着几个人抬了两个小黄竹箱子进来。箱子放下,只见上面有两张红纸条,上写:"师长哂纳。西平县知事曾伯坚敬献。"那警佐掀开箱盖,一个箱子里各放着六个西瓜大土,他站在一边偷看伯坚,见伯坚有点儿笑容,立刻他自己眼角上的鱼尾纹也折叠起来,然后望了伯坚道:"县长,这数目不少吗?"伯坚不料他们如此会办事,在这样顷刻之间应用的物品也好,珍贵的物品也好,都搬来了。因笑道:"你们以后办事都像这样,那就很好了。现在我进去见师长,看他是怎样吩咐。你们可以先把这两个箱子抬了进去。"差役们听了这话,就有两个人抢上前来先抬箱子等候,他们固然是要得县长的欢心,然而也借此可以去见一见师长,总也算是和大人物接近了。

伯坚在前引导,将两箱子烟土抬到夏云峰的屋子外面,然后自己先进去。夏云峰看到他,便向他招招手道:"我也正是要叫你来说几句话。"说到这里脸上便沉了一沉,又道,"我们自己人做县长,和外人不同。我固然不能够强派你要办多少支应,但是自家人一定是望自己军队打胜仗的,你也不能不努力。"他越说越颜色严厉,伯坚心里不住地算账,不知道要受师长一些什么教训。那夏云峰站在屋当中,眼睛向门外射来,无意之间却看到门外有两个黄竹箱子歇在那里,他依然沉着脸色问道:"那外面是些什么?"伯坚原以为从前他曾收过烟土,所以丝毫也不考量就一直抬了进来。现在见师长颜色那样严肃,心想:这可糟了,不要是送礼送错了礼。心里如此想着,面色自然也就青黄不定,口里就轻轻叽咕着道:"是……

是……是本县出的一点儿土仪。"夏云峰道："你们年轻的人初出来混事，别的不知道，首先就学会了这些不光明的手脚。嘻，是什么东西呢？抬进来看看。"外面抬箱子的两个差役一听到，就先搬了一个箱子进来。夏云峰见那重甸甸的样子，那严肃的颜色不免有些犹豫，及至搬到面前，却有一阵阵的烟土气味，严厉的颜色就和易如平常一样。

伯坚偷眼看到师长神色，料着没有重大情形，便一弯腰将箱子盖揭了开来，立刻将个黑大光圆的东西呈现在眼前，这分明是烟土了。身子略略震动了一下，似乎是吃了一惊似的，然而他自己立刻也感觉到了，便极力镇静着，抬起手来捻着胡子尖角，笑道："是什么东西，抬过来我看看。"两个衙役心里一喜，四手高抬就把那箱子抬到夏云峰面前放着。夏云峰向伯坚微笑道："这种东西哪里来的？"伯坚看他那情形分明是一点儿也不讨厌，便答道："是伯坚吩咐县署里人办的。曾告诉了他们，说是师长就要起程的，叫他们快些送来，总算他们没有误事。"夏云峰耳朵听着他说话，眼睛可是看着箱子里的烟土有一打之多，就算一百块钱一个，也是一千二百块钱了，便点点头道："就是这样一会子工夫，居然能办得来，衙门里这些办事的人总算不错。"伯坚见师长居然有欢喜的样子，这就不必恐惧什么了，因道："前面会议厅里，还办得有些东西，只是不好抬进来，可以请师长去看看。"夏云峰道："哦，前面还有东西？我倒要看看。"他说着，竟不用伯坚引导先走出来了。

到了会议厅里，他看到摆了满屋子的抬箱，将装的东西一看，虽远不如烟土那样值钱，然而在行军里面真是样样用得着，因笑道："这就很好，大家都用得着。你怎么会知道采办这些东西的呢？"伯坚看了一看衙役们，一见师长来了早是吓得像猫窠边的老鼠一样远远地站着，手脚是僵了，头颈是软了，眼光是木了，若是拿到玻璃窗里做人体模型大可以乱真。于是大着胆子道："伯坚跟着行军，觉得大家所最缺少的无非是这些用品，所以就照着想得到的忙着办了一点儿。"夏云峰先道了一个"好"字，接着又点头道了一个"好"字，因道："办大事办小事，都是这个法子。无非是先其所急，足其所乏，你今天头一天做县知事，办的第一件差事就有这样好的成绩，以后衙门里整理就绪了，那自然更办得好。你再办二桩事，都是这样恰到好处，我就可以放开手让你做去了。孔夫子也曾说过，举一隅要以三隅反，今古都不过是这一个理，真会做县知事的也就不难再办国家大事的。你好好地干吧，将来我一定提拔你。"

伯坚一想，这是做梦也想不到的，办国家大事竟会和送上司的大烟土是一个道理！而且这种话还会是个名将说的，这要是一位庸将呢？心里如此想着，偷眼看夏师长时，他又举起手来在拧胡子尖角也沉思着什么呢，他笑问道："曾知事，你对于本县署用人一方面都计划妥当了吗？"伯坚道："刚刚接着师长的命令，这一层还不曾想到。"夏云峰道："我看你办事很有点儿才具。这征收局长，你不必另派人，自兼吧。"伯坚道："这个位置倒是先预备好了人，舒秘书有一位令弟，才干很不错。"夏云峰听说，便点了点头笑着去了。

这时，一切开拔的手续都办理清楚，伯坚所送的礼物也都一齐让卫队一礼全收了。晚上十一点钟的时候，夏云峰出城，伯坚恭送到城门口方才回衙。到了次日正式就职，这些杂事都不用他操什么心，有县署人员和他办好了。他现在记挂在心的，却是表妹袁淑芬。昨天在淑芬家里受了她那十分招待，很觉她温柔之外别有一种活泼天真的风趣。她是很望我做西平县知事的，今天果然做了县知事，她这份欢喜可想而知，这非急去和她谈谈不可。然而他心里如此想着，一早起来忙着就职，就职以后就要派定县署的人员。这一步还没有做清，驻在县城里的曹营长前来道喜，这是不得不见的，全县城的治安以后全仗着他啦。他道过喜之后，不说第三句话，开口便是："弟兄们没有吃的，请县长筹一个月饷。"伯坚明知道他们随着开转的军队今天发了半个月饷了，怎么弟兄们就没有吃的呢？不过心里如此想着，嘴里可说不出来，便笑着一口答应设法。好容易把这位营长对付走了，接着城里的绅士又分四批推了代表来见，说是："前任知事添的许多苛捐杂税实在民不堪命，请新县尊大发慈悲，一齐免了。"伯坚根本就不知道有些什么苛捐杂税，如何能一口答应免除？况且自己上任之后，少不得就要预备筹钱，捐税是越多越好，也不应该把现成的收入推翻了。因答："初上任一切都没有头绪，将来自然整理整理。"绅士们问："整理是不是酌量免除。"伯坚也就含糊着答应。绅士们去了，又是县里各机关的首领，分七八批来请示善后办法，都说："联合军入城以后，把款项物件带走，案卷一齐失掉了。"伯坚还是个书生，对于社会情形就不大清楚，而且一旦做起亲民之官还要他收拾善后，哪里知道什么叫善后？只得说是："斟酌情形，大家自去办理。"把这一件事措置以后，这一日的时间就过去了三分之二。接着又有各乡保卫团的团长请见，报告地方情形。伯坚想不见，一想自己年轻人做官，要有一股勇气，岂能现出腐败官僚的样子来？虽然是十二分疲倦，依然接见了。一见之后，一个团长报告一遍也就消磨三十分钟，而且不得不听，再把这件事办完，天已黑了。

这一天到晚，除了吃饭的工夫，便是见客，其余一点儿休息的时候没有，心想：这倒有些奇怪，做县知事的我也看到过许多，那些大老爷都是很清闲自在的，何以到了自己手里就忙得不能分身呢？自己纳闷又不便问人。到了晚上，只得推说身上不舒服，在睡椅上躺下了。上房有个前任用的老听差，倒还有点儿聪明样子，伯坚等他到屋子里来伺候茶水的时候，便有意无意地问道："前任知事是哪里人？为人如何？"然后慢慢地问：他天天见多少客？怎样划分办公时间？听差已经打听得这位老爷是初次做官，什么也不知道，趁此机会向老爷献上一点儿计划，只要老爷试行得有成绩了，不愁在老爷面前抓不着大权。于是在伯坚面前立着将身子挺了一挺，微微咳嗽了一声，表示出那郑重的态度来，然后才从从容容地道："禀县长的话，这西平县离省城很远，遇事用不着太认真的。太认真了事不好办。"伯坚觉得这话有点儿匪夷所思，"是吗"这两个字不觉脱口而出。听差道："是的。譬如那几批绅士代表是来请免捐税的，没有什么好处，高兴就一齐见面，三言两语打发他走，不高兴就约他们改日再会。好在县长是师部里出来的，这些绅士都胆小不过，让他碰了钉子回去没有关系。那些机关里人来请示的，县长也不用和他们细谈，叫他们自己想出几个法子来，然后县长随便指定一个法子去办，那就行了，好在他们自己想出的法子由自己去办，总没有什么办不通的。不然，县长自己不能出主意叫他们去办的话，左一研究右一研究，不顺他们的意，他们总是要在这里麻烦县长的，费的时间就多了。所以前任县长他很是清闲，不相干的事，不是交给人去办就是搁下再说。县长若是觉得累了，有些事情尽可以等一等，只管休息。"伯坚听他所说，似乎有理，又实在无理，只向着他略微点了点头。

听差见县长并不讨厌他献策，索性将哪里可以弄钱、哪个人可以联络都告诉他，慢慢地还谈到娱乐方面去。伯坚听他说前任县长有招妓女进县署来的事，便摇头道："这太胡闹了。纵然不怕手下人笑话，而且也怕百姓知道会攻击的。"听差端了一杯茶，一弯腰送到他面前茶几上，然后退了一步，眉毛动了一动带着微笑道："话虽如此，这也看各人的来路怎样。县长是文官，遇事自然要谨慎些，若是武官出身，要做什么就做什么。一县之主，这一县之内的事情就可以随便做主，和那些不相干的人也不必讲什么客气。"伯坚听了他这话觉得很是幼稚可怜，然而必定也是事实，若不是事实，他不会这样说的。因微笑道："果然如此，他也就太胡闹了。不知道他把妓女叫了来又是怎样的玩法？"听差笑道："横竖是把她们叫了来不让走。"伯坚犹豫着道："照说呢，公署里有女子出入在现时也算不了什么，只是本县里的人怕不大开通。"听差看看老爷的情形，又听听他的话音，料得这里面多少会有一点儿原因在内，便带着笑容低声道："这很不要紧的，本县人现在也十分开通了。"

伯坚且不理会听差，自己伏到书桌上，拿出信纸、信封，在很沉思的状态中拿了一支笔，只管在砚台蘸着，几个指头不住地将笔抢着，忽然有所醒悟，马上提了笔就在信纸上写起来。写完之后，自己看了一遍，又望了一望听差，听差便问道："老爷有封要紧的信送去吗？"伯坚将脸色正了一正点头道："也不十分要紧，你可以照着这信封上写的地方送了去。"说着，将信封了口，交给那听差。他一看信面上写有"女士"两个字，也不必细看地名了，口里随便答应了一个"是"字，赶忙就将信封向身上一揣。伯坚道："这信……"昂着头想了一想道，"今晚赶着送去，恐怕是来不及的了。"听差道："可以送去的，路又不远，在那里等着回信再回来，也是不晚。"伯坚对于他这话没有置可否，只将眼睛对他表示出可以的神气来。听差看到这种样子，也不必再征求老爷的同意，悄悄就走出去了。伯坚也就装着麻糊，只当不知道。

一个钟头以后，那听差回来了，走到屋子里向伯坚微做鞠躬的神气道："信已送到了，也等着了回信。"他说毕在身上掏出一封信来，双手呈送到桌上，然后向后退了两步，表示着并不敢注意这信内容的意思。伯坚将信一看，脸上不觉露出一番笑容，连忙将信再套起来，似乎这一天的忙碌都已忘却，在西平县不走是很感着意味的了。右手拿了信，在左手手心里连连拍了几下，脸上深深地露出两道笑纹来。他昂着头，脚在地下点了抖文，将信中的语气玩味了一阵，又重新在信封子里把信抽出来看了一遍。回头见听差站在一旁，笑道："你办事很不错，你叫什么名字？"听差心想：好哇，我伺候你有两天了，而且还办了一件心腹事，你居然不知道

116

我姓甚名谁，这种人也未免太糊涂了。因答叫陆才。伯坚笑道："才字虽不能当，你倒是有点儿小聪明。"陆才听到县长如此夸奖，心中不胜欢喜，便道："老爷有什么差着去做，总不敢误事的。"伯坚道："你送信去以后，见着……"声音低了一低又顿住了。陆才道："见着袁小姐的，她很高兴呢。"伯坚将眉毛皱了一皱道："明天……"说时，做出沉吟的样子来。陆才道："明天八点钟以前我就到大门口去等着，袁小姐来了，我就接她进来。"伯坚点了点头。陆才道："从前本县女界代表也常常进来的，像袁小姐这样的人到衙门里来谈公事，不论是哪一个也不能说什么话。"伯坚也不便和听差的久谈这些话，鼻子里哼着，表示一点儿厌倦的意思。陆才不敢多说什么，自走开了。

这晚伯坚听了陆才的话，把一切的公事都搁下。到了次日早上，一天亮就起来，先指挥着几个听差把卧室重新布置了一番，吩咐预备茶水点心。趁着自己洗脸时候，把胡荏子也刮了一刮，脱了军衣，找一件白的花绸长衫穿着。一到七点钟就叫陆才，另有个听差说："他已到大门口等着客来了。"伯坚还不放心，又叫这个听差到大门口去看上一看，他是不是在那里等着。另一个听差回来报告，他果然在门口等着。伯坚才放了心，于是背了手在屋子外廊檐下便步走着，要现出镇静的样子以表示并不焦急。伯坚散步了一会儿，走进屋子来，看看挂的钟已有七点五十五分了，只还有五分钟的工夫，于是走进屋子去，将冷手巾擦了一把脸，然后再走来，这五分钟却不怎么耐久，已经混了过去。心里想着她虽约定了八点钟来，然而也许她的表不准，慢了一点儿，或者她在八点钟才动身。天下约会人，没有约会得一分一秒都不差的，那么等上一等，也不算人家失信了。于是二次里又在廊檐下踱着缓步，心里可就想着："我自负很拘谨，对于浪漫人物是极力反对的，何以到了现在我就这样迷而不悟？本来呢，淑芬长得很好，身体尤有健康美。见人虽落落大方，在大方之中又带了一点儿妩媚，不是那样纯粹泼野的样子。谈起话来，她也很有层次，常识是丰富极了的，在青年里面是不容易找着的一个人才。像她这样人，又是在省城里当学生的，不料竟是没有对手方，而会注意到我。当然，她并不是为了我要做知事，因为我一见她面她就很欢迎的了。人生有这样一个女友也不枉了，而况我们还不止做朋友呢。"想到这里，不觉自己脸上泛出一道笑容，情不自禁地跟着这笑容的时间摇了一摇身子。上房中两个听差，因老爷起坐不宁，也只好跟着起坐不宁，只管把眼睛望着老爷，心想：老爷说是有女客会来，却不知道是怎样一位女客，会把老爷磨折得这种样子？及至老爷一笑，倒心里一惊，老爷莫不是疯了？

正在这时，远远一阵皮鞋橐橐之声，接着有一种娇柔的音道："就是这里吗？"伯坚猛然抬头，淑芬远远地停了步一鞠躬道："表兄，恭喜呀！"伯坚一时不知如何答复是好，笑着答应了一个"不"字。这"不"字答复恭喜，是有点儿不对的，连忙改口道："不必客气，我们也用不着客气呀。"淑芬道："原因为彼此不客气，所以我昨天都没有来道喜，今天才补贺，不算晚吗？"伯坚笑着点头道："不晚，不晚，我接受人家道贺，这还是第一批呢。"一面说着，一面将客向里引。到了屋子里，只见正中一间小客室里桌面上铺好了白布桌毯，摆了干果碟子，另外还有两只花瓶里面各插着一束鲜花。伯坚见她到来，早是抢了上前将客位上一把椅子向外一拖，然后笑道："请坐，请坐。"旁边三个听差想巴结差使都赶不上前，还是淑芬笑着将身子一缩道："这样客气招待，怎么走来还叫我不客气呢？"伯坚笑道："这不算是客气，比较那天受你的招待，我省事多了，因为那天你都是亲自动手的。"淑芬笑道："你是这里的父母官了，我们都是你的老百姓。你能够这样地招待，已经是十二分地屈尊了，我还能怎么样让你恭敬呢？"伯坚且不说什么，拿了她面前的茶杯过来，给她斟上一杯茶，双手递到她面前去。她笑着用双手伸过来接住，笑道："不敢当，不敢当。"两旁站的听差彼此对望着虽然还有一点儿笑意，然而眼光一转到伯坚脸上时，笑容便止住了。这时，淑芬问起伯坚就职以后的情形来，彼此就把话说开了。

那个听差陆才，他看了这情形觉得现在是不需要听差伺候的时候，似乎不必在这里站着了，于是他首先悄悄地离开屋子，站到门外去。当他出门的时候，向屋子里两个人丢了一个眼色，然后慢慢走远了。这两个听差，始而还不明白人家的用意何在，及至看到自己的县太爷和这位女宾说话始终有些吞吞吐吐的，他们这就明白了陆才所以不在屋子里站着，就因为这一点缘故。于是他二人也搭讪着出门去，抬头看看日影，慢慢地走了。屋子里一主一宾，他们只管谈话，是否让听差的看破了形迹，却丝毫未曾留意。及至谈到了中午十二点钟，已是吃午饭的时候。听差走到门口望了几望，又不敢打断话头，只是把脚步放得重些，又轻轻咳嗽了几声。

伯坚一回头，心里若有所悟，走出屋子来问听差有什么话说。听差说："午饭要好了，开不开呢？"伯坚哎呀一声，正想说一切不曾预备，陆才已由外面走过来说道："昨晚就把厨子找着，现在连客饭都预备好了。"伯坚自是欢喜，就连叫着开饭。淑芬更不谦逊，坦然地坐着等饭上来，吃过饭之后，二人又继续着谈话。还是为了那个曹营长又来请见，这才开始办起公来。伯坚先让淑芬等着，自到前面客厅来见曹营长。只见他手上拿了一顶军帽，一人不住地在屋子里旋转，一回头见伯坚，顿脚道："干了！他妈的！"伯坚正舒服了大半日，听了这样加重的语气，又见了曹营长黑黝的脸色罩着一脸怒气，心里大吃一惊，望了他说不出话来。他道："吹什么牛皮？牛皮能吓跑人吗？我们既然是抢到了西平，马不停蹄就应该杀上安乐去。偏是到了这里要舒服两天，看得联合军都是豆腐做的，走去就可以拿来！而今呢？吃了人家一个败仗，还有什么话说？今天赛诸葛，明天赛岳飞，就是这个能耐！"曹营长越说越气，说到最后在屋子里乱跳起来。

在军营里，一个下属言语伤及长官，那是不难处死刑的事。曹营长现在所说的话，当然句句都是骂师长，伯坚如何敢赞一词？但是听所说吃了一个败仗，这个亏似乎吃得不小，要不然他也不会如此着急，便道："曹营长得了前方什么消息吗？"曹营长且不答复伯坚，举起大拳头扑通一声在桌子上击了一下响，顿脚道："谈什么！问什么！完了！完了！败得不成样子了！"伯坚看了他的样子，两只眼睛发红，横了视线看人，一定是气得不得了，他说打败了仗一定是真打败了仗，便问道："我们这里去的人也不少，是怎样吃了人家的亏的？"曹营长将手上的帽子向桌上一扑，两手向外一扬道："哪里晓得？接到无线电说，只是到安乐县城外十五里路的地方，让敌人的军队抄上后路了，糊里糊涂打上了一仗，大概损失了一大半，现时正在向西平撤退。我来没有别的事，通知你一声，赶快预备粮秣，军队退回来了，第一就是莫让他饿着肚子。退回来很快的，今天下午不到明天一早就要到。"他说着话，故意将皮鞋在地砖上走得重重的，扑突扑突直响。伯坚心里也慌了，怕的不是打败仗，怕的是军队回来要吃的不着，又要像茶香镇那幕惨剧一样要烧杀一阵，沉吟着道："办东西吗？那怎样来得及呢？"曹营长拿起帽子向头上一覆道："我不过好意通知你一声，你爱管不管，我管不着！我还要去办我的事呢。"说毕转身就向外走了去，伯坚站着他身后送了出来时，他已走远了。

　　站在廊檐下望着他的后影，不觉发了呆。伯坚心里想着：他只说败了要退回来，究竟败到什么程度他也是不大清楚，何以一开口便是对着我说"完了，完了"呢？呆立了一会儿，陆才轻轻地走到身边一站，伯坚忽见前面有人个影，定睛看了他，正待有句话要问出来，他却站得直挺挺的，垂了目光，低着声音道："那位袁小姐请老爷去有话说。"伯坚这才想起来后面还有一位女客，哦了一声连忙走到后面来。虽然心里十二分地慌乱，然而见了淑芬女士，依然不能不放出笑容来，便从容着放了步子走进门，微笑道："我有一个不幸的消息告诉你，你不要害怕，大概我们军队败了。"淑芬见伯坚笑着进来，以为他很得意，及至他说军队打败了，心里倒吓了一跳，立刻想到联合军再要攻回来的话，伯坚的这个县知事当不是做不成功？因之脸上微微地泛出一片红晕，笑道："是哪个告诉你的话？这消息不大确吧？你们的军队是很厉害的呀！"伯坚道："确不确我也不知道。不过是曹营长接了无线电告诉我的，只是详情不知道，败了是不会假的。"淑芬听了这话，脸上是越发地红了，她原是坐着，这时不觉站了起来，望了伯坚的脸色迟疑了一会子，缓缓地道："若是败了……"伯坚道："表妹，你请先回去，我得找着各机关各团体的人先商议一阵子。"淑芬走了一步又停住了，向伯坚皱了眉道："我希望得一点儿确实的消息，你可以常常派人给我送个信。"伯坚道："那是自然。城里没有问题的，你放宽心回去就是了。"淑芬得了他这句话，心里比较又宽慰一些，点点头笑道："我就先回去吧，你镇静一点儿。"伯坚依然命陆才引着道，将她引出去了衙署。

　　淑芬走到街上，这情形和去时完全不同了，所有人家都关着大门，行人突然稀少。就是路上有几个走路的，形色仓皇，看到有位大姑娘在大街上走，都把眼光来射到她身上。她看了这情形，料着也是不好，便挨着人家屋檐下走。本来在路中间走和在人家屋檐下走并没有二样，只是心里想着在人家屋檐下走，好像便有一种保障似的。走不多路，遇到个蔬菜贩子，挑了两个竹筐子，里面稍微还有一点儿菜蔬在筐子里乱跳，这可以知道他跑脚的步子是怎样颠簸了。他看到淑芬呀了一声忽然停住脚道："袁小姐，你还在外头吗？快回家去呀！关了城门了，我刚进城差一点子关在城外头呢。"说着走近前一步，回头看了一看身后，低着声音道，"联合军又杀回来了。"淑芬手扶着人家的墙,将身子站定,因道:"真关了城吗?"那个菜贩子道:"满街的人乱跑,不都是为着关了城吗?好好的,我吓你做什么?"

淑芬一看这情形,大概真是不好,也就不敢在街上停留,加紧着脚步,一会儿就跑到了家门口。淑芬连喊了几声,守门的老者将大门打了开来,很惊讶地低声问道:"我的小姐!你怎么这时候才回来?街上紧极了。"淑芬也不曾去理他,一直向后走进,只见一班女同学都围着站在天井里,一见淑芬,大家争着问消息怎么样。淑芬道:"我在县公署里和我表兄谈了大半天的话,一点儿什么事也没有。刚才接到无线电,才知道前线有点儿不利,这是军家常事,没有什么关系的。"她如此一说,大家虽不能完全放心,还觉得并不是军队一下就冲进了城。因一部分女士有没有梳头洗脸的,都去办理这未了事宜;一部分陪淑芬到屋子里去谈天,问问她的县长表哥说了一些什么消息。淑芬所知道的,已经早告诉了她们,问来问去问不出所以然来,而且大家也以为是风声鹤唳的一种疑阵,渐渐地把战事丢开,大家问到了表兄妹的感情怎么样。一提到了男女问题,各人的脸上都带了一种笑意。淑芬是个极开通的女子,本来也不用着害臊。然而男女问题是带些神秘意味的,说的时候,也觉隐隐约约仅仅给人一点儿暗示,方才有趣。若是完全说出来,人家不用追问究竟,说过去了也就说过去了,没有多大意思。因之淑芬含笑靠了自己床角斜坐着,和她们轻描淡写地谈着。女朋友也明知道她轻描淡写地说正是感情很深,各人都笑得心痒痒的,觉得淑芬有个做县长的爱人,而且既年轻又是新人物,多么可羡慕呢!

正在这时,忽然呼哩哩的一声响,原来他们队长费雷斯由外面走了来,站在天井里吹集队的哨子呢。这费雷斯是个美国人,原是救世军里一个上校,在红十字会里他也是个重要职员。因为红十字会组织救护队到西平之后,虽然知道红十字会是不会遭任何方面敌视的,然而防备万一起见,就拉了几个西洋人参加此项工作,倘是军人要不讲理起来,就让外国人出面来交涉。西洋人黄头发、高鼻子、蓝眼睛这都是好的标记,中国军人一见之下,就会知道不是同胞,可以慢慢地讲理的了。这个救护队女看护班里,就是费雷斯的领袖。他一听到外面不好的消息,赶快就跑了回来向大家报告。当他将哨子吹了一声之后,大家也明白是队长到了,这就像失哺的婴儿忽然听到母亲叫唤了一声，大家在极愉快之下一阵风似的跑到了天井里，将费雷斯团团围住。他手捧手地两手环抱在胸面前，两只脚却不住地在地下点拍着，眼光周围一扫，望了众人，直等人都到齐了，然后才道："诸位知道事情很危险了吗？我想这个地方靠近了大街，恐怕不大稳便，依着我的意思，不如大家都搬到福音堂去，那里的牧师是我的好朋友，一定可以收容的。但是要去就快些去，去晚了地方就会让别人占去了。我刚才和几个西国人在城墙上望着，离城十里远的东关镇已经失了很大的火，半边天都是烟雾了。"

这些女士刚刚有点儿安心，听了这话大家又复面面相觑，人丛中也不知谁发了声，突然一句哎呀叫了出来，费雷斯道："不要惊慌，上次同盟军攻城的时候，我和几个西国人和你们把守了大门还可以无事，这回躲到福音堂去，更是太平的。你们只要快快去收拾东西就是了。"大家听了这话，各人奔回自己的屋，站在天井里就只听到屋子里啪嗒啪嗒一片收拾物件之声。只在这时，半空中轰通一个很沉着的响声，这分明是一声大炮，若是城外没有什么变动的话，这炮声是不应该有的。因之大家带着苍白的脸纷纷地乱跑，有的忘其所以，抓着费雷斯的衣袖连连问道："是打起来了吗？是打起来了吗？"费雷斯微笑道："我并不是你们中国人说的千里眼神仙，我和你们一样同在家里头，是不是打起来了我哪里知道呢？"淑芬一只手提了只路菜筒子，一只手拿了一把茶壶，奔向费雷斯道："我们快上福音堂去吧。"言未了接着轰通一下，又是第二响。这一响更厉害，不知弹落在哪里，窗户的玻璃震得咯咯作响，哗啦一声，淑芬手上的茶壶向地下一落，砸了个粉碎。在她这茶壶一砸之下，同事的女朋友们以为是炮弹落在天井里，大家喊着、哭着，纷纷乱跑，屋子里的人向外走，屋子外的又向里走。淑芬一手提了路菜筒子，一手拉了费雷斯的衣袖只管要他跑，费雷斯笑道："姑娘，你就是要走的话，你也收拾好了你自己的行李去。"淑芬道："我不是带着自己的行李？"说着低头一看，才醒悟过来，笑道："我这人真有点儿发昏了，这是我捡着向篮子里放的东西，怎么会拿在手上呢？"费雷斯道："姑娘，你是个有名的女英雄呀，难道说这一声炮就会把一个女英雄吓慌了吗？"淑芬听了这话脸色红了，立刻将胸脯一挺道："我有什么可怕！我不过忙着要走罢了。"

这时，有一个炮弹轰轰作响掠空而过，淑芬极力挺着胸脯子，身上的肌肉依然还是抖颤了一下，在她那长长的睫毛里，可以看到她那恐怖的眼珠似转动不转动，神经分明是受了刺激了。费雷斯便昂着头道："各位姑娘，行李收拾好了没有，可以各人挂上自己的名片，然后我派人来搬。我们各人还是站队到福音堂里去。"女士们听了这话，没有一个答应的，淑芬头一仰，头上的短发往上一掀，接着举起右手来在空中摇了几摇，用高嗓子喊道："我赞成！我赞成！"费雷斯笑道："既是赞成，大家就排队吧。"他说着又吹了一遍哨子，然而这些女士拥挤在天井里，只是问军队到哪里了，城里要紧不要紧，问时都抢向前一步，抓着费雷斯说话。费雷斯尽了力量，将这个劝回了队，那个又走上了前，闹了许久，依然是纷纷乱乱地站在天井里。他也觉得没有法子将这些姑娘约束住了，只得向前走着，伸手在空中一招，让大家跟了他走。这些姑娘也没有细考量，好像城外的炮子正是对着这一幢房打，只要逃出了这幢房子就可以避免了战祸了。因之费雷斯在前面一跑，大家也就跟在后面一窝蜂似的拥出了大门口。

这里到福音堂路并不远，仅仅只隔一条小街，所以大家在费雷斯身后跄跄踉踉走着，并不多久已经到了福音堂。有几个胆小的，仿佛这一步向前就到了天堂福地，殊不料只一脚跨进大门，又是一声大炮响着升了天空，跑进门的几位又回身跑了出来。费雷斯两手横着，在空中上下摇动，叫道："哪里去？哪里去？这不是到目的地吗？"有人皱着眉问道："我看这里也不大妥当的呀！"费雷斯笑道："要想连炮声也听不到，只有逃到五十里路以外去。但是现在也来不及了，快进去吧，这里比较是个平安的地方了。"他这两句话自然也提醒了不少的人，大家向前一拥就一齐拥到大门里面去。当大家走进大门之后，那城外向城里攻击的大炮放得是格外的猛烈，一炮跟着一炮，其间竟相差不到五分钟。当同盟军攻击西平的时候，大家未曾尝到过这炮火的滋味，先还不知道怎么叫惊骇，直到城上城下交战了，这才大家围守屋子里。现在到了第二次，回想上次炮打屋子，以及流弹伤人的事情，觉得样样都可以寒心了，这样一来大家所恃生命的保证的福音堂，也觉得有些靠不住了。于是不问高低上下，纷纷地向各屋子里乱躲。到了人家这里来做客，未见主人的面就向人家里乱钻，这未免太不客气了，急得费雷斯只管在大家身后乱叫乱跳，然而这些姑娘都是忘其所以地望里面走，哪里听得后面有人叫？都全走进去了。

这时城外面的枪炮声向城里的天空上阵阵加紧，几乎是一响连着一响，把沉寂忧闷的空气都震动得有些荡漾起来。那高空的太阳不是强烈的白光了，乃是一种淡黄的影子，半空中好像是轻轻地布下了一层烟雾，令人感觉得这城里的空间越发是惨淡了。淑芬原是走进屋子里面去了的，后来一回头看到费雷斯还站在阶沿下，他却向了人点了头笑，那意思好像说："好一个女英雄呀！"淑芬转念一想，由城外打来那些炮弹，不见得不偏不斜就打在自己头上，因之也挺了胸脯走到阶沿外，向费雷斯一点头笑道："情形紧张得很啦，怎么城里不向城外边放炮呢？"费雷斯道："我听说城里只有几百名兵把守了，堵一个城墙角也堵不住，怎么向人家回炮呢？"淑芬道："守城的兵是这样的少，恐怕人家不久就要攻进城了。"她说着话，见费雷斯并没有什么感触，也就跟着将胆子放大了起来，站在院子里和他谈了下去。这里的牧师为了费雷斯的面子，对于这些女士格外殷勤招待，将这些人分别地安顿在各屋子住了，一面吩咐茶房预备茶点。

　　在如此周旋之间，也不过消磨了两小时，那外面的炮声已变了连珠不断的枪声，由远而近。到了最后这枪声渐渐逼到福音堂门口，那枪里的子弹唰的一声又唰的一声在屋顶上飞舞，令人毛骨悚然。淑芬原是在客堂里和人家谈闲话，自从这枪子声发生以后大家都不谈话了，彼此怔怔对望着，犹如木雕泥塑的偶像一般。因为大家是静静的，这屋头上的枪子声更是其声呼呼，清晰入耳。那枪子响一下各人心里就扑突突跳上一阵，然而心里虽然跳着，身子就格外觉得稳定，一点儿移动没有。有几粒子弹真个落在屋上，打得瓦片啪咤一声响，大家听了这声音都吓得身子向外抖颤，有几个人手扶着椅子靠，那汗如泉涌一般将手黏住了椅子靠，好似吸铁石吸住了铁块并拢一处了。淑芬坐在许多人当中也是木雕泥塑的一个，还是费雷斯在许多人面前乱着手招呼道："不要害怕，不要害怕，大家靠了墙低低地坐着。"他把话这样说了，这些女士格外害怕，有几个人不但不向低处坐，倒反而向高处坐。大家这样静静地坐了半天，不知道吃也不知道喝，枪声算是慢慢止住了。

　　美国人都是好奇的，这里的牧师和费雷斯都是美国人，听了刚才外面的枪声料得联合军已经进了城。城里现在闹了一个什么情形，倒是很值得调查的。战城之中虽然危险，好在中国军队已经养成了一种习惯，无论对内怎样凶暴，一见了外国人立刻软起来。因之牧师和费雷斯一商量二人就大着胆子一同走上街来。到街上一看时，家家敞着大门，虽然有几家也关着门，那门都是残破不全的，在外面总可以看到里面一种狼狈不堪的情形。满街上三三两两的兵士拥着枪、挂着刀，手里拿了东西，或是包袱，或是提箱，总是一溜歪着走着。那些士兵身上的军衣，由灰色变成黑色，左一块泥渍右一个窟窿，不成个样子。帽子总是向一边斜戴着，绝妙地在右边脸上或在左边脸上总挂着一块毛巾，恰是半边脸盖着，半边脸敞着，这种作用据说是为了军人在太阳地里走脸上未免晒得痛，这个是挡了阳光用的，围着舒服，也就顾不得难看。更有些士兵不戴帽子，索性将毛巾盖在头上，两边各垂下遮着脸。上身的制服前胸一路敞着纽扣，露出胸面前一大条黑肉，那束腰的皮带卷了两卷却在手上拿着，因之制服虽短依然不贴身，在身上晃荡着。

牧师笑对费雷斯道："中国的事情，在西方人来看是不能用常理去推测的。你看看，这样的军队在中国居然能够争城夺地打起胜仗，怪是不怪呢？"费雷斯还没答言，迎面一个人抢上前一步，伸手取下帽子和牧师一点头，两手捧了帽子正待要拱拱手，一见牧师伸出手来他又改着和他握手。费雷斯一看，这人长衫之外又套了一件纱马褂，倒是绅士一流，走起路来衣服飘洒着倒很有些彬彬之风，不料他行起礼来却是如此中西并进。看了正有点儿笑意，那人回身来却向他深深地作了一个揖笑道："这不是红十字会里费雷斯先生吗？久仰久仰。"费雷斯是深知中国人习惯的，人家如此说了一番景仰的话，不能不敷衍人家，便问他："贵姓？"那人听说，连忙在衣袋中摸索了一阵，摸出一张名片来，连点头和鞠躬将一张名片伸手交给费雷斯。他接过来看时，右角上果然不少的官衔，最可注意的却是西平县商会会长一行，正中印着"易泰安"三字。费雷斯道："哦，原来是商会长，今天受惊了。"易泰安眉毛一皱，口里一吸气道："我正为了这事踌躇，现在满地闹得一塌糊涂，再不想法收拾，百姓恐怕会生变的。现在进城的是个团长，一切都不负责任，也不知道他人在哪里。听说这支兵是何旅长的部下，何旅长现在东关，非去求他赶快出一张布告安民不可。只是兄弟人微言轻，说话不能发生效力，我想……"他说到这里脸可就望着牧师，笑着一拱手道，"我想请二位先生和我一路去辛苦一次，虽然这是我们中国人自己打自己，但是要请二位慈悲为怀，救救这满城的百姓。"牧师向费雷斯操英语说道："这位会长并不怎样看得起我们，要我们去说话，他是知军人不会和洋人为难的，要我们两人去和他做保护人的。"费雷斯笑道："虽然他利用着我们，我们也可以利用他去见见那位何旅长，好在救人的意思我们彼此总是一样的。"牧师听说，就笑着和会长一点头。

只在这时，左边旁角落里几个黄白胡子的老人长袍马褂的迎上前来，离着好几步路远远地就站住了，好像疑心外国人身上有什么武器不能亲近似的。牧师也学着中国人和他一拱手，大家通过姓名。其中最可注意的一个是传道社的社长吴道基，瘦瘦的脸儿，一把白胡子直撒到胸前，把马褂纽扣上挂的一个捻锦眼镜盒盖了大半截，那年岁在七十以上了。还有一个却是道人打扮。头发向头顶心里一盘，梳了一个钻天髻，在额头之上用蓝布条勒了一个发箍，又黄又干的一部连鬓胡子，也垂下来盖过了脖子；身穿蓝道衫，足下穿着云头红鞋，一双长腰大布袜子，直套到膝盖。这两个美国人虽然知道中国有这种宗教，却是未曾接近过，不知究竟是怎么一回事。现在和这位道人打听，他又不是一位宗教家，乃是本县孤儿院和济良所的两处总办，名字叫赖忠国。这分明是一位带有政治意味的地方绅士，何以弄成这副形象？尤妙的是他的手上却拿了一柄长锋的雕毛扇子，轻轻地、缓缓地在胸面前扇着，扇得那干黄的胡子一闪一闪。费雷斯一双眼睛只管对于道家打扮的双料总办看着。当时他首先上前，向二位美国人拱拱手道："二位到哪里去？我们一路出城去看看好吗？"这样问话，若用英语直译出来，未免是加倍的不客气，好在二位美国人都在中国多年，中国人的习惯完全知道，并不以为怪，只和他点了点头。于是这位赖忠国先生道貌岸然地就飘着两只大袖子在一群人前面走着。

这西平县城里本来就让军队糟得不堪，加之今天这一次大闹，更是十分惨淡，要找轿子、车子，一律没有，大家只得委屈一点儿排场，步行出城。在城里所见的不过是家家关门闭户，还没有什么重大的刺激，一出城来，首先所看到的便是一片瓦砾场。靠着护城河两岸，多处烧焦了的房屋架子歪歪斜斜地秃立着，那屋架子下面兀自青烟袅袅不断。走过吊桥，一条村街上，只有铺面的土墙带了焦煳的烟痕，此外屋顶和木制的门窗一齐烧却。一两幢完好的房子，在这些东倒西歪的房子中间，也是寂无人影，更现着惨淡。他们整整走过一条街，并不见人，街上有个小财神庙，只墙上捣了几个窟窿，其余尚完好，庙门口有个人坐在台阶上靠了墙斜躺着。

吴道基道："嘿，居然看到了人，这个人的胆子也就算是不小的了。"费雷斯跳上前两步，近身一看，呀了一声道："这不是活人，死过去不少时候了。"大家听了都挨了上前，只见那人胸前让紫血染成了一片，已经都结成了薄膜了。那人两只手都抓入了地土，将土抓得很深，再看他的脸上虽然惨白，然而咬齿咧着嘴，可想当时痛之深了。

　　大家围看着叹息了一阵再向前走，一路之上还有几个零碎的庄村，都是跑得一个人没有，所有人家的大门都是紧闭。有的破出一个窟窿的，便看见门里面几块大石头或者大木料，紧紧将门抵住着。走了十几里路，除了庙前死尸而外，并不看到有个人影，偶然一两条野狗在摧残过的空屋前蜷卧着，也有些鸡鸭零落着在路上找食，这就更觉得这些地方的惨淡了。然后走到三岔路口，一棵大树掩护着四五户人家，这里更是不堪，所有的屋顶一齐坍了下来，只在几方突立的土墙和几扇大门上，可以分出这是门户。那高入云霄的冬青树也倒了一枝大树干，横卧在一堵半倒的土墙上。这墙过去，有一块完好的白粉壁，上面写了"油盐杂货"的大字，原是一家乡店。店门倒了，墙是好的，上面倒贴有一张新糊的告示。那告示是白话，正对乡下农民而发。上面说：

　　老百姓们：

　　　　你们受贪官污吏的压迫到了极点了，我们救国联合军不忍坐视，所以联合了许多忠又有为的同志，拥护龙巡阅使为讨贼总司令，兴师讨贼。一来是为老百姓解除痛苦，二来也是另谋政治建设。本军救民到底，任何劳苦在所不辞。但是我们行军，不便携带现洋，所到之处，暂使用军用票，不折不扣，准其纳粮完税，与现洋无二，所望老百姓们本军民合作的宗旨，一律行使。若有刁民故意推诿，显系破坏军需，当按军法办理，绝不宽贷。

　　　　　　中华民国×年×月×日救国联合军第三师第六旅布告

　　这种地方，有了这样的布告，是值得大家注意的。所以一行人的目光都不约而同地射到那张告示上去。费雷斯是不大认得中国字，好在老先生们看文总有一种习惯，眼里看到口里非念出来不可，这一行人中所有中国人差不多都是老先生，在告示之下就有好几个念着的。费雷斯听到，心想：布告贴到这种地方来，却不知是让谁去看？就有军用票，又到哪里去行使？因笑着告诉了吴道基，吴道基笑道："二位不知敝国的情形，向来是文治武事并用的。假如是王者之师，不必打什么仗，对于疆土向来是传檄可定。'传檄'二字，二位或者不解，就是做了一篇吊民伐罪的文章，让人传到敌人那方去。古者，无邮政局也。"他说着，一手摸了胡子，一手伸了指头向空中画着圈圈，意思是要表示他胸中渊博，然而这两位美国人始终不曾了解这一番解释与墙上的布告有什么关系。还是牧师笑道："自然是这张布告没有白贴，我们不是都看到了？"这一说，大家都笑了。

顺着大路又向前走，只有一里地光景，更看着奇怪了。原来这面前的稻田已经践踏得精光，所有田里面生长将熟未黄的稻秆一齐割光了，连一棵树木也不曾突立在眼前。四周一望，全是光光的大地，只有间隔田亩的田埂纵横画着线条，可以看了出来。吴道基哎呀一声道："这是什么作用呢？若说是把稻割了去吃，这树木砍了去做什么？烧房子、拿东西在所不免，就是践踏禾麦也是战场上所有的，但是何以弄得这样光？"易泰安是个有新知识的人了，便笑道："你老先生猜错了，这是联合军有飞机，开辟飞机场。"费雷斯道："还不是的，若是做飞机场这面前一些田埂都要平去的。据我看，一定是军队在前面挖了战壕，砍了前面这些田禾树木，是省得敌人有了隐蔽物。那么他们藏在战壕里，眼面前却是光的，这里有军队上前他看得清清楚楚，就是一只狗、一只鸡在这里走，他也可以不动声色开了枪打过来，而且瞄准了打个正着。"

他倒说得很有味，吴道基如有什么新感触一般，掉转身来向后面就跑。他这一跑大家跟着也跑，跑了有半里路，前面有条干沟，就向下一跳。他的衣服既博大又跳得太猛，脚绊了下摆，扑通一声向沟里一滚。他这样一滚，其余的人却不能也跟着他一样地滚，因之都站在干沟上面看着他发了呆。还是赖忠国拱拱手问道："吴兄，你这是什么用意？受了惊了吗？"吴道基抬头一看，所站的人都像没有什么事情，这才答道："对面没有人放枪吗？这一下子可把我吓掉了魂。"大家这才明白，是刚才费雷斯一句比方的话把他吓成这个样子，他之跳到干沟里来，原来是躲避子弹。易泰安笑道："吴兄，你误会了。刚才费先生所说，是譬喻了这样说，并不是人家对了我们开枪。"吴道基站在干沟底下，扑了扑身上的灰土，然后爬上沟来，正色道："这不是开玩笑的话呀！费先生说，只要是走过来一只鸡、一只狗都可以看见，那么我们这样一群人走上来，岂有看不见之理吗？千金之子，坐不垂堂，有道是明哲保身，我们出来为民请命，不能自己倒先去了命。"他如此一说，除了两个外国人而外，大家都不免有些胆怯，站着不肯动了。向前看看那一片大地之外，隐隐约约有些房屋的影子，也许那就是联合军的营房。若要去见军事领袖，不能不穿过这一片大地，真个让人家由毫无遮蔽的所在放出枪炮来，那是九死一生的。在大家如此思想之下，当然都不肯向前。两个外国人也不明白他们的用意，也只好站着。大家正犹豫间，只见阳光之中就地飞起一道尘烟，由远而起，滚将过来，大家都不知是什么原因，更是呆了。那一道尘烟旋转得极快，不要多时已经拖得很长，而且向空中逐渐膨胀，占的空间很大。在这恐惧的空气中，更引起人的好奇心了。要知此系何物，下回交代。

第七回

兄弟阋墙操戈招外寇
风云变色掷弹炸危城

　　却说大家所惊异的那一团灰尘越滚越近，及至到了近处一看，原来六七名骑兵打着马直冲了过来。大家一见都呆了，不敢说话。那几名骑兵来了并不下马，绕着这群人团团地跑了一周，那几十只马蹄哗啦哗啦将土爬踢得掀起了多高，声势非常吓人。就是两个美国人杂在许多人之中，也觉得手足无所措，不知如何是好，直等那群马队停止了，骑兵手上拿了枪跳将下来，一窝蜂似的上前。然而在他们抢上前之时，已经看到有两个高鼻子、蓝眼睛的外国人在内，就不是像以前那样子鲁莽，大家从从容容地慢慢向前。

　　易泰安究竟是个有新知识的人，不像那几位那样胆怯，就向费雷斯、牧师拱拱手道："我们是县城里的绅士，来见这里旅长的，请二位和这些老总说说吧。"费雷斯一想，这倒奇怪了，你有这样几句话，何以不直接去对大兵说倒反来告诉我呢？正要说时，那几名骑兵倒用不着他们如此绕了弯说话，便道："你们既是来见旅长的，就一直向前去见旅长得了，何以刚才走上前又回头跑？"易泰安拱手连说两声"是"，然后才道："因为我们有两位同伴落在后面，回头找一找。既没有到，大概是不来了。"骑兵里面有个人走向前对各人要了一张名片，和外国人笑嘻嘻地点着头道："请你随着我们去，我们一定好好保护。"说毕，向几个中国人变着脸喝道，"你们也跟了走。"有两个骑兵看见外国人是步行，骑上马去引着似乎不大恭敬，因之手上牵了马缰绳只在大家前面步行，未跳上马去。那些上了马的骑兵，看见同事走着路，也就不好意思骑在马上，一个一个陆续地跳下马来。吴道基一行人看到倒有些莫名其妙，为什么一会儿骑上马去，一会儿却又跳将下来？难道这是一件礼节吗？只是就算是礼节，大家也不懂如何去答礼，只得由他。一行人跟着这群骑兵走，没有一个人敢说什么的。经过了那平原大道的中间一段，眼面前有了树木人家，这才到了旅司令部所在。

这个旅长伍连德是个行伍出身，青年的时候在随学堂当过一期学生，后来又挑选了讲武堂将士班，所以他出身虽是个大兵，肚皮里头和平常人不同，很有些春秋。这回他打听得同盟军一阵风似的去打安乐，他并不去救安乐却来攻取西平。攻得西平之后，知道同盟军还在城外，不敢全部入城，只调了一团人城，遥为掎角之势。至于军队在城里那样活动，闹得十室九空，却是他一种策略。因为他全靠了这一点鼓励军心；进了城的军队大得油水，这未进城的军队自然有些不服气，他又许他们攻击第二个城池，让他们上前，在驻军附近的村庄，也依旧许他们搜刮。而且发起饷来，在城外的军队要比在城里的军队多发一点儿。所以他手下的弟兄们军纪、风纪尽管坏到了极点，论起义气来，是比别支军队要高明得多的。伍连德虽是在城外，他城内的弟兄们干了一些什么如何不知道？城里的绅士们要到城外来请愿，他也早已料到的。今天他在望远镜里看到，有一群长衫先生顺着大路前来，就料中十之八九，赶快派了骑兵追上前去调查虚实。

这时大路上已经有不少的兵士回去报告，等到这些绅士走到旅部门口时（这里是人家一所宗祠），大门外两面分开站了两排背枪的卫兵，而且有两架机关枪架子架着，昂起枪头，枪口朝着来路，令人望到不寒而栗的。引路的骑兵对着外国人道："你二位屈尊，暂等一等。"说毕，见易泰安和赖忠国走向前了一点儿，就一瞪眼道："你们忙些什么？这种人不人鬼不鬼的样子，看了就会让人家生气！"易、赖二人一看这里门禁森严的情形，哪里还敢说什么？就站住了不敢动，这骑兵进去了一会儿另外换出两个大兵来，带着一群人向里走。到了宗祠的礼堂上，正中摆了一张四仙桌子，桌子后摆了一把太师椅，旅长伍连德意气轩昂地坐在那里。桌子下左右分开列着两行板凳，板凳外更排列着两班带手枪盒子炮的卫兵。他看到这班人来了才站起身来，首先迎着费雷斯和牧师握了两握手，请他二人坐在板凳上。等他坐好了，然后才掉转脸来就对着几个中国人道："你们坐下。"说毕，他走回原位子去，将椅子挪了一挪，挪得斜对着两个外国人，他首先开口道："城里到这里来老远的，但不知二位前来有何见教？"

费雷斯一想，这话奇了，来这一大群人怎么会是"二位"呢？不过他既然说是"二位"，似乎是把中国人不算在内的，就以"二位"的资格和他谈话吧，因正色道："路实也不远，就是远，我们也不得不来一趟。现在西平城里闹成了一种什么情形，大概贵旅长还不知道吧？"伍连德望了他道："有什么情形呢？这一节我倒不知道。"费雷斯道："现在城里的人家，不分是哪一界的都被抢了，虽然在这新旧军队交替的时候，不知道是哪一方面军队干的，但是现在要恢复秩序，就非借重贵军不可。所以我们不怕冒犯，特意来请愿。"伍旅长望了二位外国人，心里正在打主意，应当是怎样的答复，忽然听得有人冒出一句"是的"两个字来。他一回转头来，却看到一个乔装打扮的老头子，两手按了膝，昂了头正着脸色，向正面桌子上看了来。他一猜就明白是这位先生发言，向他浑身上下打量一番，微笑道："你姓什么？"赖忠国听他如此说话，一肚皮不高兴，心想：自古成大事者必须礼贤下士，容纳人才，像他这样一点儿礼貌没有来对付文人，还有什么人才肯为他所用？不过他心里尽管如此不高兴，嘴里可不能将这句话说出来，而且还得敷衍他，免得他动气。于是笼了大袖向他连拱两拱道："鄙人叫赖忠国，向来在西平城里做些慈善事件，这次大军吊民伐罪到了敝县，敝县子民本当箪食壶浆以迎王师。无如在城里的曹营长，既无我将去之之言，且有困兽犹斗之意。子民等向日有心，返戈无力，奈何奈何……"

伍连德虽然看过几页军事讲义，向来不曾到孔家店去讨过墨水，听了这一套似懂不懂的话，皱了眉抢着向赖忠国隔座的易泰安道："乱七八糟！他说些什么？"易泰安道："伍旅长来了，全县都很欢迎的……"伍连德抢着道："欢迎我，我就来了，承你们的情。这样一说，你们相信我们的弟兄，当然知道城里的事与我们不相干，就算是我们弟兄干的，你不是很欢迎吗？还有什么话说？"易泰安真不料和赖忠国文言对照地说了一遍奉承话，倒奉承得碰了这样的大钉子！这个钉子让私人碰了很不算什么，只是这一群人为民请命，是希望伍连德赶快约束他的军队，现在既是欢迎他的军队，还要约束些什么哩？因之一个人不作声，大家都不能作声了。牧师一看他们的情形，知道是说僵了，反正外国人是不怕什么的，就向伍连德道："本来贵国的事我们西国人不应该多嘴，只是这一颗仁慈心无论中外那都是一样的。我们住在西平城里，看到那些老百姓家里糟得一塌糊涂，这种事贵旅长大概是不知道，我们不能不说一说。而且这城里头也有许多教民，和我们基督教是有关系的，他们很希望我们出来能说几句话。就是鄙人也有一份家眷在城里，万一连累到了舍下，那我们要办交涉的。"说时，脸色一沉。

伍旅长一听说外国人要办交涉，先软了半截，笑道："这个请你放心，我们的军队无论开到什么地方，第一条就是保护外侨生命财产，我想我们的军队绝不至于侵害到外侨方面去。"费雷斯道："贵旅长虽然是这样地说了，但是有什么保障呢？西平城里头现在闹得那样乱七八糟，除了每个兵士自己相信他自己而外，无论哪个不能相信他们不闹的，我们今天来请愿，是一番好意，请贵旅长不要误会了。"伍连德就怕的是外国人捣麻烦，偏偏今天来了一群人，只让两个外国人说话，闹得简直没有转圜的余地，因道："是的，是的。二位来的意思我很明白，我立刻下命令到城里去，不许他们再乱动。"牧师道："就是贵军队不侵害我们，我也要打电报给我们的领事。"伍连德哎呀了一声站起来，连连摇着手道："这件事请你千万从缓。"牧师微笑着回转头向费雷斯望了一眼，然后再回头向伍连德："既是如此，我有一点儿小小的要求，就是我们福音堂里住了不少的人，伍旅长得和我们保护。"伍连德点着头道："当然！回头我派一哨弟兄带了我的大令去，在贵堂门口守卫，有哪个敢去？"牧师道："伍旅长有这样的好意，何不索性让人带了大令查街？那么，全城都平静了。"牧师说着话眼睛可就望这班请愿的中国代表，心想：你们来请愿的，怎么只让外国人说话，自己一点儿都不作声？

这些代表似乎也明白了，趁着这个机会赶紧要接下去，还是易泰安胆子大些，就站起来道："若是照美国牧师的话这样办，全城的人都感旅长的大德。"伍连德一见他站起来说，刚才受着外国人的那份委屈，恨不得就要在他身上发泄，不由得瞪了一双大眼睛向他连看几眼。易泰安站是站起来了，默然坐下去，那有多难为情？可是要接着向下说，又怕碰了伍连德的钉子，他还是找他唯一的救星，去靠外国人。于是轻轻咳嗽了两声，低着眼皮道："街上还开有几家东洋店，是卖药的和卖鸡蛋糕的，说不定……"伍连德道："真有几家东洋店吗？你为什么早不说！他们店门口有什么特别的记号没有？"他现在说话不是那种凶恶的样子了，满脸布着疑云，似乎添上了一层心事。易泰安道："他们挂有太阳旗，字号上也写有'洋商'两个字。"伍连德点了点头，脸色和平了许多，似乎胸中又落下一块石头，因道："那就不要紧，我的弟兄们向来就不连累洋商的，大概不至于有什么意外。既是有东洋商人在街上做买卖，我就依照你们的话，用大令查街。我伍某虽然打了半生的仗，但是爱护老百姓的事并不低于哪一个，只要办得到的我总是办。"

易泰安道："还有一件事要陈明旅长，自从这边军队到了城外，原来的曾知事只到任一天，已无踪影了。现在城里办善后、军队办给养，总得有一个县知事出来主持才好。"伍连德笑道："办什么善后？仗还有得打的。辛辛苦苦地忙了一阵子，几响大炮又轰个干净，迟完也是完，早完也是完，管他做什么！倒是军队给养要紧，总得找个人出来主持。我这里是没有人去干这种事，你们县里绅士公推一个人出来干就是了。"易泰安道："这个时候恐怕没有人肯出来担任。要开会公推也费事，只要旅长一句话，人就派定了。"伍连德听到时，眼光只在易泰安浑身打量，笑道："既是只要我一句话，你就去干吧。你干商会会长，民情就很熟悉，筹款更不必说。你又认识外国人，外交也好办。越说你越近，就是你去办吧，只要你能给我办事，哪个要不服你，我和你抱着腰。再不然，我派军队保护你上任都可以的。"易泰安一想，这更不像话了！彼此一点儿缘由没有，何以要他派兵保护上任呢？一个商会会长，倒像是伍旅长的走狗了。伍连德见他只管沉吟着，便笑道："你干吧！做个知县不比做商会会长强吗？我就讨厌那种不识抬举的人！"说时，睁了一只眼睛向易泰安板着面孔。易泰安原来就怕军官，加上伍连德又是翻着凶相，格外怕人。这时，两旁站的卫兵挺了胸，手扶胁下挂的盒子炮，只要一动手，就可以拔出枪来打人，假使伍连德说一句"把他抓下去"，也许就在这祖祠堂前会送了八字。因是口里哼着几个"是"，不敢答应什么。伍连德一面站起来，一面向这些请愿的代表道："就是这样说了！你们回县城去安居乐业吧。"

这些代表一想，来请一趟愿，算是得了"安居乐业"四个字的好话。再要跟着向下问话时，他已走出了他的座位，大有送客之势。旅长站着，大家不能坐着，也只好都跟着站了起来。伍连德伸着手和两个外国人握了一握，然后向他们点着头笑道："在行军的时候，什么东西也没有，我抱歉得很，改天我到城里去了一定过去奉看。"两个外国人也明白，他口里虽然不说送客，事实上已经要驱逐客人向外走的了。外国人对于应酬上向来是无所谓客气的，既是主人都要送客也就不必留恋，竟在各代表的前面走，这些代表见外国人都没话说，谁又敢再多说句话？竟齐齐地向伍连德鞠着躬，先退了两步，然后一路出去。走出了大门，有一个骑兵骑着马，又牵了两匹马过来，说是："旅长的命令送两位外国先生进城去！"两个外国人本觉得走来走去太吃力，中国人对外向来是礼让为国的，那就骑着马先走吧。因是向几位中国代表看了一看，各骑上马去加上一鞭，马蹄嘚嘚顺着大路一直向前而去。这几个中国代表倒也不以为意，只觉外国人是应当受优待的，假使他们也做了旅长，有招待外宾的一天，也少不得是这样待遇的。

大家静悄悄地走过了那一片草木削光的平原，回头已看不到伍连德的旅司令部了，吴道基首先就向易泰安一拱手道："恭喜！恭喜！老兄台马上就是一县之长了。"易泰安刚才在伍旅长面前觉得县知事不易为，不愿答应，现在吴道基一恭喜，脸上立刻有了笑容，其余的一些朋友，也都附和着围住他恭喜起来。这一下子他更是有兴致了，脸上笑嘻嘻地挺了胸脯子走路。这一群人，和来时的形态不同，现在没有外国人从中拘束，各人有谈有笑，一路颠倒着走回城去。他们心里都如此想着:有了伍连德的命令，城里已经不会有事了。加之做县长的又是自己的朋友，城里更是政权统一，可以内外齐心地干。

等着大家到了城边，不料事情大大出乎意料以外。那城门外一条大街已经站满了兵士，那兵士身上虽然穿着联合军的服装，然而手臂上围了一块黄布，黄布上写着黑字。有的写着"维持防地"，有的写着"保护桑梓"，各人都拿了枪，背了满盛着子弹的子弹带，而且枪上各加上了明晃晃的刺刀，兵士的身上充满了恐怖的杀气。大家一见，心里便吃了一惊，这又是怎么一幕戏？正这样想着，迎面的粉墙上高高地刷贴了一张告示，街上过往的人很是稀少，那告示下面也就只站有两三个人在那里看着，而且还不时地回转头来，探望这些兵的形状。吴道基这群人一见街上的情形又比较地紧张，兵和告示似乎也不是伍连德这一方面的，这总是可研究的一件事。于是大家一齐走到告示下来看，那告示上写道：

联合军第二师师长霍为布告示

自我军兴师以来，河东各地群起相应，戡定全境，指顾间事。日前贼军乘我东顾之际，突施狡计，袭我西平。本师长方驻节安乐，前伐省垣，一时调度未遑，遂致失陷。幸得将士用命，天不佑贼，禾及旬日，仍告克复。现贼军虽退，肃清余孽、抚恤流亡，乃本师长职责所在，义无旁贷。若有人昧于大义，侵入防地，则是鼠窃狗偷之徒，上无以对龙巡阅使吊民伐罪之心，下无以慰父老箪食壶浆之望。而对于本师，亦失同袍敌忾之义，定当鼓励士卒，相与周旋，投之豺虎，以示不复。凡我军民，务各镇静，勿为所愚也。特此宣布，咸使闻之。

这一班代表对于别的事情有所不知，若说研究国文，这班人都是十分在行的。大家一看这告示的语气，并不是对付同盟军，却句句对付联合军的伍连德。他们都是龙巡阅使手下的人，同戴着一个头儿，要夺取河东省这就无论是哪师、哪旅占住了西平都没有关系。何以霍仁敏对于同盟军不过如此，对于伍连德的军队倒很有欲得而甘心之势呢？大家在告示之下各个打了一个照面，大家虽然不说什么，然而脸面上都充满着犹豫和恐怖的意味。回头看看街头上排岗的兵士们，虽不曾动嘴与动手，然而他们脸上都各有一种杀气。易泰安故意装出那不在乎的样子，向吴道基微笑点着头道："今天天气总算不坏，散步散步也好。"吴道基道："就是天气不好，我们红十字会里的事总是要办的。做公益的事，哪里能够图什么舒服呢？"他们彼此说着话在街中心走，可是那声音却故意送得远远的，让站岗的兵士去听。而且各人的眼睛都不住向两边睃着，看看兵士们是不是相信这些话，若不然要知道是从伍连德那里请愿回来的，不难拿着当奸细办去。因之大家面子上尽管是大大方方地走路，心里可都扑突乱跳。尤其是刚到城门口一段，满布着兵士，兵士相对立着，仅仅中间让出两个人经过的道路。大家心中都捏了一把汗，脚步慢慢地缓下来，缓得只管提起脚来人却依然是站在原来的所在。

易泰安还算聪明一点儿，心里想着：若是这样的走法，分明是表示做贼心虚了。这倒不如放大了胆，自己领着这班人前进为妙。于是毫不犹豫地就走进那条兵巷。那些兵士对于他们那犹豫不前的样子，原是有些注意，后来他们走到身边倒不在乎，只管让他们走上前。在后面的人看到前面的人平静如常地走了过去，料是无事，大家也就紧紧地跟着。及至这些人一齐穿过兵巷，后面的兵士中忽然走出一个军官来，将易泰安的衣袖牵了一牵。易泰安的心几乎要跳出口腔子来，身上一阵阵地冒着热汗，心里可就想着:糟了！这一定是把我们当奸细办，要就地正法。然而表面上还极力镇定着，笑着拱了拱手道:"有什么吩咐吗？兄弟是这县里的商会会长。"那军官微笑道:"我自然认得你，不认得你我还会找你吗？我们师长正要请各位去谈话。"易泰安道:"是霍师长吗？"那军官道:"反正不能有两个师长在这里，你就请吧，大家都去。"那军官说着话兵士们渐渐地围上来，已经围成了一个圈圈，若要逃走除非是从人头上飞出去，因之大家一声不响，都跟了易泰安后面走。易泰安本人也就低了头在一群兵士后面走着。

大家所走的街道，正是直向着县公署以前的旅司令部走。那旅司令部的威风比以前更庄严了，大门外八字排开摆着两架重机关枪、两架轻机关枪，两大排的武装兵士雄赳赳地站着。那些人前头有两面小红旗，一面旗上有一个大大的霍字，又一面陆军旗上一行字写着军队的番号，在人前面只管迎风招展着，就是这一点也就很现出这种军人的威风来。这几位代表紧随在易泰安之后，一路走进了大门，看看房屋前后，来来往往全是穿军衣的，总令人心中有些栗栗畏惧。大家面子上尽管郑重着，可是那脚步下地几乎轻于鸿毛，走得一点儿响声都没有。

大家到霍仁敏见客的地方，只在门外就听到他在里面大着声音道:"我就是这个脾气，打败了我认输，磕头下拜都可以。若是我的地盘让人家捡便宜抢了去，我死也不甘心，非和那人见个高低不可！各人的财喜是各人的，若不问好歹抢我的财喜，是我的老子我也不能放过他。"易泰安一听这话，又分明是骂伍连德。这次不幸地跑去为民请命，这可算是在太岁头上动土，种下了祸秧子。走到了客厅门边，就是易泰安那样大胆也有些踌躇不前了。他正如此在门外徘徊着，已是让客厅里面的霍师长看见，便大声喝道:"是县里的一班绅士吗？把他叫了进来！"易泰安一班人走了进去，只见里面穿军衣的武人、穿长衣的文人，拥挤着一屋子。

霍仁敏倒是现着很自然的态度，坐在正中一把椅子上，等代表们都进了门，他才站起身来，用手向各人一挥道:"你们坐下。"代表们见远处一些空椅子都已经坐满了，只好在近处几张椅子坐下。大家这才看到霍师长的尊范很清楚:一张枣子核的脸，在高鼻子两边点了许多白麻子。他鼓着

137

眼睛，把白麻子都涨红了，眼望了代表们道："你们在伍连德那里来，听到他说了些什么？"这些代表是刚刚屁股落座，经霍仁敏如此一问，大家就突然地站了起来，脸上都变成了紫色，眼光也呆了。霍仁敏扑哧一声笑了起来道："你们不必着吓，你们去见伍连德是为了公事，我不怪你们。若把你们当汉奸，在城门口就把你们枪毙了，还能等到这时候问话吗？大家坐下，有话慢慢地说。"说毕，又将手连连挥了两挥，意思是很急迫地要他们坐下。大家倒并不是愁着霍师长客气过分，只是怕他那种逼人的杀气，不敢违犯他，他挥手命人坐下，就跟着坐下。霍仁敏道："问你们的军事，你们自然不知道。我只问你们一句话，他的部下在城里放抢，他知道不知道？"

大家听了这话，虽知道霍仁敏现是伍连德的敌人，然而当了联合军的人明说联合军放抢，那总是一件危险的事。因之人家打了个照面，默然不敢声张。霍仁敏道："你们不是为了他的军队放抢才去找他的吗？对于这件事，他当然有一句话。"易泰安只得答道："他部下有什么行动并没有承认，不过他对我们说了，可以制止部下在城里行动。这样子说，似乎他也知道他的部下在城里闹了事情的。"霍仁敏突然将脚一顿，将地砖踏得踢突一下响，站了起来，胸脯一挺道："这还说什么！你们西平县竟能让这些人去糟蹋吗？现时我没有什么，只要求你们替老百姓出口气，打个电报出去骂上伍连德一顿！"易泰安一想，这时若是发个通电去骂伍连德，不过是帮着霍仁敏打他一拳，证明他的队伍是一群强盗，于地方上是没有多大好处的。因此低了头看着手背，半晌不作声。霍仁敏瞪了眼睛鼓了腮帮子问道："你们为什么不作声？难道署个名打一个电报都不成吗？这分明是怕得罪伍连德。既是怕得罪伍连德，就是料定他还会来，简直是对我看不起！我霍仁敏是很野蛮的，不答应我的话，我就要不客气了！"说话时，捏了个大拳头举平了胸口摇撼了几下，大有一拳伸出来就可以打倒几个人的样子。

吴道基看到，首先软化了，站起来拱了手道："若是霍师长认为应当发一个通电的话，我们地方上的人也没有什么不可以。只是这电报上怎样措辞……"霍仁敏连忙抢着插嘴道："这个你们不必费心，我这里有秘书，可以和你起稿子的，你们只要签上一个字就得。"他说着话向旁边站着的随从兵一点头道，"把梁秘书请了来。"随从兵去后不多大一会儿工夫，将那梁秘书引来。霍仁敏向他点点头道："这是地方上几位绅士，答应了给我们发电报。你带了他们去，在拟好的那个电底子签个字，马上就可以拍给巡阅使了。"

梁秘书站着，向在座的许多人看了一看，低声道："新到了一通急电，要请师长的示。"霍仁敏会意，便道："大家请坐一坐，我有一个电报要看看。"说时，他自己先起身走向隔壁一间小屋子里来。原来这位霍师长不大认识字，行草的字体更是生疏，凡不重要的公事，秘书告诉他一个大意，他随时吩咐怎样办。若是遇到重要的文件，秘书就拿着带念带讲，好像蒙馆先生教开讲的学生一般。当了许多人梁秘书不便念电报，所以先报告一声。霍仁敏到了小屋子里，将门随手关上，低声问道："什么机密事？伍连德的军队有什么动作吗？"梁秘书道："不是，是巡阅使发的密电。"说着，在衣袋袖拿出电底，两手捧着念道："西平霍师长鉴：顷据海角县陈县长电称，有东洋兵舰两艘，运来东军一千余名，携带各种武器强行登岸，并宣称为保侨起见，必要时将取断然手段。西平与海角相距甚迩，应即暂止军事行动，以免外人借口。并希派精干人员星夜驰赴海角，就近调查实况，随时陈报，切切。龙秘印。"

梁秘书随念随讲着，霍仁敏听着脸色不免红一阵黄一阵，听完了，将头偏着摇了一摇道："真的吗？我不相信这话。你再把这电报念给我听一遍吧。"梁秘书也知道这事情重大，只得再念上一遍。霍仁敏道："我们这老头子又中了人家的计了。平白无事的，哪来的什么东洋兵？我伍连德干定了，非把他轰出西平县境不可！纵然海角县东洋兵占领了，回头再说。"梁秘书道："巡阅使的电报是不是要复一个回电呢？"霍仁敏想了一想道："老头子的电报自然总是要答复的。你就说溃兵很多，非把他们剿灭不可。海角县的事，我们马上派人去调查。至于停止军事行动那一节，我们含糊着别理会就是了。"当秘书的人，当然总是照着上司的意见说话，没有自出意见的，答应了几个"是"退到一边去。

霍仁敏依然走回客厅里来，因向大家道："这个伍连德，实在可恶，他造许多谣言，打电报去告诉龙巡阅使。他说有东洋兵来，这岂不是笑话？东洋兵来了，西洋各国能答应吗？这样的人，非把他打跑了不可。没有东洋兵来也罢了，若有东洋兵来，就是伍连德引来的。与其让他那样干，不如我们先打倒这种汉奸。你们的意思怎么样？"大家听了他的话都

139

不敢作声，霍仁敏将手一挥道："你们大家都散开吧，我有事。"他说着，竟不待许多人再说一个字，站起身来就离开了客厅，扔下一屋子人并不理会。这班代表心下大喜，刚才霍仁敏要绑票签字的通电，现在可以不管，趁此机会就溜出了司令部。

易泰安在城里开了好几家商店，这次都遭了抢劫，本来是托着弟兄们去清理，自己一灰心，就不过问了。这时走回家去，经过自己开的布庄，只见店门紧闭，养活的一条大狗却横卧在阶沿石上，一只后腿鲜血淋漓地将毛黏成一片。易泰安虽是不打算进去，那狗微抬着头，睁着两只亮眼睛只管看了主人，那拂着地的尾巴摇了几摇，看这狗是站立不起来，却有望主人垂怜之意。易泰安看了老大不忍，叹了一口气道："怪不得古人道'宁为太平犬'了。"口里说着就不由得推了店门走将进去。不料屋子里空空的竟不见一个人，由前面柜房里走到后面厨房里，搜寻了一遍，口里不住地喊着。许久许久才由柴房里钻出一个伙夫来，他瞪了双眼，首先向易泰安问道："东洋兵打进来了吗？"易泰安听了他这话，有些摸不着头脑，因道："店里人哪里去了？什么东洋兵、西洋兵？"伙夫道："我们隔壁药房里的人告诉我们，说是他们的兵今天就要到，送了我们一面太阳旗，让我们在门口挂上。他说，东洋兵来了，就不会到我们店里来了。"易泰安道："胡说！东洋兵会飞进来不成？"他只刚刚说了这一句话，只听得当的一声，一个大炮弹的爆炸响，就在这街的前后。那伙夫一转身子就向柴房里一缩，身子一蹲，就向柴堆里钻了进去。易泰安也疑惑着，这一响大炮由哪里来的？他正在犹豫着，哗啦一声，第二发大炮又落在附近，这一声变成了哗啦，而且非常洪大，分明把民房轰倒了。在这种洪大的声浪当中，厨房顶棚上的尘灰像下雨一般地向下一拥，窗户格扇，一齐震得咯咯作响，同时人的身上也仿佛有些酥麻。不知是受了一种什么感触，自然而然地自己两只脚也很快地一步踏进了柴房。转念一思，躲到这柴房里来有何用处？复又走出去，扶着厨房的门，探头向外看了看。只一伸头，半空坠呜呜一声一个弹子飞过，吓得身子连忙向里一缩。

自这时起，这大炮声两三分钟响上一下，不到一个钟头枪声和机关枪声也跟着响了起来。所幸大炮虽然放着，却不曾打到这附近来，心中暂时可以安定，不过心里纳着闷:这是谁和谁打呢？大街上静悄悄的，又死了过去。过了许久，却又有一种杂沓的脚步声一阵抢了过去，似乎是一队兵开跑步而过。这分明是城里的兵对城外的兵要极力地抵抗，闹得不好，也许要巷战，自己虽然有心要出去看看，却是不能够的了。一个人怔怔地在厨房里站着，不知如何是好。

也不知道经过了多少时间，外面枪声已慢慢地稀少，那炮声也是经过很长的时间才响上一两下。易泰安心里想着，总应该没有事了，便把伙夫叫了出来，问还有吃的没有。从早上到城外请愿去起，一直到现在，肚子里还不曾有东西进去，实在也支持不住了。伙夫在厨房里搜罗了一阵，除了米而外只有一钵咸菜，易泰安说："咸菜也是好的。"就吩咐伙夫烧火煮饭。伙夫经过了长时间的恐吓，对于枪炮声也就认为平常的事了，抱了一捆柴草送到灶门口，正弯着腰想要坐下去烧火，只听得呜的一声，接着淅沥沥一片碎瓦声，正是一个子弹打到了屋顶上。伙夫赶忙向地下一伏，许久爬不起来。易泰安的精神不曾安定多久，有了这一声响，也是心中不住地乱跳。案板边有个矮腿凳子，自己坐在上面，也就不知道移动。一手按了膝盖，一手捏了折扇，汗水向外直涌，把扇子柄染得湿淋淋的，他只管出了神。自这一声子弹扑瓦之后，那细碎的枪声依然不断地在空中呜呜地作响穿过。出去固然是不敢出去，坐在这里也是怕屋头上穿进子弹来，心中只是跳荡不安。原来肚子里有些饿的，到了这时把饿也忘了。

厨房里渐渐地沉黑下去，子弹会落到看不清屋子里的。易泰安自己鼓着勇气，无论如何，趁着这时候一定要回家去看看，于是站起来就向外走。不料刚一出门，一阵紧急的枪声和机枪声又破空而来。看看街上，黄昏之色黑沉沉的，并不看到一个人影，一条长街由近处望到远处，只是那些店铺的屋檐和那灰色的天空划了一条界线。往日对于这种屋檐不会怎样去注意，今天看来觉得格外触目了，因为环境仿佛是更易了。走出门来，不能马上就走，不免靠了石柜台前后瞻望了一番。在他这样瞻望之时，枪炮突然又紧张起来，迎面一幢楼房，在扑通一声巨响中烟雾陡起，那人家的墙犹在劈西瓜一般裂成几大块，四面纷纷倒了下去。在这墙倒下去的时候，连这边的房屋也跟着有些震动，易泰安不觉两手抱头，人就向地下一蹲，这要逃走的心事，当然根本就没有了。自这时起，那枪炮声一阵紧似一阵，天色越黑，枪炮声更是紧密。易泰安饿着肚子，就在这所空店里熬过了一夜。究竟是哪边和哪边打仗，还是不明白。

到了次日清早，枪炮声慢慢稀少，那鸡子黄色的太阳照在人家高墙上，满街并不听到什么声音，那阳光更显得凄惨了。别的罢了，昨晚上那一夜恶仗，究竟是谁和谁打，这个哑谜非打破不可，因之只得大着胆子走出店门来。走过一截大街，并不看到一个人。直到了十字街头，才看见一家做牙科医生的日本医院，门口高撑两面太阳旗，有两个人，一个人穿着和服，一个穿了学生装，斜靠了门两手环抱在胸前，瞪了眼望着大街上。易泰安认识那个穿和服的叫板井八郎，是个有名的浪人。他一见易泰安，向他招了招手，笑道："易会长，你在霍师长那里来吗？他快要滚蛋了。"说着梳着他嘴上的短胡子，咧着嘴笑，露出两粒金牙来。易泰安看到他那轻薄的样子，就有点儿不高兴理他。忽然转个念头，昨天的消息，不是东洋兵要趁机捣乱吗？何不问他一问？便道："板井先生，你得着什么消息没有？你说……"板井笑道："我们的军队快来了，贵国的兵不行啦！"说时将他脚上木底儿鞋在地上点了几点，又向着易泰安一笑，嗓了里发出两下闷声咳，做出那种蛤蟆叫。易泰安道："你们的军队真要来吗？昨晚上打的那一仗，是不是你们贵国的军队？"板井笑道："不要叫贵国了，我的贵国恐怕将来就是你的敌国。这句话你懂不懂？由你去想吧。"

易泰安虽是个斯文人，当面受了人家的讥笑，也是情所不堪，这一下子，恨不得一把扯了他的领口就把他向地下一捺。板井见他脸上红一阵青一阵，便道："你不用生气，我和你是好朋友，才肯对你说这样一句话。你不信，明后天你就用得着我了。昨天晚上，是你们自己的军队打，没有我们在内。但是，我们已经推了四个代表去见这里的霍师长，要他带军队退出城去。若不退出去，就开城把我们日侨放走，放走之后，我们就要派飞机来抛炸弹了。"易泰安道："这话是真的吗？你们出军队无非是保护侨民，既是侨民都退出去了，还要来抛炸弹做什么呢？"板井扛了一扛肩膀。笑道："那我不很明白，是敝国军部的命令。"

正说到这里，有四个穿蹩脚西服的日本人排着一横列在大街上走了来。易泰安认得其中一个人是在本城收买棉花的商人，其实买棉花是个名义，他真正的生意是贩卖吗啡。他首先抢过去，和板井叽里呱啦说上一阵，板井脸上放着笑容，只是点头。他见着易泰安还在一边等消息，便笑道："你们霍师长愿把我们护送出城，但是他不肯带军队退出去。这个样子，你们西平人是打算尝尝东洋的天鹅蛋。哈哈！"易泰安道："真有这回事……"易泰安口里如此说着，由板井的脸上转目光射到其余的四个倭人人身上去，那四个人都欢天喜地地只颤动着肩膀去笑。易泰安心想:板井说的话，有点儿灵验了。他说两三天之内不免去找他，现在看来，竟用不着要两三天，立刻就要求助于人了。然而一家人都在这城里，就让自己一个人逃出城去躲炸弹，也于心不忍。便转了一个念头，先回家去看看。若是全家都能逃出城去，岂不更妙！于是也不和东洋人多谈，径自回家。

走不多路，忽然有个穿军服的少年军官，后面跟着两个兵士迎面而来，那军官远远地笑着先行了礼，易泰安一愣，这人好面熟，却记不起来是谁，只得笑了点着头。那军官笑道:"易会长，你怎么不认识我？我姓曾，你不明白吗?"易泰安呵呵了一声，心想:这是同盟军派的西平县知事曾伯坚，他怎么敢在西平城里露面呢？伯坚似乎也明白了他踌躇的情形，便笑道:"易会长大概很以为奇怪吧？老实告诉你，我原避在福音堂里躲难，昨天晚上这里的霍师长派人去找牧师，要他介绍个会说东洋话的，牧师笑道他们是西洋人，找不出会说东洋话的。后来霍师长二次又派人去说，说是务必请他代寻一位，就是不会说东洋话，能说英语也成。牧师一打听，原来是要找个人出来办交涉，我倒能说几句东洋话。听了这个消息，就托牧师和霍师长疏通，能不能不记前过？若不记前过，我就出面和他办一点儿事。牧师把这话告诉了来人，霍师长倒是痛快，就亲自到福音堂去请我。当面起誓，说是只要我肯出来帮忙，他若有三心二意，就让炮子打死他。我昨晚在枪炮声中就到了师部里，现在正和几个东洋人接洽，送他们出城去。"易泰安拱手道:"这就很好，但不知道城外的情形怎么样?"伯坚道:"伍连德的军队昨天晚上来攻城，已经失败了。只是东洋人不讲理，已经有一支队兵开到东门外，拦住了这里去追伍连德。此外各处城门口也都有日兵把守，若是没有他们侨民会旗子拿在手上，不管是谁见人就开枪。现在这西平城算是遭了围困了。"

易泰安听了这话，把刚才筹备逃走的念头算是瓦解冰消，脸上立刻又红了一阵，忽然脸色一正，向伯坚拱着手道:"既是你老兄出来办交涉，我们全县人算是有救。我看这些故意来挑衅的外国兵也犯不着和他们计较，暂时不妨退让一步，免得涂炭生灵。至于将来的交涉，自有外交部出头，你老兄看怎么样?"伯坚笑道:"我也不能做主，只是霍师长吩咐怎么办我就怎么办。"

话分两头。伯坚自受了霍仁敏请他出来办交涉，主和平解决。霍仁敏道："你这话是对，譬如我们自己打仗，也决不能为了老百姓不放大炮。这只好请你出一趟城，见见他们的队长，能和平解决就和平解决吧。为了西平县一城老百姓，我宁可退让一步，也不要争着一时之气。"伯坚一听，霍师长全不是对付伍连德的那一种神气了，大概只要日本兵肯退走，人家要什么他就可以给什么。自己代表这种人去办外交，干脆算是投降，有什么理可讲？便问道："依着师长的意思，可以退让到什么程度？"霍仁敏左手取下了帽子，右手伸着巴掌，在头上摸了一阵，现出很踌躇的样子道："我也没有什么可让的了，只好对他多多敷衍着，多说几句好话，反正这座城池不交给他就行了。"伯坚道："万一他不受我们的敷衍呢？"霍仁敏那只手在头上摸得更凶了，带一点儿笑容向着伯坚反问道："我们不和他交手，他也能够打进城来吗？反正不能那样不讲理吧！"伯坚于这个问题倒真难于答复。明明是一定要打进来的，但是说明了，霍仁敏必要受惊，恐怕立刻就要逃走。伯坚当时便顺着他的口气道："若是照着我们中国人的道德来讲是不应该如此的。"霍仁敏伸着手和他握了一握道："你去吧，自古两国相争，不斩来使，他们反正不能将你怎么样。"

伯坚倒不料师长会用一句鼓词儿来笼络自己，其实不用他说这些好话，我也不怕，便点着头答应了一声。霍仁敏看他有犹豫的样子，便道："我自然会派几名护兵跟着你去。这一点儿规矩我倒懂得，兵士只能穿军装，可不能带着武器，你可别怪保护不周。"伯坚心想：这种旧式军人，世界潮流、国际常识一概不懂，只有这媚外的丑态，他们耳濡目染比一切都在行。他知道不能带兵器进租界，扩而充之，就知道不能带兵器见日本军官。靠这种奴隶性的人去执戈卫国，那是完了。如此一想，不免有些生气，便道："这都用不着，我们既是和他讲理去的，靠着几个赤手光拳的卫兵跟着，那也无济于事。"说着这话脸色就正了一正，胸脯也挺了一挺，表现出一种英雄气概来。他装出了这种样子，霍仁敏倒有些不好意思，霍师长点头道："你愿一个人去更好，我们是和人家讲理去的，本来用不着什么卫队，我的意思不过说是带两名护卫兵去，面子上好看一点儿。"

伯坚不愿和他多说了，就告辞出来。他已经走出了院子门外，有一名随从兵追了出来，又把他请回去，霍仁敏迎着上前，向他皱了眉道："据我看，他们总没有那样大胆不讲理，无缘无故把城池抓了去。你只管用好话敷衍他们，他们有什么要求也不必回断他，就说一定打电报给龙巡阅使请示去，只要有了回电，我们就照办。咱们敷衍一时是一时，过个十天八天，松了这口子劲，也就没事了。"伯坚听他的口音，料得他是灵机一动，想得好新鲜主意！这也无赞否必要，只鼻子里哼着"是"，点着头出来。

到了这城里的日侨公会，会着那班出城的倭人，找着他们的首领说明了来意，然后同着他们一路出东城而去。出城还不过半里路，首先便有一桩触目惊心的事让他两条腿迈不开步。原来在十字街中，有十几个日兵身背子弹带，手拿步枪，分着四方站定，紧对着城里，还架好两挺机枪。这都不算什么，在机关枪口，却有一大群中国人，有的穿了长衫，有的穿了短裤，有的还穿着灰色制服，一律将手反背在后面，用粗细麻绳子捆了上身，直挺挺地四面八方向日兵跪着。日兵望了他们不住地发出一种冷酷的微笑。伯坚羞破了脸，气炸了肺，咬着牙，恨不得跑上前抢了机关枪，向日兵一顿扫射。两只手紧紧捏了拳头，指甲直陷入手心肉里去。那个板井八郎这回也来了，紧随在伯坚身边，看到他犹豫不定的样子微笑道："快到了，你怕走上前吗？不要紧的，有我们和你同在一路走，我们的兵不能把你捆起来的。"伯坚道："你这是什么话！你要知道我是奉了使命和你们军事当局谈判来的，你们就可以随便侮辱我吗？"板井笑道："你不要生气，我是一番好意。原来因为你是奉了使命来的，我才肯说这话呢。"伯坚道："什么话也不必说了。你们这里的军事领袖在哪里？我们一路去见见。"这一班日侨中就有人上前去问一个日兵，知道这里有松木队长领着队伍住在一家粮食行里。原来中国军官就在这里驻守过的，他们倒也不是破例。

当时，一批日侨和伯坚走到那粮食行门口，见门板上贴着很大的字条，上写"大日本帝国军队暂驻所"，靠下层横着一张长纸，上写："中国军民非有帝国军队特许证通过此地者，即格杀之。"门口也是两挺机关枪朝外，另派着两个背枪的日本兵分站着两边。见许多日侨中有个穿中国制服的人，都瞪了眼睛望着。其间有日侨上前说明了来意，然后放了大家进去。那个松木队长听说城里霍师长派人来了，料着是递降表，就在这粮食行的客厅里单独会见。伯坚先在外面等候，由两个日兵引着他进去。那客厅里全是上等红木桌椅，桌子上、茶几上都陈设着各种中国古玩，有那些大件东西桌上不好陈列，就放在地下。这也不知是哪位绅士家里的收藏，现在让人家来受用，一看之下心里又是一阵难受。

那松木见伯坚进来，迎上前来笑着说："有礼，请坐。"开口便用日语问道："阁下既是前来接洽，一定会日语的了？"伯坚看他那样子，也不会说中国语，只得答应能说日语。松木道："那就很好，有了懂日语的，可以少去许多隔阂。我和霍师长提的几个条件，他的意思怎么样？"伯坚道："贵国侨民都出城了。"松木道："还有他们在城里的财产哩？"伯坚道："假使他们留下的点明交给了中国人民，我们一定加以保护。"松木微笑道："那有什么保证？我看还是请霍师长接受我们的要求，赶快退出城去。我们是奉了军令来的，要进行到哪里就进行到哪里，不知道什么叫作妥协！"他原来还带一点儿笑容，说到这里脸色一正，就一点儿笑容都没有了。伯坚道："我是送贵国侨民到这里来的。这样重大的事件，我不能负责答复。"松木道："当然不会请阁下答复。现在就是请阁下把我以私人资格所说的话转达霍师长，在今天下午六时以前，退出西半城！若是正式谈判，早就过了我们所限定的时间，我们军队这就该进城了。"

伯坚听他所说的话越来越不堪入耳，便道："好吧，这件事让霍师长答复。我现在口头向阁下抗议，那十字街中心绑了许多中国人跪着，是给中国一种重大的侮辱，请先放开他们。"松木道："那是不可能的！那是犯了军法，当然照军法办！"伯坚道："贵国的军规可以这样对待友邦人民的吗？"松木微笑道："这个我们自有权衡，请你不必干涉。"伯坚觉得他的话完全用不着一个"理"字，多说下去也是枉然，立刻站起身来告辞。松木倒表示着一番好意，派了两名兵保护着他，走出了日军的防线。由那地方走到城门口，并不曾看到一个人影。到了城门边，却是双扉紧闭，抬头望那城墙上，静悄悄的，砖缝里钻出来的几棵野树在日光中照着，很自在地随风摇摆着身体，简直不像敌国之军压城一样。

伯坚站在城下，大声喊了几遍，城墙垛口里这才有个人伸出头来看了一看。伯坚道："快开城门，我是霍师长派出城去办公事的，现在回来了。"城上又钻出一个人头来了，问道："你真是中国人吗？"伯坚道："你也听了我说话，是不是中国人呢？我还有入门证哩。"那人道："你等着吧。"于是城上一个人头、两个人头，陆陆续续地钻了出来，却也不见得人少。这分明是城上原自有人，只因不让城下人看到，所以隐藏起来罢了。过了一会子，城门开着一条大缝，有个穿军服的侧出半边身子来，对着伯坚浑身打量了一顿，见他果然是单身一个，便大声道："有入门证吗？"伯坚上前一步，将入门证拿出来，交给了那个人。那人并不看，把手向伯坚招了一招手，让他走了进来。伯坚侧着身体挤了进门，只见关的那边城门都是用沙包抵着的，差不多有一丈多厚。当自己出城的时候并没有这种布置，如此看来，霍仁敏对于外侮虽是有点儿怯战，然而关于防守一方面倒也布置得很快。

穿过城洞，两旁街沿上各站一排武装兵士，精神虽然是差一点儿，然而各人身上都背着装满了子弹的子弹带，手上拿着枪，枪口还插有刺刀，也不比那日本兵杀人的武器差些。他们见伯坚一人进城，知道是由日本兵那里来的，各人眼光都如箭一般射到伯坚身上。伯坚看看他们那种神气，似乎都让中国人平常所说日本人厉害那句话吓倒了，所以有人从城外回来，他们都认为这人身上有一种神秘。伯坚也不理会，一直就向师部里走，打听得师长在客厅里会客，让随从兵进去报告，先在门边等着。只听得他大声道："我的朋友打四川回来，说他们那里钱粮有征收到民国六十年的，西平虽然已经预征两年钱粮，再收一回，和四川一比，那还差得远呢！城外日本兵不要紧，我已经派人办交涉去了，一两天之内他们就要退的。今天我先和诸位在城里的绅士商量一下，等日本兵走了，钱粮柜上就可以开柜。你们不要怕伍连德，他已经让我揍怕了，他再要来，我杀得他片甲不回。无论如何，我们是一个头脑下的，他是旅长，我是师长，他和我捣蛋，他就是汉奸，他就是造反！我不讲理，也要办他一个罪。"伯坚听了师长的话，倒觉他有些英雄气魄，究竟不容易屈服的。他在里面这样喊叫了一阵，却没有人答话，他又道："哦，曾知事回来了，快请！"伯坚于是跟着随从兵一块儿进去。

只见客厅里又有不少长袍马褂的绅士在那里。霍仁敏还不等他走上前，劈头一句就问道："他们的态度怎么样？大概可以走吗？"伯坚心里早盘算好了，若一定说兵会走，霍仁敏更要大意下来，然而他们不走，又怕霍仁敏怪自己不会办交涉。这只有用个法子先冤他一冤，因道："他们不来则已，既然来了，绝不能无所得而去。听他们的口气，不能因为我们要他退他就退，必定要我们和他们政府抗议，他照公事下台。"霍仁敏道："只要他不打进城来，就让他们在外驻扎几天也没关系。这几天我也可以装傻，只当是抵制伍连德，把城门死守住，也不算丢脸。"伯坚还不曾答复这句话，只听到半空中轰轰、轧轧，大声小响只管传入耳鼓来。霍仁敏道："哎呀，这是飞机！哪里来的？"他一面说着话，一面向天井里走，在客厅里的这些人这时心里是情不自禁地跳着，脚下也是情不自禁地向天井里走。大家都和霍仁敏一样抬头向天空看去，只见前后四架飞机由东门外飞了过来，一直向北，大家昂着头，微张了口对着天，心里想着：这或者不会飞到衙门头上来。在飞机上的人哪里看到下面如此这样呢？直待看不见了，好像业已去远，不料那四架飞机又在东城出现了，这大概是绕着圈子飞回去了；侥幸无事。大家紧张发烧的心里正安帖了一下，头不昂得那样起，口也闭上了，然而发现那飞机不是飞去，却是飞来。刚才飞过去的四架在声音弥漫着长空的当儿，在衙门两角边已经发现了，原来一共是八架，有一架飞机，将两翅一折，正正当当飞到这衙门上空。大家抬头看着，那翅膀下两块白的，画着两个红日兴，看得十分清楚。所有在天井那儿观望的人，都明白了现在已是十二分危险的时候，这衙门里绝对是不许犹豫的了。不过伯坚少年气盛，见大家都不曾躲过，单是自己一个人躲避，面子上有些过不去，仍随着大家在天井里呆立着。那架飞到最近的飞机犹如老鹰找食一般，打着旋转，渐渐低压下来。霍仁敏虽是一个大师长，到了生死关头，绝没有直立挺受不去躲避之理，他看到身边有一堵高厚的照墙，早一步抢到墙脚，向地下一伏，向大家一挥手道："都躺下。"说时迟，那时快，那些绅士大家本吓慌了，经这一句话提醒，七倾八倒地各向地下伏。伯坚心里更明白，早是抢到一个墙角下，侧着身子一倒，倒在墙角落里。同时，那前面大堂上，震天震地轰通一下响，各人身上都受着一番震动，也不知是地颤动了，还是墙颤动了，各人身上都麻酥了一阵。

约莫有三四分钟之久，大家才醒悟过来，抬头一看，那窗户格子上糊的纸裂成一道一道的横缝，全成了碎纸。大家正想起身，那半空中的嗡嗡之声忽近忽远，那轰通一掷的炸弹声也是接连不断。伯坚也不知自己怎样动作的，糊里糊涂地已经躺在地下，将脸对了墙。这时定了一定神，想着自己有点儿孩子气，就是自己脸不向着天空，难道飞机上的炸弹就不炸到身上来吗？如此醒悟过来，立刻仰了脸望着天上。这一望，正好一只飞机飞到当头，机身闪过两间房子，连机上的人影都可以看了出来，只见飞机下一道黑影向下一落，机尾朝下，有上飞之势，又是一声巨响。这一下子，伯坚也迷糊过去了，仿佛脸上受了一种什么东西扑击，却也不甚痛痒，心里想着:不要是脸上有伤流出血来了吧？可是伸手一摸时，却摸了一手的黑土。再摸摸颈项，看看身上，并不曾有什么血渍，原来还是好好的。向响的地方看来，原来是炸倒一堵墙，乱砖撒了满地，缺口上的碎土兀自向下滚着，怪不得刚才这一下子连身体都受着震动了。再看天空上，那飞去飞来的飞机依然是其声轰轰，只管在头上绕着圈圈，不时就轰隆一声，落下一个大炸弹来。单以这衙署而论，前后已有十几个炸弹落下，所幸落来落去都在远处，并不曾落到身旁。大家先还仰面看看天上有没有飞机过来，现在人都吓慌了，飞机来与不来都不能理会，大家只知道伏在地上不敢起来。

这样只有一小时之久，飞机在天空里响动的声音已经远了。霍仁敏究竟是个军人，他首先站立起来拍了一拍身上的灰，向天上昂头骂道:"你这些狗养的！总有一天老子用炮打你！"回头过来，向着大家招手道，"你们都起来吧，飞机走了，没事了。"这时果然有十分钟之久，并不听到有炸弹声，也许是飞机走了。大家都立起身来，还不敢马上就走到院子中心，都靠了墙根站定，有一下没一下地各向自己身上扑着灰，借着这种动作，各人的心神缓缓安定过来了。不料在这个时候，震天震地一下巨响，面前黑烟飞腾，分不出东西南北四向，同时身上也就麻一阵，失了知觉。等到黑烟完全休息，睁眼一看，站在一处的人竟有三个人躺在地上，都是满身的碎土。刚才墙缺口的所在，有一大方屋子倒坍下来，一只连瓦带椽子的屋角直伸到墙的缺口地方来。原来刚才这一个炸弹是炸到了一幢屋，这里那边是一墙之隔，所以震动得格外的厉害了。

霍仁敏向躺在地上的人各个就近看了看，笑道:"都是吓慌了的，没事，全起来吧。"说着一个一个伸手拉了起来，这三个人恰都是穿了长衫马褂的，全身是皱纹，还沾了一身灰土，脸上又是灰中带紫，倒绝像棺材里扶出来的僵尸一般。霍仁敏向大家点点头道:"到了现在我们总应该军民合作才对。但不知对付这日本兵有什么办法没有？只要你们有办法，我无不依从。"这些人都听了奇怪起来，谁也知道霍师长是个绝大权威的人，别人想对他贡献一点儿意见还磕头作揖贡献不上，倒不料遇到这样绝大的问题倒会来请教老百姓，真是不可解了。可是大家对于这样重大的事情，哪有什么主意拿得出来？都默然站着望了他。霍仁敏道:"并不是我找不出主意来方才要你们想法子。你们知道西平城并不是我霍某人一个人的，

149

若是日本人把城占领了，我一拍屁股走了，可是你们得累。来来来，我们到客厅来谈谈。"说着又向大家作揖，又向大家点头，就把这一班狼狈不堪的人一齐让到客厅里去。大家一面向客厅里走着，一面抬头看着天上。那半空里浮着几片白云堆在天一边，头顶上却空荡荡的，是蔚蓝色，刚才半空里那种轰轰烈烈的情形，已是一扫而空。于是大家放了心，跟着霍仁敏走进客厅里去。

他到此时也细心起来，让客人进去了，重新走出门来向天空看了一看，走进客厅里去，见大家都还在那里站着，便半弯着腰向大家点点头道："大家请坐吧，我们有事慢慢地商量。"他向来是坐着正面一张椅上的，现时不是那样了，却到客厅两排最后的一把椅子上坐下，而且还侧了身子向着大家放出笑容来，点着头道："大家可以安心坐着谈谈，飞机今天是不会来的。"说毕回过头来向随从笑道，"倒茶，拿香烟来。你看到各位先生身上有了这些灰，还不打两个手巾把子来！"几个随从兵也是心神刚定，听这话自不免慢吞吞做事。霍仁敏嗐了一声，站起身来，自取了一筒子香烟来，先向着在座的人一个一个分别敬烟，就是走到伯坚身边也一弯腰递了一根香烟过来。伯坚随军服务有这样久了，一个旅长的威风又如何？一个师长的威武又如何？不料一场炸弹之后，师长竟亲自递烟起来。他心里如此想着，脸上也就露出一种不大自然的样子来。几位绅士先生更是局促不安，有几个人连连咳嗽了几声，壮着自己的胆子。伯坚自也看出这些人的态度，自己在其间，随着大家难为情的样子谦逊起来固然不好，就是板着面孔不去谦逊更是不好。搭讪着，只管抬着头向屋子四周去打量。

在他眼光如此审察之下，自然不由得猛然一惊，原来所有客厅里的窗户一齐炸成窟窿，那粉碎的玻璃却如细致的人工在墙壁上嵌了钉子一般，全一丛一丛地站在墙上。他心想：刚才幸是在屋外，若是在屋里，不必碰上炸弹的碎片，就是这些碎玻璃也可以伤人的性命了。霍仁敏随着他的目光，用手向墙上指了几指，笑道："大家请看，这是飞机炸出来的新鲜样子。炸弹扔在这里是这副情形，若是扔在你们家里，岂不是一样？"大家一听面面相觑，作声不得。霍仁敏道："现在我们没有一只飞机，也没有一尊高射炮，眼睁睁地住在城里只让人家来炸死，岂不是冤枉？现在我只有一句话，只要伍连德的兵不跟着日本兵进城，你们想出了什么办法我都可以答应。从今日起我是要守城的了，大家赶快和我筹五万块钱来，让我发半个月的饷。而且还要你们打一个电报给龙巡阅使，就照实在情形说，日本飞机厉害得不得了。"

伯坚听他东找一句西插一句，真个语无伦次。那些绅士惊魂甫定，又受着师长的命令，有所需要，除了哼着"是"字之外，也没有一个人能发表什么意见的。宾主都是这样发着愣，半空里又有嗡嗡轧轧之声，大家也顾不得什么体统，四处八方一阵乱跑，有两个来不及跑的，老实就在客厅里地上躺下了。但是那嗡嗡轧轧之声却没有远，也没有近，老是那样连续地响着，并不曾有飞机发现，更也不曾有轰通一下的炸弹声。大家都疑惑着这是什么缘故，也许日军有什么新战术吧？各人把性命丢在半空里，静等了许久，只待惊天动地那一下响，让炸弹高临头上。过了许久，却有一个随从兵由外面喊了进来道："大家起来吧，没事，这是隔壁米场里在那推砻子磨新谷。"大家仔细一听，这可不就是砻子的声音吗？霍仁敏躲在一堵高墙下，正自发着呆：若是飞机这样地来，全城人心惶惶，这城怎样地防守？及至听说是砻子声，未免恼羞成怒，一顿脚道："这米坊太可恶，知道现在满城闹飞机，为什么还要磨砻子？这不是明明来吓老百姓吗？告诉他们的老板，再要这样胡闹，我一定抓来办他！"霍仁敏咆哮了一阵，觉得已经把一阵难为情遮掩过去了，请着大家依然到客厅里来坐。他虽然极力将态度镇定着，但是说出话来依然前言不符后语，大家自然也无从置答。耳朵里听着嗡嗡轧轧之声，心里都猜想着这是隔壁米坊里推砻子的声音，不要再闹出什么笑话来，其间虽有几个疑心是飞机的，然而也强自镇定着不动声色。

大家正是这样正襟危坐之时，在震破耳朵的一声大响里大家浑身的筋肉都酥麻了过去，正是一个大炸弹又落在附近。过了十分钟之久，大家缓缓醒了过来，只见客厅对正院的一堵墙壁炸出了门大一个窟窿，客厅里桌上椅上以及字画上，无处不是尘土遮盖，天花板的缝里兀是向下落着轻烟似的细土。裱糊天花板的纸壳裂成无数的横缝，刚才大家喝茶的茶杯放在茶几上的，也炸碎了四五个。各人身上更是黑灰遍体，各人脸上只露出两个乌眼珠在那里活动。伯坚既是害怕，又是好笑，站着发了呆。霍仁敏道："大家请走吧，我这里已经是飞机的目标，这还是给头二道信，以后一定还有得来。我们虽然不怕死，也犯不上在这里等着人家丢炸弹。晚上飞机不能飞了，我再请各位来商议商议。请便吧！"在座的人这时深知这地方危险，就是师长不说大家也不敢久坐，既是他很明白，大家来不及虚谦就如鸟兽散。

伯坚自从由福音堂里出来，还不曾找个固定的歇脚地方，现时衙门里既不能坐，不能满街乱钻，只好随着霍师长不走开。好在他是个一部分军队的主脑，他自己也不能不找安全地点的。霍仁敏走出了客厅，在大堂外一棵树根下坐着，向伯坚招了招手道："你别害怕，在这西平城里的人哪个也没有长两个脑袋，没有不怕死的。可是飞机这东西是活的，知道它在哪里下蛋？炸弹丢下来，在满城许多人里头单单中了一个，那比中头彩也难吧？你一生中过几个头彩？若是没有中过，不见得炸弹就中了你。你过来坐着，我们来研究研究要怎么对付这一件事。"伯坚刚走过来待答复他这一句话，他抢上前一步，拉了伯坚一只手向外就跑。伯坚跟着他跑时，耳朵里也曾听到有飞机的声音，只是让大树遮盖着看不到天空。这时让霍仁敏拉着向外乱窜，还不到五分钟，果然身后又是一声大响，回头一看，一阵浓烟向天上一冲，那大树向下一倒，哗啦啦塌了半边瓦屋。霍仁敏脸上变着色，连喘了一阵气，勉强笑道："好险，好险！总算我灵机一转，脚跑得快，你要谢谢我，我救了你一条命。"说着伸手连连拍了伯坚两下肩膀。伯坚道："师长，这个样子这县公署是千万留住不得的了，我们走开不走开呢？"霍仁敏道："我们皮包着骨头的人，怎么能和那飞机抵抗？自然是离开它吧，走吧。"伯坚心想：他也有点儿怕中头彩了。也只好随着他一块儿跑到大门口来。停脚一看，那大门外的照墙首先塌了一个缺口，连着照墙边的一所屋子也塌了一大半边，自然也是飞机上的炸弹炸出来的成绩。如此看来，大门外也不见得安全。

伯坚有了这个感想，还不曾说出，霍仁敏究竟是个做师长的，脑筋不见得比别人迟钝，便笑道："这里还是不大好，你不要以为这里不是衙门里，飞机飞的时候只要稍微偏一点儿，炸弹就到这里来了。"他说着话抬了头不住地向天空四周观望，见半空里并没有一只鸟鹊飞过，然后安神站定。见大门边还站着四个卫兵，格外将精神振作起来，腰杆子挺了一挺，笑道："你见我手下的弟兄们总不含糊，飞机炸弹只管去闹，他可是还站得好好的。"于是笑着走向前对他们道，"到了前线来，什么地方能算是安全的所在？这只有凭着自己一股子勇气，镇定着自己。他们敌人有多少飞机？反正不能把西平城盖起来，一个炸弹下来，不过几丈大小的地方。我们不理他，能给我们多大损失？你们这样就好，飞机也过去了，有什么事呢？若是到处乱跑，倒引着飞机上的人注意起来，炸弹准可以跟着你。"他说着话时，他的左右见师长出衙而去也陆续跟着出来了，霍仁敏向他的参谋长道："这衙门里办公室和客厅都让炸弹炸了，我得找个新地方办公，现在你可以跟着我去。"说着便向前走，这些随从和师长的心事差不多，哪个也愿意找个新地点办公，就跟着师长后面走去。

　　一路之上，只见三个一群、五个一党的老百姓都纷纷地站在街心上议论，而且各向天空里望着。有几处人家塌了墙瓦，门口围着议论的人更是多，不必猜想，这都是为了飞机掷炸弹那个问题的了。这些老百姓在惊恐之余多是还没有恢复神志，一见大批的军人经过，也不等人家过来，早就回避开去，让出路来。霍仁敏笑道："这西平城里倒是一些驯良百姓，你要做县太爷容易极了，躺在衙门里就可以收钱。"说着话回转头来望着伯坚。伯坚当了许多人不便说什么，只是微微一笑。霍仁敏道："我们当军人的总算不怕死，刚才满城抛炸弹，一个不好就交了肉泥，现在我们又是有谈笑了。我也要在街上多溜溜腿，让老百姓认认我这个大胆师长。"他说到末了一句声音非常之高，而且挺了胸脯，表示气概非凡的样子。

　　伯坚一想，他走着路何以突然起了劲？向着他注意的地方看去，有一个石库墙门，似乎是个上等人家，那门口站有一位十八九岁的小姑娘。虽是内地打扮，她一头漆黑的头发垂着一条长辫子，两鬓以至额前剪得齐齐地围着一匝刘海发，配上雪白的一张鹅蛋脸儿，黑白分明。尤其是两个黑漆似的眼珠，在雪白的脸上格外俊俏。她见这一大群武装同志来了，靠了门框站住，呆呆地望着，似乎她也受了惊了。这就明白了霍仁敏高夸着自己是师长，正是要这位姑娘听到。那姑娘因他大声说话，而且向她看去，她才惊醒过来，掉转身躯，立刻要走。霍仁敏因伯坚站在身边，眯了眼睛低声笑道："不要看是小县份，倒很出人才。他们框上贴着字条，你看写的是姓什么的？笔画有那么一大堆。"伯坚道："姓罗。但是这里也许住有三家两家，不见她就姓罗。"霍仁敏道："管她姓什么！我们只要记着这个门牌子就好……"

他向大家一望，忽然将这句话顿住，抬头向远看着用手一指道："到了。"伯坚不明他说着到了，是指着哪个所在，向前一看，一重高砖墙顶上有个十字，直立云霄，这是福音堂。他指着那里什么意思呢？别人是临时跟了他来的，也不知他命意何在，只是随着他走。霍仁敏走到了福音堂附近，就向沿近人家的墙屋不住打量，前后环绕着走。在这福音堂斜对过有个大米栈，外面一般的石库墙门，却不甚高。霍仁敏回头向他的参谋长荀子久道："你看这地方怎么样？我以为再好没有了。"荀子久已经明白了他的意思，是要在这里做行辕。第一，有那十字尖做目标，飞机知道是福音堂，可以不抛炸弹；第二，这里墙屋很低，不过是个平常人家，不像是师长借住的所在。便点头道："这里果然好。我们就可以进去，要用的东西，吩咐人陆续搬来就是了。"

霍仁敏更不商量，自己在前走着，就进了这家米栈。米栈里的伙夫忽然看到大批军人拥了进来，以为是来借粮的，一齐向后门溜着走了。有个大肉胖子正伏在账桌上呼呼大睡，听到一阵杂乱的脚步声猛然惊醒，满头都是汗珠，两只肉泡眼睛红红的，发了呆望着人。同时，两块腮上的肥肉向嘴角直坠下来，格外现出来傻样。一个护兵抢上前去，哼了一声道："我们师长来了，你还不站起！"那胖子穿了一件蓝布褂子，抬着手臂将袖子在额头上横拖着去揩抹那汗珠，口里乱哼着"是是"。荀子久走进柜房，向他瞪了一眼道："你是这里的老板吗？"胖子抖颤着嘴唇道："不，我们东家不在家，我是小伙计。"荀子久道："看你这一身肥肉也不像是个小伙计，你说实话，究竟是这米栈里的什么人？你若撒谎，我就要你的好看。"说着这话，就将手捏着拳头，大有对他动手之意。那胖子一看事情不好，就再三拱着手道："总司令，总司令，你饶我的命。我在这里替东家管账，但是不管钱，若是丢了钱，他就要我赔出来的。"荀子久原瞪了眼，却忍不住笑了起来，骂道："哪里生出你这样一个脓包！满口胡扯。那是我们师长，有什么话你对我师长说去。"那胖子虽听了这话，却不知哪一个是师长，踉踉跄跄走出了柜房，抱了拳向大家一阵胡乱作揖。霍仁敏道："你不用害怕，我们暂借你这栈房用一用。你管的账簿钥匙都可以先拿出来，你自己的铺盖行李只管拿去。"

那胖子听说能让他带着铺盖行李走，喜不自胜，向霍仁敏抱着拳头，连作了三个揖，便走到柜房里，将东西一阵乱捡，大大小小全归并到一只大网篮子里，桌子上的茶壶、水烟袋以至于算盘、小刀等都扫光了。就是床底下的破鞋和便壶，找了一张旧报纸包着，送到网篮子里去。此外还有个竹箱子，一捆铺盖卷，当然也是合并了不少东西在内。他只管自己收捡东西，至于这些军人来到栈里以后干些什么就不能管了。胖子收拾齐了，找了一根扁担，将三件东西挑了便向外走。走到栈门口，已新添了几个守卫的兵士，见他挑了一担东西向外走，走过来一个兵一伸手左右两个大耳光子，打得他连人带挑子向前乱窜，骂道："这里头的东西由得你往外乱搬吗？"胖子站定了脚，瞪了眼望着他道："老总，这是师长叫我搬出来的。"另有个兵走过来，抢了他的担子，拖进了米栈里，那个打他的兵对了他腿上就是一脚尖，骂道："滚开点儿吧！"所幸胖子离得还远，竟不曾挨着。自己跑了几步回头一看，那门口还有几个徒手兵，大家拍手哈哈大笑。胖子算是白忙一阵，垂头丧气走了。胖子挑出来的东西，都依然挑了进去，米栈里放着不曾动的东西那就可想而知了。霍仁敏进了这米栈就不曾出来。

到了下午三四点钟的时候，又有五架飞机在城里上空飞绕，轰通轰通，遥遥听到十几下响。所幸这福音堂前后，不但没有炸弹落下，就是这上空也没有一只飞机发现，跟着师长办事的人这会子都可以安心办事了。这米栈里陈设最好的一间屋子是店东来了歇脚之所，设有干净的床帐，当然让霍师长住着。伯坚是个县长，本要住在县衙门里的。但是霍师长有许多事情要和他商量，至少逃出城的时候，可以请他做个翻译，不能让他走远，所以也把账房隔壁的那间屋子腾给他住。那间账房还有几个大钱柜子不曾搬动，就让霍师长几个亲信的人住了。这一天，西平城里的百姓三番五次地躲避飞机，大家心神不宁，没有一个安心做事的。一直等太阳落了山，大家都知道飞机不会再来的，于是买卖东西和做工的一齐活动起来。

霍师长又急又忙闹了一天，这个时候也觉肚子有些饿了，就吩咐厨子预备酒菜，晚上要请客。伯坚见厨子、伙夫由街上一篮一篮的东西向里面提进来，心想：惊骇是受过去了，现在也不妨痛快一阵。但只知道师长请客，却不知客是要如何请法。因在米栈里散步，只当是到处看看，绕了个弯子走到霍仁敏住房的后头，早听到他哈哈大笑道："就是这样办吧。刚才有人去踩水，那个宝贝的确是在那里，先叫几个人把后门堵死，然后正正堂堂地由太平门里进去，我猜她就不能违抗我的命令。"说到这里有个人低声问着，好像是说："她若不来呢？"霍仁敏高声道："她不来吗？把她一家都给我宰了！"说着咯的一声，有一下捶桌子的声音，伯坚听了心中大骇，什么大事要杀人家的全家呢？这个疑团待他知道了，又笑又恼，不免叹口气。到底为何，下回交代。

第八回

战后寻欢儿女供鱼肉
醉中划策家乡付劫灰

却说伯坚站在窗外偷听霍仁敏说话，他一开口竟要宰人的全家，心中既怕又疑。当这样炸弹满天飞的时候，军民同舟共济，幸而留一线生机，大家正要互相帮助，去杀开一条出路，怎么他倒要杀人的全家？听那口音，好像不是派捐摊饷，且绕到前面，看是些什么人出去。于是移转脚步，悄悄地走到前面来。然而当他刚一走过那后面的天井，就听到霍仁敏叫着："把曾县长请来。"伯坚连忙跑到前面等候，免他识破了。果然一个护兵走了来带着笑容说："师长请。"

伯坚跟着他到了霍仁敏屋子里，只见他面前桌子上堆了许多桃子和香瓜。他手上拿了大半截香瓜，一口咬了大半边，口里水浆乱溅，将手上的香瓜向伯坚招了两招，笑道："天气烦闷得很，吃一点儿水果吧。"伯坚殊不料师长很郑重地叫了来，却是这样一件平淡的事。然而以师长之尊，许多随从都不理会，单单只请我一个人来吃水果，这是一种特别的恩惠，不可小视了。于是微鞠着一个躬，在桌上取了一个桃子在手。霍仁敏将香瓜向嘴里一塞，用牙齿咬着，然后腾出手来，在袋里掏出了一把转动的小刀亲手递给他，笑道："削一削皮吃吧，这样才有益卫生。"伯坚又一弯腰接着，更觉师长这恩惠是不同等闲，便站着半侧了身子削桃子皮。

霍仁敏依然拿着香瓜在啃，向他一招手道："坐下吧。白天累够了，晚上我们大家要好好休息一番。"说毕又向对面的一张藤椅子指了一指，到了这时他心里有些明白了：师长如此谦恭下士，必有所谓。恭敬不如从命，就依着话坐了下来，且看他说些什么。于是将藤椅子向后挪了一挪，还是半侧了身子坐着，霍仁敏笑道："你只管随随便便地吃吧，在我这屋子里就不必讲什么礼节。吃得定了定心，人也就凉快些，可以少出两阵汗。"伯坚越是谦逊，师长越是叫不客气，这也就只好随便一点儿了，要不然一味受他的招呼，也是难过。于是正坐过来，一连吃了好几个桃子和李子。霍仁敏一个香瓜吃完了，找了一条冷湿手巾胡乱擦抹了嘴，将巴掌搓了两搓，笑道："你不知道我心里为什么这样高兴吧？就是白天我们在这街上看到的那姑娘，不知道什么缘故，我心里已经有了她。我决定了主意，派人把她接了来。她来了的时候，也许有些推诿，你是这里的父母官，就烦你从中做个大媒，劝说劝说。只要你肯出面，这事现着很正派，就不愁办不通了。"

伯坚纳闷了半天，这才算明白，原来师长是要人代他找一位临时夫人。但是他有权有势，抢一个民女很不算什么，何必还要县知事出面？难道知事的面子还能大似师长吗？逆料推辞是不能够的，只有避免责任为是。伯坚笑道："这倒要恭喜师长了。一个民女还有不愿做师长太太吗？把姑娘接了来，师长当面和她一说明就行了。知事这个小小的位分，有什么面子？不要倒说得误了事。"霍仁敏道："叫你出来做媒这是有原因的。我们都是老粗，有什么就说什么，小姑娘是不爱这一套的。像你们喝过墨水的人，无论什么坏事都可以说出一个道理来，等她高兴了，然后我们才……哈哈，那就有趣了！若是勉强，就是她面子上依从了心里不依从，一点儿没有意思，这事你得和我办一办。"伯坚心想：这倒好，我成了什么人！因笑道："师长抬举我这一个红媒，这是我要交好运的兆头，好差事！但是事成之后，师长有什么东西赏我们呢？"霍仁敏笑着低声道："你年轻轻地做了县知事了，还嫌着官小吗？我老实告诉你，"说到这里，声音又低了一低道，"这个城池也不是什么大财源，整师的人在这里死守着，打完了也就完了。那又何苦？依我看来，人家整天地用飞机炸弹轰我们，我们死守着有什么好处？带了我这一师人，哪里混不到饭？我决计等他们松一松，就让给他们洋兵了。到了别地方，你要好好帮我一点儿忙，将来也许干一任比知县大的官。你若恐怕说父母官出来做媒有些不合适，你就得想想反正是干两三天的官儿，还怕什么人来说你不成！"

伯坚听他所说，都是一些不堪入耳的话。他既是不讲理的人，又是上司，如何敢向他回驳？只得站起来拱拱手道："等新夫人到了，师长让我说什么我就说什么，包管不辱台命。"霍仁敏笑道："我会说，还要你替我说吗？就因为我不会说才要你说的。我没有别的意思，就是要那姑娘跟

158

我。我要她口肯心也肯，所以不愿硬来。你怎样说得她肯了，那都出在你。你就是说我带了兵杀上北京，要做大总统这都可以。"伯坚笑道："那么，我先在师长面前告一会儿假，让我到屋子里去想想要说些什么话。"霍仁敏道："可以，可以。我不是告诉你了嘛，不办公大家都是朋友，一点儿也不要客气。"说着，将桌上的水果抱了一大捧向伯坚送过来，笑道："你只管带去吃！心里一凉，想的主意一定也可以周到些。"伯坚也不知道这位师长根据是哪一项学理，却为这样一种说法，便笑着一点头，将水果接了回房去，心中暗想：他强掳民女不算，还要我做县知事的，出面把人家说个口服心服。我是什么县知事？谈不上身份，但是我自己的人格总是有的，我决不能昧了良心助纣为虐。然而不帮着他说话，他怪下罪来，要人的性命也易如反掌。这个难关要怎样渡过呢？

伯坚一个人躺在一张藤椅上只管想了出神，但是想来想去绝对没有一个解决的方法。正沉沉地向下想了去，忽然一阵杂沓的步履声和喧哗的说话声由大门外进来，直向里面走去。仿佛听到有人说："大家去见师长，大家去见师长，见了师长我们就不管了。"在这种说话声中，有女子哭着道："你们这班强盗，我不要命了！"以后，那女子直向上房而去，声音就不听见了。伯坚心中一时更跳得厉害，心想：怎么这样硬干？这简直是戏台上恶霸抢亲的那一幕了。这样的事都做得出来，其他可以假手于人去办的事他又有什么顾忌？我就是不顾全自己的人格，我是西平县邻邑的人，将来和父老相见人家也不会便宜放过我。这样看来，还是少和他合作为妙。如此想着，身子原是斜靠在藤椅上的，索性将两只腿伸直来，舒舒服服地躺着，决计不理会这一件事了。就在这时，有一个随从兵走了进来，就向他行个礼道："师长请县长就去，有要紧的事要商量。"伯坚明知所谓要紧的事，就是强掳民女的这一件事，心里真不愿去。但是一看随从站在自己面前，若是坐着不动，他去和师长一说自己违抗命令，也是一项大罪。因之慢慢站了起来，慢慢地答应了一声道："我就来。"随从兵答应去了。伯坚站着踌躇了一会子。接着又一个兵来了，还是说"师长请"，伯坚也不说"我就来"了，答应了一个"好"字，跟着他身后一直来见师长。

见霍仁敏坐在堂屋里正中椅子上，拿了一把小刀子正在那里削桃子皮，眼睛望着屋角上一个姑娘只管出了神，那样子是对着这姑娘没有办法了。这姑娘身子缩成一团，坐在屋角地砖上，两只手捧了头，掩住眼睛只管是哭。屋子里站着几位军官，都斜伸出一只腿仿佛站着有些倦意，自然是对这个姑娘也感到没有办法的了。霍仁敏见伯坚走了进来，用手向他招了两招，将嘴向屋角上一努，那意思就是告诉他可以办这件事了。伯坚看看不向前劝驾大概是推诿不了，只得走近前一步，先咳嗽了一声，然后问道："这位小姐，你不用哭，有话好好地说。"那姑娘两手蒙住了脸，哭得呜呜咽咽的，头也不肯一抬，伯坚所说的话好像是没有听到。他只得又用和缓的声音道："大姑娘，你不要作声，听我和你说几句。"那姑娘到这里来以后，所听到的全是不堪入耳之言，而且也是气势汹汹，现在有个男子说话很是低声下气，这却是特殊的，不由得不仰起脸来向他看了一看。一见之下是个很年轻的人，气先向下沉了一沉，虽然不曾说什么，倒是依了伯坚的话，停止了哭声。伯坚料着言语可以说进去了，便站在她面前道："你这位姑娘得仔细想想，我们师长是多大的身份，他既是很看得起你……"

那姑娘以为伯坚所说的话一定比较中听一些的，所以静静地向下听去。现在他开口第一句便是说师长有身份，还是一鼻孔出气的。坐在地上随手摸了一块碎砖就向伯坚劈头击来，不偏不斜那碎砖正砸在他鼻头上，他哎哟了一声，身子向下一蹲两手捧住了脸，并不让别人看到。霍仁敏以为这一下完全是为自己说媒得来的，心里很过意不去，连忙站起身来问道："怎么样了？怎么样了？"伯坚捧着脸只摇摇头，那意思可以说是并没有打痛，也可以说痛得不能作声了。霍仁敏一顿脚道："这个姑娘太不讲情理了，人家一县的父母官，看得你铜钱一样大，当你的面来做媒，你倒动手就打人！"那姑娘哭着道："我倒不讲理？你们强横霸道抢人家的姑娘，这算是讲情理吗？你配讲人不讲理吗？"霍仁敏不由冷笑一声道："你真是初生的小犊儿不怕虎了，你没有听见说霍仁敏不是好惹的吗？仔细我要发我的威风了！"那姑娘索性不哭了，揩着眼泪站了起来顿着脚道："发你的威风又怎么样？至多不过是要我的命罢了！我现在就没有打算要命。"

霍仁敏真不料这姑娘会有这样激烈的抵抗，立刻把一张黄脸变成了紫色，瞪了他的麻黄眼睛，鼻子里只管呼呼地出气。旁边有位王参谋，是个黑大胖子，而且脸上还长了许多疙瘩。不生气他的面孔也就惨淡怕人，现时他又生了气更觉凶焰逼人，脸上的紫疙瘩都一齐膨胀起来，犹如癞蛤蟆的皮一般，一阵臭汗味引着他走了过来，站在那姑娘面前喝道："你不要不知道好歹！我们要你死，你就死；要你活，你就活；要你半死半活，你也就半死半活。你若是这样满嘴胡说，我们也就犯不上和你客气了。"他是穿了军衣的，说话时伸了两个光拳头互相摩擦着，表示他有武力干涉的决心。霍仁敏见那姑娘雪白的脸一哭之下两腮红红的，两行泪痕兀自未干，样子很可怜，便向王参谋道："我也不和她一般见识，她算是说错了，也不必怪她。只问问她为了不做师长的太太情愿去死，这是什么算盘？哈哈，你不要看我脸子长得黑一点儿，但是我的心眼不坏呀！"说着又拍了两拍手。那王参谋看霍仁敏时，霍仁敏却向他丢了一个眼色。他于是两手向胸前一抱，又向那姑娘面前走近一步，回头对站在后面的随从兵道："拿军棍来！"那姑娘本来停住了哭向王参谋望着，王参谋做出了这么一个样子，不由得她心里不猛然吃了一惊，刚刚收住的眼泪水又像抛沙一般由脸腮上纷纷滚了下来，身子再向地下一坐，哭道："你们打吧！你们打吧！"

只在这时，屋子外面一个人向里一跳，两手乱摇着道："不要打，不要打，有话好说。"大家回头看时，进来的老人嘴上有一部黑胡子，脸上虽然瘦削一点儿却也双目炯炯有光；身上穿了一件蓝竹布长衫，已是撕出了好几条口子，然而还是将纽扣纽好，垂着两截长袖子，高高举着只管向人作揖。伯坚这时坐在一边，依然用两只手捧着头，半闭着眼睛，但是这些人的行动却是看得清楚，口里却不住地哼着。那个老人回转身来，又向伯坚一揖道："这是县尊了。小女性暴，刚才粗鲁一点儿，实在该死。请看她年轻饶恕她这次，我自然会好好地劝她。"伯坚将眼睛微微开着，哼一声，又微微一点头。霍仁敏道："你是这孩子的父亲了，你叫什么名字？"那人道："我叫罗绍文，是县里的……"霍仁敏一瞪眼喝了一声道："浑蛋！你什么名字不能叫，怎么和我们老太爷一样的名字？你简直有心要占我的便宜！这老头子文绉绉的，一定也是不听劝的！来人，先把他妈的给我绑了！"他的脸色变紫，又是这样张开嗓子来叫唤，早吓得罗绍文面色变白，一句话说不出来，只站在一边发呆。

伯坚连忙抢上前去，情不自禁地也和霍仁敏作了两个揖，笑道："师长，请不要动怒。天下同名的人本来很多，也不见得他是有意占师长的便宜。若他果然是这个名字，师长不但不应当办他，这是一种佳话，将来真可以当鼓词儿说。请想，岳丈和父亲不是同样的长辈吗？他这名字现在似乎有点儿欠礼，若是成为亲戚，那就巧极了！"霍仁敏偏头想了一想，笑道："可是巧极了嘛，哎，老头子，你听见没有？凭这名字，也见得我和你女儿是命里注定了的婚姻。你都和我老子同名了，已算我半个老子，你女儿不嫁我嫁谁？如若不然，我让你白充半个老子去，我能答应你吗？哈哈，究竟是曾知事有肚才，一句话就把我提醒了。呀，慢来，慢来，曾知事不是被打伤了吗？"伯坚这才醒悟过来，刚才是那样伤重，怎么无事了？连忙皱了眉用手按住额角道："头上还是痛得厉害，若不是为了老先生这句话说得凑巧，我还懒得说话呢！"说着就向绍文一拱手道，"我的话你大概是听见了，我现在头痛得要命，也不能多说，我要去躺着了。"他说着话手按了头，眼睛可是向霍仁敏瞟着，看他意思怎么样。见他一双眼睛都射在那哭着的姑娘身上，并不注意到旁人，便悄悄地走出堂屋来，溜回自己屋子去了。

罗绍文因伯坚在屋子里，觉得有个斯文人在座，说话总可找个对手。现在伯坚走了，满眼都是武人，他们一动怒就可以杀人。杀了女儿，女儿还可以保全自己的清白；若是杀了父亲，女儿无人保护，更是要受人家的欺侮。现在除了与他们妥协，简直没有别的法子了。好在这一座县城已经被日兵围困了，这师长连司令部都守不住，躲到米粮栈来，不定他是什么时候逃走。我只和他用言语来俄延时间，混一时是一时，混得他逃走了，也就无事了。如此想着，就向霍仁敏连连作了两个揖道："师长，你老人家这样看得起我们，我除了说一句高攀的话，还有什么可说？只是我这小女自幼就惯坏了，受不得一点儿委屈，请师长暂息一息怒，让我带了回去好好地劝她一顿。"霍仁敏不等说完瞪了眼将手一挥道："你这叫胡说！我就是大傻子一个？难道这一点儿事情都想不开？让你把她带回去了，你还肯来吗？"说着，昂头哈哈笑了起来，向王参谋道，"你看，他以为我们这点儿心眼都没有，笑话不笑话？"

罗绍文见他笑着张了大嘴，眼角上许多鱼尾纹一齐打起皱来，颧骨上两块肉只管向上高耸，眼角鱼尾纹越是纵得厉害，一歪嘴向大家一笑。王参谋看了霍仁敏的眼色，便连哄带吓地把罗氏父女送到了另外一间屋子，少时他又匆匆跑回来，低低地对霍仁敏笑道："这事妥了，她自己到你屋子里去了，把那个糟老头子轰了出来就完了。"霍仁敏摇摇头笑道："我就不打算这样霸王硬上弓。费了这么大力量，还是这样子办，先前我就自己动手了！"王参谋低声道："要不那样办，今天晚上恐怕要让老头子劝一晚上。到了明天我们要忙着打仗，哪里还管得了这个小姑娘？"霍仁敏抬起手来只管在头上乱搔一阵，搔得头皮屑子乱飞，踌躇着答复不出来。王参谋道："师长，据我说我们是扛枪杆儿的武人，还是讲武的好。要像那些白面书生讲什么风流爱情，那可是不行。"霍仁敏只管搔了头皮手放不下来。王参谋笑道："师长不用想了，就是这样办。这一进房去，把老头子轰了出来，到了明天木已成舟，他们还能怎么样？"说着，抬起手来看了看手表，低声笑道，"时候也就不早了，师长赶快请吧。"霍仁敏站在屋子中间，向大家微笑了一笑，将脚一顿道："好吧，我就是这样子办！"说着对身边两个随从兵道，"把那罗老头子请出来，我们有几句话和他商量商量。"

两个随从兵身上都带有匣子炮的，转身就向屋子里一冲，只见他两个人一个挽着罗绍文的一只胳膊拖了出来。那个姑娘看见人家把她父亲拖了出来，她见事不妙，也就横了身子向外一冲。但是房门旁边也早有两个兵把守，见她要抢出来，同时四只手向前一拦把她拦了进去，抢着把门向外反带上了。那姑娘在屋子里头，轰通轰通两手捶得房门乱响，又哭又喊。罗绍文被两个兵拖到堂屋中间，一扯身子挣扎脱了，气吁吁地向霍仁敏望着道："你要杀我吗？杀就杀吧，我就不要这条老命了！"王参谋向前一步，将他的袖子一扯道："老先生，你是怎么一点儿都不明白？师长待你父女不错，你为什么还是这样固执？你想新姑爷和姑娘在一处说话，把你一个丈人夹在中间，那算怎么回事？"说到这里，就向着罗绍文一笑，而且连连将肩膀扛了几下。罗绍文见他那么鼻子勾嘴的雷公脸上，笑着裂出了许多斜纹，在阴狠的当中又显出一层轻薄的样子来，不由得瞪了两只眼望了他道："你枉自做了一个军官，会说出这样不中听的话来，你没有儿女也有姊妹，也有姑母，愿意这样去受人家的欺侮吗？我也不要这条老命了！"说着身子一横，将头偏着低下去向霍仁敏当胸直撞了过来。王参谋看到，伸手在后面一抓，将他的脊梁衣缝抓住。他势子去得猛，脚下虚了，上身被人抓住，人就向前一栽。几个随从兵抢了过来，拥着将罗绍文抓住，推推拥拥把他送到堂屋外面去。王参谋就向霍仁敏拱拱手道："师长，你快请进去吧！进去把房门一关，要怎么样就怎么样。"说毕，又向霍仁敏咧嘴露牙一笑，手可是向屋子里一指。

霍仁敏到了这个关头，原来打算用的那层水磨工夫现在料着万万用不上，伸手拍了一下头，表示他再下这番决心，就一转身躯推着房门进去了。他进房之后，接着就把房门关上。堂屋里还有两个随从兵，料着这事不是三言二语可以解决的，一边一个紧紧守在门外靠门框站定，不肯离开。先听到屋子里一阵很乱的脚步声，接着是木壁响、桌子椅子响、桌上茶杯响，又是人手扑打响，屋子里闹得十分厉害。又听到那姑娘气呼呼地叫喊着道："强盗！贼！我不要命了！我不要命了！打……打……打死你！"又听到霍仁敏哈哈笑着道："小人儿，你不要性急，有话慢慢地说，反正我也不能薄待你。有什么委屈只管说呀，哎哟！你又掐我！"这种声音足足闹了有半个钟头，最后听到里面的木床轰通一下响，似是手扔了一件什么重大的东西到了上面去一般。那姑娘已是不能喊叫，只有喘气和细微的哭声，到了最后，这细微的哭声也隐隐地不听到。似乎那女子的嘴巴已经有什么东西堆塞上了，声音发不出来。

王参谋这时正找着伯坚在外面一个天井屋檐下坐着乘凉说闲话，忽然一阵马蹄声由远而近直响到门口，那声音才告止住。王参谋道："这大概是报告军情的来了。并没有什么枪炮声，难道日本兵还有什么动作吗？"说着话时，一个军官带了几个随从兵匆匆忙忙地走了进来。这是霍仁敏手下的杨团长，现在带了他的部下驻守东门一带城墙。在这星斗满天、月色无光的黑夜，敌人正好袭城，怎样可以含糊离开？他就情不自禁地先呀了一声，接着迎上前去握了他的手道："杨团长何以这时候跑了来？"他向王参谋看了一看道："我得见师长请一请示。我们派出城去的侦探回来报告：敌兵都向城南角上移动，怕是要在那方面攻城。万旅长说：东南角的城墙矮怕是不好守。最好我们是先偷出城去，在他后面包抄，先打他一个措手不及。"王参谋道："师长这时候正是有事，你稍等一等，让我进去和你说说看。"

王参谋走到内层堂屋里，只见守卫的两个卫兵已不在房门边站着，靠在屋檐下的花格子门边嗫嗫谈话，而且谈得很有劲，虽是有人来了，他们也并不理会。王参谋觉得若是不作声走到身边去，这两个傻瓜也不会知道，远远地咳嗽了两声，那两个兵抱了枪一抖颤，还哎呀了一声。王参谋道："师长已经睡觉了吗？"兵道："可不晓得。我们原在堂屋里守卫，刚才师长喝着把我们轰出来了。"王参谋道："哦，这样子说师长大概还是没有睡着，你们上前去报告一声，就说是我来了。"两个护兵听了这话，彼此对望了一望，谁也不肯说去。王参谋一想，师长正在高兴的时候，这两个小兵如何敢上前去说话？这杨团长所报告城外的情形，已是十分危险，又不能耽搁。只得大了胆子走到堂屋里去，不过他虽自己鼓着勇气，但是一到堂屋中间之后，他这勇气自然而然地就挫败下去，要说的话一个字也说不出来。退回去，自己也有些不乐意，于是轻轻地向着房门咳嗽了两声。这两声咳嗽等于泄了两下气，霍仁敏一点儿也不听到。王参谋站了一站，依然没有回音，回头看时那杨团长也跟了进来，似乎是等得不耐烦了。他大大地放着脚步，轻轻悄悄走进堂屋来，张了大嘴望着王参谋，那意思就是问"怎么样了？"王参谋握了他的手摇了一摇头低声道："这事简直不行，师长大概是睡着了。"杨团长道："这事情太重大了，就算师长睡着了，我们宁可担一点儿不是也要报告一声。要不然，敌兵真攻进城来了，那责任更重大了！"王参谋一想，此话也对。于是向着屋子里轻轻叫了一声"师长"这两个字，由嘴唇皮中变成一阵轻风透了出去，哪里叫动得了隔壁屋子里的人？但是这两个字既然吐出去了，王参谋的胆子就大得多，把嗓子提了一提，又叫了一声"师长"。因为这次是大声叫出去的，师长听见了理会也好不理会也好，自己已是闯了祸了，挽回也是来不及，索性大着嗓子再喊两声，得罪就得罪个够。他如此想着，于是又走近一步，靠了房门向着屋子里连连叫了两声"师长"。

这两声"师长"算是让他把霍仁敏叫应了，他就问道："你们这班人真是不开窍，在这个时候怎么只管一遍两遍地来找我麻烦？"王参谋隔着门道："杨团长来了，有军事要报告。"霍仁敏道："有什么要紧的事？难道一个人吃饭拉屎睡，都不让我一个人自在？"王参谋听了这话，算碰了一个特别加大的钉子，若是退回去不说，但城外的军事却实在紧要；若是再说，惹着师长生了气，说不定他会军法从事。在堂屋里踌躇了一会子，不知如何是好，杨团长皱了眉道："我的天！你怎么不说日本兵快要进城了？"王参谋见他一个人急得直在屋子里打圈圈，只管抬起手来摸额头上的汗，另一只手拿了军帽，却当扇子摇着。他一想：这也不一定是杨团长一个人的事，假使城破了，做军官的人都不免一死。于是大着胆子又向房门大叫道："师长，师长，杨团长有重要的军事报告。"霍仁敏道："有什么军事报告，叫他就说吧。"杨团长见师长并不开房门，只得隔着门将刚才对王参谋说的话又重叙了一遍。霍仁敏道："这也用不着报告，好好儿地守着城就得了。他们合起来不过一二百人，你们还堵不住他吗？"杨团长虽没见师长的面，总算得了一道命令，在这里久等候似乎也等不出什么道理来，就把这话回报旅长去了。

然而杨团长还没有出门，刘团长又来了，他匆匆地走进来第一句就向王参谋道："师长呢？城外情形紧张得很！"王参谋道："师长睡觉了。"刘团长将头一摆道："那不行！"王参谋道："不行又怎么样？还能够把师长请起来吗？"刘团长是张酒糟脸，鼻子上许多大小红疱，他只一急红疱上挤出汗浆来，这面孔非常难看。翻了大厚嘴唇皮，口里结着舌道："那……那……怎么办？"王参谋道："你又不说何原因，只是着急，我们又知道怎么办呢？"这一句话未了时，啪啪有了两下枪响，接着枪声连响就不断了。

这时，房门扑通一声开着，霍仁敏光了一双赤脚，敞着胸面前一排短裤子纽扣跳了出来。声音随着人出来，问道："怎么样？东南角上动了手了吗？"刘团长只得举手行了个军礼道："早就危险了！"霍仁敏道："你去，叫万旅长赶忙堵上，我这里自然会想法子。先别让他们冲进了城，后事再谈。"那刘团长究竟得了师长一句堵上的话，匆匆忙忙退出去了。霍仁敏听到枪炮声一阵紧似一阵，料着战事紧迫，就对王参谋皱了眉道："怎么办，我们能死打吗？干了下去，有谁来接济我们？"王参谋道："我们有一师人，到哪里不能活动？何必一定要这西平城？我想派一团人守着东南角，我们就趁晚上由西门退出去。"霍仁敏笑道："你这话说得是。你就这样和我下命令。屋子里还躺着一个，我得去瞧瞧。"他说毕，就向屋子里一跑。

那罗家姑娘两只手两只脚都让布条子给缚住了，一把散头发乱散了满枕，她一张脸伏着对了席子，把席子上哭湿了一大摊水渍。霍仁敏自己匆匆地将衣鞋穿好，到了床边一伸手拍了拍她的光脊梁，笑道："小人儿，你不要生气了，我马上就要走，带你一块儿……"一句话未了，王参谋冲了进来，一见床上帐子未放，连忙又向后一退，站在门外道："师长快走，日本兵已经冲上城了。"霍仁敏侧耳一听，果然枪声突然停住，似乎在肉搏，说不定马上就要冲到这里来。他究竟是个军人，什么东西也没拿，只把桌上拴了皮带的盒子炮赶快在身上一挂，开步就向外走。

伯坚在前面屋子里早知道了他们这一台戏，只是干涉不了，又不忍亲眼去看。背了手反靠桌子站定，只管将牙齿咬得紧紧的，向着窗子外的满天星斗发呆。后来听到有了枪声，才出房来问明了消息，自己也料着霍仁敏必是一走了之。好在自己在干戈中奔走，一身之外无长物，倒也无所谓损失。只是这突然一走，又向哪里走呢？而且对于淑芬表妹，一见之后感情很好，这回霍仁敏退出城去，不是中国军队来接防了，失陷在城里的人那是一番什么景象？若要走就非和她一路逃走不可。在他如此踌躇想着的时候，只见霍仁敏和王参谋匆匆地就向外跑，虽然彼此对面遇着，他也并不招呼。伯坚看他们身后并没有跟着那个罗家姑娘，心里一想：难道还下了毒手把她杀了不成？赶快跑到后进，却见那堂屋的卧房门洞开，自己也不曾加以考量，就向里面一冲。对面一看，床上赤条条地缚着一个女子，满面都是泪痕，连忙向后一退，退到房门口去。

那姑娘知道霍仁敏走了，连连喊着救命，伯坚问道："那位姑娘你自己挣不开吗？"她道："我手脚都捆上了，怎挣得开呢？求你救救命吧！"伯坚向堂屋外一看，已经跑得一个人影没有了，自己若不上前去救，决计也找不出第二个人来救。只得将一只手掩住了自己的眼睛，摸索进房来。摸到了床边，将手一冲恰好碰在人家的乳峰上，连忙又将手向回一缩。罗姑娘在床上翻了一个身，低声道："不要紧的，你只管和我解开来吧，事到于今，我也顾不得害羞了。听说东洋兵已经杀进了城，再迟就逃不了命，你快一点儿吧！"伯坚本来有些心慌，听了这话只得放大胆子睁开眼来，见那姑娘将身子侧着向里，两手反在背后交叉着，是将布撕成宽条子来缚上的。可拴成了死疙瘩，用手去解时，偏是心里着急，一时解不开来。罗姑娘不便催他，却重重地哼了一声。伯坚也顾不得了，只好低了头，用嘴在疙瘩头上乱咬，好容易把手上布条解开了，待再弯腰去解她脚上的布条，罗姑娘道："多谢你，让我自己来解吧。"伯坚这才醒悟过来，人家已经确手了，于是退到房外去等那姑娘穿衣服。

过了一会儿那姑娘一面扣着纽扣，一面向外走出来，见了伯坚，不由得红了脸一低头，又将腿向后一缩。伯坚道："姑娘，你不是要逃命吗？赶快跟我走吧！稍迟一会儿，恐怕日本兵就要赶到了。"罗姑娘抱头向外一冲，低了头就向外走，伯坚在后面跟着喊道："姑娘，你向哪里走？街上还乱得很呢！"二人跑出了大门，罗姑娘就向回家的路上走，伯坚也忘了避什么嫌疑，拉着她就向福音堂里走，口里还不断地告诉她道："大街上去不得，这里躲一躲吧！"罗姑娘先是被他拉着，莫名其妙地跟了跑，及至到了福音堂内，她看到福音堂里座椅上乱哄哄地坐了许多避难的人，心里也就明白过来，连忙将手向后一缩道："你不晓得，我还要回家去找我父亲呢。"

伯坚待再要说什么时，一回头却看到表妹袁淑芬身穿了白衣服，袖子上缝着红的十字，正指挥着礼拜堂里的难民落座。当伯坚一回头的时候，她倒先红了脸，朝着伯坚微微一笑。在这个时候，伯坚心里十分慌乱，本也就不知道什么爱情，可是经淑芬向他一笑之后，身上立刻有一种奇异的感触，似乎又明白过来一点儿，于是也向她一笑，慢慢地走到她身边去，低声道："你知道这位姑娘是什么人？"淑芬突然将身子一转道："管她是什么人！"红了脸就一步一步挤到人群中去了。伯坚站在她身后望着，未免发了呆。自己待要跟着赶上前去，又怕再碰钉子，然而就此让她走去，并不过问，又觉得是心里很过不去似的，只得在许多人坐的椅子头上，一挨身坐了下去。

也不过二十分钟的工夫，只听到扑扑几声步枪响，接着许多人的脚步声忙乱杂沓着涌潮一般在大街上经过。这样一来，立刻在福音堂里的难民也纷乱起来，淑芬由人群里跑了向前，看到伯坚，一把就抓住道："事情很急了，这不像平常，怎么办？"伯坚正是愁着刚才的举动得罪了她，她老不肯理会，不料她很亲热地扑上前来，一点儿芥蒂没有了。在惊恐之中，却又得了无上的安慰，也就趁机握了她的手道："你不要着急，这并不是哪一个人的事。这里是教会，比较地安全，若是在这里都要着急，出去就更不好办了。"她一手抓了伯坚的衣服，一手让伯坚握着，面对面地站在他当前，只管皱了眉，不住地微微顿着脚。伯坚道："这里人多，有事也不好商量。这里你是很熟的，可以找一个地方我们去谈一谈吗？"淑芬想了想，摆脱了手道："你随我来。"于是她在前面引路，穿过两幢屋子，将他引到一个露台上来。这里在月光昏暗之下，对于下面平房看不大清楚，自然由平房看这露台上也是很模糊的了。

淑芬很近地靠了伯坚站着，低声道："现在由内战惹起了外患，这事是更透着麻烦了，你做过县知事，落到日本兵手里恐怕不会放过你，你非逃走不可。"伯坚道："我还有什么留……"一个"恋"字不曾说出来，又伸手握住了她的巴掌道，"除非是你。"说到这里将她的手更捏得紧紧的。淑芬笑道："真的吗？刚才那姑娘是你什么人？"伯坚笑道："我刚才正想和你解释，又没有得着机会，她对于我什么人也不是。"因之把罗姑娘的事略微说了一说。淑芬笑道："你倒是个多情人，遇到了……"顿了一顿道，"我不说了。"伯坚道："还是谈正经吧，我看要逃走就是今天晚上，到了明天就晚了。以后我们怎样通信？你又打算到哪里去？"淑芬道："我当然是跟你一块儿走。"她让伯坚捏住的那一只手于是捏着紧了一紧，在这一紧之间这就很像表示态度更加坚决似的。伯坚自是心中一动，因道："那太好了！但是我今天晚上就走，你能跟着我一块儿走吗？"淑芬道："只要你肯带我走，天边我也敢去。但不知道带着我嫌不嫌累赘？"伯坚道："有什么累赘？你倒很能自己解决自己事情的。而况两人同走，有我见不到的地方你还可以指教指教我……"淑芬站在他面前沉静了许久，忽然将脚一顿道："好，我决定了这样办。你在这里等我一等。"说毕，她扭转身来匆匆地就下露台而去。

伯坚看她那样子，知道她是决定了什么新办法。这个女子是有胆量的，且依着她的话站在这里静等着。听听街上那杂乱的喧哗声已经慢慢消沉下去，大概霍仁敏的部下已经逃走远了。进城的日兵路途是生疏的，当然还不能怎样穷追。这个时候，青黄不接，要逃走正是机会。自己在露台上踱着大步一会儿，又靠栏杆向外眺望一会儿，等了许久还不见淑芬上来，便很有些着急。这下面也是逃难的人很多，不要是出了什么乱子？于是也向露台下走去。刚到下面，黑暗中射出一道白光在身上一照，淑芬跑了上前一把抓住他道："好了，大事我都安排定了，走吧！"原来她一手拿了一个手电筒，肩上背了一个小布包里，已经预备好了夜行的装束。她也不容伯坚分辩，拉了他就走。

走到大门口，见了四个西洋人手里各提着玻璃罩灯，拥着一群男女在后面。淑芬放着嗓子喊道："在这里逃难的还有愿出城去的没有？这里有牧师护送，可以没事，我们要走了，要去的就跟着走呀！"那几个外国人听淑芬大叫，都望着她笑。伯坚这才明白，是她一会子工夫鼓动了许多人要出城。因为有许多人要出城，所以她又能要求牧师保护着送出城去。一个十几岁的女子，这种急智和这种胆量都可以令人佩服的了，便笑道："表妹，我真惭愧不如你，这一下子我看出你的才干来了。"淑芬笑道：

"在这样逃命的时候，我们逃命要紧，哪有工夫说这些客气话呢！"她如此说着，可拿起手上的手电筒向伯坚脸上一照，这样一下伯坚简直说不出是甜酸苦辣来，虽是在黑暗中却也对着她笑了。只是这个时候，大门外的一群人都等着逃命，已是簇拥着几个外国人和几盏玻璃灯风卷而去，伯坚和淑芬也就只好紧紧在后面跟着。所幸一路走来并无阻挡，城门因为霍军退出去的关系，也是两面大开，大家成堆地走出去，也没有一些子困难。出城之后，几个教会里的外国人说是已到了安全的地点，就不送了。而且这逃难的人民各人要奔各人的方向，当然也不会在一条路上走，教士们也送不胜送，于是他们安慰了大家几句就抽身回去了。

一群人在星光之下，走出了城外的街口，大呼小叫地各找去路。这里只有伯坚和淑芬是茫无去路的，看到人家都有路走的自己却不知向哪儿走好，站在荒落的街口上彼此对立着。淑芬道，"表哥，我们往哪一条路走呢？"伯坚笑道："你问我，我的意思和你一样，也不知道应该向哪里走。"淑芬将手电筒向大路上照耀了一番，笑道："我们反正是无目的，不如顺着大路走，只要找着一个歇腿的地方大家坐到天亮，问明了到省里去的路……"伯坚道："怎么着？你不到我县里去吗？你伯父母在那里，你妹妹也在那里，大家见面岂不是好？"淑芬默然了许久，才道："到现在我才算看出你的心事来了。"伯坚突然听到了说这句话还摸不着头脑，问道："我这个建议难道还有什么歹意吗？"淑芬道："你还是装着不明白呢还是没有想到呢？你想想看，现在我和你一路到府上去，我们这友谊还能保持现状吗？"伯坚这算明白了她的一部分意思，可是自己现在一日说出来爱她，不爱她妹妹时，总觉有点儿心硬。何况和淑珍多年，相互虽不明说有白头之约，彼此心照，谁也不做第二人想的了。这位淑芬表妹才干是可爱，感情也烈，性情就未免铺张厉一点儿，若是和她明说了，依然维持着现在的友谊，到了家里她岂能不表示出来？淑珍问起来，何词以对呢？伯坚如此在心里打算盘，口里一时就答复不出来。

淑芬见他默然不语，就淡笑了一声，这一声淡笑，就把伯坚的话逼出来了，因道："你这话问得有点儿奇怪，我想了许久想不出你的命意所在。"淑芬道："依我看，你不是想不出，恐怕是答不出吧？我以为你绝对是和我合作的，所以我不愿到你家去，免得和淑珍妹妹见了面你有话不好说。既是你的心还在她身上，我不过是个平常的朋友，大家见面没有什么关系。那么，我们就同到安乐去就是了。"伯坚听了她这话并不抵抗，然而她的心里一定是愤恨极了的，因低着声音道："你对于我不大谅解。你想，我是让人家抓夫抓了出来的，家里那个老娘一定是很着急的。现在我好容易摆脱了罗网，怎不要回去看一看老人家？"淑芬道："我怎么不谅解呢？我不是赞成你回安乐去吗？是呀，母亲总是要紧的，当然要去看看。"伯坚分明觉得她话中有刺，然而由衷听去她是说得很有理的，便笑道："你总像有点儿生气似的。好吧，我不拿主意出来，你说应当怎么办我就怎么办。"淑芬觉得自己柔能克刚的政策已经战胜了这个新式书呆子，很是得意。不过突然转圜过来也有些不好意思，便道："今天晚上我们就是决定了到哪里去，也找不出去路，我们先走一程子再说。"

伯坚在"女将军"气头上也不敢多说什么，便答道："对了，无论什么事我们总要从长计议，慢慢走吧。"淑芬心里也就想着，记得由省里到西平来是一条大路，现在顺着大路走，当然是到省里去的。于是将手电筒四周照了一照，觉得顺着方向一直前去的便是大道，那么就可顺着这大道走了。她是靠着伯坚走的，用手微挽着他一只手道："我们走吧。"无论什么英雄好汉，只要经了女子的手一拨弄，立刻会把心都软化过来。伯坚觉得自己的手腕被她碰着了，顺手倒过来一挽，反挽着她的手臂，淑芬一面走着一面笑道："你觉得我们这样逃命是可喜的事呢是可悲的事呢？"伯坚道："一个人逃命是可悲的事情，两个人逃命却是可喜的事情。"淑芬笑道："那不见得。若说逃命果然是可喜的事情，我们就这样逃一辈子的命吧！"伯坚笑道："我不算什么，可是让你老跟着逃命，那是何苦呢？"淑芬道："这个你难道不懂？无非是为那个字……"她顿了顿又道，"我不必说，你当然也很明白。"伯坚紧紧地挽了她那只手臂，笑道："我当然很明白。"她的步子比伯坚走的步子慢得多，以是她的身子常常靠在伯坚的怀里，伯坚不挽她的手臂了，却伸过手臂去挽了她的肩膀。淑芬就当是不知道一样，还是带笑带走。

凡是单人走路，除了走不知其他，分明走得很快，还是觉着走得很慢，若是两个人以上走路，说着笑着忘了走路，其实走得很慢，不知不觉地就会到了目的地，至于一对情人走路，不但觉路走得快，而且有时还嫌路近，不够走的。这时淑芬心里已忘了在走路，伯坚为了她紧紧相依有说有笑，也不容她记着在走路。所以脚下不分高低，挨着挤着地走，旷野无人，由他们说些什么情话也不要紧。上半夜和白天在炮火恐慌之下的情形，似乎已隔了几百年，他二人都让爱情麻醉了。

二人也不知经过了多少路，费了多少时间，那面前黑漆漆的路现在却有点儿混白色，道路以外的田地树木也有影子露了出来。这是不知不觉地走了来，天快亮了。伯坚道："我们糊里糊涂地走，似乎路已不少，应该找个地方休息一下。"淑芬道："我早就累了，可是不便约你休息。你想，我们孤男寡女，半夜里同在荒野里休息着，那成什么话？"伯坚道："这话又不是那样说了。乱离年间第一是顾全自己的人格，第二就是顾全自己的性命，然而这两点很有连带的关系……"淑芬也不等他说完，就一手捂住了伯坚的嘴，笑道："这又不是在演讲台上，要你演讲一篇大道理，怎么抬出这样大的题目来？"伯坚将她的手拿下依然握着，可就笑道："弗不是我抬出大题目来，因为你有点儿避嫌疑的意思，我就要把我们现在环境、应取的态度来解释一番。"淑芬道："我是和你说着笑话呢！在我们这种情形之下，还谈什么嫌疑？就是要避嫌疑也不可能。譬如你现在掐住了我的手，照着男女授受不亲的话讲来，你是应当不应当呢？"伯坚听说，连忙笑着放了手。淑芬见他如此，却又抢着握住了他的手，笑道："若是这样，你倒真有心了，那又何必呢？"伯坚听她说过来说过去，也不知道应当对她持何种态度才好，只是笑嘻嘻地陪着她走路。

约莫又走一里多路，只见前面烟树溟蒙之中，已隐隐地发现了人家的屋脊。看看脚底下的大路，正是直通那里的。伯坚道："走了半夜，总算摸到了个村子。这个时候村子里的人还没有起来，不如我们先找个地方休息片刻，等到太阳出来时我们就到村子上去问路，你看好不好？"说话时身边正有一个牛车棚子，淑芬向棚子里一指道："那地上有一堆稻草，倒正好睡觉，我就在那里躺一会子。"说着，弯了腰捏着拳头去捶自己的膝盖。伯坚笑道："我看你这样子实在是受累了，你休息一会子也好。你只管躺下，我可以坐在外面和你守卫。"淑芬笑道："守卫是不敢当，不过我们两个人，在这样一点儿遮拦没有的地方，总只能睡下一个。哟，我还是说错了，就是有遮拦又怎看着！"伯坚倒并不留意她这些话，所以没有答言。她将话说完了，人向牛棚子里一钻，用手拨了一拨稻草，身子向下一蹲，这种舒服，简直非言语所能形容，将身后的稻草堆得高高的，人就向后一倒，倒在稻草上，她闭着眼笑道："有人出来了，你就叫我一声，我是不会睡着的。"伯坚随口答应着，就在牛棚外靠了一根木柱子坐下，两只手就拔了两根草，用手来撅着消遣。将两根草撅完，耳里早听到鼾呼之声大作。回头看时，淑芬半弯曲着身体，已是在稻草堆里睡着了。只见她脸上红红的，眼睛合成一条缝簇拥着一线长睫毛在外，竟是睡得很熟。伯坚心里可就想着：有这样一个内助当然也可以满意，只是她有她的长处，淑珍也有淑珍的长处，把淑珍丢了，专门凑合着她。只是一点儿缘由没有，这话如何可以开口？伯坚心里想着，眼睛就不住地在她浑身上下打量，看到她憨态可掬，于是自己将半截身子伸进牛棚子里去，将手轻轻地在她那又圆又白的手臂上轻轻地抚摸了几下。

偏是事有凑巧，正在他这情不自禁的时候，耳边又听得踢踏踢踏之声由远而近。回头看来，一个庄稼人肩上背了一把铁锄，顺着田边小路，已经走到身边。伯坚连忙站起来和那人一点头，看他有五十多岁年纪，嘴上已稍稍有些胡子，便叫了一声大叔。那人将他浑身看了看，又看看牛棚子里睡着个女子，眼睛不住打转，好像是很纳闷的样子。伯坚也看出来了，就对他拱拱手说："我们是由城里逃出城来的，城里已经被东洋兵占领了。请问大叔这条路是向哪里去的？"庄稼人道："那睡着的是你什么人？"伯坚真不料他不答而反问，当然不便答是亲戚，就是说是兄妹，恐怕也会露出什么马脚来。心里尽管犹豫着，口里一下就说不出来，只笑了一笑。庄稼人道："哦，你们是少年夫妻，家里老人家都没有逃出来吗？听你不是本县人说话。"伯坚道："我是安乐人，在这里做生意。"庄稼人道："那就是了，这一条路正是到安乐去的。"伯坚道："这里到城里有多少路了？"庄稼人道："只有十五里路，你们怎样走一夜的呢？"

伯坚本要问他的话，不料他絮絮叨叨倒越问越多，只好有一句没一句地陪着他说。先是这一个庄稼人说，后来在村子里出来的人，在面前经过也驻足而听。有了三四个人，老远地有人看到，都跑着来看一个究竟，伯坚面前圈了一圈子人。他因为淑芬一夜走倦了，好容易躺下了，本来要让她多睡一会子。现在围了这一大群人，她一人躺着，很有些不雅观。只得走向前将她摇撼了一阵子，大声喊叫着。淑芬先是将手拨了两拨，因为他叫唤得不曾停住，一个翻身坐了起来，揉着眼睛一看，见有许多人不由得哟了一声。那些庄稼人看到，有的就低声着说："真是一对年少夫妻，你看这位大嫂多年轻。"说话的人看看淑芬，又看看伯坚。淑芬的脸色红将起来，站起身低头牵了牵衣服。伯坚在身上掏出一块干净的手绢，就交给她指着一丛杨柳树荫道："那下面有一道清水河，你可以到那里洗一把冷水脸先醒一醒。"淑芬接着手绢，不作声地走去了。她走下田岸去洗了一会儿，站起来远远地招着手道："你把包袱带过来，我们就由这里走，我不回去了。"伯坚果然提了包袱跟将上去，因而问道："你不在大路上走，为什么要绕上小道来？"淑芬瞅了他一眼道："你还有什么不明白？那些乡下人不知分寸，胡说八道，我有些不爱听。我睡着了的时候，你和他们说了些什么？"伯坚望着她笑了一笑。淑芬噘了嘴，将身子一扭道："我不来！将来一路走着你尽占我的便宜，我多么冤！"

伯坚看她脸上并无怒色，分明其辞若有憾焉，其实乃深喜之，便道："我并没有说什么，不过乡下人胡猜。我因为我们晚上同道走路，不便怎样否认，只好含糊答应。你想这男女社交，在省城里多少还有问题，县城里更不必提，乡下人他会相信男女朋友可以同路走的吗？"淑芬微笑着，鼻子哼了一声道："你看，这又变成了男女朋友了。"伯坚道："我觉得'朋友'两个字比亲戚还亲密些，不知道你作何感想？"淑芬道："不要说这些闲话了，现在也不是说闲话的时候。你问明了这条路是到省里去的吗？"伯坚指着她道："嗐，你走错了！这是到安乐去的大路，而且离城还只有十几里路，并没有怎样走远哩。"淑芬听了这话，许久作声不得，只是望着他。伯坚明知道她十二分不高兴，然而这是她自找出来的一条大路，当然不能怪别人，便道："这里离城太近，还不能算是十分安全地点。我们只有再走几里，到了一个镇市上先吃点儿东西，好好地休息，问明了路程，然后打起精神再走。天下没有走不通的路，这虽是到安乐去的，我们再弯上几里也就到了上省去的大路了。"淑芬听他的口音，倒并不想回安乐去，心里自是宽慰一点儿，因点点头道："路已走错，那也只好这样走着再说。"

于是伯坚提了包裹在前引路，走上大道。在村庄上经过，乡下人对他二人很是注意，伯坚很不好意思，不是将脸偏过去，便是低了头走。淑芬却坦然无事地紧紧跟随了伯坚走，走了七八里路，才到一个镇市上来，这里除了小油盐杂货店而外，也有两家小茶饭店。伯坚同着淑芬走进一家小饭店，只见各副座位上已经坐满了男女，都是蓬头散发，面色憔悴不堪。身边大一个箱子小个一包裹，有的还带了两三岁的小孩子，只是啼哭。这用不着怎样猜想，当然是逃难的人了。二人找到屋檐角边，才找着了一个座位。一个店伙送了茶水过来，伯坚问道："这些人好像是逃难的，是由哪里来的？"店伙道："你老先生是由西平来的吗？"伯坚说："是。"店伙道："那么，你还有什么不明白？我们这里团防得了信，西平昨夜丢了，霍仁敏的军队往省里逃跑，唐家镇连夜受了糟蹋，这都是那镇上来的人。"伯坚道："那里是到省里去的大路吗？到这里有多远？"那店伙听说，向伯坚望望，又向淑芬望望，问道："难道你二位还打算由这里上省去？你不看看人家是怎样逃到这里来的！"伯坚道："除了唐家镇，就没有别条路上省去吗？"店伙道："有是有，除非由安乐那边绕了过去。"伯坚再要问时，别副座位上有客人叫唤，他就走开了。

伯坚向着淑芬道："你看这事应该怎样办？"说时，给淑芬面前杯子里斟了一杯茶，在自己面前也斟了一杯，搭讪着喝茶，口里沉吟着道："哦，还要绕上这样一个大圈子，才能上省去。"口里说着，眼睛可就望了淑芬只管出神，脸上还带了一些微笑。淑芬明明听到店伙如此说着，又不是伯坚借题撒谎，脸色虽然是十分不好看，但是对于伯坚，绝不能说出他什么错处来。因之也不作声，也不笑，很无聊的样子端起茶杯，在嘴上呷了一口。这一下，不过是杯子和嘴唇皮微微碰着，并不曾喝了多少茶到肚子里去。伯坚知道她在想心事，当她还未将话说出口的时候，自己说是到省里去，一道路不能走，那是欺人之谈！若说不去，更非她所愿闻，当然是谈不得的了。因之默默地向她望着笑道："依我说，我们不如走一节算一节，先不要太固定了。"淑芬又默然了一会儿，手上端了茶喝着，可就向了他问道："你说走一节算一节，这是怎样的走法？又是怎样的算法？"伯坚听了，心中就在计划：假是说由安乐道上绕过去，怕她有些不愿听。因此勉强微笑道："不知道你可能冒那个险？我们还是由唐家镇走了过去。"淑芬倒不料他会这样说出来，因道："你若是有这个胆量走，我就陪着你走。"

伯坚见她说话时黑白分明的眼珠子一转，两条柳眉一扬，小腮帮子上两个小酒窝凹下去多深，那一种聪明样子甚是动人怜爱。自己心里恨不得要想许多话去安慰，才觉是对，怎样还忍心去违抗她？因之把刚才口与心违的一句话倒不免认实来做，就点点头道："这无所谓有胆量无胆量。"说着就低了声音道，"你想，这条路上逃走的军队正是我们自己人，我就算多带一个你，把话说明了，也没有什么关系。"淑芬将牙齿咬了下嘴唇，向伯坚只管微笑，伯坚以为她讥笑自己说假话，因道："你还不相信我能到省里去吗？"淑芬还是微笑摇着头，因道："并不是这个意思，我以为你说话好笑，怎么说是'带一个我？'我成了一样物件了。而且你还打算和人家说明呢，请问，你又说明些什么？"伯坚因她说话的姿势大有芳情荡漾不能自支的样子，便道："你是明知故问吧？据你说，我又该向人说明些什么呢？当然……"淑芬脸上红着，接着又向别个座位上努一努嘴，那意思就是说："注意旁座的人，别让人家听去。"伯坚看她这情形，分明她已承认了自己不肯说明的一切，就笑着向她瞟了一眼。淑芬道："我看这地方倒很太平的样子，你一夜未睡又走了这些路，也应当休息一下。看看这小饭店里有空房间没有？若是有地方，你可以先休息半天，到了下午再做打算。"店伙正过来张罗，立刻就答道："有空房，有空房，就是这后面院子里北上房，又干净又凉爽，好不好？"说着将手向后面一指道，"两位既是要歇店，何不搬到房间里去坐？"伯坚也觉精神有些支持不住了，就依了店伙的话，让他引道搬到那房间里去。

那里开着两扇活页窗，屋子里却也凉爽。窗户外有一个大倭瓜架子，旁边还有一棵垂杨柳，屋子里绿荫荫的。院子外是矮墙，墙顶上露着一排远山头，在树丛子里闪烁着。伯坚在当窗桌子边一把椅子上坐了，窗户外的凉风迎面吹来，叫了两声"好风"，接连又打了两个呵欠。淑芬将茶杯斟了一满茶杯，放到他面前笑道："你来喝一杯，我和你去收拾床铺。"伯坚接过茶杯，回头看时，见屋子里，只上面有一副床铺板，板上面盖了一条席子。淑芬将包袱打开，展得长长的，铺在席子上，又拿了自己一件长衫卷了一个包裹，给伯坚做枕头，用手将包裹拍了两下道："委屈点儿，就是这样子睡下吧。这饭店里的床铺什么人也睡过，只好麻糊一点儿，不能细想的。"伯坚笑着说："有劳了。"心里可就想着：只有一个包袱皮，你垫给我睡了你自己睡什么？再说这屋子里也只有一个床铺，你又到哪里去睡？心里如此想着，眼睛自不免久望着床铺。淑芬站在一边，斜侧了身子向他笑道："你大概是替我为难，我自有办法，你就不必管了。"伯坚道："一路之上，应该我照应你，这倒让你照应我。"淑芬笑道："这都无所谓，你只管休息你的吧。"伯坚站着还未曾动，淑芬就拉了他一只手向铺面前拖去。伯坚含着笑，只得倒下身子睡了。他不睡下，还不怎样想睡，自头枕着包裹之后觉得周身舒适，立刻沉睡去了。

待他醒过来时，却见床面前横摆了一张藤椅子，淑芬微侧着身体在椅子上睡得极是香甜。自己坐起来向窗子外看看，那太阳光已是变了红色落在倭瓜架底下，这分明是大半下午了。只因贪睡把整天的工夫都已耽误，今天想走当然是不能够。看淑芬两腮上的红晕之外，微微有些汗珠子，睡得更酣，自己怎好把她叫醒？于是走出房去，叫店伙送了茶水来，自己先洗把脸，然后对窗户喝茶、乘凉。看看太阳沉过了屋顶，淑芬在藤椅上将身子转动着，因为不大舒适如意，便醒过来了。两手揉着眼坐起了向伯坚微笑道："你醒了，怎么也不叫我一声？"淑芬说着，抬起头来理她的鬓发，露出她手臂之下压在藤椅子上印出槟榔眼的花纹。伯坚笑说："在藤椅子上睡不大舒服吧？"淑芬两手抬着伸了个懒腰，笑道："虽是不舒服，也睡了大半天了。现在什么时候？"伯坚在衣袋里摸出闷壳子表来看看，笑着摇头道："我们都睡得可以的，已经是六点钟了。"淑芬见桌上放着一脸盆水不曾倒去，就伸了手到脸盆里去搓洗。明明这水是伯坚洗过一道的，她并不嫌脏，就坦然无事地洗着。伯坚道："你何必替饭店里省这一盆水？不会叫伙计再倒一盆水来？"淑芬笑道："是别人洗的嫌脏，你洗的我嫌什么脏！"这话并不怎样温柔，可是伯坚听了这话心中好像喝酒喝醉了，让人周身的肌肉都微微震动着。待要说句什么，却说不出来，只管向淑芬微笑着。

淑芬洗过了手脸，将水送到外面去泼了，看到伯坚面前还有大半杯凉茶，向他笑道："我不客气。"接过茶杯来将茶喝干了。这还不算，又将杯子放下，提着茶壶斟了一茶杯，放到伯坚面前笑道："喝了你半杯，还你一大杯，你看我这人公道不公道？"伯坚笑道："公道得很，只是我不公道是了。"淑芬道："你为什么不公道？我倒不明白。"伯坚笑道："这有什么不明白！无论到哪里去说，我们总是平等的。为什么我睡在床上让你躺在椅子上呢？"淑芬斜着眼珠望了他，依然没有减了她的微笑，点点头道："这也很容易平等的，今天晚上你请到藤椅上来，让我睡在床上，我们这就很平等的了。"她这样一句话，分明是说今天晚上彼此还可以同室而居。在她很坦然地说出这样一句话，然而在伯坚心里想着：和一个女子同睡一室，生平还不曾有过一次，却不知今天晚上是一种什么意味？他如此想着，心里不由得扑通跳上一阵。偷眼看淑芬时，她丝毫也不在乎，很自在地当了窗户口坐着在那里纳晚凉。伯坚一时不曾说什么，她也不说什么，彼此很寂然地坐着，听到倭瓜棚上的倭瓜叶子在晚风里摇得瑟瑟作响。

　　彼此静坐了许久，还是淑芬先开口向伯坚道："晚上吃什么东西？要先告诉饭店里吧。"伯坚道："我跟着军队跑过两个月，苦吃够了，什么东西也可以吃一饱。但不知道你要吃些什么？"淑芬道："我更好说话，你吃什么我就跟着你吃什么！"伯坚原坐着的，不由得拍手笑着站了起来，淑芬笑问道："你笑些什么？"伯坚道："以我觉得我们谦逊得都有些不在道理上。我不说吃什么，你也不说吃什么，那就可以不必吃什么了，但是事实上却又不成。这倒让我想起初见面的那次，你做那种特别大菜我吃，很是有趣。那个日子，你倒并不问我吃不吃，硬做主的就请我吃了。"淑芬笑道："当我们初见面的时候，你心里一定说：'这位姑娘，怎么这样不怕人？'"伯坚笑着说："没有这事！"淑芬又望了他，许久不作声，然后摇摇头道："你这不是心眼里的话。不过我那时高兴极了，我自己虽觉得太率直了，也忍耐不住，非那样欢迎不可。"伯坚道："为什么那样欢迎我呢？"淑芬笑道："你又不明白吗？这无非为了我在西平很寂寞的，有你到了，多一个亲戚。"伯坚很随便地点了个头道："原来如此。"说毕又微笑了一笑。淑芬笑道："你不相信我这话吗？你就该明白。既明白，根本上就不该问我。"伯坚微笑道："明白什么呢？"淑芬皱了皱眉毛道："我最恨这类装聋作哑之人！"伯坚笑着只管耸动肩膀望了她道："你先不要怪我装聋作哑！你自己说话，就是半吞半吐，让人家听了不大明白。假使你明明白白地问我，我自然会明明白白地答复你。"淑芬偏了头向窗子外望着道："我没有什么可问的。"伯坚笑道："那么我也就没有什么可答的了。"

　　淑芬并不望着他，却是伏在窗户台上笑起来了。因店伙来问话："晚上要吃些什么？"淑芬问道："这镇上有肉卖吗？"店伙道："有的，今天正赶着镇头上小湖里打鱼，还有新鲜鱼呢。"淑芬道："好极了，和我们买两条鱼来做，一块儿算钱给你。菜得了，和我们预备一壶酒。"店伙道："还要什么吗？"淑芬道："一齐和我们配上六个菜碗就行了。"店伙答应着走开，伯坚笑问道："我们都是难民哩，为什么今天晚上要这样大吃大喝？"淑芬笑道："本来你应该请请我，但是你既不请我，我就只好请你了。我想靠着一点儿酒兴和你做个长夜之谈。"说时，望了伯坚只管微笑。伯坚笑道："就让我请你，也未尝不可以呀！可是你不要劝我多喝，我是酒后无德的人。"淑芬笑道："那也很容易办呀，你若是醉了，我就用冷水泼你，自然会醒了。"伯坚听说，只管向她微笑。这个时候，他虽没有喝酒，然而这个"酒"字，已经由他的耳朵灌到他的五脏里去，心里便有些荡漾不定起来。因为她是背向着里对窗子外看着的，伯坚这一双眼睛就不由得在她身上只管打量。淑芬偶然回过头来，看到伯坚对她身后望着，就笑道："你看些什么？"伯坚笑道："你向外望着，我也向外望着，你看什么我就是看什么。"淑芬道："真的吗？我说你有点儿不该。现在外寇压境，桑梓沦陷，论家也好，论国也好，我们青年多少都应该替国家做一番事业才对。若把十二分精神都注重到一个女性身上去，责任上有些说不过去吧？"

伯坚这几天困守西平城内，正是饱受着刺激，自己也不知道要怎样才能振作一番。及至逃出城来，一是顾全自己的性命，二又为这位表妹的柔丝捆束住了，心里那番国家之念却是没有机会可以说了出来。现时淑芬处在被爱和引诱的地位，倒反用这话来责他，真有些难为情，不觉红了脸道："我们有什么法子呢？没有兵权，没有政权，也没有财权，拿什么去抵抗外侮？充其量不过是这条命和人拼拼罢了。我并不怕死，只因为要保护着你离开那危险地方，所以逃出城来。假使你能一个人找到安全地点，我明日也不等，吃过夜饭我立刻就回西平去。我相信凭我的力量，至少也可以干死他们一两个。"说着话，他就站立起来，而且把脚顿了两顿。淑芬站近他的身边，握了他的手笑道："哥哥，你为什么发急？我和你闹着玩的罢了。你说得很有道理，我们当学生的人哪有不爱国的道理？不过英雄无用武之地，也是没有办法。我想这个消息传到了省城里去，省城里的学生一定有些组织，我们赶快到省里去加入他们团体去，不愁找不到工作。哥哥，你说是不是？"她说的这篇话，伯坚无所谓，只有那几声哥哥叫得他如痴如醉，什么话也回答不出来，紧紧地将淑芬手握住着，笑道："我依你的话，赶到省城里去。丝毫不容犹豫，我们明天起个绝早就走。"淑芬身子向他一靠，头靠进他的怀里，放出柔媚的声音道："哥哥，我们要死也死在一处。"

这个时候，倭瓜棚子外的太阳早落下去了，屋子里阴暗暗的，所有的陈设都看得有些模糊，自然两个人在屋子里如何动作，屋子外是看不出来的。饭店里的主人当然是爱惜灯油的，在客人未叫亮灯烛以前，自然是不会送灯烛来的。他俩于黑暗中，也不知道在屋子里经过了多少时候，看到别一间客房里已经有灯亮了，伯坚先笑道："屋子里漆漆黑的，我们要一盏灯亮来吧。"淑芬笑道："我总不说，看你知道不知道，你现在也知道要灯亮了！"于是叫着店伙送了灯亮来。那店伙在房门外先等了一等，然后走进来问道："先生你们的晚饭已经预备好了，就吃呢还是等一会子？"伯坚望了淑芬笑道："你饿了吗？我们是一天没有吃东西了。"淑芬道："我早就饿了的，只管谈话把这件事都忘记了。你看好笑不好笑？"就对店伙道，"快些拿来吧。酒预备好了没有？"店伙答应着说是一齐送来，伯坚望了淑芬笑道："难道我们还真要喝酒？"淑芬笑道："这有什么真与假？"伯坚笑道："天气热，本来就容易出汗，再加上酒兴恐怕一宿都会睡不着。"淑芬道："既是怕热，为什么……你看挤着有多么热！"伯坚没有什么可说的，只是傻笑。

不一会子工夫，店伙用托盘捧着酒菜来了，陆续放在桌上，他手里拿了杯筷站在一边，望了桌面子只是踌躇。他那意思就是说，这两个人的位子怎么安排？还是对面对地坐呢，还是二人上下首地坐呢？淑芬算是明白他的意思了，便道："你随便放下就是了，呆些什么？"店伙心想，这是不必分什么男女之嫌的，老实就给他们摆得靠近点儿，也让他们好亲近着说话。淑芬毫不为难地在一边坐，提了那把小酒壶就在正面摆的那个酒杯子里满满斟上了一杯酒，眼睛斜向伯坚瞟着，说了一个字："喝。"伯坚坐下来，笑道："其实我醉得很厉害了，你还要我喝？"淑芬道："你有点儿胡说了，酒还是刚刚斟下怎么就会醉了？"伯坚因店伙已经出去了，便向她微笑道："醉翁之意不在酒。"淑芬笑道："你不要瞎恭维，我醉不了你，我也不希望做个麻醉男子的女人。"伯坚笑道："我不是说你麻醉我，我看到你我自然会醉。由昨天晚上在路上同行的时候起，我就醉了，到现在为止，一个钟头比一个钟头沉醉。大概我有点儿醉得糊涂了，所以说起话来也是有些颠三倒四，我若是有什么冒犯了你，你可要原谅我一点儿。"淑芬笑道："这是什么话！难道我们说话还避免什么嫌疑不成？"说着眼睛又是向他一瞟，伯坚任凭是怎么样子忠厚，到了这个时候也绝不能维持他那十分规矩的面目，就向淑芬笑道："真话，不要只管劝我喝酒，就是你也可以少喝。"淑芬笑道："对了，我们是要做长夜之谈的。"伯坚道："昨晚上走到了大天亮，今天又要做长夜之谈，精神上照管得及吗？"淑芬道："有什么照顾不及？我在红十字会里工作加紧的时候，常是三四晚也不能睡一晚好觉呢！你若是精神支持不住，你喝醉了可以先睡。"

伯坚听说，左手端了酒杯子，右手拿了筷子，只管是一面吃着一面喝着，嘻嘻微笑，淑芬因他不说什么，她也不说什么。淑芬端起杯子呷酒，不住地抿住嘴微笑，有时口里还要哼哼唧唧地唱两句歌。歌词在可闻不可闻之间，仿佛总是爱情歌子。伯坚搭讪着用筷子撕了条鱼背上的肉，夹着放到她面前饭碗上笑道："这块鱼敬给你，一同吃饭吧。"淑芬笑道："你早是不能喝的了，我也不勉强，你先请用饭。我把这壶里的酒喝完了吧。"伯坚望了她许久，然后放下筷子用手按了一按她的手背，笑道："可是不要喝醉了。"淑芬也放下了筷子，将他的手握着笑问道："你呢?"伯坚笑着伸了个懒腰道："我自然是早就醉过去了。"二人都咯咯地笑了起来。大家不喝酒了，饭也是草草地吃过半碗，就叫店伙收了过去。

夏日天长，在这样满天星斗夜幕大张的时候，掏出挂表来看已是九点钟了。伯坚用过了茶水，就躺在藤椅上，并不向淑芬谦让。窗子是开的，晚风阵阵吹了过来，引逗着他的瞌睡渐渐而起，于是就闭了眼。因为耳朵边常有蚊子叫，不时地抬起手来挥蚊子。淑芬于是和店伙要了两根蚊烟点着，又要了一把芭蕉扇，移了椅子坐在藤椅边，不住地用了扇子挥蚊虫。但是窗户是开的，屋子里有灯，蚊子总是陆续地来袭。淑芬也没有法子，只好先灭了灯，然后又关闭了窗户。这样一来，窗子里与窗子外就成了两个世界，这两个劳碌终夜的人，当然是要休息的了。在这种日长夜短的夏天，自是很容易天亮，可是因为奔波了两日的缘故，很安静地睡着。

直到红日满窗，伯坚方才首先起来开了房门，淑芬在床上身子向外半侧着脸还睡得兴致很浓呢。伯坚并不去惊动她，自和店伙要了茶水，然后开了窗户，在藤椅上躺着。店伙进来问道："客人是不是要用了早饭再走?"伯坚说是吃饭，并吩咐他做些什么菜。这种说话声算是把淑芬惊醒了，她半睁开着眼，后又闭上。等着店伙出房门去了，然后打个呵欠又伸个懒腰，坐起来向伯坚笑道："你这人做事太冒失，怎么我还没有坐起来，就让人跑了进来? 怪难为情的。"说时，两只手抚摩着头发含着微笑，伸脚去趿鞋。伯坚看到，弯了腰就捡着鞋和她比得齐齐的，淑芬脚一缩道："这就不敢当了。"伯坚站起来向她脸上看看道："这也无所谓，我们是相敬如宾呢。"淑芬笑道："你说话有点儿不检查，在昨天要说了这句话我能依你吗?"伯坚笑道："若是昨天，我也就不说这句话了。"淑芬也不和他计较，自去洗脸喝茶。

休息不多大一会儿，店伙将菜饭送了进来，他顺便问道："你二位不是要到省城去的吗？现在上省的大路已经打着仗，今天过来的难民比昨天更多，你二位还是由安乐那边绕吧。"伯坚道："我们军队里有熟人，不要紧。"店伙道："有熟人又怎么样？难道你还有那个能耐冲过战场去吗？"这句粗话倒抵得伯坚无可回答，便微笑道："那再说吧。"店伙也不说什么，自走开了。

淑芬吃着饭，很是默然，看她那样子却是沉吟着在想心事。伯坚看了她这情形，索性等她想个结果，也不作声。最后还是淑芬先开口了，她微笑道："你的意思怎么样？还是打算冲过战场去吗？"伯坚笑道："当然是只有这个办法。不过你又不愿……"说着这话，一可就望了她的脸。淑芬道："我原来虽是说不到安乐去，但是上省大路走不了，我也不能不变通一点儿。我就只要你始终是诚意对待我，马上住到你家里去也未尝不可以。"伯坚笑道："那就好极了。"淑芬笑道："那就好极了吗？不见得吧？"伯坚道："为什么呢？"淑芬只管用筷子扒着饭，良久才答道："吃完了饭以后，我再和你说吧。"伯坚因她不表示，自是不敢追问。吃完了饭之后，淑芬捧了一杯茶在手上又慢慢地喝着，眼睛对了那杯茶出神，不住地将茶杯子口去碰撞她那雪白的门牙。她一直把那杯茶喝完了，才微微地笑道："我若是和你回家了，你对我怎么样呢？"伯坚道："所有的话昨天我已经和你说了，你还有什么相信不过的？"淑芬道："我并非不相信你，因为你和那一位以前感情太好了。你这人是面子软耳朵又软，设若她在你面前撒起娇来，你怎样地对她说呢？"伯坚道："这也没有什么难说的，我们回家之后，她一看到我们这种样子就明白了。"淑芬想了许久，点点头道："就不是个傻子，当然会明白的。就是想不明白，我也可以有法使她明白。好，现在我依你的主张，回安乐去。"伯坚笑道："怎么是依我的主张呢？老实告诉你，我这一颗心被你荡漾着，到于今沉醉未醒，只要你说什么我就照办什么。"淑芬抿嘴微笑道："我也是这样子想。不过你醉一时不足为奇，哪个男子都是这样，要你这样醉上一辈子才好呢。"伯坚笑道："一定可以的，只看将来你讨厌不讨厌我就是了。"淑芬又能说什么呢，只好是一笑。

这时二人的主张算是确定了，休息了一会儿，付了店钱，索性在镇上雇了一辆独轮小车，一同坐着上道。伯坚是虎口余生，回家去探母，淑芬也算计划成功，一心到曾家来做儿媳妇。两人一路行来，觉得地方上的情形不大安定。路上行人，有迎面走来的人，脸上都现着一种不安定的神气。据说安乐城外也开了仗，城里让大炮轰得不像样子了。伯坚听了这个消息，心里自是充分不安起来。然而这些消息都是行人口中得出来的，是否靠得住，却不得而知。自己笼了两只袖子坐在车上，态度依然是很镇静。倒是淑芬听说安乐城里遭劫，曾家有些不免。人家家里有了祸事，她心里当然是难受的，就向他微笑道："你不要着急，离乱年间最是容易发生谣言的。安乐一向都太平，若说是受西平的军事影响，我们是由西平来，我们在路上很平安，不见得乱事抄过我们，已经到贵县去了。无论有什么心事，我看到了贵县再说。我现在……当然哪，你的事就是我的事……"说着，又是一笑道，"要我怎样为力之处，我自然是尽力而为的了。"伯坚虽然有一肚皮烦闷，看到这位表妹如此柔媚，也就强开笑颜和她说说笑笑。

这天只走五十多里路，便已日落西山，离安乐镇还有四十里地呢！于是在这三路口镇上，找了一个客店投宿。客店正有从城里来的人，伯坚忙着向他们一探听消息，据说："城门已经闭了三天，日本飞机每天在城上轰炸四五次，守城的军队站不住脚，连夜开城跑了。当夜许多浪人进城，十几处放火，城里人家三停烧掉二停。今天一早不少人从城里跑出来，都是家里遭了难的。这以后的事，就不大清楚了。"伯坚一路之上所得的消息虽然都是不大好，但是想到不过守城的军队换了一班人，不能还有什么更重大的事。现在所听到的城里的房屋三停烧了二停，自己家的房屋未必靠得住。因之那勉强装着笑颜的面目就有些不能维持，在客房里坐着用手撑了桌子托了头，也不用茶水，也不要吃喝，呆了眼光就是向地皮上望着。

淑芬自己设身处地一想，也知道他很是不堪。一路之上，曾用好言语安慰他不少，他也勉强地受着安慰，把愁容收敛起来。然而人家心中真正难受，当然也不是几句空话可以把人家安顿好的。于是自己要了茶水，把自己带的干净手巾拧了一把递给他擦脸，然后又倒了一杯茶递到他手上。伯坚总觉受她的侍候有些过分，所以不愿擦脸也擦一把，不愿喝茶也喝一杯。淑芬等他喝完了茶，又拧了一把手巾送到他手上，轻轻地问道："你要吃一点儿什么东西呢?"伯坚不作声,摇了摇头。然而第二个感想立刻告诉他,对于这位未来夫人的态度不应当如此,所以又答应着道:"你要吃什么你就只管向饭店里要吧。"淑芬依然低声道:"这样的长天日子你总得吃一点儿,我们明天进城去,家里平安自然是千好万好,万一家里有了什么事,这还全靠你打起一番精神才干。你怎能不吃东西呢?"伯坚道:"好吧,你吃什么东西,我陪着你吃。"淑芬明知他是无心吃东西的,说出这句话来完全是敷衍自己的,自己本也不必强他吃什么,只不过和他暂时解闷,不让他发愁而已。于是叫了伙计当面问话:"这里有些什么吃的?"店伙说:"饭也有,面食也有。"淑芬站定了一想,便向伯坚微笑道:"这样子吧,让我自己来和你煮一碗面条子吃,你看好不好?"伯坚道:"饭店里厨房脏得很,你何必去费那个事。"淑芬道:"就是因为厨房里脏,我才要亲自去做,若是厨房里干净,我个会坐在这里等着吃吗?"说毕她已跟着店伙出去了。伯坚心里可就想着:我以前认为淑芬是个向外发展的女子,贤妻良母是不屑于做的。据现在的情形看来,她对于我实在体贴周到了。有这样的女子在一处,无论什么寡情的男子也不免被她陶醉的。虽然家里遭了兵劫,还不知道落到什么地步,有一个知己的女子在身旁不断地安慰着,也就愉快不少。

他心如此想着,将满腹的愁思自然地解除不少。一会子店伙端了两大碗面来,淑芬手捏了两双筷子在后跟随。面放在桌子上,她且不放下筷子,在包袱里找出一张白纸将筷子擦了又擦,先放一双在面碗上架着,向伯坚道:"现在你可以放心吃了。"伯坚见店伙已经走了,才向淑芬笑道:"老实说,我实在吃不下去什么东西,不过是你亲自动手做的,我吃不下也要勉强吃上一点儿。"淑芬望了他只是抿着嘴笑。伯坚道:"你对我太好了,假使你一辈子对我都是这样,我为你牺牲到什么程度我都愿意。"淑芬笑道:"那么,你就准备为我牺牲吧,我相信我一辈子对你都是这样的。"伯坚听了这话,心里一动,也就破涕为笑起来,勉强地吃过了大半碗面。淑芬道:"你吃不下去就不必勉强了,勉强吃下去心里又是难受。"说着她放了自己那碗面,却把他吃残了的这大半碗面端将过去,大口地吃起来。伯坚对于她的一举一动都留意着的,这一留意起来,便觉她处处都含有一种亲近的意思在内,心里自是十分地愉快。吃过晚饭以后,淑芬又陪着他在露天里乘凉,谈些过去与未来的事情。伯坚有淑芬陪着不断地说话，那一层心事就不会移到别的事情上去，这一晚依然是糊里糊涂地过去了。

到了次日，二人继续上道。这乡村的情形就和昨日所经过的不同，离着安乐城越近，行人越稀少。走到城外五里地的所在，大路两旁七八个乡店竟没有一家开着店门的。店门外只是几只丧家之犬睡着或慢慢逡巡着，并不见有个人影。那个推车子的车夫他把车子歇了，向伯坚道："先生，这个样子城里一定是不太平，你打发我的车钱让我回去吧，我是不敢进城的。"伯坚先还是壮着自己的胆子，只管向前走，走到这里也有些惊慌。如今车夫都不敢前进，益发让着心里不安，只是一个苦力的人，也不能和他为难。于是开发了车钱，自提他包袱和淑芬步行进城。

走了二三里路，才遇到一个挑空箩担的，他不要人家看他他老早地向二人注视着，还没有到身边，他就很惊异地道："难道二位是到城里去的？"伯坚道："城里现时怎么样了？"那人又向他浑身上下打量了一番，摇着头道："我劝你二位不要进城去吧，城里真是危险极了！"伯坚道："烧了几条街？还有没烧的吗？"那人道："没有了，没有了，全城算都烧光了！我走了好几条街都是像过年一样家家关了大门。"伯坚道："既是烧光了，何以又家家关着大门像过年一样哩？"那人脸一红道："你自己进城去吧！"挑着担子就走了。伯坚虽知道城里闹得很厉害，然而据来人口头上这种传说，更令人莫明其究竟。好在城里有人出来，未必就不能让人进去。且往城里走，到了不能走的时候再作道理。他如此想着，放开了胆子继续地向前走。大路上当然是没有一个人，直到了城门口，远远就见城门半掩着，并不见有什么军队把守。这倒出于意料之外，城空了难道战场都不能做吗？于是抢先一步在淑芬前面走着。

刚刚走到护城壕桥头上，对面土堆里忽然两个兵士端了上着刺刀的步枪，大喝一声迎上前来。伯坚正停了脚要告诉来意，前后左右忽然十几个兵士钻了出来，将他二人团团围住。淑芬早是吓得面如白纸，一句话说不出来，伯坚也垂着两手，连呼吸都停止住。因为在十几个枪口之下，只要有一个枪口关闭不住，身上就有几个透明的窟窿，只有变成泥塑木雕的一样，静待他们处分。看那些人的样子，矮矮的，胖胖的，脸上黄中透黑，绝对不是中国兵士。他心里这时已十分明白，人家的军事是有步调的，占领西平之日，同时也在安乐动手，自己的家乡这算落于东夷之手了。那些兵里头有两个放下了枪，伸着两手在伯坚肋下向大腿缝里一抄，接着在淑芬身上也是照样而行，另一个兵在伯坚脚下拿过包袱去打开来仔细检查了一遍。其中有几张纸片，是带在路上应用的，兵士捡到手里，却是看了又看。伯坚是将包袱拿在手上的，却不知几时落到地上去了。至于这包袱里有些什么，自己更是不能想到，心里只是揣度着：糟了，糟了，不免一死的了。那兵士检查已毕，似乎还相信不过，叽里呱啦向同伙说一遍。于是那些人放下了枪，各自走去。只是三个人在身边站着，一个在前，两个在后，在前的将手向伯坚连挥几下，似乎告诉他只管向城里走。伯坚当然是不能抵抗，只好向前走。回头看淑芬时，她也是低了头紧紧跟在身后走。伯坚心里想着：别家之后，千辛万苦地死中求活，目的就是想逃回家来还可以母子团聚。不料由虎口中逃出性命来，依然是跑到家乡来送死。早知道如此，不如在火线上凭一时血气之勇，糊里糊涂地打死了，还减少一番痛苦。心里如此想着，一步一步向前走，心里也就一阵一阵地难过，眼睛里面热气上冲，眼泪水禁不住直流下来。

　　进了城以后走上大街，果然两面的店铺不是炸倒便是火烧。有的是光剩了一堆砖瓦，有的秃立着几堵墙，墙下乱架着一些烧焦的木料，有的倒了半边房屋，还有半边房屋在歪斜的形势里支持着。猛然看时，几乎看不出来是哪处街道了。这三个兵士押着他二人所走的道路，正经过伯坚家里的小巷口，也不知是何缘故，他到了这里之后心里只管是怦怦乱跳。老远地走来，那目光早就注视到巷口里面的房屋。不过巷口不到一丈宽阔，他步行既不能停留，经过巷口之时不过是一刹那。所以虽然向里面看去，那匆促的时间只看到自家大门口地方坍下来一大堵墙，由缺口的地方可以看到里面空洞无物。及至要仔细看时，那个东洋兵因为他有些徘徊不前的样子，拿了枪把子就向他后腿敲了一下。敲过了，便用手在后面推着口里大喝一声。伯坚到了此时有什么法子可以抵抗？心里只是把"忍辱负重"那四个字牢牢记住，想到只要一日身体得着自由了，再来报这个仇也不算晚。所以当着自己的爱人受了这样公然的侮辱，依然是低头而行，什么话也没有说。

　　走到了县学门口，那孔子庙前已是高悬着两面红膏药旗，大门两边站着背枪的两列兵士，望了人都是凶狠狠的，仿佛眼睛里要出火。大门两边架着两挺机关枪，枪口正对了去路。伯坚虽是在军营里混了两个月，把这事看惯了，但是现在的情形是在异国人枪口与旗帜之下，在危险之外又加着一层侮辱，说不出来心里是如何难过。那些守门的兵，看到押着一对男女来，都发出一种微笑。同是人的微笑，在这种不会说中国话的兵士脸上发现出来，便觉可恨又可怕。伯坚和他们一同走进了那大门时，那兵牵着他向旁边走，将淑芬却径直押到里面去。她走了许远，回过头来向伯坚望着，伯坚也是望了她微点着头。本是不敢说什么，在这时候也就不知说什么是好了。押解伯坚的两名洋兵，他们也似乎知道伯坚心里难受，彼此对望着却大笑起来。伯坚心中如火一般地烧着，却无可奈何他，索性不理会。

　　由这里过去是泮水桥边一所空地，空地上有个大土堆，那两个兵将他带上土堆，先把绳子反捆了他两手，然后把下余绳子的一端系在土堆边一棵枯树上。伯坚若是走下土堆去，绳子短了就会把他吊起来的。于是走了一名兵士，只余一名兵士，放下枪来坐在土堆上，很从容地取出烟卷来抽着，临风喷出烟来随风荡漾，烟直扑到伯坚脸上。他故示着态度闲逸，正是居心侮辱被捕的人，伯坚只好避过脸去，向外面看着。这里高出文庙红墙一丈多，可以看到半城人家。在眼光所看得到的地方，完全是残破的房屋，近处有两所齐全的人家，屋头上都撑着膏药旗。远地方还有几处冒着青烟，好像是野火烧不尽的民房。伯坚心中大怪，他们引我上土堆来，正是要我看看全城的惨状，表示他们得意之举。心里又悲又恨，万万忍耐不住了，大叫一声跳了起来，将捆手的绳子挣断，对了那个坐着抽烟的洋兵直扑过去，打算和他拼个死活。然而人家手上是有刀有枪的，这却是十分险。要知伯坚性命如何，下回交代。

第九回

憔悴愧重逢香桃骨瘦
从容艰一死丝柳情长

上回说到伯坚忘了性命，向着那个押守的日兵碰了过去。这一着险棋，他是一时在气愤头上不曾加以考虑，其实带有刀枪的兵士，绝不能败于一个文弱书生手上。他这样一拼，除了情愿流血是没有别的可说了。所幸那日兵正在得意之时，不曾顾虑这样一个书生倒能和他抵抗，所以很坦然地坐在那里。当伯坚整个身子向他胸前一撞时，他支持不住，马上向后倒下来。伯坚不要命了，两只手紧紧地叉住了他的喉咙，骑在他身上既起又落，只管压迫他。那日兵拼命地由土堆上向下面滚，伯坚没有他的气力大，只松一口劲，就让他滚到土堆下。他抢过倒在地面上的步枪，横过枪把子来对着伯坚身上拦腰捣了过来。伯坚打算偏着身子把枪柄让了过去，然而他的枪柄来得更快，在背上正中了一下，两眼漆黑不知高低，人就向土堆下栽了下去，以后的事就不得而知了。

待他醒了过来，身子已是睡在一张床上，床在一间小屋子里，虽没有什么陈设却打扫得干净。如何到这里来的？初醒过来，还有些不明白。重新闭着眼睛想了一想，把打仗的事想起来了，心里想着：我既没有被那日兵打死，当然是有人救了，但不知救我的是谁？如何有这样大的力量可以到日兵手上来救人？伯坚想到这里好生不解。闭着眼睛又重新想了一番，然而这个问题依然可以玩味，寻不出是何道理。不过这次睁开眼来看时，屋子里却有个旧蓝布长衫的人站在床前面，看那样子，好像是个听差，便问道："这是什么地方？我怎样来的？"那人道："这是龟谷先生家里。"伯坚由枕上将头一昂，瞪了眼问他道："什么，这是龟谷先生家里？是日本人吗？"那人答道："对了。"伯坚道："你自然是中国人了，你姓什么？怎么也在这里？"那人道："我叫王国有，在这里当差。"伯坚道："你觉得跟日本人当差也有面子吗?"王国有微笑道:"这可谈不上!我们不过是混饭吃。"伯坚轻轻地自语道:"不要叫王国有,叫王国奴吧。"于是又在枕上闭了眼想着,再问王国有道,"我是怎样到这里头来的?"王国有道:"是龟谷先生带三个人把你用架床抬来的,他说你是他学生。"伯坚道:"哦,不错,我们学校里有个军事学教授是日本人,叫龟谷一义,大概是他。"王国有道:"哪,他来了。"说着他向前开了房门,跟着进来个人。

那人穿了件淡青纺绸长衫,外罩团花大袖纱马褂。他的身材非常矮小,穿了这样宽大衣服有些不贴身,脚底下的双梁头缎子鞋只把长衫的下摆踢着,他头上光油皮上也梳着稀疏的分发,配着嘴边的八字须,倒有些像中国官僚的样子。只是身材太矮小了,只看到一串衣服走路。伯坚想起这人正是龟谷教授,以前他常穿西服军服,倒显得矮小精悍,如今却不知如何改起中国老先生的装束来了。他依然是很客气,行着那日式的鞠躬,弯着几乎到七八十度,露出嘴里灿灿的一颗金牙,满脸堆上笑来。他道:"曾君,大概半年多不见了,不料这里相会。很好,很好。"伯坚和他有旧交,而且是他救了性命,这当然对他要客气,就撑着床坐了起来点头道:"原来是龟谷先生,我感谢得很。"龟谷走近前一步偏头向他脸上看了看,又操着那不规则的华语道:"大概系没有受到伤,大概系不要紧,你放心这里住,不要紧。"他说着话,就在床对面的椅子上坐下。伯坚道:"我是不要紧,只是和我一路来的还有一位女士,现在不知下落如何?"龟谷头一伸道:"啊哈,还有一位女士,她也来了?"日本和中国人说话,把他们那种助语词提前,往往成为很重的惊叹词。伯坚一时不曾想及,倒吃了一惊,问道:"女子便怎么样? 不能来吗?"龟谷笑道:"倒不是不能来,我刚才看到有位姑娘,送到司令部里面去了。那个人很年轻,是你……"说着便向伯坚一笑,伯坚知道他问话的用意何在,便道:"她是我的亲戚,因为我们在西平的时候一路逃到安乐来,我不能不继续地照顾着她,所以我很挂念她。"龟谷想了一想道:"啊,她是你的亲戚?那不要紧,我可以负完全责任放她出来。"伯坚心里想着:我并没有要求你搭救她,你倒先说了。因点着头道:"那就谢谢先生,但是,我呢?"龟谷既点着头又摆着,表示他匆忙不及的神气,笑道:"你要什么紧? 有我在这里,难道还能让你吃亏吗?你就安心在这里住上一两天,让我和你在县公署找个事情。以后我们是自己的人,无论什么事都很顺便,不会受什么约束了。"

伯坚猛然听了这句话，倒有些莫名其妙，就答道："龟谷先生，不要误会了！不过因为我闯了祸，不知道有无危险，我要问一问究竟如何。我岂能在这种时候倒托先生和我谋事？"龟谷点着头笑道："自然你不会在这时候让我谋事。不过你在本县总算是个人才，而且我又认得你，我不能不趁机会提携提携你。"伯坚道："现在城里秩序还没有恢复，我只求贵国军队不干涉我的行动，让我回家去看一看，别的事都在其次。"龟谷坐在一边只是嘻嘻地笑，接着自己又用手摸了摸脸，那种踌躇不安的样子完全都暴露出来。伯坚看他那情形，似乎也不大正当，只管将一双眼睛注视着他的面孔，似乎他这面孔隐藏着一个问题在内。龟谷站起来伸了手拍着他的肩膀道："对不住，暂时还请你在这里屈守一时，我自然有法子安排你。"说毕他两手抱在怀里，倒向伯坚鞠躬走了。

伯坚心里想着：我和他虽曾一度做师生，但是在学校里的时候，彼此感情并不见佳。而且我不曾有一点儿的要求，何以他见了我极力地安慰，还要替我找机会，这倒有些不妥。等龟谷走了，先前那个听差王国有又在房门口站立。伯坚心里似明白这是在一个地方拘留着，走动不得的。但是这里除了王国有又没第三个人，也许可以走了出去，且到房门口试试看。不料他站起来一动脚，那听差就替他将房门关上，把脊梁将门抵着，面向了他道："曾先生，你还打算出去吗？这可不是玩的。"说到这里低声道，"这天井外面就有人拿枪看守着，你难道不要性命吗？"说着拉了伯坚的一只手，将他拉到窗户边，向前面努着嘴道，"你看那影壁下不是藏着两个人吗？"伯坚在窗子眼里侧着张望，果然有两个日兵在那里。倒退两步坐在床上道："这是把我拘禁在这里了。"王国有低声道："这真是天字第一号的面子呢！要是照你先生闯的那件祸事来说，也不用审问。"又更低了声音轻轻按住伯坚的手，做出那极沉重样子来道，"只要这里的头儿用粉笔在你背上画个十字，就把你关到一间黑屋子里去。一屋子总关二三十人，到了晚上，牵出去就在大门外空地里枪毙了。"伯坚听说胸中倒抽口凉气，问道："难道每天都杀这些个人吗？"王国有道："那看他们的高兴，晚上在黑暗里牵出哪个来，就该哪个倒霉。也许全杀了，也许……"

他说话忘了神，声音不免大一点儿，只听到橐橐的皮鞋声，由远而近，回头看时，窗子外一支步枪头子插了刺刀横行过去。他脸上立刻变成苍白色，微弯着腰站在伯坚身边，丝毫也不移动，看他两只眼睛时，眼珠如木核做的死在那里了。伯坚见他惊骇到此种地步，莫明其所以然，也愣住了不能作声。听听窗子外那皮鞋声依然来往不断，刺刀尖子时而在窗户上晃过来，时而又在窗户上晃过去，伯坚看着王国有时，他只管挤眉毛眍眼睛，意思是叫他不要作声。伯坚看到他那仗马寒蝉的神气，不知道危险情形有若何重大，只好默不作声。彼此望了许久，那皮鞋声走开了。约二十分钟之久，王国有眼睛望了窗子外，身子向伯坚靠近低声道："那倭鬼真凶，他要听到了我们说什么，拿着枪和刺刀就会向人腿上扎了来，也许几下功夫就可以把人扎死，扎死个人像扎死一条狗一样。我们犯得上去冲犯他吗？"伯坚道："既然如此，你为什么还在这里做听差？"王国有想了想道："除了这点子不好，钱给的是不少，而且给得很痛快，半天日子也不差。"伯坚听着点点头，又冷笑一声。王国有觉得这种笑也等于骂他差不多，微叹着气道："这也是没有法子啊。"伯坚道："你这话我有些不相信，什么是有法子没法子！难道他们还会要你的命，逼你做事吗？唉，不过这种话也不能对你这样的中国人去说。"王国有受了惊，又受了伯坚的挖苦，很是没有意思，出去反扣着房门就走开了。

伯坚心想：在这里服务的人都是这样怕他们，我是被拘的人，这情形当然是加倍地重大。有什么话问龟谷，龟谷大概是不肯答复的。这个王国有不带半分人气，若是问他的话，他不但说得令人可气，也许他反将问的话到日人那里去讨好。这只有忍耐着过下去再说。好在龟谷虽无好意，也不见得将人置之死地，受几天拘留也没有关系。伯坚如此想着，心中倒坦然许多，只是枯坐在这屋子里，无书可读，又无事可做，闷得厉害，于是背了两手，只管在屋子里踱来踱去。在一个小时之后，那王国有始终是来了，后面跟了个穿短衣系着油腻围裙的人，手上提了个食匣进来。打开食匣，原来是一大瓷盆子饭，另外还有三菜一汤，都由王国有搬到桌上来，那厨子走开，王国有却替他盛饭，在旁边伺候。伯坚坐下来吃饭，看了桌上的菜不由得笑起来。王国有不明他为何而发笑，望着呆住了。伯坚道："我并不是笑你，你看，待囚犯有这样好的伙食，没有饭吃的人不都愿意当囚犯吗？这伙食是谁叫预备的？"王国有道："是林木少佐叫预备的。"伯坚道："林木少佐？我并不认得他，为什么这样好意招待？你说吧，这究竟是什么地方？"王国有道："曾先生是本县人，难道这地方没有来过？这就是地方财政局，现在龟谷先生和林木少佐住在这里，另外还驻有三十名日兵。龟谷先生现在是保安委员会的教导员，很是有权。他和林木少佐说跟你是朋友，所以把你安插在这里。大概将来他们有差事交给你去办，所以对你另眼看待。"伯坚道："我姓曾的……"说着昂头笑了。王国有猜不透他下面还要说些什么，向他身上打量着。

伯坚在菜盘子里夹了一块鸡在嘴里咀嚼着，向他笑道："你以为过这种日子也是没有法子吗？"王国有对于他这话倒有些明白，跟着他的话笑了。伯坚吃过了饭，厨子收过碗去，重泡了一壶好茶来，王国有还送了一筒烟卷和一叠日本人办的报纸进来，问着没有什么事，才走出去。伯坚这时已明白十之七八，龟谷是要自己和他做汉奸。现在是利诱，将来少不得还要势迫，我落得先享用他两天，到那时候再说。假使龟谷逼得我厉害，我先就和他拼。主意想定了，喝茶抽烟，很自在地翻着报看。这报完全是反华的论调，无中生有，说了中国人许多不堪的话。最荒谬的便是中国还不成一个国家，非让日本来统治指导不可。伯坚再也忍耐不住，哧的一声将报纸撕了。

这小小的屋子里，除了桌椅和床铺而外，也不过是刚刚有两个人来往散步的地位，坐久了极是闷人。可是站起来又不能有什么大移动，也觉得不安至极。伯坚撕报之后，突然站起来，见房门是反扣的，只能看到三尺路远，待要抬腿走着，也够不上。自己跨出三大步，叹着气又坐下来，低头想了许久。他们这种待遇，简直是有心和我开玩笑。我关在这屋子里受他们的闷气，到何日才是了局？他们愿意怎样办，我就让他们怎样去办！这倒也干脆。伯坚心中如此想着，情不自禁地就捏了拳头，在桌上扑通打了一下响，咬着牙望了窗子外只管发狠。果然他拍着这下桌子很有效验，皮鞋响着就有一名日兵走了过来，将门推着探头向里看了过来。伯坚这时愤火如焚，什么也不顾惜的，问了那日兵道："你不用张望，你把枪口倒过来，早早把我了结就完了！我决计不躲闪！"那日兵瞪了眼睛向他呆望了一阵，结果倒是露着牙向他微笑，把门依旧向外反扣住，他又走了。伯坚见他不理，索性再拍了几下桌子道："你不把我枪毙，我闹着就没有完！你以为中国人都是怕死的吗？哼！"伯坚在屋子里喊着、闹着，外面倒反而是寂然无声。伯坚哈哈大笑道："你们对我也没有什么办法吧！"

正在这时，房门开着，龟谷深深鞠着躬，笑容满面地走进来。伯坚因对他有些师生感情，而且人家始终是和颜悦色的，也就不能再和他闹，只

192

好站起来相迎。龟谷用手让道："请坐，请坐。我太忙，不能来陪你谈话，抱歉得很。"说着，抬手按住了伯坚的肩膀让他坐下，然后他自己才坐下，偏着头见伯坚脸色红红的，便笑道，"坐在屋里一定是闷得很，让我来引你出去玩玩，好是不好？"伯坚摇着头道："这都不用，我请龟谷先生给我一个总答复，你们对于我究竟要怎么样？还是放我呢，还是杀我呢？"说着用脚连连在地上几顿。龟谷看了他那样子，却一点儿也不生气，依然笑容满面向他道："何至于说到一个杀字呢？不过你到了这地方来，当然有些手续要办，不能随便让你走。既是你坐在屋子里闷得很，我来负点儿责任派两个人保护你，让你回家去一趟。但是有一层，请你还要回来住，以后你可以常来常往。"伯坚道："保护我当然就是看押我了。不放就不放了，放了又为什么回来？"龟谷笑着将头一缩，把肩膀又一抬，现出他那含着深意的滑稽状态来，摇手道："你不要误会，我说保护你，是真正地保护你。你要是不信，回头你到了大街上，看看是不是要保护？"伯坚道："那都罢了，为什么还要我回来呢？"

龟谷看他的脸色已不是先前那样生气，于是就笑着向他拱手道："这一点你要原谅我。"说着将声音低了低，把头伸到伯坚面前来微笑道，"你要知道，我是个文人，不能完全做主。现在是军人的世界，我把你放了，他们不会放过我的，所以我只能放你一半。"说着将手拍着胸脯道，"我保你的生命绝无危险。你不过是惦记了家庭，所以急于要恢复自由，好回家去看看。现在我就依着你的希望护送你回家去看看，你可以家庭团聚，还可以把你的女朋友带回去。你为什么不干？"伯坚道："我家都让火烧光了，还能团聚吗？"龟谷道："当然是可以团聚，只要人在，房子烧光了不要紧，总可以拿钱去再盖的。你若相信我的话，你府上有什么损失，都归我来负担。你不要以为我是瞎说的，我真有这种力量。"说毕，自己拍了巴掌，张开大嘴连打几个哈哈。

伯坚现在已经明白龟谷所处的是什么地位了，对他的话自然也很是相信。但是你有这样厚意来待我，究竟为了什么原因？人的器量向来是褊狭的，对于一个囚犯，超乎常人的待遇起来，岂能没有一点儿缘故？果有缘故，现时受了他们的招待，将来怎样去履行义务呢？如此想着，对于龟谷的话不敢贸然答应，很是有些踌躇，便道："先生有这番意思，我是十分愿意的，但是让我回家去是不是限我一定的时间？"龟谷听了这话，用手

193

搔着头微笑道："当然……不过你也可以随便……但是能早回来就早回来，因为并不限你回去一次，今天去了，明天还可以去，后天还可以去。所以第一天你倒是不必多耽搁时候。"伯坚也是十二分地惦记家里，龟谷这样说了，心里又有些活动，心想：只要能回去得见母亲一面，死也甘心。到后来履行义务的时候再说，乐得先回家去一趟。要不然，就把这机会失掉了，以后再要去恐怕是不容易。将来他真是逼迫我太狠了，我无非拼了这条性命不要，还能对我再用别的什么手段吗？

这样转了念头，便向龟谷点头道："我领先生的盛意回去一趟，能不能够马上就走？"龟谷笑道："可以，可以。"说着连连将头点着道，"你稍等等，我去和你安排。"说毕，他掉转身躯就走了。约莫去了一个钟头，他在房门外就张了大嘴，两眼角笑着鱼尾纹出来，然后手上高高举着他那帽子，大开着步子走了进来，轻轻地向伯坚笑道："都预备好了。你那位亲戚也同你一路出去，她要到哪里去都可以听她的便。"说着拉了伯坚一只手就向屋子外面走，又拍着他的肩膀道，"无论怎么样，我总让你称心满意。"说完了，他依然是张大了嘴，做出那种假笑的样子来。伯坚虽十二分讨厌他，终究不便给他不好的颜色看，又不愿和他说些什么，只是向他微笑而已。走过了两进屋子，一间堂屋里有两个全武装的日兵在那里站着等候。龟谷操着日本话和两人说了一阵，他两人会意，向龟谷点着头，眼光却向伯坚看来。伯坚心里可就想：你不必望我，我是一个反日派的激烈分子，性命都交给你们了，假使你们要我死，我就干脆死！你对于我也就没有什么法子吧？心里如此想着，也就向两个日兵瞪了一眼，龟谷向两个日兵丢了个眼色，便操了中国话向他们道："保护着这位曾先生回去一次，不认得路跟着他走就是了。"说着走过来拉了伯坚的手道："你就带着他们走吧。"那两个日兵已是把枪扛在肩上，有个要走的样子，伯坚心里倒跳了几跳：莫非他们是骗我的？乃是押我出去枪毙？犹豫了两秒，接着第二个感想又告诉了他：现在我们的生命都握在他们手心里，他要枪毙谁，拖出去枪毙就得了，谁人又能抵抗？现在龟谷这样小小心心伺候，分明不是恶意，又何必多什么心？如此想着，便不再考虑，提脚在前面走，两个日兵扛了枪紧紧地在后押着。伯坚耳里听到脚后的皮鞋响，但是并不回头，挺了胸脯子在前走着。

还不曾走出大门，旁边侧进屋里又是两个日兵押了一个女子走出来。

她穿的一件白衣服，打了许多皱纹，如碎玻璃纸一般，枯燥的头发蓬了满头，而且披到额头上来。她脸子虽然焦黄的，可是她那晶晶的眼珠一望而知是淑芬了。她不等伯坚说话，站住了脚望着他，两行眼泪由脸上直流下来。伯坚看到她头抬不起来，脸上又是那样凄惨的样子，心里头也是十分难受，情不自禁地抢上前两步，迎着到她面前去问道："你怎么样了？"她的眼泪被这话一引，心里更是凄楚，索性鼻子耸了几耸，呜呜咽咽地哭将起来。伯坚看那样子，她准是受了什么委屈，呆着站定了，倒只管望了她那样子出神，百忙中可不知道用一句什么话去安慰她好。那日兵可不容他两人只管在这里出神，有个略会说中国话的，将脚在地下连连顿着道："走！快快走！"伯坚倒是经惯了恐吓的无所谓，可是看看淑芬身后两个日兵形态格外地凶狠，稍一犹豫他们就会动手的，只得低了头先在前面走。淑芬也带两个兵在后面跟着。伯坚是由此走回家去，淑芬可没有目的，而且事先并没有人知会她，将她带出来是什么意思。她自然把伯坚当了目标，跟了他走。伯坚经过劫火中的城市，现在已经是第三次了。虽然走到街上看到不少烧毁炸碎的房子，司空见惯，心里也没有多大的感触。直等走到自己家那条小巷子里去，原来的巷口倒还是那个样子，只是进了巷口之后，两边房屋都倒坍得成了瓦砾场，空荡荡的，一点儿原来的情形都没有。只是地上铺的那层石板路，不到一丈宽，还有点儿遗痕。

伯坚老远地就向原来的家门去打量，只见一片瓦砾场，斜撑着一间揭去瓦片的屋子，那好像是自己家。掉转头别处看看，有两处房屋比较好一些的，并不是房屋正面，也很不容易分出各家的界限来。于是有个日兵在身上掏出日记本子，用铅笔在上面写着一行字，交给伯坚，看时乃是："到了你家里吗？"伯坚用手指着那片瓦砾场，又点点头，那意思就是说："家是到了，都毁在你们手里了。"淑芬到了此时，心里才有些明白，于是大着胆子走近一步来，问道："这是什么意思？这地方……"伯坚叹了一口气道："这就是我的家了。多谢他们的好意，让我回来看看。这倒让我更伤心，产业没有了，人也不见了。"口里如此说着，眼睛望了那片瓦砾场只管发愣，脸上惨然，两行眼泪几乎要由眼眶子里抢着流了出来。

淑芬料着他心里难过已极，便道："你尽在这里呆望也是不行，应当在附近打听伯母避难到哪里去了。我们很不容易出来的，既是出来了，就应该趁了机会去找一找。"伯坚皱着眉又长叹了一口气，淑芬用手一指道：

"你看那里有个人。"伯坚顺着她的手看去，有丛小竹子，焦了半边，还有半边是青郁的，那正是自己书房后面一个小院子。那竹子边下，还有半堵三尺来高墙，果然有个穿蓝布衣服的人在那里躲躲闪闪的，想要走又不敢走的样子。伯坚仔细看时，那正是自己老家人李发，便招手叫了一声。

李发早就看到伯坚来了，因为看到这里有四个日兵，就不敢上前来。现在伯坚叫他，料着是不妨事，就大了胆子走将过来。他不看伯坚，两个眼睛只望在四个日本兵脸上和手上，那两只脚摸摸索索地探着在石板上向前走。走到伯坚身边，又看看淑芬，然后才轻轻地向他叫了一声："大先生。"他说这句话时，嗓子都哽了，两眼珠呆着也几乎是要哭。伯坚咳嗽了两声，然后问道："家里人都好吗？"李发道："都好，就是二老板……"说着望了日兵。伯坚道："他们不懂中国话，只能说一两句。你只管大胆说话，他们不会疑心，你若是这样半吞半吐的话，倒反是让他们注意。"李发道："二老板铺子被抢了，他门口贴有抵制日货的标语，现时押起来了。"他如此说着，虽是听了伯坚的话把胆子壮起来，可是那眼光还偷偷地看了日兵几次。

伯坚道："现时我家人住在哪里？"李发道："住在第一难民收容所里了。倒是不远，你能去看看老太太吗？"伯坚也不敢做主，就向日兵要了日记本子和铅笔，写了几行字道："我母现在收容所，离此不远，可否容我前去探望？"日兵将日记本看了，彼此叽咕了几句，向伯坚点着头，而且脸色也并不难看。伯坚向淑芬道："他们想利用我，对我们正二十四分的客气，我们就趁此机会走吧。"于是和日兵点点头，叫李发在前面引路。

这个难民收容所设在巷口外妙德观里，这里原是二三十个老道修炼的所在，里面树木参天，房子很多，以前是清静极了。现在大门口贴了两张白字条，标出名义来，那门外两边红墙上，横七竖八贴了许多布告，大门上高插着红卍字和太阳旗，旗下两个穿黄色制服的中国人，腰里不束皮带，衣服是摆荡着不贴身，胸襟上挂了块白布，中间画个红圈圈，大概这就是他们的护身符。这庙门口有了这种点缀，便立刻觉得换了个环境，令人一见就要讨厌，尤其那两个穿黄制服的人，竟是老早地立正举起手来。伯坚看到，恨不得抢上去打他两个耳光。只因李发在前面引路走得很快，在门口也来不及细看就走进去了。这第一道殿宇外，正有两棵高大槐树散着浓厚的绿荫，在绿荫地上到处铺着草席，三三五五的难民，不分男女都在草席上坐着。有些人面前也摆了两件箱柜或者衣包，有些人面前却只是竹箱竹篮子，里面乱堆放着零用东西。只看这情形，就可以知道这些人都是破了家的。伯坚还没有看到家里人，料得不会好的，心里不免就是一阵凄楚。

转过了这样难民满地三个殿宇，李发抢上前两步，转向一个小院里去，大喊着道："老太太，好了！我们大先生回来了！"伯坚向那小院子走来看时，是两间靠墙的房，没有窗子，也没有门，就是半堵土壁，四根小柱子顶住了半边房顶，倒好像是半截走廊子。地上潮湿的青苔把土墙都搽满了，人还不曾上前，那股霉气早是扑到鼻子里面来。一个瘦削着两腕的老太太，两个眼眶陷下去很深，正靠住了那半截土壁向外望着呢。那正是伯坚的母亲，两个月不见，瘦得成了蜡人了。伯坚还没有说话，曾太太早是颤巍巍地叫了一声："我的孩子！"伯坚也顾不得身后还有其他的什么人，抢进了土壁来站到母亲面前，向她脸上偏了头看了两遍道："妈，你怎么老了许多了？"曾太太点了点头，眼泪含在眼睛角里，只是不曾滚了出来，倒勉强笑道："你回来了，那就很好！哟，这个大姑娘是谁？"淑珍倒是相熟的。原来他母子说话的时候，淑珍看到淑芬站在院子门下发呆，这就连忙赶了上前抓住她的手问道："真料不到姐姐也出来了。"只说了这句话，曾太太就问起她来，淑珍便拉着她过来介绍了一番。

这个时候伯坚去看淑珍，那圆圆的脸儿现时已变成尖尖的瓜子脸，两腮上那两颗胭脂晕也没有了，只是纸一般的白。她身体原是富有健康美的，现在腰细得只剩一把，只看那手腕背面的螺蛳骨已是顶起来很高，这可以知道她瘦得什么程度了。所幸她两只眼睛还是一泓秋水，看人灼灼有神，便向她道："表妹大概是受了苦，真憔悴得可怜了！"淑珍想对他微笑一笑，然而并不曾笑出来，倒反叹了一口气。在伯坚将"表妹"这两个字喊出口来的时候，淑芬在旁边听到，早是向他瞪了一眼。袁学海和他一妻一妾也都住在这破屋里，现在看到侄女来了，自然很欢喜地一拥上前，将淑芬包围前来，谈别后的事情。这破屋子里也没有桌椅，只是在地上堆些稻草隔了潮湿，就在草上加一层草席。此外有几叠青砖比地高些，勉强可以当椅凳坐。淑芬淑珍挽坐在青砖上，先谈起来。淑珍却不住地问她："在西平受了惊没有？吃了苦没有？"看见她的头发散乱到两只耳朵前，还伸手将她的散发慢慢扶到耳后去。

伯坚心想:她二人有这样子亲爱,有什么总好商量。自己和淑芬那番经过,今天就是说了出来,也没有什么关系。淑珍这个人性格非常好,总可以谅解的。伯坚心里如此想着时,偷眼去看淑珍,只见她那瘦怯怯的神气,头总是有些低着抬不起来的样子,似乎眉目之间含了一种隐忧。本来想去安慰她两句,一来举家都在逃难的时候,单独地对她一个人加以安慰,恐怕人家说话;二来有淑芬在当面,也不知是何缘故自己就像受了一种拘束,对于淑珍若有什么表示,似乎就对她不住。因此伯坚只有靠了母亲坐着,谈些别后的事。据曾太太说,日兵没进城的时候关了几天城门,半空里十几架飞机丢炸弹,发了火。大家顾性命去了,没有人来救,所以城里烧得这样子。城破了以后,年轻的学生不敢出头,都偷偷地走了。你兄弟仲实性子是最暴烈的,袁大舅再三地劝他走,他也说在城里做难民不是青年当做的事,他什么东西没带,就这样走了。曾太太说着垂下泪来。伯坚看到家里人这种狼狈的样子,而且连立脚的地方都没有,只寄居在这种破屋里,这与叫花子无异了。看到母亲垂泪,一阵心酸也流下泪来。

淑珍老早就想和他说话,只是没有机会,这时就走近来低声和他道:"表哥,你平安回来了,这就是一件很快活的事了。姑妈心里难受,你该劝劝才对呀。"伯坚道:"一个人家闹到这步田地,要想心放宽些也是不能够。"淑珍想了想,忽然露着她的白牙一笑道:"你是嫌我父亲有些书呆子气的,他老人家倒有一件长处,遇着大事步调是不乱的。你和他谈谈,他一定可以贡献你一点儿意见。"那袁学海看到四个日兵跟押着人前来,逆料着情形重大,可是又不敢随便地问他。现在见那四个日兵靠了院子门远远站定,似乎没有什么绝对干涉的样子,就慢慢地踱了过来向他道:"我们到那边坐着谈谈去。淑珍,你去烧些水来喝。"淑珍答应着,在短墙脚下提了一把洋铁壶走开,转向大殿后面去。伯坚和袁学海谈着话,心里可就惦记着怎样和淑珍说两句话才好。于是故意抬着头四周望望道:"这样的大庙,成了叫花子窝了。我去看看,还有什么熟人没有。"一面说着,一面也开着缓步向大殿后走来。

只见殿后墙边有一截短廊,就地靠墙支了三块砖当着地灶,旁边堆了许多木片干草,淑珍用手抓着向砖空里塞进去烧,壶就放在砖上。青烟在壶四周乱喷,淑珍弯了腰只是看了烟底下的火焰出神。伯坚很远就低低叫了一声:"表妹。"她回过头来猛然看到,身子向上冲起来似乎有吃惊的样子，可是立刻她就定了神向他微笑了。伯坚走近前来，也微笑道："表妹，你瘦了许多了。"淑珍道："瘦了总算侥幸的，总逃出命来了。你也不像先前那样健康似的。"伯坚道："我真不料你憔悴到这种样子，这些时你害了病吗？"淑珍摇摇头道："我没病，咳，也算是病了吧。"伯坚听她说话，又向她看时，见她那两片瘦削的腮上已经有些红晕。这种红晕很大很大，直红到耳朵边去，这是刚才烧水烤的，并用她那披到耳鬓边的散发配衬起来，真有些可怜的丰韵。淑珍见他老是望着，眼光向他瞟着微笑道："你到那边去坐吧，水开了我就也会过去的。"伯坚道："我和你有几句话说。不过我心里很乱，一刻儿怕说不清楚。我有了机会再写信告诉你，我希望你对我加以谅解。"淑珍道："大家都闹到这样九死一生的地步了，还有谁对谁不能谅解的？"

伯坚站着默然了一会儿，依然将话说不出来。忽然身后有人嘿了一声，回头看时，却是押解自己的两个日兵。他们将手招着，口里只管乱嚷。伯坚在势不能不理他们，只好走到他们面前去，仰着脸对他们做个问话的样子。他们将手向来路挥着，口里还只管乱嚷。伯坚知道这是叫着走的意思，自己想着：很不容易地出来一趟，偏是出来不多久就要回去，脑筋里所留的残酷印象更深。这不但得不着一点儿安慰，反是惹着许多苦恼回去了。望了那日兵现出很懊丧的样子来。伯坚又怕脸上有什么气愤的样子，更招日兵不快，所以又对了日兵勉强笑着点了点头。那兵看他如此，也明白了他的意思，将手向他连连挥了两下，表示着还是要他走的样子。伯坚现在是个囚犯，如何敢和他们抵抗？既然他们连连挥了几次手，绝对是没有犹豫可能的了，便也向他们点点头，表示可以走的意思。日兵因他并不留恋，也不再指挥他，只是紧紧在后跟着。

伯坚走回破屋来，只是自己母亲和舅父舅母全红了眼圈流着泪。李发站在旁边，掉过身子去抬起手来只管揩着眼睛。伯坚向曾太太一鞠躬道："妈，我身体不能自由，他们催着我走，我不能不走了。若是有机会，我回来再看望大家。假如我不回来，出了什么变故，那也是说不定的事。你老人家也不必伤心，只当我出外没有回来就是了。"说到这里，自己嗓子一哽，也就不免有两粒泪珠由眼眶子滚将出来。在这个时候，一阵呜咽的声音突然而起，回头看时，只见淑芬手上握了手绢，掩住两眼，弯着腰只是哭起来，口水和鼻涕流下来多长。原来她在日兵看管之下，已经被压迫得欲哭无泪，现在到此地来和家里人相见了，就是几句话也不能畅快一谈，心里一阵酸楚，再也抑按不住自己那番哭声。伯坚看了她那样子，忘了自己的痛苦，倒替她难受，看看她，又看看日兵，只得在墙上剥了一块石灰片在墙砖上写了一行字道："她是个女子，不会有什么政治关系的，可以不带她去吗？"写完了，对日兵向墙上指指，日兵微笑着，摇摇头，表示不可以。伯坚气起来了，挺着胸向淑芬道："走吧，至多不过是一死，你怕些什么！"

淑芬到了此时，知道不走是不行的，对了伯父伯母一鞠躬道："我……我走了。"淑珍由后面抢了上前来，握着淑芬的手道："姐姐……"可是也只就说了这两个字，哽咽不能成声，可怜那瘦小的手，握着淑芬的手背抖颤个不了。伯坚若不是站在许多人当面，一定也要走上前握着淑珍的手叫两声"妹妹"，只是这种行动自己绝没有那种男气去表现出来。所以两只眼睛望了淑珍发呆，看她那样瘦怯的身材加上悲不自胜的样子，益发是觉得可怜。淑珍她虽是握住淑芬的手在哭，又未尝不注视到伯坚身上来。见伯坚站在那里发呆，心里更是痛苦，那泪珠如垂绳一般地向下滚着。她正自伤心，就只管对人看着，脸上的泪珠是如何流着，并不管它。她姊妹俩既是哭得没有完结，其他的人也就收不住眼泪，一齐跟着哭起来。只因为有四个日兵跟在一处，大家不敢放出声音来哭。所以各人手里，虽是拿着手绢，不去揉擦着眼睛，却去握住了嘴。大家没有什么话说，也没有什么举动，只是互相呆望，各个垂着眼泪。

那四个日兵原来是好意要他二人走，现时看到这种样子，却有些不耐烦起来了。并不说什么话，两个人夹着伯坚，两个人夹着淑芬，半拖半推就向外走。伯坚回过头来看时，只见淑珍一头短发散乱，两只瘦手高高地举起，口里喊道："慢走，慢走！我们还有话说呢！"这也不知道她是叫哪个慢走，不过她那种惶急悲惨的样子，是对要走的人有性命相连的关系，是看得出来的。伯坚也不管她这种表示是对谁而发，死命地立住了脚，向后方看过来，对淑珍举了手摇撼着道："你不要性急，我们总要想法子回来的。"淑珍的短发散乱着又被风一吹，已是吹了满脸，再加上那满脸的泪痕，直把那瘦削的面孔哭得凄惨可怜。所有在院子里的难民，看到这种样子，很是伤心，真有几个人跟着哭了起来的。旁人既哭，自己有关系的人当然是哭得更厉害，所以院里院外，立刻变成一片哭声。这种哭声在旁人听了当然是心里很难受的，可是那四个日兵听了不但不替人悲惨，而且凶狠狠地对着伯坚，操着华语连连说着几声"走"。日兵说出这个"走"字的时候，他们脚上的皮鞋跟着在地上跳了一阵，那样子简直有非走不可的意思。但是一个人到了这种时候，情感兴奋起来，就是武力压迫也干涉不了的。伯坚索性掉转身来，做个要向里走的样子，淑芬也将身子一转，望了许多人张嘴大哭，夹着伯坚的两个日本兵，拖了他的手就向前走，因为势子来得太猛，伯坚站立不住，身子向下一倒。那日兵以为伯坚想赖在地上不走，不问他受得了受不了，两个人各拖着他一只手犹如拉车，一把把他就地倒拖着出去。伯坚的脊梁在地上擦着，发出瑟瑟的响声来。那两个拖淑芬的日兵更不说话，扯转她的手臂就向大门外扯了去。

曾太太看到日兵对儿子这样残忍，不要命地由里面跌跌倒倒抢了出来，高高举着两只手道："你们不要这样没有良心！他是一个人，不是铁打的东西！你们怎么就是这样在地上拖了走呢！"说着话脚步不稳，人向壁上一碰，更向后一仰倒坐下来。袁学海在后面看到，抢上前伸着两手将曾太太挽着道："老姐姐，你怎么了？"这些人看到老太太摔下来，大家少不得一阵乱，在这纷乱之间，伯坚已是被日兵就地拖出了大门外。有几座神殿门限是很高的，日兵也不管被拖的人身体怎么样，只是极力地向门限外面拖了去。伯坚头上碰了几个大包，而且他心里是又急又气，一刻儿工夫人都几乎昏迷过去了。四个日兵把这男女二人架出了大门，这才把他们挽住，学了中国话大声说一个"走"字。伯坚想要和日兵抵抗几句时，只见淑芬眼泪纵横满脸，真是雨打梨花那样憔悴，十二分不忍。日兵为难自己倒没有什么关系，若为难淑芬，她是个惊弓之小鸟，如何受得了那种虐待？只好忍住了气，很从容地向日兵道："你们不必逞凶，我们跟着你走就是了。淑芬，我们走吧。事到于今，我们还有什么话说？且跟了他们走一步算一步。我呢，自有办法！你也犯不上牺牲。"他口里说着，脚步已经开始向前走。淑芬将手挽了自己一只袖头去揉眼睛，呜呜咽咽的也只好紧跟着他走。

他们经过大街，街上的人不但不敢停住脚来看，而且各个低了头，远远地就避到一边走了过去。伯坚心想:中国人这样地肯屈服，国家如何不亡？不由着昂了头长叹一口气。他这样一叹气，过路的人被他刺激着，少不得有一两个稍微停脚看看的。这日兵果然是不客气，倒拉着枪向人家大腿上就乱扫，行路的人怪叫着不分高低提脚便跑。近处的人一跑，远处行路的人以为是日兵要开枪，也是不要命似的各向两头跑。顷刻之间眼睛所看到的一截街上，全是人跑。有几个跑得失了脚的，滑在地上，他们比那种田径赛还有劲，将身一蹦，跳了起来，立刻跟着就跑。这烧毁了的街市，本来还有零零落落的三五家店铺开了门做生意，因为街上人乱跑，吓得稀里哗啦一片铺门板响，抢着上起店门来。伯坚叹了一口气，把全市的秩序却闹得如此混乱，不但不可怜这些市民，觉得他们这样怯懦，更是让外人瞧不起。人家料定了我们是没有勇气的国民，更可以放手胡来了。这样看来，这种举动实在卑鄙可耻，怎样叫人不生气？不过自己也是个被捕的囚犯，要强项当由自己先强项起，专责别人无用。自己何不打倒这四个日兵把淑芬救着走呢？如此想起来，脊梁上一阵发热，直热到脸上来，因为如此，心里便一阵一阵地跟着惭愧，低了头走，不敢四处望人了。

日兵将他们押到原来的地方财政局，恰是在大门外遇到了龟谷。他将头一伸深深地鞠着躬，笑道："回家去都看到了，老太太他们都好？"伯坚看到了龟谷，心中便有气，心想：你吩咐日兵护送我，把我却就地倒拖出来，这是什么待遇？心里存了那个疑问，眼睛就注视着龟谷发呆。龟谷好像不知道他在生气，嘿嘿地笑着，又向淑芬一鞠躬。掉过脸来和日兵说了一阵日语，看他的脸色却也很和缓，似乎是打个什么招呼。说毕，于是有两个日兵退去，两个日兵一人碰着伯坚的手臂一下，一人碰着淑芬的手臂一下，指示他们向里走。到了一个院落里，就送进一间正房来。房里陈设的床帐桌椅都很精致，临窗一张写字台上，还有两盆鲜花和全副文具，似乎比以前更优待了。日兵将人送进房来，他们一脚也不踏入就在门口站住，替他们将门向外反带上了。

淑芬早是不哭了，现在站在屋子中间四方探望，也是呆了，低声向伯坚问道："他们这是什么意思？"伯坚进屋子来始终是板着脸的，这时两肩一抬，两手向外扬着，淡淡地一笑道："谁知道他们是什么意思！"说着，见有一把靠背藤椅子，先向下躺着，两脚伸得直直的，表示很是舒服的神气。将手向对过软椅指着，对淑芬道："你坐下吧，镇静点儿。大不了是一死，要死也死在一处！"说毕微微笑着哼起《正气歌》来，他哼到得意之处，左腿架到右腿上，只管不住地摇撼着。淑芬先叹了一口气，然后也只好手扶了那椅子坐下，两手互抱着，低了头不作声。伯坚将《正气歌》

由头至尾哼完，看到淑芬粉颈低垂并不说话，便坐起来向她道："你不要害怕，他们就是不讲理也不会加害女人的。这回把你关在我一处，完全是为了我的缘故。老实说，他们把我关起来，我是看破了，无非是要我做汉奸。他们的手段呢，也是四个字可以包括，无非是势迫利诱，哼……"淑芬向他摇摇手，眮眮眼睛，还将嘴向门外一努。伯坚笑道："我已经说了，至多也不过是一死。还怕什么呢？这样子说还不算，将来我还要大声叫嚷起来呢。"淑芬不敢说他什么，又不愿意他做出这个样子来，只是皱了眉毛。伯坚笑道："你放心，好在我是有把握的！"淑芬道："你怎么还笑得起来？你不想想我一家人、你一家人，现在落得了哪一种地步吗？"这句话算是把伯坚的心事勾引起来，立刻沉郁着脸色昂头望了窗子外的天色不语。

淑芬默然了许久，带一点儿笑容道："我问你一句话，你要实说。回去的时候，我妹妹去烧开水，你也跟着去了，你对她说了什么？"伯坚听了这话，心中立刻有个感想，觉得女子这种醋心无论到了什么环境之下是不会撇开的。伯坚皱了眉道："请想，在那种时候我能对她说些什么吗？"淑芬坐在椅子上，突然将身子一扭，板了脸哼了一声。伯坚道："真的，我不撒谎。你想我和她在佛殿后见面，不过是两三分钟的时候。两三分钟的时间，请问能说几句话呢？"淑芬道："你越是这样说，越见得你对我不忠实。我并不像别个女子，吃那不相干的飞醋。你以前本和她很好，现在又在患难之中，就是一个平常朋友，也该慰问两句，何况……唉，我也不说了。"淑芬说到这里，两手伏在椅子背上，头枕了手臂，真不说了。

伯坚正在愤激的时候，原没有心谈儿女爱情，只是看到她这种情形，完全置之不理，未免显着狠心。待起身去敷衍她，对于此事向来是不大在行。因之站起身来有上前的样子，转身又坐了下去。淑芬静默了许久，继续着落下几点眼泪，肩膀也颠簸着不停。伯坚只得慢慢地走到她身边，用手触着她的衣服低声问道："淑芬，你这是怎么了？我们现在所处的是什么环境？还能让我们自己互相闹脾气吗？"淑芬依然低着头道："因为是在这样的环境里头，你对我不忠实，我才生气呢！"伯坚道："淑芬，你说我对于淑珍的事没有和你说实话吗？那真是冤枉！我不是对你说了吗？我们见面只有两分钟的时间，我怎能对她说什么呢？"口里如此说着，他的手就伸到她的头发上来，慢慢向后抚摩着，他自己也是半弯着腰，犹如大人哄骗小孩子一般。她虽不曾抬起头来看着，然而伯坚倒是笑嘻嘻地望了她。她似乎也知道伯坚在这里是很柔和地对付她，也很沉默着许久许久，才道："我也知道那一会子工夫，你不能和她说什么话。可是你到那大佛殿后去找她的时候，你能说是一点儿用意都没有的吗？要是那样，你又何必去？"伯坚道："唉，你们是姊妹，你还有什么不明白的？你看她瘦到那种样子，好像满身都是病，你望着她也觉得怪可怜的。我没有什么别的意思，也不过慰问慰问她罢了。"说着话时，索性将身子蹲得低一点儿，一只手扶了她的肩膀，一只手抚摩着她的头发，口里更是用极低又极柔和的声音对她道，"这回算我错了，请你饶恕我。我的事情已经做错了，我悔也悔不得来。"到了这时，她才抬起头来，向伯坚板着脸道："这是你自己说的，我算冤枉了你吗？"淑芬微瞪着眼睛，又鼓了腮帮子。

伯坚明知她这种怒气是一种娇怒，用不得和她解释。可是女子的娇怒，她正是为了要得到男子的安慰而发。假使男子在这时不去安慰她，她试验男子待她感情如何，就得了一个标准：以为男子心肠太硬，由假怒要变成真怒，由真怒还要变成真恨，结果由爱人变成仇人，也是意想中事呀。伯坚对于这层，多少有些领悟。因之放出笑嘻嘻的样子向她连作几个揖，一半是当真，一半又是开玩笑，然后俯着身子向她道："淑芬，就算是我错了，在这个时候，你还有什么宽恕不过的？我们就是被拘留，也关在一个屋子里，这总算是患难……"在底下这个双叠名词，倒真是不好说。"夫妻"吧，现在似乎还不到那种程度；"朋友"吧，这句话说出来，更会招她的怒。因之把那患难两个字，连说了几多遍，就这样含含糊糊地止住了。淑芬瞪了他一眼道："事到于今，亏你还笑得出来！"伯坚心里可就想着:我何尝要笑？但是我不笑，你的怒容又不肯改，叫我也没有法子呀。脸上可就朝着她笑道："笑原是笑不出来，可是就一死劲儿地哭着，也不见得人家会把我放了出去。"伯坚说话时，携了她的手，只管在她面前站着。男女之间一相爱时，肉体上无论哪一处相触着，都有一种不可言喻的乐趣。淑芬对于伯坚的行为虽是有些不满意，可是经彼此一握手之后，好像默默之间已经解释了许多的误会。伯坚不笑，她倒望着他微微一笑。看她嘴角一动之时，她似乎有一句什么话要说出来一样，伯坚也正是想她开口，见她有说话的样子，很是欢喜。

正向她望着，等她说出来，那房门却扑扑地连响了几下。伯坚赶忙放了手，待要去开门，然而那门是向外反扣的，正用不着他去开已经自开了，只见龟谷在门口就深深地一鞠躬。当他鞠躬的时候，头垂下来就着手，手就把帽子拿到手上，连接着行那脱帽礼，然后才走进屋子里来。伯坚到了此时，实在有些厌恶龟谷了。不过这是他的势力圈，还仰仗着人家救济呢，如何敢得罪他？连忙站起来相迎道："先生，遇事多蒙你关照，我很感激。但是我到现在究竟不明白，你们对我什么用意，可不可以告诉我呢？"龟谷伸手抓了抓他的短茬头发，现出为难的样子来，然后点点头笑道："我也不便和你说，我介绍我的书记吴信干先生慢慢地和你谈吧。"龟谷说着，他伸长了细脖子向窗子外喊着，于是有个人答应一声，推门而入。

那人穿了白哗叽裤子、蓝色法兰绒褂子，露出里面一点儿皱纹没有的芽黄色绸衬衫，雪白的瓜子脸上养了一撮又黑又密的小胡子，看那人简直是个极漂亮的时髦汉子。他进来之后，先向龟谷深深地鞠了一个躬，然后问道："是，是，有什么事吩咐吗？"龟谷望了伯坚道："就是我先说的话，你和曾先生谈谈吧。这位是曾先生的……"伯坚见他的眼睛看到淑芬身上，连忙抢着答道："这是我亲戚。"那吴信干一双滴溜溜的黑眼珠，藏在一副大框眼镜里向二人射着，微微一笑，好像已经看破了他们这里面的行径似的。伯坚只当不知道，低了头不作声。龟谷发出蛤蟆叫的笑声，向伯坚点着头道："再会了。"说毕，拿了帽子弯腰出门而去。

吴信干顺手掩着门，点点头在伯坚对面椅子上坐下，接着又在身上掏出一盒纸烟，先敬了伯坚一根，然后自己放在嘴里一根，又把一只很精致的打火匣子掏出来，先打着火和伯坚点了烟，然后自己架了大腿坐着点了烟抽将起来。伯坚心里也是二十四分不耐烦，借着抽烟的工夫也正好解解烦闷，所以也就坐在那里静静地抽烟。伯坚心里便想着：做汉奸的人我以为必定是五官不正的，然而看这位吴先生却是何等漂亮！一个人这样地讲求外表，心里肮脏到什么程度自己倒不去管！这可有点儿奇怪。我总要仔细研究研究，看看他脸上到底有什么异相没有。"吴信干见伯坚对他如此注意，他却只当不知道，依然很镇静地坐在那里抽烟。

伯坚看他的态度很是自然，便望了他道："据龟谷先生说，有话托你告诉我。不知道什么事？为什么他自己不说，倒又要托老兄转告哩？"吴信干微笑道："这个，老兄有什么不明白？做买卖的有扛客，典押房屋的有中人，不都是这一样的意思吗？未入正题之先，兄弟倒有一言奉告。"他说着话，将烟卷由口里取了出来，伸到身边痰盂子里弹了弹灰，身子扭了两扭，腿又抖了抖，然后微笑着道："我听说先生曾做了几天县太爷，那么那县太爷的威风如何，大概你是知道的。现在又有个现成的县太爷，请你老兄出来担任。照说，一定是驾轻就熟、乐于接受的，不过年轻的人，经验少，利害不分明，好感情用事，不能去仔细考量。"伯坚听他这个话帽子，隐隐约约，却不大容易明白，望了他淡淡一笑。吴信干将纸烟用两个指头夹在嘴唇皮里，正着颜色极力吸了一口烟，然后向他呆了眼神道："我并不是说笑话，只要你肯干，本县的县知事就可以请你担任。"伯坚胸脯挺着，突然问道："什么？"吴信干看他眼睛睁得圆圆的，脸色很是不好看，分明有了怒容。他却毫不在乎，又取出一根烟来抽了，微笑道："安乐县还是安乐县，没有地陷下一块去；安乐的百姓还是安乐的百姓，没有谁多长一个鼻子，少生一只耳朵。不过从前是军阀私人的地盘，现在是抱着世界大同主义，不问谁来统治，只要人民享着幸福，就和他合作。在从前做县知事，不过替军阀做走狗来刮地皮，于今可是求文明政治的友邦，来指导我们走上轨道。我们抱着人类平等的思想，在友邦指导之下，将同胞引上自由幸福之路……"

伯坚听了他一番话，也不好批评什么，只是鼻子里呼的一声冷笑出来。吴信干察颜观色知道他是不高兴，也将嗓子提了一提，高声道："无论什么事，为人总要顺潮流。到了这个时候还要心高气傲，不去受人家的指导，那就永远做军阀的奴隶，没有翻身的日子。以前中国受外人指导，办得有成绩的事那就很多。单以邮政一件事而论，现在不还是让外人来指导吗？你若是听我的话，出来担任一席县知事，把本县……"伯坚摇摇手道："不用你老哥细说，我全明白了。中国人是亡国奴的资格，要受外国人的统治才有办法。你老哥对于这件事既然是彻底了解，又是龟谷先生的左右手，正好上台试试手段。为什么还一定要我这脑筋顽固，不了解受人统治利益的人去做官呢？这也未免用非其人了！"伯坚不批评他的话不对，偏是这样反驳两句，倒弄得他面红耳赤，僵着颈脖子，半天说不出一句话来。他静静地吸了两口烟，算他想出了一个答案，便道："这是龟谷先生的意思，我哪里知道！"伯坚淡淡地一笑道："我倒有些明白。大概是城里这班老绅士不是胆小不敢出来，要不然就是早逃跑了。为着收拾人心起见，总要找个有资格的人出来，才容易摆布老百姓。我是个大学生，又做过县知事，而且是龟谷的学生，在哪一方面都够做汉奸的资格……"

吴信干听他说话，越听就脖子越红，先还僵着脖子吸了烟向下听着，到后来实在听不下去，将烟头子向痰盂子里一扔，身子向上站起，瞪了眼道："干不干在乎你，你为什么指桑骂槐将我挖苦一顿？"伯坚也站起来，挺着胸道："你只要自认你做的事情对，你就向下干去，还怕什么骂？"吴信干两只手向下，由长衣下面抄到裤腰带边来，那衣摆在周身卷着，倒成了个细腰大包袱，歪了头向伯坚瞪着眼道："你不必如此！难道真少了你这样一个暴徒，就不能办事吗？你等着吧！"说毕掉身出去，将门向外带上。那门带着轰通一下响，在这响声中充分显出了他那股怨愤之气。他二人说话时，淑芬坐在一边，一句话也不能说。她先听到吴信干那些话也觉可气，后来伯坚向他那番痛驳很是对劲，恨不得和伯坚帮个忙，走过去打他两个耳光。现在他走了，淑芬红着脸咬着牙道："这该死的东西，他也顶个人头，算是中国人养出来的！"说时将脚连连在地上顿了几顿。伯坚道："本来他就恨着在中国出世，你说他不是中国人养的，有什么关系呢？他叫我等着瞧，我就等着吧！"说毕架了腿摇曳着斜座椅上，倒是很安闲的样子。淑芬也是个女英雄，不怕事的。这一次人被抓，虽吃了不少的苦，因为是一个人，不奈别人何。现在和伯坚同拘留在一处，胆子就大了许多，也板着脸道："不要理他们！是你说过了的，他们无非是势迫利诱，反正我们也是一死吧！"伯坚笑道："还有一层，承他们看得起把我们关在一处，我们谈谈话倒也不寂寞。这比我们那天在饭店里的风味怎样？"伯坚问这话时望了淑芬。淑芬扑哧一笑，瞅了他一眼。伯坚心里也就想着：一个人被拘留着，还能和情侣在一处，这也是人生少有的事了。

心里想着，看看屋里的陈设：有桌椅，有床帐，甚至脸盆、手巾、漱口盂子，都预备得齐全，很可以小住为佳的。他心中如此想着，可是事实上不能恰合他的算盘。自吴信干去后，这房门是紧紧朝外反扣着，在房门外两个武装兵士靠门而立，一步也不离开。茶水固然不曾送来，天色黑了连灯火也不曾送来。伯坚想着：也许是他们大意了。这也不必理会，依然静坐着。淑芬就有点儿不耐烦了，因道："怎么办？和他们交涉，要点水来润润嗓子吧！"伯坚道："我们和谁去交涉呢？门口这两个兵又不懂话。"淑芬道："他们不懂话可认识中国字，写个字条子给他看就是了。"伯坚道

"屋子里漆漆黑的，叫我怎样写？"淑芬道："那边能和门口的兵去办交涉吧？假使他不许我们说话，我们就可以要盏灯火和他来笔谈。"伯坚道："怎样着？你非喝茶不可吗？"淑芬哼了一声。伯坚自己受点儿委屈是无所谓的，若是让淑芬也跟着受委屈就很过意不去。只得摸索着走到房门边，将门连捶上几下。门口那两个兵士先还是不理，后来伯坚在里面敲得太厉害了，才有个兵将门向里推着，现出一线灯光来。这光乃是廊檐下悬的檐灯所发出，昏黄中看到那兵士摆了凶狠的面孔，睁了大眼望着人，同时他就向人大喝了一声。伯坚走出去，将右手做个杯子式对了嘴里倒着，像是喝茶，然后再向那兵伸着手。他对于这个要求，并没有答复，猛然伸出两手将伯坚向屋子里一推，将两扇房门依然向外反扣起来了。伯坚黑暗中摸到淑芬身边，握着她的手低声道："没有法子，你暂忍忍吧。等着那个姓吴的来了，我再和他去说。"淑芬也没作声，也没起身，坐在那里没有动。伯坚知道是自己的事做得不大妙，解劝也是无用，也坐下了。黑暗中坐十分钟比坐一小时还要痛苦，没有法子。只得再到房门边去将门又捶上一遍。那兵士这回不开门了，听他去捶着。伯坚昂了头向外面叫着道："你们要打就打，要罚就罚，把我们关在黑屋子里并不理会，这是什么意思？"

嚷了一阵，听到外面有一阵脚步杂沓之声，门开了，灯光中拥进十几个兵士来，吴信干直了颈脖子跟着那些人一块儿走了进来。有两个提铜框玻璃罩油灯的兵士，将灯提得高高的和伯坚的头一般齐，意思就是要照着伯坚的面色来。一个人在许多人包围中，而且让人用灯来照着，虽不必认为这是一种侮辱，可是那种样子，也就很让人以难堪。伯坚知道兵士不懂话，对他们分说也是无益，就向吴信干道："足下也是中国人，就算不是中国人，我们也是同色同文同言语的人类，何必这样子拿我开玩笑！"吴信干红了脸道："我先劝过你一顿，好话你不爱听，现在我们奉了命令来的，只有照命令办事。对不住也就只好对不住了！"说时，进来的一群兵就有人掏出绳索，不容分说按了伯坚，先把他两只手背着捆上，然后把两只脚也绑在一处，将人放倒在床上。伯坚只管极力挣扎和乱嚷，他们一概不理。接着他们又把淑芬拉过来，照样地绑了，将她也放在床上，和伯坚面对面地侧身躺着。当伯坚被绑的时候，淑芬在灯光下看着以为有什么危险，已经吓得说不出话来，只是呜咽着哭。继而把自己也绑起来哭也不会，只知道乱叫，身上流出来的汗比眼泪流着更要汹涌，一身衣裤完全湿透了。那些人将这双男女放在床上，便放了一盏手提灯在椅上，让灯光遥遥照着，然后又放了一壶茶、两匣饼干在灯光下，这才走了。那吴信干是走的最后一个人，他走到床面前向伯坚道："你闹得厉害，没有法子，只好委屈你一点儿。假使你愿意讲和，你只叫着我的名字，自有人来放你。"说毕，他拧着那短胡子尖角笑嘻嘻地走了。他去后，那房门也就随之掩上。

伯坚眼睁睁看着身边一个泪人儿，又看见桌上一壶香茗、两匣装潢美丽的饼干筒子，自己这时不但肚子有些饿，而且还口渴得厉害。看到桌上吃的、喝的，更是心里难受。自己凝望了许久，就对淑芬道："你看这姓吴的多么阴毒，他不但把我们捆绑起来，而且知道我们饿了渴了，摆着吃的喝的在桌上，来馋引我们，让我们格外难受。我觉得这比侮辱我们又要进一步了，这种压迫我有些受不了，我先寻个出路吧。"说着这话，他将身子扭了两扭。淑芬见他脸上通红、眼光发赤，似乎没有好意，连忙问道："你要怎么样？你要怎么样？"伯坚道："这种国家，这种岁月，做人本没有什么味，加上现在受外人的侮辱，我觉得可怜又可惨，倒不如一死干净。我要滚下床去，在墙上碰死了。"淑芬身子乱扭着道："你千万不能那样，你碰死了丢下我来怎么办呢？我们现在虽然受着侮辱，还没有走上绝路呀！你就不能忍耐着等了机会奋斗吗？"说着，脸上流下泪来。

一个人寻死，本来就是一个念头一转。这个念头如没有什么打击，继续着扩充起来，自然是死。可是有什么阻碍把这个念头中断了，那么，以后再要死，就不容易。因为人类生活在宇宙间，争权夺利，钩心斗角，无非都为着求活。换言之，无论何种人，没有顷刻忘了求活的念头。所以寻死的意思，在人的思想里，是几千万分和一二分之比。死念战胜活念，乃是偶然的事情。把这个偶然放任过去了，自然那求活的念头依然跟着发生。

伯坚一时愤怒想着要死，现在看到淑芬哭起来，想起她关在这里已经可怜，若是在她当面碰死，她必定害怕。而且落到外人手上去，无论将她怎样处置，她也没有抵抗的能力了，便叹了一口气道："我未尝不知道丢下你，你是更可怜。可是我们若不死，那就唯有继续着去受人家的侮辱。"淑芬道："现在总还没有到不能忍受的那一段地步，我们与其求死，总不如留着一条命和人家来奋斗的好。万一真没有法子奋斗了，要死我们就一同去死也不迟。若是你先死了，我眼睁睁地不救，也对不起你母亲呀。"说着又流下泪来。伯坚看到，将身子一滚，滚着靠近了她，将脸在她怀里连连擦了几下，表示是抚慰她的意思，便道："好吧，我依了你的话，留着身体慢慢来奋斗。可是你也要忍耐一点儿，别暗地里一个人着急。"淑芬道："我的性子比你更缓，只要你不着急，我还有什么忍耐不住的?"二人的手脚虽然都是被绑着的，可是面对着面，很亲近地说话，也就各得着一种安慰。彼此静静地躺着，不觉慢慢沉入睡乡。

到了半夜里，淑芬却哼了起来，伯坚被她哼醒了，连忙问着为什么。淑芬皱了眉道："我渴得实在忍不住了，喉咙要冒出青烟了。桌上有茶，你想法子弄点儿我喝喝吧。"说着又哼了起来。伯坚道："你忍耐点儿，等到天亮再说吧。"淑芬道："我早就渴着的，熬过了几个钟头了。现在我实在熬不住了，你积点儿德救找一救吧。"她说到这句，声音十分细致得几乎都要听不出来了。伯坚看那样子料着她是忍不住的了，便道："你等着吧，我和你想法子。"于是手脚同挣扎了一阵，打算把捆绑手脚的绳索挣脱开来。不料这绳索互相纠缠着，竟是越挣扎越紧，怎么也摆脱不下来。自己算是白用了一番气力，看看淑芬脸上泛着憔悴的红色，可以知道她是渴得更厉害了。伯坚道："这绳捆得非常的结实，我简直没有法子可以挣脱。怎么办呢?"淑芬不说话了，只哼了一声，闭上了眼睛，索性不理会这件事了。伯坚看她不理会，以为她忍耐住了，也就不作声。可是不多大一会儿，她又是有一声没一声地呻吟起来。伯坚道："你既然是嗓子发干，你就不必哼了。你想呀，越哼不会嗓子越干吗?"淑芬听说，睁开眼睛下死劲地看了他一眼，依然又闭上了。在她这种表示之下，她虽然不说什么，也可以知道她是愤恨极了。自己不能替她想法，自己实在是爱莫能助，她怨恨只好让她去怨恨，在自己只有默而受之。又过几小时，她更忍不住了，垂着泪道："哥哥，你救救我吧，嗐，我要死了，我渴得要死了。"伯坚迷糊着，正梦了在用大杯子渴汽水，痛快极了。被淑芬叫醒，看看窗子外已经天色大亮。桌子上的油灯油干自灭了，那一壶茶和两筒饼干依然放在那里。自昨日下午起，不吃不喝，而且又受了种种虐待，自己又何尝不饥不渴? 只是知道这是吴信干的一种手段，若和他要吃要喝，就要在他面前无条件地屈服，所以始终是隐忍着。谁知道越是想到渴的这一件事上去，越觉喉咙干燥得厉害。刚才这一场喝汽水的梦，更是要了人的命。梦里喝得很痛快，醒过来之后，这口渴更加上了一倍。自己虽不是五脏生烟，然而这喉咙里也觉硬邦邦的，十分难受。由此向下推，淑芬如何抵制不住，也可想而知了，便道："天亮了就好了，我料着不多一会儿他就会来的。等他们来了，我和他们讲讲理，喝点儿水的事，总可以办到。"淑芬微微地摇摆着头道："我真忍受不住了。"有气无力地说了这样一句，她又闭上了眼。伯坚再看她的脸色，那一层红晕退下去了，现在却是满脸焦黄的，那个眼睛眶子陷下去很深，颧骨高撑起来，觉得这个人是更憔悴了。叫了她几声，她也不答应，只是睡她的觉。

二人这样熬着，约莫有半小时之久，她哑着喉咙叫起来道："快救救我吧，我要死了，我情愿他们枪毙我，也不愿这样活受罪！不能救我，就杀了我吧。"她那种哑嗓子说话，听不出什么字，只有一种沙沙之音罢了。伯坚看了老大不忍，低声道："你不必急，快了，快了，他们快来了。"可是他虽如此安慰着她，无如吴信干这班人始终也不见来。看看淑芬又昏睡了，伯坚想到吴信干临去曾说一句话，如叫了他的名字，他认为有商量的余地，就可以前来。无论自己的意思如何，先叫一叫他的名字再说，他果然来了，那时再和他办交涉也是不迟。于是提开嗓子向着门外边连连叫了几声"吴信干先生！"这"先生"两个字，自己本来是不愿意叫出口的，无如和他虽不是朋友，却也不是上司与僚属，怎么好提名道姓地不加一些子称呼？所以那"吴信干"三个字叫出口来以后，不知不觉地就加上了这"先生"两字。真个这种信号却是非常灵。他只叫了两三声，便停止了。

不多大一会子的工夫，房门口轰隆一声响，两扇门开了，两个兵士引着吴信干走了进来。他一进门就问道："曾先生你叫了我吗？"伯坚虽是不愿和他说话，心里连骂他几声汉奸，可是叫他否认叫了吴信干来，已是没有那种勇气，只得哼着一声，向他点了点头。吴信干立刻将手向两个兵士一挥，让他二人走出去，然后将门虚掩着，走到床前面来，低声道："曾先生你现在愿意和我们合作了吗？"伯坚道："你们用这种手腕对待我们，未免太毒一点儿，你看这位袁女士苦到这种样子，她又有什么罪过呢？你可不可以先给点儿水她喝喝？至于我们的事情，可以从长计议。"吴信干笑道："曾先生，你还是不十分了解。你要知道，这种待遇在我们这里是当然的待遇。你若肯和我们合作，我们自然另眼相看。并不是我们对于这位女士要居心和她为难，不过像待别人一样待她。只要曾先生算是我们自

211

己人，为了曾先生的缘故，我们可以特别优待。"他在这里说话，淑芬躺在床上衰弱得只剩一口气，于是她一双眼睛就不住地在两个人身上睃来睃去，口里虽不曾说出什么来，那正是向他二人有求援的表示。

伯坚本待否认合作这句话，看吴信干这个人是很狡猾的，没有一点儿让步的表示，他绝不能给吃喝东西的，便道："我口里已经干得起火，嗓子都要裂开了，你不先给点儿水我喝，我怎能够说话？"他说这话时，故意说得有气无力的，而且将头连摆了几摆。吴信干看了他那样子，走近前来向他脸上望了道："曾先生，你相信我的话了吗？"伯坚没有法子，只好向他点点头。他倒成了演义小说上的元帅，上前行了个"亲解其缚"的礼。伯坚急于要恢复原状，赶快将手回到前面来。不料那两只手在背后缚得久了，猛然回缩过来却是疼酸异常。没有法子，将两只手依然回到背后去，比较上还受用点儿。两只脚因为是顺着绑住的，所以松解开来之后，只是绳子绑着的地方有些麻痛，倒是可以移动。于是两脚伸下床来，在床沿上坐着，望了吴信干道："你不必急于解绳子，先给点儿水袁女士喝，再迟一会儿她就要没有命了。"他口里如此道着，自己也就走下床来，打算伸手去取桌上的茶壶。吴信干笑着将身子一拦，用手按住茶壶，摇着脑袋像钟摆一般道："对不住，现在还没有到喝茶的时候。"

伯坚本是要取茶给淑芬喝，被他这一拦，真比古人所谓"嗟来食"还要难堪多少倍。一阵愤火烧起，恨不得踢吴信干两脚。然而看到淑芬一点儿声息不发，只是微微睁着眼睛望了吴信干，分明是十分地想一滴水下喉，只好忍住了气，很从容地向吴信干道："我暂不要喝，为了她是一个弱者起见，请你发点儿恻隐之心，先让她喝点儿。至于我的话总好说。"吴信干一手依然按了茶壶，一手抬起来拧着胡子尖角，站在地上的脚微悬起右腿来，摇曳个不定，偏了头，做个沉思的样子。许久许久，微笑道："好吧，我们谈点儿私人的交情，先送杯茶给她喝。"于是用杯子斟了大半杯凉茶，送到淑芬嘴边。淑芬的身子虽不能动，已是挺了脖子伸了嘴，来就着杯子向口里一吸。一个人到了落难的时候，就是一杯茶也这样难得，伯坚看到淑芬的样子，心里就难过一阵。淑芬就着茶杯子沿把那杯茶喝了，原以为可以润润嗓子，不料茶水下喉咙之后，不够沾润的，但是觉着烦渴，喝的水不能过瘾，向吴信干哼着道："我还能喝一点儿吗？"吴信干看看她虽面容憔悴，然而她骨骼之间自有一种风韵，看了之后也是老大不忍，便道："既然给你喝了，又何分多少！等我来先给你解开绳子。"淑芬摇摇头道："我实在渴，还是你先给我喝吧。"吴信干口里答应着："行。"已是忙着倒了一杯茶，递到床上来。

伯坚见他表示殷勤，心里十二分不高兴。然而淑芬紧等着要水喝，也不能从中拦着，只好坐在旁边呆呆看着。淑芬一口气喝了四杯凉茶，嗓子眼里才有点儿润湿，低声道："吴先生，请你和我解开这绳子吧。"她叫了一声"吴先生"，说话的声音又是那样柔和，伯坚在旁边耳闻目睹，心里实在难受。那吴信干得了女人的称呼，自然骨软胸酥，俯着身子就在床前来替她解开绳索。偏是绑她的绳索格外来得紧，解了很久很久的时候方才把绳子解下来了。伯坚再也忍耐不住了，就抢了上前扶着她坐起来。吴信干微微笑道："你们现在已经恢复一半自由了，我们对于你的条件已经履行了，你们对于我们的条件究竟怎么样呢？"伯坚听到他口里说出"我们"两个字，觉得这位汉奸先生已经忘记他是中国人了，这时还和他谈什么爱国不爱国，那简直等于白说，便道："我们并没有和吴君提出条件，我们是亡国之民，也不配和人谈什么条件。事到于今，你要怎么样子办就是怎么样子去办，你看好不好？"吴信干听到他提出什么亡国之民的那种话，很是不爱听，乃至他说到怎么办怎么好，觉得自己所办的事总算完全办到了，又高兴起来，便笑道："只要你们肯答应我们的条件，我们就是一家人，什么都可以想法子去办。"伯坚道："我们也不敢有什么奢望，就是这桌上的一茶壶、两筒子饼干，赏给我们吃吧。"吴信干昂头想了一想，微笑道："这又算什么！我有一件东西请你签个字，你的话就照办。"说着在身上掏出一张稿子来，两手交到伯坚手里。

伯坚看时，乃是一张地方自治会的宣言，上面有九个本县二三等绅士在文后写了名字盖了章。不必看文字内容，只看前面的题目和后面的名字，这就够让人发愁的，于是拿在手上发愣。吴信干看出他的意思来了，便笑道："这宣言是没有什么国际关系的，你可以仔细看看。"一句话提醒了他，他这才去看文字的内容。那宣言里面大意说："连年中国内争不息，军阀苛征暴敛，压迫人民。本县久在虐政之下，人民求死不得。现幸得邻国义军协助，脱离军阀，得有更生之路，今特实行地方自治，与不良政府永断关系……"伯坚眼里看着心里便想：果然如此，算是向中国造反，敌人投降了。这个字如何可以签得？吴信干在一边见他拿了稿纸，只管去看，便笑道："你不必去推敲字句了，签字的人也不止你一个人，字里面若有什么毛病，那些人不是傻子，岂肯签字？现在你果签了字，政府就交到你们手上。不过请一两位外国人来做顾问，那有什么关系？"

淑芬在一边看到伯坚为难的样子，也不知这文字里面有什么利害关系，于是一伸手将稿子拿了过去，也很仔细地看了两遍，因道："这不过是几句骂军阀的话，倒没有什么关系。"吴信干笑道："还是袁女士明白。难道军阀不该骂？政治还不该改良吗？而且这种宣言也并不发表，不过是本县绅士们，大家一种团结的表示。有了这篇宣言，大家就彼此可以相信是真要干，没有推诿的了。"伯坚插嘴道："真的不发表？"吴信干听他这句话，已知他命意所在，便道："这种宣言本来无发表之必要，不过签字的人一张共守的合同而已。你想想看，从来签合同的人，有把合同公布着让大家去看的吗？"淑芬望着桌上的饼干和茶，有一种馋涎欲滴的神气，回转脸来向伯坚道："若是仅仅为了在这上面签个字，我看没有什么问题。"吴信干料着伯坚的心已经有些移动了，便正色道："我以为曾先生叫我来一定是跟我们合作的，所以担了一副千斤担子把你两人松了绑。若是这回事情你又要反复，以后你说话我就不能相信。他们再要用什么手段对付你，那没我的事，我就不管了。"淑芬道："吴先生，你把这稿子放下，让我们再考虑二三十分钟行是不行？"吴信干想了想，点着头说了"可以"两个字，他可自己动手把茶和饼干一齐搬出房去，然后向伯坚道："再限定三十分钟，你考量得了结果再叫我吧。"说着带拢房门就走了。

那张要他签字的文稿依然还放在桌上，他拿起来重新念了几遍，向淑芬摇摇头道："这个字还是签不得。脱离政府那还不要紧，这上面大书特书地说什么邻国义军，这很可以表示认贼作父。将来让人知道了，一定要说我这人无人格。"淑芬道："那也不过就是'邻国义军'四个字有点儿触目，其实那有什么关系？我们叫了'邻国义军'，不见得他会增长什么价值，不叫他'邻国义军'，他未必肯把军队撤了回去。我们就和着人家叫一声，自己找个法子脱身，有何不可？漫说将来没有人知道，就是有人知道，我们说是人家强迫的，也不见得有什么责任。只要我们这一颗心为着中国，表面上做个圈套骗骗人，为什么也怕干呢？你不知道现在就是滑头世界吗？"这一篇话虽是没有什么名言至理，可是事实摆在这里，那是很对的，绝不能因为写上两个字，可以逃生都不干。因之对她的话虽没有完全答应，可也没有怎样拒绝，只是默然地在那里坐着。淑芬在一张躺椅上斜靠着，头几乎要垂到肩膀上来，有气无力地慢慢地说道："士各有志，我也不能相强。不过那样受人家虐待，又渴又饿地死，我有些受不了。今天晚上，我……我找个法子自……尽吧。"她说到这里，两行眼泪由脸上挂了下来。

伯坚本来就心里软了，再看到淑芬如此凄楚可怜的神气，更是强硬不起了，便向前握了她的手道："你不必难受，我为了你起见，一定想法子来奋斗。但是我果然不死，总还要在社会上做人，多少要顾全自己的人格，只要不至于在社会上混不出去，我总可以受些委屈。"淑芬对于他说的这些话绝对不理会，只把两行眼泪牵线似的向下流着。伯坚在身上摸索一阵，并没有手绢，就捏住自己的袖头在她两只眼睛上揉擦了一顿。淑芬将脸偏到一边去，并不作声。伯坚站在她面前许久，没有了主意。呆了一会儿，又走到桌子边，将那张文稿拿起来看了看，点点头道："若是粗心点的人，马马虎虎也就过去了。其实这种宣言果然空洞，我就签上一个字，不见得有什么便宜给人。"在他这犹豫的期间，不觉又过了二三小时，不但是渴，而且肚中饿得难忍了，自己也就坐在桌子边，用一只手托住了自己的头，在那里呆想。

只在这时，房门连连敲了几下，然后吴信干带着两个便衣人推门进来。他们除了把茶壶饼干依然提了进来之外，另外还有两个九寸碟子，分盛着桃酥蛋糕。一股香味，自然而然会传到鼻子里来。他将饼干筒子打开，又斟了两杯茶放在桌上，然后才把那张等签字的文稿拿在手上看。淑芬见茶杯放在身边，以为是给她喝的，端起杯子正待要喝，那两个和他吴信干同进来的人各抢上前，分别按住了伯坚和淑芬。吴信干微点着头道："曾先生，这不怪我。直到现在为止，你还不曾在这稿子上签字，他们要翻脸也是理之当然吧。"伯坚本不曾想喝茶，只是眼见他斟茶之后，茶杯又放在面前，热腾腾的那股子香味真是向肺腑里直钻，因向吴信干道："我们不是那样强暴的人，你若是不许我吃喝，当然我就不吃不喝。可是把这两位随从捉住我们，就无论什么谈判我也不好接受。"吴信干向那两人望着，丢了一个眼色，又把头摆了一摆，于是这两个人不再按住，松手就走了。吴信干在伯坚对面桌子上坐下来，他拖着椅子，靠近了他一点儿，低着声音道："你这人为什么这样地想不开？你就是有什么困难，觉得不能办，现在落得吃点儿喝点儿，救了性命再说。以后你恢复自由回家去了，你愿意怎样办就怎样办，无论哪方面，也不能派人老在你后面监督着。现时你关在这里头，高谈气节那不是白费气力吗？"伯坚道："依你说，我是不必考虑，就老老实实地签字了？"吴信干说到这里就不必和他说什么了，只是望了他二人微微地笑着，同时将眼睛瞟着那两杯茶和点心，以防他二人伸手去拿。淑芬到了此时，更是难受，索性将胳膊在桌上横着，伏在手胳臂上睡。

伯坚眼看桌上吃喝全有，只差自己一句话，不能到嘴，而且肚子里如火烧一般，直冲到嗓子眼里来。两只手几次打算伸上前，把茶杯拿到手上来，可是看到吴信干在注意地监督着，料是不能到手，自己又很严厉地将自己禁住着。吴信干偷眼看他手上欲举又止的样子，心里有数了，却把杯凉茶向地上一泼，然后提起茶壶来，慢慢地向杯子里斟着，斟满了一杯，端着坐到一边去，放出那逍遥自在的样子，很斯文地喝了起来。伯坚看他喝茶的神气，分明知道他是故意做出这种样子来，勾引起别人的馋性来的。本待不去理会，无如嗓子眼里几乎干得要裂开缝来，若不喝点儿水下去，连肌腑都要发烧了，只得微低着头，闭上了他的眼睛。吴信干一人很自在地将那杯茶用嘴唇皮呷完，然后放到桌上，高高地提起茶壶来，又向杯子里斟着一杯。伯坚虽是低了头闭上眼睛，那耳朵可是管事的，那茶斟到杯子里去，隆隆作响，使人连续着想到这茶是什么滋味。这在平常，不过咽下一口涎沫，然而现在满口的津液都干了，只是嗓子眼里抽了一阵风。不觉睁开眼来向吴信干再看，他却端了满满的一大杯茶，仰着脖子，咕嘟一声喝下去了。

伯坚看到了，恨不得抢了桌上那把茶壶，两手捧了就喝，可是在事实上是办不到的。再看淑芬时，伏在手臂上，已是昏睡过去了，因向吴信干道："好吧，我依了你。"吴信干道："你答应了签字吗？"伯坚望着他哼了一声，又点点头，可是他并不说话。吴信干于是将桌上现成的笔和墨盒铺好，用笔蘸着墨，弯了腰笑嘻嘻地送到伯坚面前，点头道："请你写上吧。"伯坚望了那笔，待不接也是不行，因为吴信干已将笔塞到他手上来了。他只好拿了那笔在手，待要起身到桌子边去蘸墨，吴信干就伸手将他微拦着道："墨早已蘸饱了，只写三个字的姓名，不必费那样大事。"伯坚捏了笔在手上，依然还是踌躇着。吴信干把他的手扶了起来，两手取过桌上的那张宣言，托着送到他面前，笑道："你还考量什么？"伯坚一横心，提起笔来，不管三七二十一，就在许多人的名字后面签上了字，然后身子倒着，靠了桌子背。吴信干两手捧着宣言，还偏着头将签字看了一看，似乎在审查那签字的笔迹有没有故作毛病之处。看了两遍之后，他脸上放出笑容来，将宣言折叠着，在身上收下，笑向伯坚道："行了，行了。这桌上的东西你随便请用吧。"于是连连伸手向桌上指着，伯坚知道是可以随便吃喝，不过突然得了这种自由，倒是反有些拘束手脚，不便贸然就吃喝起来。手试了几试，还未曾举起。吴信干笑道："你那笔可以放下了。"原来伯坚在签字之后，只管出神，手上捏着笔都已忘记了。这时吴信干将他的笔接过去，点着头道："你随便用茶点，我暂时告别。"他又替这里反带上门径自走了。

　　伯坚见屋子里没有第三人，再也隐忍不住，一伸手端起茶杯来，就向嘴里倒将下去。左手将杯子送到口边去时，那只右手已经摸着茶壶待要再斟。淑芬分明是睡着了的，到了此时也自然地醒了，抬头看见伯坚喝茶，她也抢着喝了面前那杯茶，再伸出杯子来，向伯坚接着要茶喝。伯坚因为两人都要，来不及向杯子里倒，嘴对了茶壶嘴，哎的一声吸了一大口茶，这一大口茶差不多就喝了大半壶。淑芬虽瞪了眼看看他，很不愿意，然而也原谅他实在是渴了，便用茶杯子碰了碰茶壶，笑道："你不能一个人喝呀。"伯坚便向杯子里斟上一杯，淑芬的杯子刚靠住嘴唇时，伯坚又把茶壶嘴子对了嘴叽咕几口，不到五分钟，二人已把这壶茶喝完。自己也说不上是何缘故，自然会有了精神。碟子里那黄澄澄的蛋糕，拿在手上其软如棉，两人嘴里也许连甜味都没有觉察出来，已是把一碟子蛋糕完全吃下去了。接着淑芬又伸着手到饼干筒子里去，抓起一把饼干来，伯坚也就一伸手按住了她的手背道："别忙，别忙。我们已经是饿得半死半活的人，这样乱吃，吃得过分了，也许更要出别的毛病，还是从容点儿来吧。"淑芬皱了皱眉毛，便缩了手回来，叹口气道："我长这么大，还没有像这样抢着吃东西过呢。"伯坚也没说什么，跟着叹了一口气。可是二人望了好吃的，默然对坐着不动，自己想来也觉不近人情。所以不到二十分钟的工夫，他倒比淑芬先动起手来，伸到饼干筒子里去，抓了一大把饼干出来，先钳了一片放到嘴里，指着向淑芬道："你可以慢慢地吃一点儿。"淑芬不等他劝时，已经将手按到饼干上来，等着伯坚说"慢慢"吃时，她已经在嘴里咀嚼着了。吃既开了端，二人也就万万按捺不住。你来我去，只管钳着吃，直待将这盒饼干吃过了大半筒子，二人才觉得肚子里各已饱满，停止了不吃。

那懂事的兵士倒也雪中送炭，却在这个时候又提了一大壶热茶进来。他扶着饼干筒子，看看里面还有不少，也不说什么，脸上带着微笑径自走了。淑芬站起来斟了两杯茶，忙着递一杯到伯坚面前，自己然后才斟一杯喝着。但是他两人昨晚怒火如焚地闹了一宿，不曾睡觉，这时吃也吃了，喝也喝了，别的无可思想，便只有补足未睡够的觉。两眼渐渐撑持不开，人就有些头脑昏沉起来。伯坚站起身两手伸了个懒腰，向淑芬道："我先睡些时候，那吴信干有什么事来纠缠你，你再叫醒我吧。"说毕，向床上一倒，将身翻转了两下，人就睡着了。

他倒在床上也不知睡了多少时候，睁开眼睛看时，淑芬蜷伏着身体，缩在他脚头睡了。再看窗户外，一片金黄色的阳光涂在白粉的照墙上，分明是太阳已经偏西了。因坐在床上揉擦了一会儿眼睛，然后走到门边，由门缝里向外张望着。他就是这样在门里悄悄地举动着，门外已经得了消息。先有人送进一盆水来，盆上盖了轻松雪白的毛巾，香气扑扑的。后面跟着一个用人，两手捧了许多玻璃瓶子料器缸子放到桌上来，伯坚看时正是香粉、雪花膏之类。一个男子洗脸，何需要这些东西？自然是为淑芬预备的。可是同时那个人又送了一盒保险刀进来，预备做修面之用。从此以后，有两个伺候的人就不断地来送这样送那样。随着淑芬醒了过来，洗脸的时候看到有些化妆品，许久的日子没用过，少不得抹一层雪花膏又扑些香粉。一个女子经过几次蹂躏，虽是绝色美人也不会好看，反之一个经过磨折的女子突然修饰起来，也就分外地觉得美丽，这时淑芬洗了脸，梳过了头发，脸上再用香粉一抹，自然露出几分艳丽来。

伯坚坐在她对面，向她脸上端详了许久，微笑道："现时你身上不感到什么痛苦了吗？"淑芬道："还有什么痛苦？吃也吃了，喝也喝了，就坐着这里等死吧。"伯坚道："还等什么死！我们都在人家宣言上签字了。唉，若是我一个人随时随地都可以把我自己解决了，只是为了你……"说着这话，望了淑芬的脸色。淑芬微低了头向他望了一眼，无甚可说，又把头低了。伯坚微微叹了一口气道："事到于今，还有什么话说？假如他们把我放了，我们只有远走高飞，免得本县人知道我签了字，来唾骂我。"

淑芬道："我不是说过了，那宣言很空洞的吗？"伯坚背了两手，在屋子中间来往踱着小步子。淑芬道："这是我连累了你。"说着向伯坚微微一笑，然后又站起身来挽了伯坚的一只手，拉他在长椅上一同坐下。她右手由伯坚脖子后伸过去，扶了他的右肩，左手握了他的手，却把自己的头向右偏着靠在伯坚的左肩上。伯坚凝神了许久，将脸擦着她的头发，从容着道："这也不怪你，只恨我意志不坚定。事情已经做错了，悔也无益……"二人都不说话了，紧紧地搂抱着就这样呆坐。

只听到房门外有人连连敲了几声响，二人松开，门推开着，却是那吴信干笑嘻嘻地进来了。他先笑道："你们都吃饱了吗？"伯坚首先点点头，淑芬抿着嘴微笑着。吴信干端过一把椅子，靠近来伯坚坐下，低声微笑道："我告诉你一个好消息。这地方，在中国政府是永远拿不回去的了。"伯坚心想:这何以就是好消息？难道我们希望这土地永远不挂中国旗吗？不过已经知道吴信干这种人非口舌所能劝解的，便用鼻子哼着答应他。吴信干伸着手轻轻拍了伯坚架起的大腿，依然低声微笑道："这样一来，在我们这自治区域的人，都可以放心做事，不必心挂两头了。关于县知事这个缺，龟谷先生的意思还是请曾先生出来担任。至于行政一切困难问题，你不必去管，我们自然可以想法子来替你解决。"伯坚道："安乐县里，新派也好，旧派也好，还不少和你们合作的，何必一定要我出来做这个县知事？"说话时眉毛深深地锁着，头并不移动，转着眼珠看看淑芬，又看看吴信干，将胸脯微挺着长长地吐出一口气来。吴信干看了他这种情形，就不向这件事上谈去，便道："我已吩咐厨房给二位预备下晚饭了。想吃什么只管告诉我，我叫他们办去。"伯坚道："现在还不饿。我们也不敢太受优待了，只希望行动上自由一点儿。"吴信干笑道："那绝对不成问题，也许明天就可以请二位出去。"伯坚听到明天有放出去的希望，觉得到光明之路不远，索性敷衍敷衍他，免得又生什么波折，因之向他道："将来出来的时候，我们还可以不时往来，有兄弟效劳的地方，兄弟无不尽力。"吴信干于是和他同时站起来，左手挽了他的手臂，右手拍了他的肩膀，笑道："以后我们合作的日子很长，要互相帮助才好，说什么效劳不效劳呢！你休息休息，我晚上再来奉陪吧。"他很高兴地晃着膀子走了。

随着听差们进灯火来，也不必伯坚吩咐，和他拭抹了桌子，端好两把椅子，就到门外去接两个食盒进屋。揭开盖来，鸡鸭鱼肉有八碗菜之多，陆续端到桌上，一个大瓷鼓子盛着像雪一般的米饭。盛了两碗放好，然后向伯坚一点头道："请吃饭。"他很解事，也不再留在这里伺候，转身走了。伯坚未曾将桌上的菜看清楚，早有一阵香味钻到鼻子眼里去，问淑芬道："你吃一点儿饭吗？"他如此问着，好像并不等着要吃似的。淑芬站起身来看了桌上的菜饭道："你吃我也就吃一点儿。"伯坚道："管他呢！既来之则安之，端了来我们就吃些吧。"他说这话已经挪开桌边的椅子挨身坐下。淑芬见他如此，自己也懒洋洋地走了过来，手扶了椅靠，似乎不大想吃的样子，望了桌上的菜道："你看他们真是前倨而后恭，办了这样丰盛的菜让我们吃晚饭。"伯坚道："管他们捣什么鬼呢！我们乐得吃些。"于是扶起筷子，夹了一块辣子鸡放到嘴里咀嚼了几下，笑着向淑芬点头道："口味倒是不坏。"淑芬道："是吗？让我尝尝。"于是也坐下来，扶起筷子夹了一块辣子鸡吃。当她夹辣子鸡的时候，左手不知不觉地扶了饭碗就吃起来。当两人未吃饭之先，本都表示着是很随便的，可吃可不吃，可是一扶起筷子之后，不多大的时候就把一碗饭吃完。饭倒是伯坚先吃完，正空了饭碗用筷子夹菜吃，淑芬吃着饭向他低声道："菜很好，饭也很好，你不再添一点儿？"伯坚站起来，手扶了碗还持着犹豫的态度，自问着道："再添半碗就添半碗吧。"他自己如此说着，可是他将饭盛了来的时候，却是一大平碗。淑芬因他业已盛饭，也就绝不考虑，起身添饭。自然这餐饭二人是吃得格外饱的了。听差随到将碗收去，又重新泡了一壶香茶来。吃了油腻之后，这香茶喝到嘴里是非常的清香可口，这比昨天晚上当然相隔天渊。一个人，只管享受着好吃好喝的，并不受点儿刺激，就无所谓愤恨。这时伯坚那腔怨气，经吴信干这种优厚的待遇，已经慢慢消沉下去。加之淑芬坐在身边，现出一种极温柔的样子来，默默无语。自己纵不能设法去安慰她，也不能增加她的不快，所以怕她无聊，倒引着她去谈话。

这样过了一天一晚，外面吃喝的又不断送来，伯坚简直无法去发脾气，"死"的那一个字，早丢到九霄云外去了。这日下午的太阳又偏照着东方的墙顶，时候很不早了，伯坚伏在窗子上，看墙脚下青苔上的蜗牛慢慢向墙上爬去，只管出神。淑芬也走到他身后来，用手扶着他的脊梁道："你又在想什么心事？你就不必想了，我们听天由命得了。"伯坚回转身来执着她的手，向她脸上注视了许久，才向她缓缓地道："我不想什么，只是吃了坐着，坐饿了又吃，未免太无聊。怪不得判无期徒刑的人等于死刑了。"淑芬道："可也是奇怪，那个姓吴的现在怎么又不露面？"伯坚道："大概他把我们忘了。他们现在正是忙着抢政权的时候，有利可图的便要去抓。我们这样两个渺乎其小的人，让我们多受十天八天的委屈，那原不算一回事。"淑芬心里想着，大概也就是如此，并不打算怎样去应付吴信干了。

可是吴信干是替别人办事的，他怎么会把关住的两个人忘了？在伯坚房门外，除了那个守卫的兵士而外，远远地在墙转角的所在，又加设了一张小桌、两个方凳子，安置两个听差在那里坐着。伯坚随便一举一动他们都知道，知道了就向吴信干去报告。伯坚现在很安闲，并不想死，也不发急，吴信干都知道。这里越安静无事，他越不用理会，只是把吃喝用的东西陆续向这里送来。伯坚这儿除感到无聊而外，也没有别的痛苦了。天色渐渐地黑暗下来，屋子里有些看不见。他又伏到窗户台上，向外望着。无意之间，却有一种很凄惨的呼号声远远地送来。于是排除一切的思虑只管用心听着。在很静默的态度中，把那种声音听得有些清楚，仿佛就是人的挨打声音。每次声音一顿，得复高涨起来，分明是打一下叫一下的了。淑芬见他那样凝神地听，也跑过来听着，她听得清楚了，轻轻地对着伯坚耳朵道："我们算是侥幸，要不然我们也是一样地要受这种苦处呀。"伯坚听了，心里不住地有些震荡，一伸手握住了淑芬的手，紧紧捏着，二人默然相对站了许久。

忽然有一阵皮鞋橐橐之声由远而近，及至到了身边，看时，果然是二三十个荷枪挂刀的兵士，排着队伍挨窗而过。他们中间却有一个穿便衣的中国人，钉了手镣低头走着。当这群兵要走近的时候，伯坚已经不敢靠住窗户，连忙向屋子中间一缩，哪还敢作声，只有心跳的份儿。现在都过去了，握住淑芬的那一只手依然不曾放松。淑芬的胆子当然比他更小，将身子靠住了伯坚，也是作声不得。伯坚道："刚才过去的人，你看见了吗？"淑芬靠着他点了点头。伯坚道："看那样子好像是送人去枪毙。"淑芬扯着他衣服道："你不要说，说得我怪害怕的。"于是二人手拉着手，并不作声，同在一张长的软椅上坐下。大概半小时之久，都没有一点儿声息，两个人都算是吓着了，有了这久喘息的工夫，两个人算是定了定神。偏是那皮鞋声音杂沓着又起，而且那声音响到房门边为止，便来推门。这并不是一两个穿皮鞋的人，忽然来这些人其意何居呢？于是二人又慌了。要知此群人是否不利于伯坚的，下回交代。

第十回

揭竿成义军共图大事
投河殉情侣各有千秋

却说伯坚听到一种皮鞋响声直达门边，接着又有人推房门，似乎刚才押人去枪毙的那班兵士又光顾到这里来了。伯坚如此想着，那心里也就扑通扑通跳个不了，望了淑芬只管出神。淑芬浑身都有些抖颤，哪里还说得话出来！但是门闪开了，灯光里照着四五个兵士，在门口站了没动，只是吴信干一人走了进来。他笑着点了头道："我今天太忙，没有来招待，真对不住。"伯坚看看他的脸色并不像有什么恶意，这才略为定了定心勉强笑道："我们虽是关在这里，有吃有喝，却也用不着什么招待。"吴信干两手捧着拳头向他连拱两下，笑道："恭喜，恭喜！你的公事下来了。"伯坚以为是释放自己的公事下来了，脸上有些喜色，便抢着问道："今天晚晌我们就能出去吗？"吴信干道："为了我们保护周到些起见，你还是住在这里的好。明天一早，你就可以拿了公事去就职。"伯坚望了他道："就职？就什么职？"吴信干笑道："你这人真是把官不放在心上。我们接洽这多天了，不是请你出来做县长吗？你一切都放心，我们这里派四十名卫队保护你去就职。"他说到这里，回头向门外看看，那里正站有许多武装先生，绷住了脸上的横肉，各瞪了两只大眼向屋子里望着。伯坚想到身上他们几次虐待的经过，又想到刚才他们押人去枪毙的情形，心里头简直不敢想了，也不敢看了，只对了吴信干轻轻地说着唯唯。他是完全屈服了。吴信干笑道："一切的事都办妥了，你今天晚晌可以安安稳稳地睡上一觉了。"伯坚微笑着，他望了淑芬，她也微笑着。这时，两个听差又送进两个食盒子来，满盛了饭菜的碗都放在桌上，擦好了杯筷，在桌子上很妥帖地放着，才退开了去。吴信干笑道："你二位请用饭，有话我回头再来说。"说毕点了头出去，给他们反带上了门。

伯坚到了现在，反正是有吃便来，却也不再踌躇，和淑芬就安心吃饭。淑芬向房门看看，低声向伯坚道："刚才姓吴的说的话，你看怎样对付？"伯坚道："现在我还没有打好主意，但是我们以后还要做人啦……"说到这里，皱了眉道："他们是不肯放过我的，怎么办？"淑芬坐在他对面的，低了头只管扒饭。她对于伯坚的话，似乎执着那游夏不能赞一辞的态度。伯坚陪着她扒过了几口饭，静默了许久，才问道："你的意思怎么样？"淑芬道："我有什么意见，这是你自己个人的出处，我哪有法子参加意见？"伯坚道："其实你应该和我出些主意的。我不是为了你，何至于这样进退狼狈呢！"淑芬依然很沉静地扒了几口饭，才从容答道："你若是为了我的话，我可以在你之前牺牲的。"她说这话时，停住了筷子不曾扒饭，眼睛眶子里含着两汪眼泪水，几乎就要滚了出来。伯坚看了她这样子，就不能一个人安然吃饭。于是站起来走到她身边去，用袖口和她揉着眼睛，很柔和地道："将来我们得了自由，第一件事就是先结婚。"淑芬将头一偏拨开他的手道："你这又是个错误。难道我心眼里除了这个就没有别的事情吗？"伯坚道："当然也有别的事情，可是你不能不承认结婚也是你心上一件事吧？"淑芬没有回答，端端地坐着。伯坚俯了身体，将左手按着她的手臂，右手环绕了她的颈脖子，将脸伸到她耳朵边低声问道："你说，我问的这话有些对吗？"

淑芬正要答这话时，忽然如海潮一般的人声由半空里直送到屋子里来。伯坚道："呀，这是什么声音？我听过的，很像冲锋时候的喊杀之声啦！怎么没有枪声首先就冲锋起来呢？"他二人这样说话时，那喊杀之声一阵紧似一阵由远而近，直逼到这屋子前后。伯坚向淑芬道："这一定是有了什么变动！"说到这里，将声音放得特别的低，便道："假使真闹起来了，我们可以借这个机会逃走。"淑芬依然侧耳听着道："别忙呀，你知道这是闹什么？"所说未了，突然扑扑扑一阵机关枪响，立刻把那潮涌似的喊杀声抑制下去。但是人声虽然按捺下去，那边的枪弹声却也开始响了起来。伯坚握了淑芬的手道："你听听这是打起来了！我们不图着这个机会逃走等待何时？"淑芬关闭在这屋子里多天倒没有什么，现在提起来要走，两条腿忽然弹琵琶似的只管抖颤着。伯坚轻轻走到房门边，耳朵贴了门扇一听，外面并没有什么响声，就将房门缓缓地打了开来。伸头向外看时，并不看到那两个监视的兵士，也不见有听差的。于是一只脚跨出门槛来，在屋子两边张望了一阵，把那只脚依然又缩了回来。淑芬扶了墙壁走到他身后，用手扶了伯坚问道："没有什么响动吗?"伯坚道："这事有些不对。外面闹得这样厉害，何以屋子里反没有什么动静? 不要是他们完全失败了吧? 那就好极了，正是我们脱险的机会。"

说到这里时，只见吴信干带了两个兵士冲了进来，向伯坚招招手道："你跟了我们走，外面很紧急。"伯坚道："这样夜深，我跟着你们到哪里去?"吴信干道："你不用多问，跟着我们走，免得耽误了时间。"伯坚还未曾答话，又听到两个不同的方向发出海潮一般的喊杀声来。吴信干吃了一惊道："什么? 后门也要不能走了?"他也不说第二句话，掉转身子就向外面跑了出去，那两个兵士见他跑着，莫名其妙地也跟了向外跑出。伯坚看到慌乱的情形，神色也有些不能自主，就向着淑芬道："这个情形，大概他们是不妙。我们自己要怎样办呢?"淑芬只紧紧地牵住了伯坚的衣服，对于他的话却是无从答复。伯坚悄悄地在屋子门外的走廊上，由东头到西头走了一遍，并不见人来。听那前门外的枪声已是越来越近，有几粒子弹鸣的一声由半空里穿来，在屋头上滚着，还沙沙作响。伯坚吓得向屋子里跑来，牵着淑芬的手道："跑不得，跑不得! 这外面就开火了。"淑芬道："这不知道是哪里的军队打到这里来了，希望中国人打赢了就好。"

伯坚站在屋中间望了她，只是呆听着，忽然向淑芬道："走吧，冒险也得走。你想住在这种地方，而且又是这样自由，不是汉奸人家也要说我们是汉奸。他们把我们杀了不要紧，若是把我们当个汉奸来处死，死了还要落个臭名声。"淑芬望了他道："我早就没有了主意，你看着怎么办就怎么好吧。"伯坚想了想，又走出屋子去四处侦察了一会儿，跑进屋子来一顿脚道："我们决计走吧!"他说毕，握住了淑芬的一只手就向屋子外面跑。他先是向前面跑，走出几进屋子都没有看到人，直到大门口，在星光之下，只见横拦着大门有一条黑影，似乎是堆叠的沙袋，料着那下面必有埋伏，话也不说拉了淑芬又向回跑。淑芬看到他突然转身向内的样子，也以为是有了什么新发现，当然不敢阻拦他，也跟了他走。这里面的路径伯坚也并不认识，只是心里想着这里应该有后门，所以只是退着。及至退过了几重院子，黑暗中隐隐约约地有一列屋檐，估量着那屋檐下可以伸手摸得到。那屋子的窗户门板虽是不能十分看清楚，可是那屋檐在空中划一道界线，是歪斜的，不是整齐的，这屋子窳败也就可想而知。这已不知周绕到了什么地方，既有这样大一排房屋挡着在前面，当然这里没有出路。只好抽回身来，再想往前面走。淑芬拉住了他的手，不肯移动，她道："你一刻儿跑向前，一刻儿跑向后，太拿不定主意了。这是什么时候？还由得我们这样子胡跑吗？"伯坚站着定了定神，喘息着道："我亲眼看到吴信干由这后面出去的，怎么我们走来了就会找不着后门？"淑芬道："我让你一阵胡跑也跑得心慌了，不是没有门，是我们自己慌乱得找不出门来了。我们先在这里静静地等一会儿，心定了也就找出门来了。"

伯坚也觉慌乱误事，便斜伸一只手握了淑芬的手站定。慌乱起来，对于外面的事来不及注意，及至自己将身子站定以后，那人的呐喊声和枪弹声就四面八方都有。抬头看时，一道带着红光的紫烟突然向上冲起来，冲上半天，在红光之下，呐喊声也比别的地方更为凶猛。伯坚连连摇着头道："这简直不能走了，大概满街都在混乱的状况里面，我们和哪派的人相遇，人家也疑心我们是奸细，出去就是送死。"淑芬道："就是不走远，我们也要找一处躲着，哪怕是隔壁的人家都不要紧，总以离开这有嫌疑的地方为妙。"伯坚想了想道："那除非是翻了墙头过去。"他这样说着，一刻儿急中生智，马上拖了一张桌子放在矮墙的脚下，桌上再放两把椅子，椅子上再搁一条板凳。这些东西，都是在各处乱跑找了来的，并没有遇到一个人。将桌椅架好了，自己先由桌面爬上去，两手正好按着墙头，可以看到墙那边的人家。于是跳下来扶着淑芬道："你先爬上去吧，随后我就来。"淑芬为逃性命，也顾不得什么高低，站在凳上，一只腿抬起来正待跨过墙去，忽然呜的一声一个子弹由耳朵边擦了过去。淑芬只叫得一声哎哟，身子向下一倒，连着板凳椅子一齐滚倒在地。伯坚被上面的椅子打在身上，也倒了下来，身子麻了大半边，在地上凝神了许久，才问道："你这是怎么了？"淑芬道："吓死我了，一个子弹由我身边飞了过去，我只听到呜的一声响，可不知道受了伤没有？"伯坚道："什么？你受了伤吗？"连忙抢上前将淑芬搀起，伸手向她头上摸起，直摸到大腿上来。一面摸着、按着，一面问道："痛吗？"淑芬始终说是不痛。伯坚也不曾摸到有黏湿的地方，就笑道："没事，你是吓糊涂了。我再把椅子架起来……"淑芬连连摇着手道："不，不，我不爬墙了。就在这里躲一会儿，等外面风潮平息下去了再说吧。"伯坚看她这样惊慌失措的样子，只好壮着胆子宽慰她道："这不过几颗流弹在屋顶上飞着，没有关系，反正也不能有大炮轰房子。我们到屋子里面去避一避吧。"于是握了她的手，把她拉到一间屋子里来。

黑暗中也分不出什么门窗格扇，脚下走着希沙作响，而且是软绵绵的，似乎又到柴草房里来了。这倒比较安适些，就在草堆上坐着，两个脚都踹到草捆里面去，陷下去好几寸深。淑芬因为脚下被草捆绊着，顺势一倒也就半躺着坐下去。二人这样藏着，似乎得有一种保障，炮弹或者不打向这里来。可是那呜呜或唰唰之声，依然不断地向屋头上响着，子弹乱飞，有时落在瓦上，或啪的一声碎了几片瓦，这情形却是很恐怖。好在二人都是经过这种恐怖的，彼此坐着时候久了，已经不害怕。倒是听了外面的各种响声，可以推测情形。这时，那枪声和机关枪声仿佛就在屋外不多路。每到二三十分钟的时候，"杀呀杀呀"的声音就要喊叫一次，在喊叫的时候，那机关枪如许多爆竹连着发放一般，跟着紧密一阵。这很像是进攻的军队前来冲锋，可是冲锋有三四次之久，始终没有进攻过来。只要这喊杀声过去，机关枪也就渐渐松懈下来。

相持四五小时，天色渐渐地发灰。突然一阵粗暴的声浪由远而近，那枪声就一律停止。接着杂乱的步履声又由近而远，似乎这里防守的人支持不住，已经让人家追跑了。同时屋子的后面，也是喊杀声与步履声直逼将来，听得清清楚楚，绕着这屋子围墙已经过前面去了。自这时起，庞杂的声音就不曾一息间断，后来索性有许多人说着话，和铁器木器的撞地声，直闹到这屋子外面来了，就有人道："人真跑光了，一个也没遇见。这里有后门，一定是由后门逃走的了。"接着就有开门声，那屋子外的窗格扇砰砰响了几下，有人道："这个屋子里，黑漆漆的，藏几个人很不算什么。找个火进去搜搜看！"又有人道："忙什么，天就亮了，等天亮了再找。有人在里面，他不会跑上天去。"伯坚听了这些话，心中只管叫苦。究不知道是些什么人。自己心里盘算着，身子一动，围绕了周身的柴草就窸窣作响一阵，越是不敢粗率转动，越是窸窣得厉害。天色由灰变白，窗户里外慢慢看天清楚了。这里堆了许多粗烂木料而外，便是堆齐屋顶的草把。自己正藏在这草把中间，满身都沾着草屑，心想：这个地方绝藏躲不了，等人家寻了来，一男一女这样狼狈的情形更是不妙。于是向淑芬道："随我出去吧，与其让人找了出去，倒不如自己走了出去还比较有话可说。"淑芬握住了伯坚的手，眉头皱了多深。她和伯坚并肩坐着，一颗头整个儿靠在他肩上，眼睛望了他露出可怜之色来。伯坚轻轻拍了她的脊梁道："我们多少难关都闯过来了，不要害怕。遇着人不要说话，看我的眼色行事得了。"淑芬身子扭了两扭，鼻子里哼着，伯坚没法，只得大了胆子走出来。一出门就看见两个穿短衣服的人，袖子上绕了一圈白布条，手拿了一根粗木棍，由一个小门边走了过来。

伯坚不由心里一跳，自己怎么这样糊涂？后门就在这里，昨晚上找了一晚的后门也没有找着！走过来的两个短衣人先有一个喝道："你站在这里痴痴呆呆地做什么？你们是干什么的？"伯坚看这两个人，也不知道是哪一路角色。若要说实话，怕犯了忌讳；若说假话，又怕这正是本城的起义军，倒要闹个错中错。那两个短衣人看他只管犹豫着，以为定不是好人，都拥了上前，一个拉一个，喝道："跟我们走！"伯坚道："二位不问青红皂白，把我拉到哪里去？"那个人横了眼睛道："你这汉奸不配和我说话！到了说话的地方，你就明白了。"伯坚心里想着：既是开口骂汉奸，这一定是同志，倒用不着与他分辩，见了负责的人自然可以说得清楚。因之也不再说什么，跟随着这两个人就向前走。

到了前面，形势完全改变了，许多门上都贴了青年义勇军查封的白纸红字封条，有两个屋子门口贴了文书股、会计股的字条。以前什么参议室、指导员室、顾问室的牌子，都打落着仰在地面，这更可以证明现在一副什么局势了。那两个人将他们带到会客厅里，那里已经有四五个穿学生军制服的人坐着闲谈。见男女二人被推了进来，都迎上前来看着。伯坚一路走来，心里已经有些计划。见了他们，就笑着一鞠躬道："难得诸位到了这里，我算重见天日了。"有一个学生军并不答复，却向引送进来的两个短衣人道："他是谁？"那短衣人道："这两个人躲在后门草房里。一男一女形色张皇像有逃生的样子，我看一定不是好人。"淑芬也看出情形了，这是民众和学生的组织克复了这县城了。这里都是学生，自己是个在学生队里做领袖的人，这可到了说话的机会，便将胸脯一挺，对那短衣人一瞪眼道："你胡说，你怎么知道我不是好人？"她如此一来，倒把那个短衣人怔住了，不知道要说些什么话好。一个学生向前道："这位女士不要焦躁，有话只管慢慢地来说。二位怎么落到这个里面来的？"伯坚看形势和缓得多了，就把自己由西平到安乐来的经过事实，详细说了一遍，不过对于自己被迫在地方自治会宣言上签字一节隐去了不提。

那学生军走上前来，握住伯坚的手连连摇撼几下道："久仰久仰，我们正要打听你老哥的下落，不料今日马上就把你老哥碰着了，这真是一个好消息，令弟要快活死了。我叫杜复山，是学生义勇军的一个副指挥。这次和一二百位同志分头在安乐、永康两县联络有志气的老百姓，共得了五千人，组织了义勇军。全军我们分作十队，一队一人指挥，十队里面还有一个总指挥。令弟仲实也是副指挥之一。昨天晚上，我们十队人里应外合，在城内外同时起事，敌人在本城驻防的只有六七百人，虽然大炮机关枪他们都是全备的，可是我们十队人分了十处起事，城里的警察又和我们合作，敌人分头防御，应付不过来。我们多数人靠了铁棍、大刀把敌人打败，抢了他的机关枪，进攻这个宪兵司令部和自治委员会。敌人不知道我们的虚实，全城都有喊杀声，以为全城百姓都起义了。他们不敢应战，就逃跑了。兄弟带的是第八队，占据了这个司令部。令弟是第七队，原来和兄弟同攻司令部的，这里得了胜，他特别奋勇，又带了全队人追出城外去了。他和我说过，有一个哥哥让敌人抓去了，因为和敌人不合作，恐怕性命难保，天天发愁。现在我们胜利了，你老哥又安然无恙，他回城之后这一份高兴就不必提了。我们的目的是要替国家争些人格，不仅是克复安乐就算完了，还有许多事情要做。你老哥是一个人才，现在出来了，我们非常地欢迎你来合作呀！"伯坚道："原来各位做出了这样一番惊天动地的事！真让我惭愧得很了。昨晚上这一仗，百姓有什么损害没有？"杜复山道："百姓没有什么损害。曾先生大概挂念府上的人，这不用挂心，我们早派两个人去保护的。"说到这里，那两个短衣人料着这二位不是汉奸，就悄悄地走远了。

　　杜复山于是将伯坚一一介绍给在屋子里的人，说："他是个威武不能屈的志士，在被捕的时候，一定对敌人有许多激昂慷慨的行为。等军事平静了，我们应当开个慰劳会，请曾先生演说他被捕时候的经过。"他只管这样地恭维伯坚，伯坚心里说不出所以然，脸上阵阵发红，不住地向了淑芬望着。淑芬坐在与大家较远的一张椅子上，两手按了膝盖低了头没有作声。她与伯坚似乎有同样之感，觉得人家这种恭维的话不听倒也罢了，可是这客厅里来的人川流不息，非常之忙碌，来一个杜复山就介绍一番，总说伯坚是个志士，几乎要杀身成仁。伯坚只能对人说自己没有什么本领，可不能说自己没有勇气。因之在杜复山给他介绍许多朋友之后，把一件长衫里面的小褂汗湿得透透的，小褂子后身和脊梁一齐粘贴起来，说不出来身上有一种什么难受之处。自己不能谦逊的时候，只是向人家苦笑，脸腮上为了装苦笑，都有些疼痛了。到了最后，伯坚觉得自己的心里好像不住地用滚油在那里浇泼，万分忍耐不住，就对杜复山道："兄弟有件事要和杜先生商量，就是兄弟被捕以后，曾回去探望过家母一次。家母住在一幢老庙的难民收容所里，那生活简直和乞丐差不多。每一想到，心里像刀挖一样，直到于今总是放心不下。现在脱去了羁绊，一切自由都不妨从缓恢复，只是想立刻回去看看……"杜复山不等他说完了，就抢着道："曾先生要回去看老伯母，这是你的孝思，请便，请便。"于是就叫了两个义勇军的兵士进来，先介绍着说，"这是贵县里的志士曾伯坚先生，你们送他回府去一趟吧。"

伯坚、淑芬向他道谢着，然后随这两个兵士出来。这两个人都穿的是短装便衣，不过手上戴了蓝布圈，看那样子很有知识，不像是粗人。在路上便问道："刚才这位杜指挥不是本县的人吗？"一个兵道："他是永康县人，你先生怎么不认识？他是南强中学的学生，端午节划龙船他顶出风头。我们安乐的龙船几乎败在他手上，安乐县城里的学生谁不认识他？这回这样出力和我打跑敌人，实在想不到的事。"伯坚听说，心里这才明白，因对淑芬道："我们安乐县为划龙船的事，跟对河永康南强洲的人结下不解之仇，倒不料他们这样的帮忙。这样看起来，中国心未死，还大有可为啦。"淑芬还不曾答话，只听到迎面一阵喧哗之声大起，伯坚倒是一怔，只是看看街上的人并不曾怎样纷乱，料着没有什么事，就镇定着随了两名兵士朝前走。不多一会儿，只看一个短衣壮汉背了一根大竹竿子，上面垂着一幅七八尺大白布，上面大书特书五个大字："招募义勇军。"那旗子后面有几个男女学生，脸上晒得通红，满街乱飞传单。有两个人手上拿了传话筒，沿街左右大叫道："有热血的人，都跟了我们来救国呀！"街两边的人，有跟着走的，有鼓了巴掌叫好的，只觉空气紧张。眼面前的人，没有一个不兴奋的。这大旗后面，乌压压的一群人，估量着约莫有上千人，都大开着步子，直向前面走了去。

伯坚让到街的一边，看了出神。忽然自己的手一把被人握着，喊了起来道："这不是哥哥！"伯坚看时，正是兄弟仲实，因道："我听说你带人追敌出城去了，怎么在城里？"仲实道："我追了一阵子也追他们不上，就

230

是追上了，把他们全部解决了，也没有多大意思。现在最要紧的就是我们把敌人打跑了，他必不甘心，一定要派大队人马来报仇。我们的胜败，不在现在，要在将来。所以我带队回来，一面扩大义勇军的组织，一面开两县救亡会议。我们现在就到第十中学去开会，哥哥也去！"伯坚道："我被捕了不少日子了，家里不知闹成了什么样子。母亲一定也挂念我的，我急于要回去看看。"仲实道："唉，这个时候还顾什么家！我们家早就完了。不过是全家在收容所过日子，还会穷到什么地方去？你既然出来了，派个人回去告诉一声就完了。哥哥，你难道不如我？"伯坚因他如此反问，就无话可说了，便望了淑芬带着笑容道："我给你介绍介绍，这是我舍弟仲实。"又向仲实道，"这就是淑珍的姐姐淑芬女士，我们都是表亲啦。我们由西平来，始终是在一处的。"仲实听了哥哥的话，又看他两人这副情形，心中就明白了十之八九，因点头道："那就好极了！可以请这位表姐去见母亲报告一切，你直接和我一路到第十中学去。你若把被捕的经过报告出来，一定博得大家盛大的欢迎。快走吧，回头赶不上大家。"伯坚怎能道不跟着兄弟去？回转头低声向淑芬道："你看怎么样？"淑芬道："可以的，不过我希望你早些回家来。"仲实见淑芬答应了，立刻挽了他哥哥一只手，掉转身道："走吧！"伯坚勉强站定了两分钟，交代两个义勇军和淑芬几句话，匆匆地就走开了。

一路行来，正碰到仲实几个同学，他们看到伯坚也在一处，都知道他被捕这件事的，就噼噼啪啪鼓起掌来。伯坚看到这样子，心里自是十二分高兴。可是想到自己在被拘留时候软化的情形，倘若让人家知道了，不但是没有人欢迎，也许还要受人家的指摘呢。心里如此想着，一阵阵的热气直烘上脸来，连耳朵都是烧着的。

仲实是个好事的人，自己虽然是个义勇军的副指挥，但是一晚上的虚兵恫吓就把敌人轰走，自己并没有什么苦恼，这还不足为奇。自己哥哥会被敌人捉去，以一个赤手光拳的文人，不为权威所屈，奋斗着自己救出生命来，这真是个勇敢之士。所以当着大众鼓掌欢迎的时候，他那个穿了军服的胸脯子格外是挺得高高的，看看同学，又看看伯坚，这一份得意就不必说了。他退后一步，和伯坚并肩走着低声说："老大你看，民众是这样地欢迎你，人生在世，不应该这样轰轰烈烈地干上一场吗？我说句不吉利的话，假如你死在敌人手里，那还不是全国皆知吗？"

伯坚的脸早已红破了。兄弟这样一抬他，不但是两脸发烧，心里也就像小鹿乱撞一般，那颗心几乎由腔子里跳了出来。他什么也不能说，只是低了头走路，面子上不住地放出苦恼的笑容。可是看他那两个眼睛眶内，似乎含有两汪水，几乎是要哭将出来。

仲实握了他的手，轻轻地道："你怎么了？乐极生悲吗？"伯坚想了想就点了点头。仲实依然握住了他的手道："老大你镇静点儿吧，你在敌人手里，时刻有生命的危险，你也很坦然地过来了。怎么人家欢迎你的时候，你这样地心神不宁呢？"

伯坚将仲实的手紧紧反握着，望了他道："仲实，你是个好男子，我哪比得上你？我的心绪太不安静了。你让我回去吧，我不能再受民众的欢迎了，民众越是热烈地欢迎我，我心里越难过。这样下去，我非……我非……非死不可呀。"

仲实道："真的，你热血沸腾、乐极生悲了，但是你必定镇静着，把你被捕的经过宣布出来。你要知道这不是要你出风头，为了有这种事情，好去刺激民众的情感。我们当义勇军的人，经济、武器全不行，所以拿去打倒敌人的，就是这民众的锐气，我们只要可以鼓励民众的锐气，什么法子好我们就用什么法子。为了国家，我希望你也不怕出风头，就有人说你出风头，至多不过牺牲你个人的名誉，我们只要国家得着利益，个人的名誉那何必去计较？我们不是把身家性命都预备为国家去牺牲的吗？"仲实这样一篇慷慨的话，逼得伯坚实在不能不向前了，便点着头，自己壮着自己的胆子，高声道："好的，我和你一路去讲演吧。"他说的话声音响一点儿，在身后跟着的一班同学，噼噼啪啪又鼓起掌来。

说着话，已经到了第十中学的大门口。那情形完全和往日不同，可怜那许久不敢露面的国旗，这时已高高地又悬着在大门口，八字照墙上，白纸上写着斗大的红字，乃是："我们用热血救回祖国来。"这国旗之下，人就如潮涌一般向大门里拥了进去。仲实老远地就指着向伯坚笑道："只看这种情形，值不得我们兴奋吗？"只在这时，见一个二十来岁的短装青年端了一条板凳，挤着在人群中放下去，他站在板凳上，脱下头上的平顶草帽，在空中招展着，口里喊道："诸位，诸位，不要乱，我报告几句话！"大家因他大声喊着，就都站住了脚，昂起头来望着他。他喊道："我们都知道这回起事，义勇军十个副指挥里有位曾仲实先生，可是你们不都知仲实的令兄伯坚先生更是一位志士。他让敌人捕去了关起来，无论怎样地势迫利诱，他总不屈服。敌人看到他有骨格，也就不忍难为他。这岂不是我中华民国的好青年吗？现在曾氏兄弟来了，请大家闪出一条路让他们进去。而且我们更当喊三句'欢迎热血男儿'的口号，欢迎二位曾先生。你们看，那就是的。"说着，高高地用手向曾氏兄弟俩一指，真是群众心里容易受着感动，立刻便向两边一分，闪出一条人巷，那大众的目光也就同时向曾氏兄弟身上射来。仲实满脸红光，自挺了肚子笑嘻嘻地向前走着；伯坚为了大家的热烈空气所熏蒸，也就壮着胆子紧随着他后面走了进去。

这个学校里面，满坑满谷都是人，屋子里，屋子外，没有一点儿空隙。后面由大门口跟进来的人正高呼着欢迎的口号，声震霄汉，大家都不由地回转头来望着，可是伯坚心里总是慌乱着镇定不住。这样的呐喊欢迎声，仿佛就聚着几百尊大炮向着他良心上进攻，糊里糊涂地不觉跟仲实走到里面一片大操场上。操场中间，搭了个无顶高台，台面前有一根高旗杆，上面挂了国旗，在半空中被风吹得呱呱作响。台底下，许多举着高低的小棍子，摇摆着小旗，也是风吹得呼噜有声。这空场中，只是这些人影和旗帜，便觉得空气紧张，另是一番境界。那讲台上，却有一个人在那里指手画脚地演说，他前半段说的是些什么并不知道，但是现在所说的，就异常地激昂。他道："这种汉奸，替我们中国人丢尽了脸！若是留着他们，不但是我们全县的污点，简直是我全国人的污点。我们若不是昨天已经起义，迟了两天，他们的自治会成立，正式组织成功，就有许多事要受他们掣肘的了。对于这种人，我们应当怎样办？"台下的民众手里摇着旗子大喊起来，也听不出别的什么字，只是说"杀呀杀呀"。伯坚听到这种喊声，立刻脸上变成苍白的颜色，掉转身来就想抽身向后退去。只是兄弟紧紧地站在身边，果然走开，兄弟必然大为诧异，只得勉强镇定着靠了他兄弟站着。那台上的人喊道："这种汉奸，究竟有多少我们不知道，但是在文件里面找出了有他们的名字的……"伯坚只觉一阵热气攻心，头重脚轻，鼻子里哼了一声，人就向后倒了下去。仲实连忙搀扶着他道："哥哥，你怎么了？你怎么了？"伯坚勉强站了起来，回转身就走，只看他那跌跌撞撞的样子如喝醉了酒一般，绝对不是没有缘故，也只好让他走，紧紧地跟着，到了学校后面没有人的地方，他才站住了脚。

仲实拉住了他一只手问道："哥哥，你这究竟是怎么一回事？发了疯了吗?"伯坚变着脸色,不住地喘着气道:"我不但是疯了,我快要死了。"说着又喘了一阵气,才道,"兄弟,我非常之惭愧。民众在那里骂汉奸,犹如尖刀刺了我的心一样!"仲实吓得面色如土,瞪大了眼睛向他道:"什么!你是汉奸?"伯坚道:"我不是汉奸,但是事实所逼,我惹有很大的嫌疑。当我被敌人拘捕的时候,他们用非人的待遇逼我在一张自治会宣言上签字。我为了那个袁女士,不能不留着生命保护她,而且我看那宣言很是空洞,不会有什么实效,所以我就大了胆子在那上面签了个字。至于将来能生出什么问题来,我自己也是不知道。但是在那上面签字的人,大概都可以说是汉奸,我和他们在一张宣言上签字,不等于是汉奸吗?现在民众对我这样欢迎,我良心上实在忍受不住,我只有牺牲我这条生命,来洗除我的耻辱了。你不用拦我,我这就走。"仲实正在热血沸腾、爱惜名誉的时候,听说哥哥做了这种事,也不由得怒火如焚,将拉着哥哥的手向下一摔,瞪了眼大声喝道:"我真不料你会做出这种的事来!你有脸见同胞吗?"伯坚向仲实半鞠着躬道:"兄弟,你说得是。我不但没有脸见同胞,就是生我的母亲我也没有脸见她。我这回去,一定牺牲性命,做出一件光荣些的事来。但是我签字那件事,假使社会上还不知道的话,请你务要和我隐瞒住了。"说毕,向兄弟面前垂头站着,将两手只管去卷自己的衣裳角。仲实也不答他,也不安慰他,鼻子里一吸一呼却是噏噏有声。伯坚将胸脯一挺,昂着头道:"不用你说,我是很惭愧的,我若不是很惭愧,能向你说出这些话来吗?走了,再见吧,兄弟!"当他说"再见"的时候,人已走去好远,说完"兄弟"两个字,便已跑出了院门了。

这个时候,仲实忽然有了个感想,哥哥此去假使真去牺牲性命,这便是弟兄永诀的一幕了。怎样眼望着哥哥走去,并不拦阻?怎么还用话来讥刺他呢?万一他从此不回来了,自己对得住哥哥吗?这几个连续的感想印到了脑筋里来了,而后立刻向外面追了去。但是在他那一阵思索之后,已是耽搁不少的工夫,追到了外面已不见伯坚的影子了。学校大门外围了许多人,自己突然跑出来已足够让人注意,若是在后面追着,又呐喊出来,未免有些引动别人的视听。所以只挤出人丛来,在街的东西两头找了两遍。因没有得着踪影,也就算了。他在这个会场上,本来预备一篇极沉痛的演说了,现在突然失了一个兄长,心里说不出来那一种慌乱,只得垂头丧气回到难民收容所来见他的母亲。

这个时候，难民收容所已经没有敌人的监视，难民得着了自由，听说县城已经被中国义勇军收回来了，大家欢喜极了，满院子人散着谈话。仲实走到自己家人羁留的那个廊子下，那是这古庙的最后所在，静悄悄的。只有他的母亲靠了壁坐在一个砖墩上，淑珍、淑芬分坐在两边，都默默低头，不作一语。看那情形，似乎有个什么问题谈得不大合调，大家都在这里生气似的。仲实远远地就叫了声"妈"，曾太太站起来道："你怎么就回来了？我看你们也太忙一点儿，你应该休息休息才好。你哥哥呢？"仲实道："哥哥吗？"说着这话，未免迟钝起来，先向两位表姐看看，再又向母亲看看。曾太太望了他道："你怎么说半截话，你哥哥哪里去了？"仲实道："说起来话长，我现在简单地报告一句，他已经离开县城，又到别的地方创造事业去了。"他这一个报告，把坐着的三个人一齐催着站了起来。淑珍先问道："怎么样？他跟义勇军又走了吗？"淑芬道："这里总不至于有什么人为难他吧？"曾太太道："他就不回家了吗？"仲实答道："他不是跟义勇军走了，也没有谁为难他，只是他自己要走的。"淑芬只皱了皱眉毛，没有说什么。淑珍却将头伸着，发急地问道："他自己要走？这为着什么呢？"曾太太道："咳，你们爱国我也不拦阻你们。可是这样大年纪的老娘都丢了不问，于心也不忍吧？"仲实道："他已经走了，埋怨也是无用。让我先和淑芬表姐先谈一谈，然后我才能把他走开的情形说出来。现在这里没有外人，我们正好谈一谈了。"他说着话，在倒壁的一根横柱上坐着，半侧了身子，两只眼光都射到两个表姐身上，似乎在他表姐身上显然可以找出一些线索来似的。淑珍对于这个，倒没有什么感觉，淑芬可就向走廊四周去看看，故意避开仲实的目光，然后低头坐了下去。

仲实等大家都坐下了，然后很从容地道："淑芬表姐，你在那宪兵队里拘留着的时候和家兄始终在一处的吗？"淑芬脸上一红，顿了一顿，又看淑珍一眼，才向仲实道："你问这句话是什么意思呢？"仲实看她那种动作，心里便明白，心想：我何必管你们那些酸账？便道："不是别的，据家兄说，在里面被敌人压迫不过，曾在一张宣言上签过字。这张宣言很容易惹起社会上的误会，他为了要洗刷他的心迹起见，他不能不走，干点儿事业出来。究竟不知道宣言签字的经过是怎样一种情形，何以会令家兄闹得非走不可呢？"淑芬很沉默地向仲实看了，慢慢地答道："我们原不拘留在一处。后来令兄和我到这里来过一次，回去就拘留在一个地方了。可是我们这种拘留，不比平常手铐脚镣，我们是五花大绑，人卷成了一捆，放在……放在地面上。"她说到这里，声音格外高一点儿，似乎故意引起人家的注意，又接着道，"那时候，我们除了伯坚将眼睛望了我，我将眼睛望了他，什么办法也没有。所以尽管拘留在一间屋子里，依然彼此不能相顾。"仲实道："我们不是讨论这个问题。我要问的，何以敌人一定要伯坚在一张宣言书上签字？"淑芬道："这个我倒明白，他们无非错认了伯坚是这一县青年的领袖，非把他拉拢不可。而且那张宣言书只是说中国政局不良，地方人民应当自治。地方自治，不也是政府早就筹办的吗？所以伯坚在又饿又渴的第三天头上，求生不得，求死不能，认为没有多大关系，就签了字。我虽然知道不大妥当，在那生死关头，谁又能多谁的事呢？"仲实沉吟了许久，昂着头望望天，又向淑芬表示出踌躇的样子来，才道，"经过是这样子的吗？不过据伯坚告诉我，那时他已有了死的决心。只是因为淑芬表姐在那里，他死不得，所以就签了字。至于签字的效力，他也觉得无关紧要的。到了现在，他因为民众很注意在他以前签字的几个人，他很有些害怕。事实上民众认为他是个威武不能屈的人，又十分地欢迎，他不免惭愧起来。怕与惭愧，逼得他心理变态，不能不走。当时我听他的话和他的态度，我也很瞧不起他的。于今想起来，他究竟是个好人。若在别人，不会把这事瞒到底吗？万一将来事情泄露了，事过境迁，谁又能对他怎样呢？现在他要涤除他的污点，大概要干一番的。"

他只管说得痛快，却不想这些话可急坏了静静听着的曾老太太。她面色由黄色变成苍白色又变成了青灰色，将声音抖颤着道："这样说，他……他不会回来的了？"说时，目光可就射到淑芬身上，道，"他在拘留的时候，和你说了什么来着？"淑芬道："并没有说什么。"仲实道："这件事现在很显然的，伯坚原是拼了一死也不签字的。不过他不忍为了自己，又连累了淑芬表姐。表姐不必误会，我并不是怪你，特意回家来和你对质。我是要知道一个究竟，才好去援救他。事情，哼，我总算明白了。"说着淡淡一笑。淑珍道："表弟，我听你的话，总有些半吞半吐的不大十分明白。你何不痛痛快快地说出来？姑母也明白了，事到于今谁也不能怪谁，各人让各人的良心去裁判就是了。"她虽是和仲实说话，那一双眼睛不住地射到淑芬身上，似乎她的眼睛是铁，淑芬的身子是吸铁石，情不自禁地总会注意着淑芬。淑芬每一望她时，便是四目相射。这女子的眼睛和女子的眼睛相射时，除了极少数的羡慕成分而外，其余便是妒忌、猜忌、挑剔、愤恨、轻视，总而言之，居好意的时候在极少数。这时淑珍的眼睛里，除了上述的成分还有讥讽、得意两种情味。淑芬想起以前的事，当然很是惭愧。可是越惭愧，越不愿在这些人面前表示出来，脸上不时放出浅笑，来掩饰她的窘状。可是身上的肌肉似乎有些抖颤，十个手指头也像经凉水冲洗过了一般，一阵凉气由指尖直冲到五脏里去。仲实看到这两位表姐斗争的情形，料着是越说越拧的。她们冲突起来，自己在这里颇难为情，便站起来道："我要走了，得了消息，再来告诉你们。不过我猜他的消息……"下面这句话还不曾说完，人已走出了这条后院子门。

曾太太急得站了起来，手扶了廊柱子，望了他的后影叫道："孩子！"淑珍道："他已从军了，姑母你怎能留住了他？"曾太太道："少年人都是这样蛮横不听讲，我这样老年人也没有法子和他们分说，只好眼睁睁地看着他们去胡闹吧。"说毕，又叹了一口气。淑芬低头坐在一个矮墩上默然无语，淑珍却站起来搀着曾太太道："姑母，你听我说，国家到了这个时候，就算是人民的不幸。没有法子，只好拼了性命去和国家出力。你老人家想，哪个青年人没有父母？若是都为了有父母不去出力，试问有多少孤儿去出头呢？你看仲实表弟，多么受民众的欢迎。说起来是你老人家的儿子，他也有面子呀。伯坚也是这样，他有面子，你也有面子；反过来伯坚若是没有面子，与你老人家也不好不是？一个有关系的人，总是望他有关系的人成个大英雄、大豪侠。至少，也是要他有关系的人成个有人格的人。如其不然，就算是别有心肝。"说了这话，眼睛狠狠地盯住了淑芬，一面慢慢地扶着曾太太坐下。

淑芬坐在那里，听了这些话，觉得淑珍句句是安慰曾太太，句句就是讥讽自己。可是要和妹妹辩白几句话，那便是自己承认了不希望伯坚做个有人格的人，自己也是别有作用。心里如此难受着，将踏在地上的两只脚尖左右移动，在地上划出痕迹来，好像一肚皮心事就可以在脚尖上去发泄。淑珍依然站着，只相了她一眼，对曾太太道："姑母，我去和你烧一点儿水来喝吧。"于是就走出这廊子去了。淑芬望了曾太太一眼，依然低了她的头，脚尖在地上涂抹，慢慢地道："姑母，你看淑珍……"曾太太道："我和她相处几个月，我知道她是个实心眼的孩子，你姊妹俩不要为了这个发生什么意见啦。"淑芬依然低了头道："你看她对我总没有什么好

237

颜色，我倒处处将就着她。"曾太太用手摸了脸，沉吟着道："她呢……
瞧，也有她的想法，可是我决不怪你。不是你，我的儿子也许没有了性
命，难道我还不应该谢谢你吗？"淑芬听了这话，几乎要哭出来了，将身
子站了起来，不多大一会儿又坐了下去，正色道："姑母，你说这话不是
让我的心里更难受吗？"她只说了这句，再也忍不住眼泪，脚微微一顿，
哇的一声哭将起来。曾太太道："姑娘，你别多心。我这大年纪，不会说
什么俏皮话的，我总是有一句说一句的呀。"淑芬也不能再理会曾太太的
话，掀起自己一片衣襟，掩住了自己的两只眼睛只管是哭。

　　她如此一哭，把到前面去的袁学海夫妇也惊动了。走了来问明了缘
由，袁学海昂了头道："这件事，我们做亲戚的也不好说什么。不过是仁
者见仁，智者见智罢了。"他坐在一根栏杆的断木柱上，摇曳着两只大腿，
他觉得满腹的议论，在这句话里已是很有含蓄地说了出来。淑芬听听各人
的口音，并没有什么人是和自己表示同情的，心里非常之难过。回想起当
日被拘的时候，伯坚实在有以死相拒签字的决心，只因为自己哭哭啼啼
的，把伯坚的心哭软了。老实说，自己心里就很主张伯坚签字，好让自己
保全性命。于今为了怕社会的指摘，只得躲了开去。假使当日不签字，不
见得就会死，到了现在不但伯坚成了志士，自己也很有光荣。淑珍她敢用
一句话奚落我吗？她侧身坐在一边，似乎是静默得一语不发，可是她心里
纷乱极了。好像置身在几十人开辩论会的议场上，议论的结果全都是自己
失败。想了一阵子，又哭起来，倒是曾太太反劝着她不要伤心，又道：
"大家不过是商量这件事，并不怪你。伯坚又不是三岁两岁的小孩子，他
要怎样办，我做娘的也干涉不了他，何况你们表兄妹呢？"淑芬心想：母亲
干涉不了他，正是我干涉过他呢。到了这个时候，人家说好话，她听了是
后悔，人家说坏话，她听了也是后悔，心里只是难过。这样难过了两天，
竟如同得了一场大病。她苹果似的肉腮，现在瘦将下去，成了尖下巴颏儿
的瓜子脸；两只凤眼变成荔枝眼，眼眶陷下去多深；冷不防地常是叹出一
口气来。

　　仲实在每天下午总抽工夫来看一次母亲，据他说："西平也起了义勇
军，伯坚是做过西平县知事的，比较地能号召，大概是到西平去了。但是
这是一种揣测，也不能断定，因为那里的义勇军还是在神秘中组织，首领
还不能公开出来。而且只要能公开出来，大体上算是成功，就没有危险

238

了。"淑芬听了这话,现在不希望伯坚什么消息,只希望西平义勇军首领的姓名可以早早地宣布了。这样混过了一星期,城内的秩序比较安稳点儿。袁学海在满城寻找了几天,已经租得了三间房子,带了夫人、女儿、侄女自立门户,不便再扰亲戚。曾太太只剩下一个人,带了老仆李发寄居到曾子约家去。子约家里本也经炮火轰炸了七八停,但是还剩下几个房屋,稍微修补勉强可住。子约虽是守那"任添一斗,不添一口"主义的人,但是眼睁睁看老嫂子老住在古庙里,也怕人家议论,二来侄儿是义勇军的首领,少不得还有仰仗侄儿之处,所以把老嫂子请过去了。淑珍因曾太太和子约的夫人姊妹相称,也叫她姑母,早就认她为未来的婆婆,相处得非常亲密。如今这儿媳一席虽为姐姐抢去了,但是对曾太太的感情依然很好,因之每日都要到子约家里来探望她一次。淑芬在暗中已是儿媳了,她的殷勤份儿绝不肯表示在妹妹以下。而况每日都希望在仲实口里得些消息,非来看曾太太不可。只是淑珍前来,老不告诉她,在曾家总是你来我去。淑芬在这个时候,不能和她生气,一切都忍耐着下去。

这一天,淑珍瞒着淑芬又要到子约家去看曾太太去。淑芬早就提防着,等她走出门以后,方始在后面跟着。到了巷口,淑芬便在后面喊着道:"妹妹,请你等一等,我有两句话和你说。"淑珍停住了脚,回转头来问道:"有什么话在家里不说,跑到街上来谈,这是什么用意?"淑芬见妹妹停住了脚,便跑上前一步扯了淑珍的袖子,低声下气地道:"无论怎么样,我们手足之情总是不能完全抛弃。"淑珍冷笑道:"手足之情当然是不能抛弃的。不过古来有大义灭亲的人,手足之情有时也不值一顾。"她口里说着话,脚下依然继续向前走。淑芬本来把手足之情做个大帽子,要根据了这句话向下说了去,不料这个帽子刚刚撑起,就给淑珍捡了回来,顿住了,就没有什么话可说的了。默然地跟着她在身后,走过了一条街。淑珍先是始终不曾回头看看,后来看到淑芬总跟在身后,又有些可怜她,便回过头来问道:"你到哪里去?"淑芬道:"你有什么不明白的?我每日都要到曾家去一次的。我之挂念伯坚,不但是情爱上的关系,还有责任上的关系,假使……我对不起曾家,也对不起你。当然的,是你说的话:各人要去受各人良心上的裁判。我可不能让我良心负罚到底。"淑珍道:"你和我说这些话做什么?我并没有说你什么呀!"淑芬道:"你虽然没有对我说什么重话,可是你只要提到'良心'两个字就够我难受……"淑芬这句话

239

突然咽住，两行眼泪流将下来。淑珍道："你发傻了吗？为什么在大街上哭起来呢？我当然有点儿不服气的话，可是你要原谅我。你设身处地和我想想，我当怎……怎……么样呢？"她劝淑芬不要在当街哭，结果是她也哭起来。她在袋里掏了一掏，并没有手绢，就掀起一块衣襟底向眼睛上揉擦着。淑芬见了，就把自己的手绢塞在她手里去，淑珍一手接了她的手绢，一手握了她的手："你知道吗？这一程子，我心里也是非常地难受啊！现在我也没有别的思想了，只要伯坚能平平安安地出来，我就心满意足了。"淑芬默然了许久，突然地道："妹妹，将来我总对得住你。"

于是两人都不说话了。一齐走上大街，只听到一片喧哗之声由远而近，那声音老是突然喧嚣着，只在半空里奔驰，可是就只这一响忽然寂寞下去。不多久的时候，这种声浪又起，听那声浪的尾音，仿佛有"万岁"两个字。淑芬便对淑珍道："这是什么地方又在喊口号、游行示威？我觉得这一套做法实在有些烦腻，而且在事实上又有什么用处呢？"淑珍道："也许不是游行示威吧？空气不是那样紧张的啊！"说着话看时，只见街边店门檐下不少的人站着在那里，只管向街的南头张望着。有人叫道："来看啦，来看敢死队呀！"淑珍姊妹听了这话，便不觉得同驻了脚，也站在巷口望着。不多久的工夫，那嚣张的声浪由远而近，便有一群人影，响着杂乱的步履声轰轰而来。到了前面时，只见两个捧了竹竿的人，举着一幅横挂的标语，上面大书"欢送南强洲敢死队"。在这标语之后，先是一群穿便服的人，便服队后面又是有人扛了一面旗子，上面大书"南强洲敢死队第二队"。在旗子后有一班穿黑衣黑帽的青年，横肩背了一根武装带，上面写着"去为祖国死"。在街上两边看到的人，脸色都变动起来，可是异常地沉默，连蚊子哼的声音都不曾有，都直射了眼光，向那黑衣黑帽的青年身上看去。人群里有人喊着道："敢死队万岁！"于是全街的人都呼喊起来。淑珍道："古来荆轲入秦行刺，送行的燕人都穿白衣，表示壮士一去不还，他们穿丧服相送。现在的丧服是黑色的了，你看他们都穿凶服，自己表示不愿回来。我真受了他们的感动，欢送他们走一程吧。"淑芬连连点头说："好。"

跟着这队伍约莫走了一里路，那静肃的空气就不能维持了。有一家商店堆了许多爆竹，在门口放了起来。有一家倡导在先，家家学样，由这里起一直走出城门，到了河街上都不断地有人放爆竹。河下有三只内河水师的炮船，在桅杆上挂了黑底白字的大旗，向风飘展。敢死队约莫有二百人上下，就分批走上船去。河对岸正是南强洲，排竹林子似的沿岸站着无数的人，和这边岸上欢送的人，隔河对峙。许多人拿了小旗子在人头上招展，大家纷纷攘攘，闹成一片。还有人驾了小船，围着大船前后送东西和摄影，只听得人丛中有人道："真热闹呀，除了端午节划龙船，没有这样的盛举了！"说话时，船上一阵军号声，三只船离开码头。这炮船正和龙船差不多，除了后艄舵舱而外，其余的舱篷是油布搭的，划船时敞了篷，全舱两边都可以划桨。这时炮船移到河中心，除了划桨的人而外，其余的黑衣人向两边的河岸而立，各个举手向欢送人行永别礼。三只船上的军鼓军号奏着悲壮的调子，催了船只顺流而下。两岸的人，有的想起端午节竞渡时候组织啦啦队的情形，也就二三十人一群，沿着两岸高声呐喊，跟了下去。

淑芬站在这里看着，呆住着都不能作声了。许久，才问淑珍道："这是敢死队第二队，还有第一队呢？"淑珍还不曾答话，旁边行路的答道："第一队吗？那是我们安乐人的光荣，全军覆灭了。"淑芬看那人，是个老者，就不避嫌，向他问道："老先生，怎么是安乐人的光荣呢？"那老者道："这第一队敢死队是在西平乡下组织的，队长是前任西平县长，是我们安乐人。"淑珍、淑芬同时惊讶起来。淑珍道："什么？前任的县长？是曾伯坚吗？"那人道："哪还有第二个呢？这件事谁不知道呀？"淑珍姊妹听了这话，真个魂飞天外，都瞪了大眼睛望着那人。那人倒不知什么事错了，把两个姑娘闹成这样子，在人丛中一转不知去向了。

淑芬定了一定神，就向淑珍道："据我看，这件事不会假的。但是城里人人皆知，何以我们就一点儿不知道呢？"淑珍道："也许是人家故意瞒着我们。不过我想了想，敢死队第一队全军覆没是一件事，有没有伯坚在内又是一件事。上半截消息大概不会假，下半截消息我们应当再打听打听。"淑芬慢慢地走着路，走到一棵杨柳树下，那拖着很长的柳条在头上拂来拂去，自己也懒用手去扶它，手撑了树干低了头望着地上的青草，很随便地答道："大概是吧。"淑珍道："我们赶快回去打听打听吧。"淑芬用脚在地面上踢了青草头子，似摇不摇地摆了几摆头道："我在这里站一会儿。"淑珍虽是临事很能机变的人，到了现在也是心绪很乱，不知怎样才好，也是怔怔地望了淑芬。远远地只见袁学海带着李发东张西望地在人丛里钻，也许是找自己来了，便迎上前叫道："爹，我在这里呀。"袁学海一回头看见了她，将手绢揩着额头上的汗，皱了眉向她道："你这两个孩子，怎么这样大意！不声不响地走到这地方来。"李发也笑道："我真吓一跳，以为两位小姐也跟着从军去了呢！"袁学海见淑芬靠着树干站着，并不作声，心想:莫不是她姊妹二人在路上又拌起嘴来？于是向淑珍看看，又向淑芬看看。淑珍也猜出他的意思来了，便道："爹，我问你一句话，你要实说。伯坚是不是还在世上？"袁学海突然被她这句话问住了，顿了一顿，瞪了眼睛望着她道："你这话从哪里听出来的？"淑珍道："现在满城的人谁不知道？我问你，你得了这个消息，怎么不告诉我们？"袁学海道："我也是前天才知道。并非我不告诉你们，只因仲实对我说过，你们年纪轻轻的人，性情暴躁，怕说出来了有什么变化，所以忍耐住了。至于详细的情形，我也不大知道，你们去问仲实吧。"

淑珍对她父亲本是一句冒诈的话，不料她父亲说出来，果然伯坚是殉难了。望了父亲，两只眼睛眶里饱含着眼泪，不是这地方人多，简直要哭出声来了。淑芬依然是低了头靠树站着，并没有作声。李发道："二位小姐，我们老站在这里也不是个办法，先回去吧。这件事还瞒着老太太呢，她要是知道了这个消息，那还了得哇！"淑芬停了许久，才向袁学海道："伯父，我仔细想了，伯坚不是为我或者不至于落这样一个结果。但是……"说着又看了淑珍，才道，"我很对不住妹妹，我很爱他呀！他现在为国死了，算没有受我的累，玷污了他的人格。只是我失爱了，而且我想到我被拘留的那段事，我太没有勇气。我不能为国尽力，我也不能为爱人尽力了。我应当自杀，来洗除我自己的污点。要不然，我两三年来到处嚷嚷爱国，那不是欺骗人的话吗？"袁学海皱了眉道："嗜，不要发什么牢骚了！人死万……"这句话不曾说完，只见淑芬如疾箭离弦的一般，向河岸下飞跑了去。

袁氏父女看了，作声不得。及至第二个感想来了，她这是自杀，如何可以不救？马上大喊起来。只听得水声哗啦一阵，淑芬由水旁直扑到河中心去，那河面上的浪纹，被人身体分开来，成了个很大的锐角。这一下急出袁学海的话来，喊道："有人投河了，快救命呀！"自己口里说着，也就向河岸下跑。淑珍一把将他的衣服拉住，口里喊道："爹，你不会泅水，你怎么能向那水里跑呢？"李发也大喊着道："跑不得，跑不得！"他们一阵纷扰，岸上已经有会泅水的看到河中心有个女子在波浪里翻腾，顺着水势，只管向下流去。然而虽是会泅水的人，可也不敢泅水到水中心去，找了河边上的小船，手忙脚乱就向河中心划来。但是一个丝毫不懂水性的人，又是决计自杀的，在水里能够挣扎多少分钟？所以当这小船划到河心的时候，投水的淑芬女士已经没有了踪影。她鼓动水花的所在和别处的水面一般，被风掀起那高不到一尺的浪花，顺流而去。许多小划船抢到波心，船上各用篙子在水里乱捞，哪里找得一点儿痕迹？

袁学海先是吓呆了，这时见已挽救不及，手指着水里，跳起脚来大哭。淑珍真也料不到淑芬这个聪明人一时想不开，竟会投河自杀，两手掩了脸，也号啕大哭。看热闹的人，十有六七停没散，这时又将这里主仆三人围拢起来。多事的，不免问长问短，袁学海一面哭着一面报告："淑芬是曾伯坚的未婚妻，因听到丈夫阵亡了，所以投河殉节。"大众听了这话，都赞不绝口。热心的人一面来劝着，一面代他们雇人打捞尸首。袁学海看淑珍只管呜呜咽咽哭着不肯停止，深怕再出什么意外，勒逼着她和自己一路回家去。淑珍一路走着，怕街上有人围着，勉强忍住了眼泪。回家以后，走进卧室向床上一倒，就放声大哭起来。心里想着，像她这样，却也不失恋爱真义。自己在这半个月以来，对她只是冷嘲热讽。她无论如何忍受着也不肯回驳，原来她是预备了这样最后一着棋的。假使自己不那样讽刺她，或者不至于逼得走上这条路。越想越悔，哭得非常之伤心，竟病倒了。

这一件事，是在河岸上发生的，又在群众欢送敢死队以后，顷刻之间已传遍了县城。有些好奇的人竟特意走到袁学海家的门口来，看看这人家出了这种女子，究竟有没有什么特别之处。在这种情形之下，曾袁二家的声望立刻增高了无数倍。有人知道袁家是姊妹三角恋爱的，更当为爱国事情中一幕曲折的惨剧，闹得无人不谈起来。淑珍在床上躺着有一个礼拜，说是病不是病，说是神志昏迷也不是神志昏迷，只是懒洋洋的，没有法子起来。外面闹得那样满城风雨的爱国情史，她是丝毫也不知道。这个时候，伯坚的许多同学发起了个追悼大会。同时，淑芬的尸身早已捞起收殓，也就在这日举行公葬礼。这些同学的人，对于淑芬，当然是为伯坚的缘故，爱屋及乌，可是也以为她真是个解得爱情、尊重人格的女子。附带地追悼一次，也不为过。所以他们就择了伯坚淑芬双双被拘的那个财政局做追悼会场。这个消息袁家人也用不着瞒了淑珍。所以到了这日，她勉强地挣扎起来，穿了一身黑衣黑裙，也要到追悼会去。

袁学海已经知道外面消息，恐怕姑娘到那热闹的会场上去了，会引起多数人的注意。因之当淑珍穿好了衣服的时候，他口里衔了一支雪茄背了两手，缓缓地走进前来向她微微皱了眉道："看你这样子，大概是要到追悼会去。但是你已够伤心的了，到那种悲惨的地方去，你更要难过，我看……"淑珍脸色一正道："爹，你这是什么话！就是一个平常的朋友，到了这个时候，也应当去追悼一番，况且一个是我的姐姐，一个是我的表哥，我倒躺起来不去参与不成！"袁学海有一肚子的话想要说出来，看到姑娘的态度如此激昂，有话又不敢直说，只是将两道眉紧紧地皱着，两道眉峰几乎要皱到一处，口里含的雪茄很久的时候，才喷出一口冷烟来。淑珍如何识得出父亲是为了外面的传说有所踌躇？所以她也并不再等父亲的话，径自走出大门来了。袁学海事实上不再拖住她不走，只得紧紧地跟着她向追悼会场来。遥遥地看到淑珍一个人在街道一边低头疾走，她所经过的地方，也会有人注意着她。可是她并不理会，旁若无人地一直地走了去。

到了会场门外，那来来往往的人已渐渐地拥挤。正当了大门，竖着一架素布牌坊，用棉花在蓝布横额上粘成一行字，乃是：曾烈士袁烈女追悼大会。在这样时代，民众肯这样热烈地追悼烈女，这不能不说是破格的行为。因之在这彩牌坊下，首先就感受到一种刺激。当她站定脚，向彩牌坊抬头观望的时候，大门里有认得她的，就拥出来迎接。大家看她穿一身黑衣黑裙，在那蓬乱的短头发右鬓下，扎了一个白头绳的八节花。她本是圆圆的脸儿，现在病了许多天，瘦得失去了两腮的丰润，却清秀了些。在那很长的睫毛里，低了眼珠子向前看着走道，自然现出那楚楚可怜的样子来。一小部分人拥了向前，就惊了一大部分人。听说是三角恋爱中的主角到了，谁不想看看？不过这追悼会，四壁都挂的是挽联和挽诗，加上那院子里的花圈，中间一朵蓝色的花飘出两根纸带，自然有一种凄凉的意味印象到人脑子里去。所以大家看是看她，都默默地望着。这时，淑珍说不出来心里有一种什么意味，糊里糊涂地随着迎接的人走了进去。

仲实却由人丛中挤了出来，向前鞠着躬道："表姐也来了？我听说你病了。我不便去看，怕是谈起话来更引着你伤心。"淑珍看他也清瘦了许多，便道："这真是我们两家的……""不幸"两个字还不曾说出来，声音就咽住了。仲实道："我哥哥呢，他是求仁得仁。只是令姐可怜，她有那种勇敢，何不加入我们义勇军里面来工作呢？"淑珍默然了许久，才道："一个人受了情感的支配，理智是一时制服不过来的。"仲实道："你休息吧。我们原定了光是我个人举行家祭，再开追悼会。表姐来了，可以先祭一祭就回去。这里人多，你的身体不大好，不要又病倒了。"正说到这里，有几个女宾来了，围着淑珍说话，就把她拥到休息室去了。淑珍坐谈了一会儿，倒有许多人前来和她谈话，闹得她应接不暇。仲实觉得她太受包围了，不如让她先走，因之就走进来和她商量，请她马上就祭。说时，便递了一个简单的行礼仪节单子给她。她一看，乃是奏乐、主祭人就位、上香、献花、进茗、三鞠躬、静立、读祭文、退席。淑珍道："我没预备祭文啦。"仲实道："这本是袁大舅预备下的，是他的口气，现在因为表姐来祭，他就在这会里临时改了一改。祭文并不长，所以改也不费事。"淑珍道："好吧，我都依你的话办。"仲实听了就出去请司仪的人预备。外县没有好的乐队，一会儿，外面有两架风琴奏着很悲哀的调子，就有两个女宾引导淑珍上礼堂。

这礼堂在一架素棚下面，没有充足的阳光，在灵像前点了两支绿蜡灯，和四壁的白挽联蓝挽帐一衬托，似乎这灯光也有凄惨之色。正中七八个大花圈，簇拥着那灵位。只是桌案上那铜炉里，放出一丛檀烟冲到空中，将正面悬着一男一女的遗像都映掩得有些隐隐约约，好像是在生前一般。对了这情形，哪有不伤感之理？所以走到礼堂，眼泪水已经点点滴滴地滚了下来，偏是两架风琴的按手，尽量地将音调弹得十分悲哀，只管催动她的眼泪。直待司仪的人站在一边喊了献花上香之后，喊她就席听读祭文，两个引导的人将她引到阶下站立，风琴方才止住。这阶檐边正悬一幅白的横额，大书特书"各有千秋"。这时，会场里几百人将礼堂外围了个大圈，一点儿声音都没有，都向礼堂正中看来，眼光齐集到那"各有千秋"横额下的一个黑衣女子身上。那横额被风吹着，在淑珍头上微微有些飘荡，似乎死者的英灵在那里表示他们已经知道主祭人在此是如何的悲哀，犹如用手摸她的头发，在那里安慰她呢。

淑珍站在这里，心里默想着过去的事。伯坚若不是为了自己和淑芬两个人斗争，也许不至于逼着他去奋斗；尤其淑芬，本来无死之必要，完全为了自己言语太重，她内疚于心，怕永久受社会的指摘。世上的人对于死者都加以原谅的。这个时候，淑珍对了淑芬那遗像，看到那盛箭丰颐的样子，如今却入木已久，今天就要下土葬埋了。美人黄土，结果如斯，多么可痛！想到这里，心里一阵凄楚，两眶眼泪水也不知由何而来，喷泉似的涌了出来，嗓子眼里哽咽着，断断续续地不成声音。这会场上的来宾，看了她这样子，都耸着眉头瞧了淑珍发愣。除了站在灵前那个念祭文的人发出那悲哀的音调，此外是一些声音没有。淑珍低了头在那里，却只是听到台阶上面有一种凄楚的音调，这音调是些什么话，却一个字也不曾到耳朵里去。站在那里，渐渐地只感到脑袋昏沉，两脚有些站立不定。先还勉强撑持着站在那里，前后摇撼着有些抖颤，忽然之间，眼前一阵发黑，脚只一歪，整个的浑身向前一栽，人就扑倒在地上了。

在她这一扑之间，全场人有个半数不约而同啊哟了一声，早有数十个人蜂拥向前，将淑珍围了起来。袁学海自觉那条文不下于韩愈《祭十二郎文》，很是作得得意。当司仪人念祭文的时候，他却口衔雪茄背了两手站在人群外边静静听着。这时看到大家一阵纷乱，正惊慌着，也不知是个什么人在许多人里喊出来道："老先生，快去看看吧，你的小姐不好了！"袁学海只说个"什么"两个字，就分开众人向人堆里挤将进去。只见淑珍面色如纸，低头歪垂着在肩膀上，眼睛半闭着睁不开来。她坐在台阶下的石板上，歪屈了两脚，身后却有一个人伸手在她胁下半扶半抱着。袁学海蹲下身子，两手扶了淑珍的肩膀，连连摇撼着叫道："淑珍，淑珍你是怎么了？你是怎么了？"连连叫了几声，她才由喉咙眼里哼了一声。仲实也挤上前跺脚道："怎么好！怎么好！这又是一场祸事了。叫是叫不醒的，赶快把表妹送到县立医院去吧。"袁学海又连叫几声"怎么好"，哽着嗓音要哭出来。仲实道："这不是哭的事，我们赶紧想法子挽救她呀。"这样一说，七手八脚地早有四五个人搬了一张竹床上前，将淑珍抬着放到床上，然后直着向前，抬出会场去。那"各有千秋"的横额在风里还不住地招展着，成了波浪形，好像说："魂兮归来，魂兮归来！"

那"各有千秋"横额下有一副挽联：心固坚磐石，死有重泰山。这样称赞伯坚，述则罢了。但是称赞淑芬，就有点儿过分。可是，仁者见仁，智者见智。不过这副挽联是淑珍到了会场后亲手敬献的。不知若干年之后，是否也有这样一个人来称赞她呢！不过，言者心之声，看她这副挽联，却是大有寄托，她之将来，也就很可想预知了。

图书在版编目（CIP）数据

满城风雨 / 张恨水著. — 北京：中国文史出版社，
2018.6

（民国通俗小说典藏文库·张恨水卷）

ISBN 978 – 7 – 5034 – 9949 – 4

Ⅰ. ①满… Ⅱ. ①张… Ⅲ. ①长篇小说 – 中国 – 现代
Ⅳ. ①I246.5

中国版本图书馆 CIP 数据核字（2018）第 008326 号

整　　理：萧　霖

责任编辑：卢祥秋

出版发行：**中国文史出版社**

社　　址：北京市西城区太平桥大街 23 号　　邮编：100811

电　　话：010 – 66173572　66168268　66192736（发行部）

传　　真：010 – 66192703

印　　装：廊坊市海涛印刷有限公司

经　　销：全国新华书店

开　　本：720 × 1020　1/16

印　　张：16.5　　　字数：270 千字

版　　次：2018 年 6 月第 1 版

印　　次：2018 年 6 月第 1 次印刷

定　　价：48.00 元

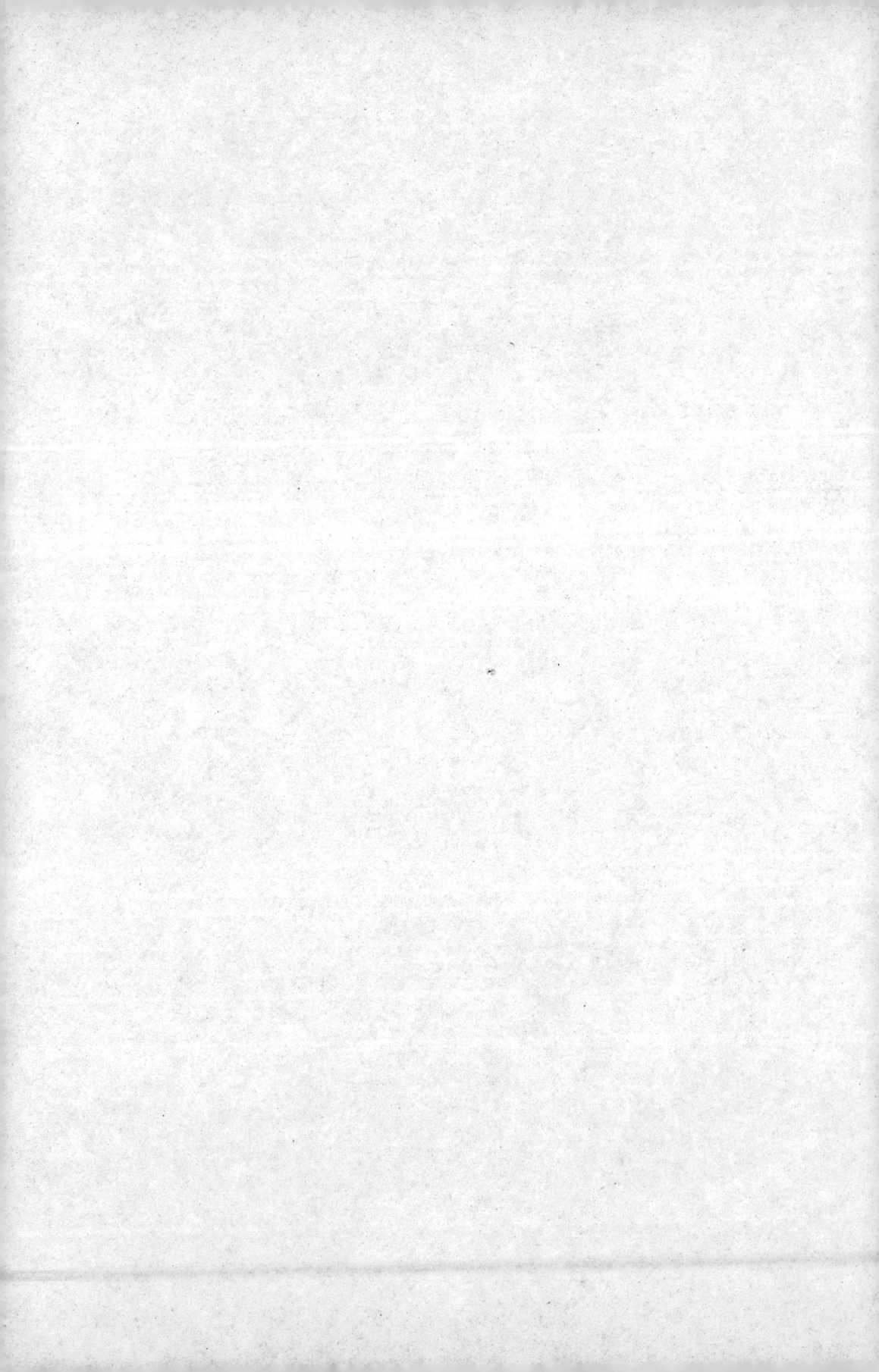